T0278065

Narrativa del Acantilado, 353
EL SEDUCTOR

ISAAC BASHEVIS SINGER

EL SEDUCTOR

TRADUCCIÓN DEL YIDDISH
DE RHODA HENELDE Y JACOB ABECASÍS

BARCELONA 2022   ACANTILADO

TÍTULO ORIGINAL *Der Sharlatan*

Publicado por
ACANTILADO
Quaderns Crema, S. A.

Muntaner, 462 - 08006 Barcelona
Tel. 934 144 906 - Fax. 934 636 956
correo@acantilado.es
www.acantilado.es

Edición en inglés © 2019 by The Isaac Bashevis Singer Literary Trust
Este libro ha sido negociado a través de ACER Madrid con el permiso
de Susan Schulman Literary Agency LLC, Nueva York.
Todos los derechos reservados
© de la traducción, 2022 by Rhoda Henelde Abecasís
y Jacob Abecasís Hachuel
© de esta edición, 2022 by Quaderns Crema, S. A.

Derechos exclusivos de edición en lengua castellana:
Quaderns Crema, S. A.

Esta obra ha recibido una ayuda a la traducción
del Yiddish Book Center

Cubierta a partir de una ilustración para de *The Birds of America*,
de John James Audubon

ISBN: 978-84-18370-83-0
DEPÓSITO LEGAL: B. 3954-2022

AIGUADEVIDRE *Gráfica*
QUADERNS CREMA *Composición*
ROMANYÀ-VALLS *Impresión y encuadernación*

PRIMERA REIMPRESIÓN *junio de 2022*
PRIMERA EDICIÓN *marzo de 2022*

NOTA DE
LOS TRADUCTORES

Con posterioridad al fallecimiento de Isaac Bashevis Singer el 24 de julio de 1991 en Miami (Florida) ha venido descubriéndose, entre su copiosísima producción literaria legada al Harry Ransom Center de la Universidad de Texas en Austin, cierto número de obras no publicadas en vida del autor. La más reciente, aparecida en 2017, ha sido la traducción al inglés, con diversas anotaciones del propio escritor y nunca publicada, de la novela *Der Sharlatan*. El original yiddish de esta novela había visto la luz por entregas semanales en el *Forverts*, periódico neoyorkino en esa lengua, a finales de 1967 y comienzos de 1968, es decir, diez años antes de que el autor recibiera el Premio Nobel de Literatura.

¿Por qué rehusó Bashevis Singer publicarla en todos esos años? Diversos críticos han señalado como posible motivo el hecho de que se tratara de su producción más confesional, una especie de sarcástica ironía autocrítica reflejada en el personaje central de la obra. No sólo el escenario en el que se desarrolla la acción—la ciudad de Nueva York, y aun más concretamente el eje entre Broadway y Manhattan—era próximo al corazón del escritor, sino también la angustiosa situación de los protagonistas, inmigrantes judíos escapados de Europa, sumidos en el exilio, el desarraigo y la incertidumbre por los familiares que allí quedaron, durante el crítico período que se abrió con la invasión nazi de Polonia en septiembre de 1939.

La actual versión en español se ha hecho a partir de la versión publicada en el periódico yiddish antes citado, pero también de la propia traducción al inglés recientemente descubierta de Bashevis Singer, de acuerdo con su voluntad. Por otra parte, mediante las notas al pie, se ha querido dejar constancia de las fuentes correspondientes a las más de cuarenta citas, sobre todo bíblicas y talmúdicas, que, con absoluta naturalidad, el autor va deslizando en el texto.

En cuanto al título de la traducción al español, habida cuenta de la primera definición de *charlatán* que da la RAE, 'hablar mucho y sin sustancia', hemos optado por la tercera, 'embaucador', más próximo al sentido del término en la lengua original, y, por proximidad, *El seductor*, sin duda mucho más ajustado a la personalidad hedonista, divagante y escéptica, aunque humana y sincera, del protagonista de la obra.

Para acabar, el significado de los términos hebreos y yiddish que aparecen a lo largo de la novela se aclara en el glosario de las últimas páginas.

PRIMERA PARTE

I

Nada más llegar, todos decían lo mismo: «América no es para mí». Poco a poco, sin embargo, cada cual fue instalándose, y no peor que en Varsovia.

Morris—antes Moyshe—Kálisher se dedicó de nuevo a la compraventa de inmuebles y muy pronto se dio cuenta de que en Nueva York no tenías que ser mucho más experto que allá en Varsovia. Comprabas una casa y cobrabas por ella un alquiler. Parte del ingreso lo dedicabas a amortizar la hipoteca, y con el resto podías vivir. Si aún quedaba algo, lo invertías en un anticipo para algún otro inmueble en construcción. Sólo se necesitaba empezar. Morris Kálisher había adquirido su primera casa en 1935. La buena suerte no lo había abandonado desde entonces.

Entre los inmigrantes se decía que Morris Kálisher se desenvolvía en los negocios como pez en el agua. Mantenía su costumbre de garabatear números sobre cualquier mantel o anotar una dirección en el puño de la camisa. En cuanto a su atuendo, continuó vistiendo como un *greener*:[1] camisa de cuello rígido y puños almidonados, zapatos con polainas incluso en verano y un sombrero hongo, sin importarle que todo ello ya estuviera pasado de moda, incluida la corbata negra sujeta mediante un alfiler con una perla.

---

[1] *Greener* o *greenhorn*: coloquialmente, denominación del inmigrante judío recién llegado desde Europa a Estados Unidos. (*Todas las notas son de los traductores*).

En cierto sentido, Morris se había propuesto convertir Nueva York en Varsovia. Igual que allí se sentaba en el café Bristol o en el de Lurs, aquí se hizo cliente asiduo de cierta cafetería en la que pedía un café, siempre en vaso y no en taza. Incluso se las arregló para que alguien se lo sirviera directamente en la mesa, ya que detestaba llevar él mismo la bandeja como si fuera un camarero. Fumaba puros, se rascaba los oídos con un bastoncillo y, mientras sorbía el café, la cabeza le rebosaba de planes. Sí, resultó que era verdad: en América el oro estaba diseminado por las calles. Sólo hacía falta saber dónde recogerlo.

El país estaba a punto de entrar en guerra y el precio de los productos crecía sin cesar. Era fácil conseguir un crédito en un banco. Morris Kálisher, haciendo cálculos, llegó a la conclusión de que las acciones en Bolsa, más pronto o más tarde, subirían. Todavía no se expresaba bien en inglés, pero ya leía los periódicos y se hacía una idea de lo que a diario sucedía en Wall Street. A su amigo Hertz Mínsker trataba de convencerlo:

—Escúchame y déjate de tonterías, Hertz. Hazte *businessman*, hombre de negocios, como los demás. Recuerda estas palabras: sólo tienes que dar el primer paso. No cuentes con Freud para ganarte aquí la vida.

—Sabes muy bien que no soy nada freudiano.

—¡Qué más da! Freudiano, adleriano, junguiano… Todo eso no vale un pimiento. Ni una cebolla te ofrecerá nadie a cambio de un complejo de Edipo.

—¡Si no paras de darme la lata con el psicoanálisis, romperé toda relación contigo!

—Vale, vale. No voy a inmiscuirme en tus conocimientos. Es verdad que soy un ignorante en esos temas, pero sí que soy una persona práctica. En América tienes que saber adaptarte. Aquí hasta un rabino debe comportarse como un *businessman*. Ya puedes ser un nuevo Aristóteles que, si te quedas sentado en un rincón en el piso de algún amigo, nadie te hará ni caso. Tienes que darte a conocer. El propio Mesías, si viniera a Nueva York, debería poner un anuncio en la prensa...

Morris Kálisher era de baja estatura, hombros anchos, manos y pies demasiado grandes para su complexión y una cabeza de tamaño considerable, lo que en Polonia se llamaba «una cabeza llena de agua», en cuya calva le asomaban algunos mechones de pelo; por lo demás, tenía una frente alta, la nariz algo torcida, los labios gruesos y el cuello corto. En el mentón se dejaba crecer una perilla, indicio de que no había abandonado por completo su raíz judía. Sus ojos saltones eran grandes y negros como los de una ternera.

Descendía de una familia de *jasídim*, y de muchacho había estudiado primero en la *yeshive* de Gur y más tarde en la corte del *rebbe* de Sochaczew. Lo casaron con la hija de una familia acaudalada que, pocos años más tarde, murió dejándolo con un hijo y una hija. Al hijo, Morris le puso el nombre de Léibele en memoria de su abuelo paterno, y a la hija la llamó Feigue Malke, en recuerdo de su abuela materna. Unos nombres que, más adelante, los propios jóvenes convirtieron en León y Fania respectivamente. León se marchó a Suiza a estudiar y estaba a punto de graduarse en Zúrich como ingeniero eléctrico. Fania, con veintidós años cumplidos, tras haber estudiado en la Universidad de Varsovia retomó sus estudios en la Universidad de Columbia. Más tarde, debido a que no se llevaba bien con su madrastra, abandonó la casa paterna para mudarse a un hotel, americanizó su nombre y se hizo llamar Fanny.

La segunda esposa de Morris Kálisher, Minne, solía jurar por lo más sagrado que trataba a Fanny mejor que una madre y que se sacrificaba por ella, pero la muchacha respondía con maldad a la bondad. Morris sabía que su mujer tenía razón. La joven era de carácter huraño, algo así como una judía antisemita, y se burlaba abiertamente de su padre. En cierta ocasión le advirtió que ella nunca se casaría con un judío, y Morris, por primera vez, le propinó una bofetada. No mucho después, Fanny se marchó de casa. Cada semana su padre le enviaba un cheque por correo.

En ese momento Morris le estaba diciendo a Hertz Mínsker:

—Si no quieres dedicarte a los negocios, abre una consulta. En Nueva York no faltan locos.

—Hay que tener, cómo se llama eso…, una licencia.

—Pero tú has estudiado. Eres un discípulo de Freud.

—Hay que aprobar un examen.

—Bueno, ¿y eso es un problema para ti?

—El inglés me resulta difícil. Además, no me apetece nada dedicar mi tiempo a las damas de Park Avenue. No es eso lo que quiero.

—¿Y qué es, entonces? ¿La luna y las estrellas?

—Déjame en paz. Yo no puedo, en plena catástrofe mundial, comenzar una carrera. Ese Hitler, que lo sepas, no es para tomárselo a broma. Es el propio Satanás, el maligno Asmodeo que ha venido para apagar la última chispa de luz; él por un lado, y Stalin, borrado sea su nombre, por el otro. Se trata de la guerra entre Gog y Magog, si te gustan las comparaciones. Hasta ahora no han caído piedras del cielo, pero ¿qué son las bombas? Los judíos en Polonia corren grave peligro. ¡Quién sabe lo que va a suceder allí! Conociendo todo esto, ¡yo no puedo sentarme a escuchar las lamentaciones de alguna cotorra americana que a sus setenta años se arrepiente de no haber traicionado a su marido cuarenta años atrás! Te lo ruego, no me califiques de psicoanalista. Para mí es el peor de los insultos. Como si me clavaran un puñal en el corazón.

—¡Dios me libre! No pretendo hacerte ningún daño. Sabes lo mucho que te aprecio. Sencillamente, compadezco a tu esposa. Vuestra vivienda no está hecha para ella. Al fin y al cabo, estaba acostumbrada al lujo.

—No la obligué. Ella sabía de antemano dónde se estaba metiendo.

—Así y todo, nosotros los hombres estamos hechos de un barro más robusto. Tenemos nuestras ambiciones, fantasías…, digamos estupideces. Una mujer, en cambio, depende de pequeños detalles. Tus ventanas dan a un muro… Te pedí mil veces que aceptaras aquel otro apartamento en mi edificio. Ahora ya está todo alquilado.

—Yo no lo quería. No lo quería. Ella tampoco. Nos ayudaste a que viniéramos a América, y eso es suficiente. No me voy a convertir en un parásito. Precisamente hoy, Bronie ha comenzado a trabajar.

—¿Ah, sí? ¿Dónde?

—En una fábrica.

—Eso no está bien. No es para ella.

—No la he obligado. Fue ella quien lo quiso. Yo le previne a tiempo. ¿Qué más podía hacer? Además, en realidad no sabemos nada. Ayer soñé que se producía una terrorífica explosión y todos los rascacielos se derrumbaban. Era tan real como si hubiera sucedido de verdad. El Empire State Building oscilaba como un árbol en una tormenta. Sólo fue un sueño, pero no me deja tranquilo.

—A Nueva York nadie lo va a destruir.

—¿Por qué no? Jerusalén también era una hermosa ciudad. Todo depende de lo que decidan allá arriba, en el cielo. Normalmente deciden que triunfen los bárbaros. Así que ¿por qué iba a ser diferente ahora? A menos que hubiera llegado el Día del Juicio Final…

—Entretanto, sin embargo, hay que seguir viviendo… Voy a pedir que te traigan un café y un trozo de pastel…

Hertz Mínsker, alto, delgado y pálido, era algunos años más joven que Morris Kálisher. Alrededor de la calva se había dejado crecer el pelo largo de un color castaño claro. Todo en él era estrecho: el cráneo, la nariz, el mentón y el cuello. Eso sí, tenía una frente despejada, la frente de un rabino. Detrás de las gafas con montura de concha, sus ojos grises observaban entre preocupados y asombrados, como si nunca reconociera el lugar donde se encontraba ni las personas con las que estaba hablando. Durante muchos años había errado de una gran ciudad a otra: Varsovia, Berlín, París, Londres, y en cada una de ellas se extraviaba. En ninguna aprendió cómo llegar al hotel en el que se alojaba o al tranvía que había de llevarlo a casa. Tampoco aprendió a hablar correctamente ningún idioma, salvo el yiddish y un poco de hebreo, aunque sí se atrevió alguna vez a escribir algún texto en alemán, en francés y hasta en ruso. Había estudiado en varias universidades, sin embargo, en ninguna de ellas había llegado a graduarse ni conseguido un título.

Morris solía referirse a Hertz como el eterno alumno de *yeshive*. Siempre llevaba bajo el brazo una cartera repleta de libros y manuscritos. Constantemente apuntaba algo en una libreta, lo que causaba la impresión de que estuviera trabajando, desde hacía años, en alguna obra maestra que sorprendería al mundo. Sin embargo, hasta ahora nada había salido de ello.

Vagando de una ciudad a otra y sumergiéndose en toda suerte de bibliotecas y archivos, Hertz se las había arreglado, no obstante, para casarse cuatro veces, además de haber mantenido quién sabe cuántos enredos amorosos.

Morris Kálisher conoció a Hertz Mínsker cuando éste todavía se cubría la cabeza con una *kipá* de seda, y se dejaba crecer tirabuzones que le llegaban hasta los hombros. El padre de Morris solía visitar la corte del *rebbe* de Pilsen, cargo que entonces ocupaba el padre de Mínsker, conocido como hombre testarudo y cabalista erudito que se había divorciado de tres esposas. Hertz nació de la primera de ellas y en algún lugar debía de tener hermanastros y hermanastras a quienes nunca había visto.

Con el paso del tiempo Morris y Hertz perdieron contacto y, a lo largo de los años, se veían esporádicamente en alguna capital europea o en algún balneario. Cada vez que Morris Kálisher topaba con Hertz, éste se hallaba metido en algún lío. Tenía una extraordinaria habilidad para verse envuelto en embrollos que para cualquiera serían inconcebibles. Acumulaba deudas que, de no pagarlas, podrían costarle la vida. Cuando coincidía casualmente con Morris, exclamaba con una palmada: «¡Del cielo te han enviado! Justo estaba pensando en ti… ¡Ha sido la Providencia!».

Esto lo decía meneando la cabeza y elevando la mirada al cielo. Unas veces andaba escaso de dinero; otras, se le había caducado el pasaporte o el visado, había olvidado un manuscrito en algún hotel o alguien, por alguna razón, lo había denunciado a la policía y amenazaban con deportarlo.

El principal problema de Hertz Mínsker derivaba de haber nacido en Rusia, donde su padre se había refugiado durante algún tiempo, y poseer, desde la Revolución rusa de 1917 y debido a una serie de formalidades y complicaciones, un pasaporte Nansen de apátrida. No era ciudadano de ninguna nación. Y como siempre olvidaba renovar su visado, en cualquier lugar donde se hallara residía ilegalmente. Para sus amoríos con mujeres utilizaba nombres falsos. En algún rincón de Varsovia tenía una hija. En Aviñón, mantuvo una relación con la viuda de un judío sefardí de origen armenio. Ella quedó embarazada y parió un niño. «¡No soy más que un seductor!—solía decir de sí mismo—. Es la amarga verdad…».

Morris Kálisher estaba convencido, no obstante, de que Hertz Mínsker era también un extraordinario intelectual, a su manera un experto en filosofía, e incluso un políglota. Poseía cartas firmadas por Freud. Nada menos que Henri Bergson, en cierta ocasión, había redactado el prólogo para una obra de Mínsker que nunca vio la luz. Había tenido contactos con Alfred Adler, Martin Buber y otras personalidades de fama mundial. Artículos suyos habían aparecido en algunas antologías en hebreo, así como en publicaciones alemanas y francesas.

De la misma manera que Morris Kálisher destacaba por su buena memoria y aún recordaba algunas páginas de la Guemará, Hertz Mínsker lo deslumbraba a menudo con sus conocimientos. Se sabía al dedillo todo el Talmud; citaba extractos del Zóhar y versos enteros en griego y en latín. En lo que respecta al movimiento jasídico, Hertz conocía el nombre de cada *rebbe*, desde el fundador, el Baal Shem Tov, hasta los actuales.

Morris solía preguntarse una y otra vez: ¿cómo podía una mente albergar en su interior tantos conocimientos? ¿Y cómo era posible que un hombre de estudios, un intelectual como era Hertz, se liara con toda clase de mujeres y se metiera en aventuras dignas de un truhán? El misterio era aún más profundo debido a que Mínsker se tenía por hombre devoto. Lo cierto es que había adoptado un peculiar tipo de religión judía: fumaba durante el *shabbat*, pero ayunaba en el *Yom Kipur*; comía alimentos no *kósher*, pero se ponía las filacterias para rezar. Tenía en alta estima a Jesús, pero sentía inclinación hacia el anarquismo.

Alguna vez Morris Kálisher se lo había comentado a Minne, su mujer: «Sólo el Señor del mundo sabe lo que es Hertz, y a veces dudo que ni siquiera Él lo sepa».

Hertz Mínsker había llegado a Nueva York en 1940 acompañado de su esposa, Bronie, quien se había casado con él tras abandonar a su marido en Varsovia. Éste era un comerciante próspero, todo un caballero, hijo de un magnate, y Morris Kálisher lo había conocido en su día. Sin embargo, ya se había habituado a no preguntarle a Hertz acerca de este tema.

En Nueva York, Hertz Mínsker se extraviaba aún más que en las otras grandes ciudades en las que residió. También le iba peor en lo que respectaba a ganarse la vida. Ya desde el primer día se quejó de que el aire de esa ciudad era sofocante. Además, no lograba discernir entre *uptown* y *downtown*. Cada vez que viajaba en el metro sus despistes eran tan ridículos que cualquiera, sin necesidad de estar de acuerdo con Freud, veía en ellos la mano del subconsciente y las contradicciones que lo saboteaban desde su fuero interno.

Le sucedían toda clase de contratiempos: se había dejado la cartera en el ascensor; había perdido un par de gafas que, se lamentaba, era imposible volver a hacerse en Nueva York; por no haber solicitado, al llegar a Estados Unidos, un visado de inmigrante, había entrado con uno de turista y ahora debía prorrogarlo una y otra vez. Para obtener un visado de residente, debía salir del país, por ejemplo a Canadá o a Cuba, y volver a entrar como inmigrante. Y para entrar en alguno de esos países, también necesitaría pedir un visado…

En la cafetería donde estaban sentados, el portorriqueño que fregaba el suelo y a quien Morris había convertido en su camarero puso sobre la mesa un trozo de pudín y un vaso de café para Hertz Mínsker. Éste comenzó a menear la cabeza de un lado a otro y a murmurar algo, como si estuviera recitando una bendición.

—No tengo hambre ni sed—dijo.

—No importa, no te hará ningún daño.

—¿Qué sentido tiene atiborrarse?—reflexionó Hertz, hablando mitad a Morris y mitad a sí mismo—. Envidio a Gandhi. Es la única persona sensata en nuestros tiempos. Llegará un día en que el hombre dejará de comer. Eso es cosa de las bestias. El amor, en cambio, es totalmente diferente. Su esencia es la espiritualidad. Yo no creo en todas estas reglas... No se puede poner bridas al espíritu. Y la verdad es que un hombre puede amar a diez mujeres a la vez y entregarse a cada una de ellas en cuerpo y alma. Si las personas comunes no pueden aceptarlo es porque entre ellas predominan los eunucos... Por esta razón aman tanto las guerras.

—¿Qué tiene que ver una cosa con la otra?

—Existe una relación...

3

Morris Kálisher no continuó mucho tiempo sentado en la cafetería. Tenía cita con algún comerciante. Puesto que quería pagar él la cuenta sugirió que salieran juntos, pero esta vez Hertz se resistió:

—Voy quedarme un rato más—dijo.

—¿Qué vas a hacer aquí? ¿Bendecir el trozo de pudín?

—Quisiera escribir algunas notas.

—Bueno, la voluntad de cada hombre es sagrada. Toma algunos dólares y podrás pagar la cuenta.

—No necesito dinero.

—Tómalo, tómalo. ¡Toma siempre lo que se te da!—bromeó Morris Kálisher—. Y no olvides que mañana por la noche estás invitado, junto con tu querida esposa, a nuestra casa. Minne ya ha comprado media tienda de víveres.

—De acuerdo. ¡Muchas gracias!

—Y no pierdas el tique. Aquí, si lo pierdes, ¡sólo te queda el suicidio!

Morris se levantó para marcharse, no sin antes entregar al empleado portorriqueño una moneda de veinticinco centavos. Iba pensando en Mínsker: «Un hombre genial y, sin embargo, un infeliz. Si no se las arregla pronto aquí en América lo pagará caro». Antes de salir, aún echó una mirada hacia atrás y vio cómo Hertz ya había sacado una libreta del bolsillo delantero y una pluma estilográfica.

«Leibniz estaba equivocado. Las mónadas sí tienen ventanas. Incluso escaleras tienen», escribió Hertz, subrayando la palabra *escaleras* tres veces. Comenzó a hojear la libreta. En un margen figuraban números de teléfono. Una intrigante manía le llevaba a apuntar con caracteres hebreos los números de teléfono y por sus iniciales los nombres. Se puso en pie y fue hacia la cabina. Insertó una moneda y marcó el número. Enseguida oyó una voz femenina:

—*Bitte? Prosze? Hello?*

—Mínnele,[1] soy yo…

Por unos instantes ambos guardaron silencio.

—¿Dónde estás?—preguntó ella finalmente.

—En una cafetería. Saludos de tu esposo. Se ha marchado y yo me he quedado solo. Iba a encontrarse con un hombre de negocios.

—¿Te dijo con quién?

—No lo pregunté.

—¿Quieres venir?

—Es un poco arriesgado.

—Date prisa. He tenido un extraño sueño. Desde que entraste en mi vida tengo unos sueños muy raros. Me pareció que era la fiesta de *Hoshaná Rabbá* y yo agitaba al-

---

[1] En yiddish, el sufijo *-ele* equivale al diminutivo *-ito*, *-ita* en español. Lo mismo el sufijo *-eshi* para un nombre propio.

gunas ramitas de sauce. Una de ellas se resistía a desprenderse de sus hojas. Pese a que yo la sacudía con todas mis fuerzas, no caía ni una sola de ellas. Entonces me di cuenta de que era una rama de palmera, con cestitos llenos de hojas de mirto, entre otras cosas. Agarré una toronja y, en ese momento, se me apareció mi madre, en paz descanse, toda vestida de blanco. También su rostro era blanco, como el de un cadáver. Me asusté, y ella dijo: «Mínneshi, muerde la punta de la toronja».

—¿Y la mordiste?

—No. Me desperté.

—Todo eso tiene que ver conmigo.

—¿Crees que no lo sé? Estás en todas partes. Le hablo a Morris, pero en realidad me estoy dirigiendo a ti. A veces me parece que hasta he adoptado tu modo de hablar y temo que él se dé cuenta, pero sólo piensa en los negocios. Te lo aseguro, este hombre se hará millonario en América. Anoche, acostado en la cama, estuvo despierto hasta la una de la madrugada mareándome con sus negocios. Resulta que ahora ha comprado una fábrica.

—Sería una pena abandonar un marido como ése.

—¿Qué obtengo yo de su dinero? Ven enseguida. ¡Cada minuto cuenta!

—Tomaré un taxi.

—¡Dame un beso! ¡Así! ¡Otro! No seas tan tacaño.

Hertz Mínsker colgó el auricular. Mantuvo un momento abierta la puerta de la cabina para dejar que entrara el aire. Mientras se rascaba la patilla derecha, murmuró: «¡Me he metido en un buen berenjenal! ¡Esta vez no voy a salir bien librado!», profetizó.

Como de costumbre, el moralista malicioso que habitaba en su interior lo amonestó. Mínsker lo denominaba su «predicador», parodiando al ángel que cada noche se le aparecía a Yosef Caro, el gran legislador rabínico.

Comenzó a rebuscar otra moneda en el bolsillo trasero, pero no le quedaba ninguna. Quería telefonear a Aarón Deiches, el pintor. «Bueno, ya lo llamaré desde el piso de Morris», decidió.

Salió de la cabina telefónica y se enjugó el sudor con un pañuelo de seda. Pese a las privaciones que había padecido durante años, Hertz Mínsker usaba ropa de calidad. Le compensaba no comprar la de más bajo precio, ya que, por naturaleza, era persona cuidadosa y un mismo traje le duraba varios años, igual que los zapatos, que apenas desgastaba. En ese momento vestía una chaqueta gris, pantalón de rayas, zapatos lacados, una ancha corbata artística y un sombrero de felpa de ala ancha.

Agarró su cartera y se dirigió a la caja, cerca de la puerta, pero de repente se dio cuenta de que no tenía el tique. Volvió a la mesa y allí tampoco estaba. «Bueno, ahora tendré que suicidarme», bromeó para sí.

Se acercó a la cabina telefónica, pero estaba ocupada. Se mantuvo a la espera. Aunque desde hacía años ya no se dejaba barba, mantenía el hábito de llevarse la mano al mentón, como para tirar de ella cuando meditaba. «¡Ay, estoy perdiendo este mundo y el venidero! Seguro que Morris no se lo merece. ¡Mal, muy mal!».

El hombre que telefoneaba salió de la cabina y Hertz encontró el tique en el suelo. Pagó la cuenta y salió. Enseguida llamó a un taxi y pidió que lo llevara a casa de Morris Kálisher. Durante el trayecto repasó mentalmente las posibles razones para convivir con una mujer. Así como la unión conyugal con la persona predestinada debía nacer del fondo del alma, las relaciones extramatrimoniales, por el contrario, no eran más que un hecho convencional. «No desearás la mujer de tu prójimo» era algo íntegramente basado sobre el principio de posesión, una herencia de tiempos pasados, cuando la esposa era equiparada a un buey o a un asno. ¡En cuanto se abolió la esclavitud, también la esposa dejó de ser una propiedad! A lo largo de todos aquellos años había echado en falta a alguien como Minne. Ella, por lo menos, podría hacer algo por él, siguió pensando. Su esposa Bronie, por desgracia, era una mujer rota. «¡Cometí un error—se dijo—, un amargo error! ¡En fin, lo cierto es que la salvé de la muerte! En Polonia seguro que habría sido aniquilada».

El taxi se detuvo en la dirección solicitada. Morris Kálisher residía en Broadway, entre las calles Sesenta y Ochenta. Hertz pagó al taxista y subió en el ascensor.

Tan desvalido como era para todo lo demás, en asuntos de amor era un experto. Siempre había deseado a las mujeres, física y espiritualmente. Cualquiera que fuera el aprieto en que se encontrara, estaba listo para aprovechar una nueva oportunidad. Era algo así como su opio, sus naipes, su alcohol. Creía que cada individuo tiene una pasión principal, y por ella sacrifica todos los principios, todas las convicciones. Esa pasión número uno era sólo producto del destino de cada cual. Como dijo Nietzsche, se hallaba más allá del bien y del mal.

El psicoanálisis de Mínsker consistía en detectar en cada paciente la pasión número uno que, a veces, debido a un conjunto de causas e inhibiciones, la propia conciencia rechaza. No siempre tiene que estar ligada al sexo, ni tampoco al ansia de poder. Por otra parte, en ocasiones, al hacerse uno mayor, sucede que la pasión número uno se convierte en la número dos, y la número dos en número uno. Se trata de una especie de menopausia psíquica que produce en la persona una terrible crisis interna, ya que las pasiones luchan entre sí para imponer su dominio.

Hertz llamó a la puerta y Minne la abrió enseguida. Ahí estaba, de pie ante él, una mujer rellena, de estatura media, con el cabello negro recogido en un moño y con unos pendientes largos colgando de las orejas. En contraste con esa cabellera, negra como el azabache al igual que los ojos, destacaba su cutis claro, con la nariz un poco larga y los labios gruesos. Al cuello llevaba colgada una antigua cadena con una reliquia, herencia de su abuela. Su busto quizá resultaba demasiado pronunciado, pero a Mínsker le gustaban los senos grandes. Las manos de Minne eran blandas y tiernas, «unas manos rabínicas», diría él.

Para los estándares femeninos, Minne era bastante cultivada. Tenía conocimientos del hebreo e incluso componía poemas en yiddish —que, hasta la fecha, los editores se habían negado a publicar—. También pintaba algún paisaje de vez en cuando. Su modo de hablar oscilaba entre el de una mujer moderna y el de una *rébbetsin*.

—¡Helo aquí! Bueno, ¿por qué te quedas ahí parado? Entra. ¡Bienvenido seas!

Y tendió los brazos a Hertz.

4

Se besaron durante largo rato, inmóviles en una especie de mudo rezo, sumidos en un religioso éxtasis de amor. Mínsker apoyaba las manos sobre las caderas de Minne como sobre un atril. Aunque no coincidía con Freud en muchos aspectos —incluso consideraba que su método estaba plagado de errores y malentendidos—, admitía, por razones muy diferentes, que la libido desempeña un papel fundamental. Pero Freud era, en esencia, un racionalista. Las emociones humanas no eran para él más que el residuo de un sentimiento primigenio, en definitiva, un escollo para la cultura. En este sentido, no estaba lejos de Spinoza, para quien las emociones eran casi superfluas, una especie de espuma de la Creación. Mínsker, por el contrario, era y seguía siendo un cabalista. La Cábala era el auténtico panteísmo, y el espíritu del mal era absolutamente relativo…

Al cabo de un rato, Minne se despegó de él.

—¡Ay! ¡Me he quedado sin aliento!

Su rostro había enrojecido y se había vuelto juvenil, como el de una muchacha tras su primer beso.

—¿Cuánto tiempo puedes besar de esta manera? ¿Hasta el año seis mil?

—¿A ti? Eternamente…

—Bueno, entra y siéntate. Desde que te conocí, sólo deseo vivir para siempre…

—En realidad se vive eternamente…

—Eso lo dices tú… Pero cuando contemplas cómo sepultan a una persona, te resulta impactante. Ayer mismo acudí al funeral de una mujer que había vivido sin pareja y que jamás conoció el amor… ¿Qué sentido tiene haber pasado tus años en soledad?

—Son cosas del destino.

—Sí, tienes razón. Todo está preconcebido. Cuando me pongo a pensar sobre mi vida, veo nítidamente cómo una mano me ha ido guiando. Poco antes de que tú te presentaras, todo empezaba a volverse gris. De pronto me había quedado sin esperanza. Pero en ese instante te enviaron a mí. En cuanto te conocí, supe que así era… He escrito un nuevo poema.

—Léemelo.

—¿Aquí? ¿En el vestíbulo? Entremos primero.

Minne no sólo escribía, pintaba y leía libros serios, sino que además era buena ama de casa. Morris Kálisher disfrutaba de su buen hacer. Con su primera esposa, en paz descanse, a pesar de que no le faltaban criadas, el desorden imperaba en la vivienda. A Minne, en cambio, le ayudaba una asistenta sólo dos veces a la semana, pero en la casa todo resplandecía. También a Mínsker le impresionaba esto y comparaba aquella cocina con una farmacia. El parquet brillaba como un espejo en todas las habitaciones. En los jarrones había siempre flores frescas que difundían su fragancia. Pese al calor en el exterior, el piso se mantenía ventilado y fresco, pues algunas de las ventanas no daban a la calle, sino a un patio de luces.

Minne tomó por la muñeca a Hertz y lo condujo al comedor.

—¿Qué puedo ofrecerte?

—A ti misma, y nada más.

—¿Un vaso de zumo de naranja con hielo? ¿Tal vez un poco de *borsch* frío? ¿O quizá un bollo con arándanos y nata?

—Nada, nada. Acabo de comer.

—¿Qué temes? Las personas como tú no engordan.

—No tengo hambre.

—A mi lado debes estar siempre hambriento.

—No podría comer ni beber.

—De acuerdo. Entonces, un poco más tarde. Mi poema no te va a gustar, pero crea un cierto estado de ánimo. Desde que tú me hablaste de la escritura automática, empecé a escribir de modo automático. Pongo el lápiz sobre una hoja de papel y todo fluye sin pensar. Te reirás, pero al escribir siento el impulso a hacerlo de izquierda a derecha, como se veía en un espejo, al contrario de como escribimos en yiddish.

—¿Tal vez estés sometida a algún control externo?

—¿Qué clase de sometimiento es ése?

Mínsker le explicó que un control externo era un médium espiritual. Luego, Minne le leyó su poema.

—¡Excelente! ¡Una obra maestra!

—Eso lo dices tú. Los editores me lo devolverán con el sello: «No publicable».

—Lo publicaremos en nuestra propia revista.

—Muy bien. ¡Ojalá! Contigo puedo lograrlo todo. Si te propones que haya una revista, habrá una revista. Puede sonar banal, pero tú me has dado alas. En cierta ocasión le leí a Morris unos versos míos, sencillamente para oír cómo sonaban pronunciados por mis propios labios. Le gustaron, pero no supo decir por qué. Para él sólo tiene importancia el saber. Da igual si se trata de un poema o un libro de contabilidad. Morris es una buena persona, pero es primitivo. Desde que te conocí a ti, no me explico cómo he podido convivir con él todos estos años aguantando, además, los caprichos de su hija. Gracias a Dios, ya se marchó de casa. Si regresara, Dios no lo quiera, yo empaquetaría enseguida mis bártulos y huiría. Dime, ¿qué ves en mi poesía?

—Fe.

—Sí, soy creyente. Lo he sido siempre. La religiosidad de Morris, sin embargo, me pone de los nervios: esto está permitido, esto está prohibido... Bueno, lo cierto es que lo que hacemos tú y yo es pecado...

—Lo que para algunos es pecado, para otros es una buena acción.

—Para mí es un tormento. No puedo mirarlo a los ojos. Se puede traicionar a un marido si es un canalla, como lo era el otro, Krimsky, pero Morris, ¿qué culpa tiene de no poseer tu espíritu? Admirarte, desde luego te admira como si fueras el rabino más sabio. Te elogia tanto, que a veces no puedo soportarlo. La verdad es que me hablaba de ti todo el tiempo, desde antes de tu llegada a América, y yo empecé a anhelar que aparecieras...

—Eso lo oigo por primera vez...

—Ya te lo había dicho antes.

—Bueno, entre los hombres eso ocurre con bastante frecuencia. También entre las mujeres. Durante algún tiempo tuve una amante que me hablaba de su amiga día y noche. La amiga estudiaba en Italia y mi amante solía escribirle largas cartas, en las que le contaba todo acerca de mí. Y el resultado fue que… Bueno, al final, eso se convierte en algo parecido a la labor de un casamentero. En ciertas personas existe como un impulso de compartir el amor.

—Yo, gracias a Dios, carezco de ese impulso. Te quiero sólo para mí. Quizá soy una persona egoísta.

—Raquel y Lía, en la Biblia, no eran egoístas. La primera entregó Bilhá a Jacob y la otra le entregó a Zilpa.

—Y el muy santo las tomó, ¿eh? ¡Ay, Hertz! ¿Qué debemos hacer?

—Tú lo sabes bien.

—Yo quiero estar contigo, sólo contigo. ¿Qué has hecho con tu esposa?

—Ha ido a trabajar en una fábrica.

Minne meneó la cabeza de un lado a otro.

—¿Qué clase de fábrica?

—Una fábrica. Redecillas para el cabello o algo parecido.

—¿Y tú has permitido que fuera?

—Es lo que ella quería.

Minne reflexionó un instante.

—¿Sabes, Hertz? La envidio por tenerte como marido, pero trabajar en una fábrica no es para ella.

—No la he obligado.

—Tú y yo tenemos que replantearnos toda la situación. Debemos llegar a una conclusión clara… ¡Ah! Mañana vendréis a cenar con nosotros.

—Ella regresará del trabajo a partir de las seis—dijo Hertz.

—Eso será si aguanta hasta mañana. Yo también intenté aceptar un empleo cuando llegué a este país. Pero aquí, si una mujer sale a buscar trabajo, la tratan peor que en Polonia. Aquí la pobreza es la mayor humillación. Un maestro que enseñaba el Pentateuco a los niños me contó alguna vez que uno de los muchachitos le preguntó: «¿Nuestro maestro Moisés recibía un salario o tenía su propio negocio?». Esto es América. Y a propósito, ¿cuál debió ser la verdadera respuesta del maestro?

—Que en aquellos tiempos se alimentaban del maná.

—Ven. Tú eres mi maná y yo te voy a engullir. Se lo contaré a Morris, ¿me oyes? ¿Qué puede hacerme? También yo tengo derecho a amar a alguien.

—¡No hagas nada sin mi conocimiento!

—¿De qué tienes miedo? No te va a propinar latigazos. Si me amas de verdad, tendrás que buscar un camino. Juntos saldríamos adelante en América. En el peor de los casos, yo también podría hacer algo.

—¿Qué, por ejemplo?

—Trabajar en la inmobiliaria…

SEGUNDA PARTE

I

Cuando Mínsker salió de la vivienda de Morris Kálisher, ya eran casi las cinco de la tarde. Así como, a primeras horas de la mañana, Broadway rebosaba frescor—los frutos que se exhibían ante los puestos de venta, casi recién arrancados, parecían aún envueltos por el rocío, y el pavimento relativamente limpio—, a esa hora la calle parecía de nuevo extenuada por el calor, asada al sol. La basura de papel, originada por los periódicos de la tarde ya desechados aunque acababan de salir, ya desprendía molestos y rancios olores. El aire apestaba a gasolina. A través de las rejillas del metro subía un hedor caliente, como de un crematorio subterráneo. Los automóviles chirriaban y los transeúntes caminaban cansados, los hombres con la camisa colgando y las mujeres con el vestido empapado de sudor. Se oyó el zumbido de un avión atravesando un cielo metálico. En una caseta decorada con césped artificial y cortezas de coco talladas en forma de caras monstruosas, grupos de peatones se refrescaban con bebidas frías. Vendedores de periódicos pregonaban sus titulares acerca de ciudades bombardeadas, poblaciones destruidas y ejércitos derrotados. La línea Maginot, sobre la que Francia y los demás pueblos civilizados habían depositado tantas esperanzas, ya había sido derribada. Ahora los cañones apuntaban en dirección opuesta.

Hertz Mínsker, tras dar algunos pasos, se detuvo unos instantes y luego continuó caminando. «¿Es esto América? —se preguntó, como si acabara de desembarcar. Y a continuación añadió—: ¿Es esto el mundo? ¿Y éste soy yo?».

En su interior escuchó algo parecido a una risa. De muchacho soñaba convertirse en un segundo rabí Najman de Breslavia, ayunaba y tragaba alimentos sin masticar en su deseo de adelantar la llegada del Mesías o incluso de serlo él mismo… «¡Bueno, soy un fracasado!—se dijo en voz alta—. Shabtai Tzvi,[1] el falso Mesías, comparado conmigo, fue un santo…».

Sus encuentros con Minne le deparaban una satisfacción como no había saboreado en mucho tiempo. Minne mezclaba palabras sagradas con obscenas y contaba historias que lo excitaban. Ella era, lo mismo que él, una extraña mezcla de santidad y de impureza. Estar a su lado era toda una experiencia espiritual…

Ahora bien, terminada la exaltación llegaba el desánimo. Se desvanecía cualquier justificación a la que Hertz hubiera recurrido para pecar con la esposa de Morris Kálisher. Cada promesa y cada juramento que intercambiaba con ella en los minutos de pasión luego le sonaban a frases huecas. Él estaba en América como turista, sin pasaporte y sin trabajo. De hecho, vivía a costa de Morris Kálisher. En cuanto a Bronie, su esposa, por culpa de él había abandonado a su marido y sus dos hijos. Al llegar la noche, ella lloraba con desconsuelo. Había aceptado trabajar en la fábrica a fin de poder enviar de vez en cuando algún paquete de comida a los suyos, a la Varsovia ocupada por los nazis. «¿Hasta dónde podía llegar la maldad de un Hertz Mínsker?», iba rumiando él mientras caminaba. Él no era mucho mejor que Hitler… En realidad, Hitler sólo era la suma de millones de canallas anónimos como Mínsker. Simple aritmética…

Sintió calor, a la vez que temblores. Frente a un escapara-

---

[1] Rabino del siglo XVII, nacido en Esmirna (Imperio otomano), inspirador de un fracasado movimiento mesiánico.

te de zapatos ortopédicos y de modelos en plástico de pies tullidos se detuvo, dispuesto en ese momento y en ese lugar a resolver el dilema y tomar una determinación. ¿Suicidio? No estaba preparado para ello. El ansia de vivir y de conocer el desenlace del drama mundial que estaba desarrollándose en Europa era más fuerte que todas las consideraciones. Tenía que conseguir un visado de permanencia. Debía buscar alguna ocupación. Continuar sacándole dinero a Morris Kálisher era ya una ignominia que no podía soportar... Había oído hablar de otros inmigrantes que aceptaron trabajar como estibadores o en fábricas de munición, pero él nunca había realizado trabajos físicos. Se reirían de él. Alguien le sugirió que intentara escribir para periódicos yiddish, pero el yiddish de América estaba repleto de anglicismos. Cada pensamiento había que dárselo masticado a los lectores. Además, no aceptarían publicarlo. En el anuncio con el que se dio a conocer a su llegada a América, casi lo habían ofendido al escribir su nombre con feos errores. Así era su destino, nada más llegar a algún lugar le surgían enemigos. Todo en él era un enigma, de principio a fin.

Continuó su paseo observando cada escaparate y cada camión que pasaba. ¿Qué no se vendía en América? En los comercios se exponían zapatos, camisas, lencería, pasteles, más zapatos, más camisas... En los anuncios de los camiones de transporte fue leyendo: «Lincoln Laundry», «Office Furniture», «Macy's», «Phillip's Oil», «Cohen's Rubber Products».

«¿Quién será ese Cohen?—se preguntó—. ¿Y cómo se habrá hecho tan experto en artículos de goma? Su padre seguramente ejercería de bedel en alguna sinagoga del pueblo de Eishyshok. Ambos habrían empezado aprendiendo algún oficio en América o habrían emprendido algún negocio. Habrían seguido una vida ordenada: matrimonio, hijos y luego nueras, yernos, nietos y, finalmente, camiones conducidos por otros. Cuando un Cohen como ése fallecía, la esposa heredaba sus millones, además del seguro de vida, y enseguida se casaba con un míster Levy… Al llegar *Rosh Hashaná*, el señor Cohen acudiría a la sinagoga en su limusina, recitaría la oración para recordar a su difunto padre y donaría mil dólares para Tierra Santa, a fin de que los judíos pobres trabajasen allí la tierra».

«¡No, yo no podría hacer lo mismo que ese Cohen!—gritó Hertz para sí—. En cuanto salí del vientre de mi madre supe que todo era vanidad de vanidades. A los cinco años ya pensaba lo mismo que ahora. Ésa es la pura verdad… Mientras tragaba la leche de mi mamá, ya me hacía las preguntas eternas».

Siguió caminando en dirección *uptown*. «El asunto con Bronie fue una locura—pensó o murmuró—. ¡Esto fue lo que mató dentro de mí todo lo demás!».

Al llegar a la calle Noventa y seis se acordó de que Bronie le había encargado llevar una libra de carne picada a casa. Ahora que había empezado a trabajar, ella tendría que preparar cenas rápidas. «Pero ¿dónde hay por aquí una carnicería? Bueno, quizá más adelante—se dijo, y pronto avistó una carnicería *kósher* al otro lado de la calle—. ¿Y a quién le importa que sea *kósher*?». Al abrir la puerta, lo asaltó un penetrante olor a carne, sangre y grasa. En el escaparate colgaban pollos con los cuellos rajados y los ojos vidriosos. Cada vez que veía una escena como ésa, Mínsker se sentía turbado. Ya se había hecho vegetariano un par de veces, pero también para esto le había faltado fuerza de voluntad. Al cabo de unas pocas semanas, o meses a lo sumo, había vuelto a comer carne, algo que en su fuero interno significaba la negación del humanismo y de la religión, un bochorno y una vergüenza para el género humano. Lo atormentaba tanto que le quitaba el sueño. «¡Vamos, soy un fantoche, un puro fantoche! En fin, si Bronie llega a casa y no encuentra su libra de carne, armará un escándalo». Pensó que también ella era digna de suscitar compasión, necesitaba alimentarse, lo mismo que una leona o una loba. «Al fin y al cabo, Dios es el responsable. Él fue quien creó animales que para sobrevivir tienen que matar. En esto ya no puede hablarse de libre albedrío. A menos que aceptemos que en el cielo el Poder Supremo coexiste con otro poder, de modo similar a una burocracia. Así se deduce de lo escrito en los Salmos: «Dios comparece ante el concilio divino. Ante los demás dioses, les reprocha: "¿Hasta cuándo juzgaréis injustamente?"».[1]

Tras recorrer algunas manzanas más allá de la calle Cien, Hertz giró a la izquierda. Echó una ojeada al río Hudson, cuya corriente, entre dorada y plateada, desde ese punto parecía angosta y como solidificada, hastiada de fluir en un eterno retorno (el pensamiento que condujo a Nietzsche a la locura)… El ascensorista, Sam, con semblante encendido y la mirada turbia, buscaba consuelo en su botella de whisky. Una mamá y una abuela entraron en el ascensor empujando un cochecito de bebé. Acostada sobre una almohadilla rosa se veía a una niña menudita. «Están criando una nueva Bronie, una nueva Minne», se dijo Hertz. Curiosamente, la criatura sólo le miraba a él y le sonreía con su boquita sin dientes. Incluso le saludó con las manitas. La mamá y la abuela se echaron a reír. Cuando al llegar a la quinta planta sacaron el cochecito del ascensor, la niña pareció despedirse de él agitando sus deditos.

—¡Tiene usted mucho *success* con las *ladies*!—dijo la abuela a Mínsker.

Hertz asintió con la cabeza. Quiso decir algo por cortesía, pero en ese momento había olvidado por completo el

[1] Salmo 82, 2.

31

poco inglés que había aprendido de los diccionarios, así como de la lectura de *La tempestad* de Shakespeare.

2

Hertz Mínsker y Bronie no residían en un apartamento propio. Se habían instalado en el piso de una viuda, la señora Bessie Kimmel, una mujer que, además de dentista, se dedicaba a la teosofía, el espiritismo y la escritura automática, así como a pintar cuadros también de modo automático, e incluso a fotografiar fantasmas. El piso de la señora Kimmel era amplio. La habitación que alquilaron Hertz y Bronie daba derecho a usar la cocina. Mínsker, que había traído de Europa cartas de recomendación dirigidas a varios investigadores en parapsicología de Nueva York, conoció a la señora Kimmel durante una *seance* en algún lugar del Central Park West. En realidad, Mínsker no necesitaba recomendaciones, pues ya era conocido en esos círculos: revistas americanas en lengua yiddish habían publicado varios artículos suyos sobre la Cábala, los *dibbuks* y los duendes, además de otro acerca de un edificio embrujado que él había investigado personalmente. Los lectores de revistas sobre ocultismo no suelen olvidar nombres.

La señora Kimmel no se encontraba en el piso, pero Hertz tenía su propia llave. El apartamento poseía una atmósfera especial que Mínsker detectó en cuanto abrió la puerta. En contraste con el bullicio de Nueva York, allí reinaba un silencio sobrenatural. Era difícil creer que una puerta y unas paredes pudieran, por sí solas, producir tal aislamiento. Creyera uno o no en los poderes de la señora Kimmel como médium, lo cierto era que su espíritu se cernía sobre esa vivienda, así como, literalmente, la presencia de otros seres. Se podía oír el pesado silencio de las fuerzas que desearían hablar, poder hacerlo. Hertz se decía que no eran imaginaciones suyas. Lo mismo que el apartamento estaba sometido a radiaciones electromagnéticas portadoras de toda clase de cancioncitas tontas, fútiles anuncios, música de jazz, propaganda nazi y comunista, y quién sabe qué más, y todo ello se hacía audible en cuanto alguien ponía en funcionamiento un aparato de radio, ¿por qué no iba a haber lugar también para otra clase de vibraciones? Dado que el tiempo y el espacio no eran más que ilusiones, y las categorías de la razón tampoco poseían sustancia física, todo caía dentro de lo posible. No era de sorprender en absoluto, por tanto, que incluso Kant hubiera creído en Swedenborg y sus milagros…[1]

Colgados a lo largo del pasillo había cuadros pintados automáticamente por la señora Kimmel: siluetas borrosas, figuras aladas, velos, rostros neblinosos, vestidos orientales, colas de trajes de fiesta en la sombra… Uno de los cuadros representaba a un animal con hocico de cerdo y múltiples ojos, como un Ángel de la Muerte. Desde aquellas paredes te miraban pájaros de otro mundo, seres mitad hombre y mitad bestia, y mosaicos coloreados que sugerían flores así como excrecencias glandulares.

La señora Kimmel había elaborado su propio dogma, extraído de toda clase de fuentes. Hablaba con una seguridad que asombraba a Mínsker. En cierta ocasión le contó cómo había llegado al ocultismo. De muchacha había padecido tuberculosis, y además se le había desarrollado un tumor en los riñones. Aunque los médicos, según contaba, la habían desahuciado, ella había decidido en su fuero interno construirse un organismo nuevo. Haciendo uso de su fuerza de voluntad, reconstruyó su cuerpo e introdujo

---

[1] Emanuel Swedenborg (1688-1772), filósofo y místico sueco, autor del libro *Del Cielo y del Infierno*.

en él órganos nuevos, igual que se cambian los muebles de una habitación.

No pasaba día sin que la mujer le trajera a Mínsker algún «mensaje» de los maestros celestiales que controlan el mundo y que, poco a poco, a lo largo de sucesivas épocas, preparaban el reino de los cielos. La señora Kimmel sostenía que él, Mínsker, no había llegado a América por casualidad: lo habían enviado con una determinada misión. Ella, por tanto, tenía la obligación de fijarle directrices y aclararle toda clase de misterios cuyo significado sólo podía recibir desde allá arriba...

«Bueno—se preguntaba Mínsker—, ¿acaso creer en Hitler o en Stalin es mejor? Ella está más cerca de la verdad que los comunistas y los nazis... Al menos su mirada se dirige a las alturas y no hacia abajo». Se acordó de que todavía llevaba con él la libra de carne picada. Entró en la cocina y la colocó dentro del frigorífico. Luego, en el cuarto de baño, vio que había una cucaracha dentro de la bañera que intentaba subir por la pared de porcelana pero resbalaba. Su primer impulso fue aplastarla, mas enseguida se contuvo. Al igual que esa cucaracha, millones de seres, judíos y no judíos, estaban en ese momento sometidos a la brutalidad de los más fuertes. Mínsker era para esa cucaracha lo que los nazis y los bolcheviques para aquellas personas. «La voy a salvar—decidió—. Hay que hacer algo bueno también. Tal vez esta buena acción redunde en el futuro en mi favor». Arrancó un trozo de papel higiénico, dejó que la cucaracha se subiera encima y luego la arrojó al suelo.

—¡Todavía estás predestinada a seguir viviendo!—declaró—. Pero cuidado, no te entregues demasiado a eso de «creced y multiplicaos».

Hertz entró en su habitación. Aunque Bronie había decorado el cuarto en la medida de sus posibilidades, los muebles eran modestos y mostraban su desgaste por el uso. En el tapizado del sofá se veía una gran mancha. Apoyada sobre una mesita había una fotografía de los hijos de Bronie: Karola y Yúzhek. Esas dos caritas eran como un acta de acusación contra él. El día entero repetían lo mismo: «Nos has arrebatado a nuestra mamá». En ese momento, Karola y Yúzhek, abandonados en el gueto de Varsovia, llevarían sobre la ropa un parche con la estrella amarilla.

Mínsker solía imaginar que también en el infierno los pecados de cada persona estarían así expuestos, de tal modo que, hacia donde dirigiera uno la mirada, toparía con un retrato de sus transgresiones y de las angustias que había causado en vida.

Tumbado en el sofá, podía escuchar la agitación que le embargaba por dentro. Las pasiones, las preocupaciones, los temores, ronroneaban en su interior como un motor dentro de una máquina. Con el pulgar y el dedo índice de la mano izquierda asió la muñeca derecha y se tomó el pulso durante un instante, mientras observaba la esfera del reloj de pulsera. El corazón le latía demasiado rápido. De vez en cuando, parecía saltarse algún latido. En lugar de sesenta pulsaciones por minuto, contó noventa.

Como era habitual en sus visitas a Minne, ese día también se había atiborrado de exquisiteces: pudines, compotas y tartas que ahora le pesaban en el estómago. Sentía que, además, empezaba a dolerle la cabeza. Miró de reojo la fotografía. «No puedo soportarlo más. Le voy a decir que la esconda en el cajón».

En su mente, los pensamientos parecían luchar por salir del subconsciente en un combate que Hertz observaba como un espectador pasivo. Por ejemplo, ¿qué habría sido de Frida? ¿Y qué sería de Lena, su hija? Comenzó a calcular la edad que tendría ahora, dieciocho años, ya una mujer. Tal vez ya no fuera virgen. Un pensamiento perverso cruzó por su cabeza, como si hubiera escapado del lugar donde estaba preso y, aviesamente, tras llevar a cabo su cometido, volviera a esconderse como un duende. Sí, lo que Mínsker había hecho a las hijas de otros alguien podría hacérselo a la suya. ¿La habrían violado los nazis? ¿Habría dado ella su consentimiento? Bueno, pero ¿qué era una hija o un hijo? ¿Qué relación había entre las generaciones? Cada cuerpo permanece para siempre ajeno a otro cuerpo. Incluso el propio cuerpo es para cada persona un extraño, un enemigo.

Hertz oyó cómo se abría la puerta del apartamento. Era Bronie. Sintió el crujido del papel de los paquetes que ella traía para la cena. Tal vez habría encontrado además una ganga en alguna tienda.

—*Darling*, ¿estás aquí?—la oyó decir.

«¡Dale con el *darling*! ¡Lo que me faltaba!», se mofó él para sus adentros, y respondió:

—¡Sí, estoy aquí!

Bronie entró y se plantó delante de él: más alta que la media, rubia, esbelta y medio despeinada, con un vestido de color claro que se había arrugado y manchado ligeramente en el transcurso del día y el semblante abrumado por el calor, el trabajo y las preocupaciones. Había perdido peso, lo cual le confería un aspecto juvenil, eso sí, de una joven exhausta. Hertz la examinó con ojos de experto: una auténtica belleza rubia, con ojos azules, y brazos y piernas perfectos. No había en su figura el menor defecto estético. Sólo las ojeras azuladas, al igual que todo su ser, delataban cansancio, pesadumbre, decepción.

—Bueno, ¿cómo te ha ido?—preguntó Hertz.

—¡Oh! Prefiero no hablar de ello. Tengo que acostarme unos minutos. No me tengo en pie…

3

Hertz se levantó del sofá y Bronie se acostó de inmediato. Su aspecto era el de alguien a quien el cansancio ha dejado sin aliento. Él se acercó a la cómoda.

—Trabajar en una fábrica no es para ti—le dijo desde allí.

—¿Y qué es para mí? ¡Déjame en paz!

—Quizá yo podría hacer algo.

—¿Has traído la carne?

—Sí, está en el frigorífico.

—Estaba segura de que lo olvidarías. Tal vez podrías poner la mesa. Pensándolo bien, no. No hagas nada. Ya lo haré yo todo. Sólo voy a descansar cinco minutos. No puedo ni describirte cómo estaba el metro. No sé cómo he salido viva. ¿Hay alguna noticia de Polonia?

—No. Ninguna.

—¿Algún correo para mí?

—Nada.

—En la fábrica he conocido a una mujer que recibe regularmente cartas desde Polonia. Además, envía paquetes de comida que sí llegan a su destino. No te lo vas a creer, pero conocía a Wladek.

—¿Cómo dices? Bueno, da igual.

—Resulta que esa mujer trabajó en algún momento en el negocio del padre de Wladek. Me explicó qué debía hacer yo en la fábrica. Allí somos las únicas trabajadoras no portorriqueñas.

—No vuelvas a ir a esa fábrica.

—¿Qué dices? Si no vuelvo, no me pagarán el trabajo de hoy. La fábrica no pertenece al sindicato. El encargado es una persona horrible. Me ha echado una bronca…, casi me pega. Al menos, allí voy a aprender qué significa trabajar en una fábrica.

—Aprenderás muchas más cosas a mi lado.

—Sí… ¿Qué has hecho todo el día?

—Me he encontrado con Morris.

—¿Eso es todo?

—También he estado en la biblioteca.

—Deberías haberle dicho a Morris que mañana no podré estar en su casa a las seis de la tarde. No podré ir directamente desde el trabajo. Antes tendré que ducharme y cambiarme de ropa. En el mejor de los casos, podré estar allí a las siete.

—Ya se lo he dicho.

—Llama a Minne. Él no se acordará de decírselo. Si ella sabe que llegaremos tarde, no preparará la cena demasiado pronto.

—La llamaré.

—No libro hasta el jueves, pero quiero preparar un paquete para enviarlo a Varsovia. ¿Te podrías ocupar tú? Hay que comprar varias conservas. En especial, carne enlatada. Te daré dinero. Y otras cosas nutritivas: alubias con tomate, macarrones, sopa de champiñones. Añade también algunas latas de sardinas. La mujer me dijo que ella había enviado también un salchichón. Al parecer, allí hay una terrible hambruna. Alguien leyó en la prensa que desde la primera semana se comen la carne de caballos muertos. Gran parte de los hombres ha huido a Rusia, pero ¿cómo habría podido escapar Wladek con los niños? La gente huyó a pie, pues el servicio de trenes quedó bloqueado enseguida. Y, además, Wladek es un anticomunista empedernido. En Rusia, lo habrían fusilado en el acto. No puedo comprender cómo es posible que otros reciban cartas y confirmaciones de que sus parientes han recibido los paquetes, mientras que de los míos no me llega ninguna noticia. A veces pienso que todos ellos deben de estar muertos…

—Estarán vivos, estarán vivos.

—¿Cómo lo sabes? ¿Acaso la señora Kimmel ha hablado con ellos por telepatía?

—Pocas personas han perecido debido a las bombas.

—Miles. Edificios enteros se han derrumbado. La mujer me lo dijo abiertamente: si no recibo ninguna respuesta, no tiene sentido que siga enviando paquetes. Pero entonces, ¿qué debería hacer? Bueno, voy a preparar la cena.

Bronie se levantó pesadamente y, con pasos vacilantes, se dirigió a la cocina. Parecía que cojeara. Hertz la observó de reojo. «¡Otra víctima!», murmuró, y se tumbó de nuevo en el sofá. «¡Tengo que empezar a ganar algo de dinero!—se dijo—. Me dedicaré simplemente a fregar platos, eso sí lo podría hacer».

Se le ocurrió pensar en la obra que llevaba años escribiendo y cuya primera parte ya estaba casi terminada. A su llegada a América, Aarón Deiches, el pintor, le había infundido grandes esperanzas. Le aseguró que en este país era fácil conseguir un editor, así como alguien que tradujera el libro, del yiddish al inglés. Únicamente tendría que presentar antes una sinopsis del contenido. Mínsker debería buscar un agente. Hasta el presente, sin embargo, no lo había conseguido. Ningún agente quería ocuparse de una obra escrita en una lengua extranjera. Por otra parte, le dijeron que los editores norteamericanos rara vez publicaban sólo el primer volumen de una obra. En América preferían esperar a que las cosas estuvieran terminadas. Mínsker llegó a redactar una especie de sinopsis e hizo que la tradujeran. Así y todo, varias editoriales le exigieron ver, como mínimo, una parte de la obra traducida al inglés.

Tampoco la sinopsis, tras varias semanas de trabajo, le había salido a Hertz como él hubiese querido. Era imposible compendiar en pocas palabras lo que él predicaba: una combinación del hedonismo de Spinoza y el misticismo cabalístico, e incluso algún elemento de la renacida idolatría.

Según defendía en la obra, disfrute y religión eran la misma cosa. A lo único que obligaba el temor a Dios era a disfrutar de la vida. Hertz soñaba con sinagogas en las que los fieles organizarían «excursiones del alma». Proponía que la religión se transformara en una especie de laboratorio donde se experimentaran todas las posibilidades del placer, tanto físico como espiritual. Cada cual debería servir o bien a un Dios único, a su manera individual, o bien a la vez que a otros. Dios y los ídolos no implicaban una contradicción, había escrito Mínsker. Dios debía proporcionar a sus servidores satisfacciones similares a las que los ídolos ofrecían a los suyos.

En su libro, había intentado rescatar las enseñanzas de Shabtai Tzvi al mismo tiempo que descubría profundas connotaciones en los aforismos posteriores de Jacob Frank,[1] el otro falso Mesías. Incluso justificaba las perversiones sexuales, mientras no causaran ningún sufrimiento al otro participante.

«Todo es amado por Dios—había escrito Mínsker—. El Padre Celestial desea que sus hijos disfruten jugando y no le importa cómo. Sólo exige que nunca construyan su felicidad sobre la desdicha ajena. Toda la ciencia, toda la sociología, todos los empeños humanos deberían tener como objetivo descubrir los métodos para hacer realidad este principio». Mínsker adoptó como lema la cita de Isaías: «Aprended a hacer el bien». Debería desarrollarse una ciencia que enseñara cómo hacer el bien, pero no sólo a los demás, sino también a uno mismo. En este aspecto el hombre de hoy era un ignorante. Conocía millones de hechos históricos, pero había olvidado aprender cómo jugaron sus propios antepasados...

---

[1] Nacido Jakub Lejbowicz (1726-1791), rabino de origen ucraniano que inspiró otro falso movimiento mesiánico, en la misma línea de Shabtai Tzvi.

Cuando Mínsker comenzó a escribir esta extensa obra, se propuso poner en práctica sus ideas. Durante algún tiempo incluso mantuvo un diario, una especie de comentario y ejemplo de la aplicación de su teoría. Ahora bien, se enredó en su redacción tanto como en su vida. En vez de aportar felicidad, causaba sufrimiento. También a sí mismo se atormentaba. No disfrutaba de un solo día de reposo. Se había convertido en la encarnación de lo opuesto a su propia doctrina...

Bronie, desde la cocina, lo llamó a comer, pero él no tenía hambre. Se levantó con desgana. «¡La institución matrimonial es radicalmente antirreligiosa!», pensó.

—¡Hertz! ¡La carne se enfría!

TERCERA PARTE

I

Morris Kálisher había invitado a cenar, además de a Mínsker y Bronie, a otras dos parejas y dos personas más que acudirían solas. Morris podía confiar en Minne y su buen hacer como ama de casa. Así como su anterior esposa, cuando iba a recibir invitados, entraba en pánico, Minne en cambio lo planificaba todo. Encargaba a los comercios el envío de las vituallas y contrataba a una mujer que en Polonia solía cocinar para los banquetes de boda. Además, hacía venir a otra ayudante para servir la mesa. Minne no tenía que mover un dedo.

A las seis de la tarde en punto todo estaba preparado: los aperitivos, la comida principal y los cócteles. La mesa del comedor ya estaba puesta y el asiento para cada invitado asignado de antemano.

El mismo día de la celebración de la *party*, Minne había estado leyendo una novela en yiddish. Incluso compuso un par de poemas. A las cinco y media se vistió, se arregló el peinado, se puso las joyas y se roció con un perfume que a Mínsker le agradaba.

Encontrarse con Bronie era siempre un tema delicado para Minne. Bronie era todavía guapa y los varones la hallaban muy atractiva. Sin embargo, Minne sabía que, debido a sus preocupaciones y problemas, Bronie se había vuelto frígida. Hertz le había jurado a Minne que jamás sintió deseo sexual hacia una mujer rubia. Por si esto fuera poco, Minne tenía a Bronie por estúpida. El hecho de robarle el marido a esa altanera y asimilada hija de familia rica le divertía, además de hacerle sentir su poder, tanto sobre Hertz como sobre Morris, su esposo. Su engaño la había transformado en una actriz que interpretaba con seguridad su papel. No necesitaba ensayar, se manejaba con total naturalidad...

Los primeros en llegar fueron Albert Krupp y su esposa, Flora. Albert ejerció como abogado en Polonia, pero en América se hizo especulador de la Bolsa. Logró emigrar algunos años antes de la Segunda Guerra Mundial, tras casarse con Flora, hija de familia rica.

Cuando llegó a Nueva York las acciones en Wall Street se hallaban en su punto más bajo, pero Albert tenía la convicción de que iban a subir. El asunto se convirtió para él en una obsesión. Invirtió en valores de Bolsa todo el dinero que poseía. Aunque hasta el presente no había obtenido beneficios, confiaba en que pronto se haría rico. En la actualidad vivía de los dividendos, además de los beneficios de una pequeña fábrica de fajas que Flora, su mujer, había fundado.

Albert Krupp provenía de una pudiente familia jasídica de Zywardow. En realidad, nunca valió para ejercer la abogacía. Se caracterizaba por un fatigoso y lento modo de hablar y una mente perversa. En Polonia había vivido siempre a costa de su padre. Ahora se iba a dormir tarde y se levantaba también tarde. El día entero lo pasaba en bata y pantuflas. Era veinte años mayor que su esposa y se teñía el cabello.

Físicamente se distinguía por su baja estatura, hombros robustos y rostro cuadrado, la frente baja y la nariz ancha, los labios gruesos, una cabellera densa y negra, sin brillo, un par de espesas cejas y el cutis picado y plagado de protuberancias. Hablaba el polaco con acento yiddish y las palabras brotaban de sus labios pesadas como piedras. Con frecuencia, en mitad de una frase se detenía y levantaba el dedo índice para señalar que no había terminado de hablar.

Tenía fama de ser un fanfarrón y de expresar las más locas ideas. Morris Kálisher lo apodaba el «tornillo suelto».

En cuanto a Flora, no era tan alta como su marido, pero sí ligera y ágil pese a usar tacones exageradamente altos. En contraste con Albert, cargante y capaz de caprichos extravagantes, Flora era espabilada y dispuesta a adaptarse a cualquier circunstancia. Para su fábrica de fajas, había contratado a varias mujeres de mediana edad, inmigrantes de Polonia que trabajaban para ella muchas horas a cambio de un sueldo escueto y una entrega total. Además, había logrado hacerse con una numerosa clientela entre las damas ricas de Park Avenue.

Flora admiraba a Albert hasta un extremo que asombraba a cualquiera. Justificaba todas sus ocurrencias y exageraciones. Por mucho que ella fuera una mujer práctica y directa, siempre se mostraba de acuerdo, o al menos lo aparentaba, con cualquier opinión que su marido expresara acerca de política, finanzas o estrategias. Albert tenía opiniones acerca de todo, hasta sobre cómo había que nutrir a un bebé cuya madre no produce la suficiente leche. Cuando caía enfermo, se curaba con los remedios que él mismo se prescribía.

Flora, de rostro alargado, cutis moreno, cuello largo, mandíbula estrecha y nariz puntiaguda como el pico de un pájaro, tenía unos ojos tan redondos como los de un ave. Su cabello negro, recogido en un moño alto, brillaba como el terciopelo. Siempre iba vestida de negro. Hasta sus medias eran negras. Hablaba deprisa y en voz tan baja que apenas se oía lo que decía, aunque de pronto le salía un chillido como el de un pájaro enfadado.

Las numerosas aptitudes de Flora eran bien conocidas y comentadas por sus empleadas polacas. Le cundía el tiempo para todo: para la casa, para la fábrica, para seguir cursos de inglés en el City College y para recibir invitados. Su cocina había alcanzado fama. Todos creían que si Flora hubiera tenido un marido normal, en América se habría hecho millonaria. Albert Krupp añadía a sus demás defectos no poder engendrar hijos, porque padecía el mal conocido como «semen muerto».

No tomaba más que una clase de bebida: vodka ruso. Consideraba el whisky como un veneno mortal y demostraba, mediante numerosas pruebas, que cualquier cóctel provocaba abscesos en el estómago. Minne le llenó una copa de vodka y él la bebió de un trago. No era partidario de tomar aperitivos ni saborear nada antes de la comida. Sentado en una mullida butaca, sobre cuyos brazos apoyó sus manazas, comenzó a perorar acerca de que Roosevelt y Hitler habían acordado un pacto secreto. En mitad de su discurso, sin embargo, le interrumpió la llegada de la otra pareja, Zéinvel Amsterdam y su esposa Matilda.

Zéinvel Amsterdam era alto, enjuto y de semblante taciturno. Su cráneo, sin un solo pelo, era puntiagudo, al igual que la nuez en el largo cuello, la nariz y el mentón. En este último siempre lucía pequeños cortes cubiertos con tiritas, pues Zéinvel no tenía tiempo ni paciencia para cuidar su afeitado. Matilda solía decir que su esposo no se afeitaba, sino más bien se arrancaba la piel. Zéinvel Amsterdam, de ojos amarillentos e inquietos, había sido agente inmobiliario en Varsovia. En América se dedicaba a ese mismo negocio por cuenta propia. Poseía algunas casas, en sociedad con Morris Kálisher. Su especialidad consistía en adquirir edificios medio derruidos y rehabilitarlos o, como él solía decir, parchearlos. Entre los labios llevaba siempre un cigarro apagado, que él giraba moviéndolo hábilmente de izquierda a derecha y de arriba abajo.

Únicamente hablaba yiddish. Procedía de algún apartado pueblo de provincia, un recóndito agujero cuyo nombre, incluso en la misma Polonia, pocos conocían. Ansiaba hacerse rico a toda prisa. La señora Amsterdam, Matilda, era su segunda esposa. La primera había fallecido en la pobreza, mientras que Matilda, procedente de Galitzia, era viuda del presidente de la comunidad judía de alguna gran ciudad. Hablaba un yiddish germanizado.

Menuda y ancha, Matilda tenía el andar bamboleante de una oca. Hablaba con afectación y sonreía con afabilidad mostrando su dentadura postiza. De nariz corta, ojos claros y amplia papada, su voluminoso busto le impedía ver el suelo, razón por la cual, dada la debilidad y delgadez de sus piernas, cada tantas semanas sufría una caída. En el círculo de los inmigrantes venidos de Europa, se murmuraba que Matilda tenía más talento que su marido para los negocios. Él no daba un paso sin ella. Cuando le pedía consejo sobre si debía o no comprar una propiedad, ella solía responder:

—Tú lo sabes todo y yo nada, pero ya que me preguntas, te diré que es una gran ganga…

Zéinvel no necesitaba más. Daba una palmada sobre la mesa y exclamaba:

—¡Trato hecho!

2

Después del matrimonio Amsterdam llegaron dos invitados más, éstos sin pareja: Aarón Deiches, el pintor, y Hanna Sephard, hija de rabino y maestra de hebreo.

Aarón Deiches aún no había cumplido los cincuenta años, pero en opinión de los allí presentes era mucho mayor, pues habían oído hablar de él y de su pintura desde hacía más de treinta años. Provenía de Lublin, donde fue considerado un niño prodigio y demostró tan gran talento que, aun antes de terminar de aprender a leer y escribir, lo aceptaron como alumno en la Academia de Arte de Varsovia. A los doce años expuso sus cuadros en la Galería Nacional Zachęta y la gente rica los compraba. Más tarde viajó a Alemania y allí se hizo famoso. Al comienzo de los años treinta, súbitamente (o así lo pareció) se hizo modernista. En realidad, creó su propia escuela de pintura.

A Nueva York llegó en 1939. Su primera exposición recibió una desastrosa acogida por los críticos en general. Por primera vez Aarón Deiches conoció el fracaso. Ya estaba a punto de regresar a París, cuando estalló la guerra en Europa. En América no le fue bien en ningún sentido: no vendía ni un solo cuadro, empezó a sufrir enfermedades gástricas y cayó en la depresión. Se instaló en una pequeña buhardilla del Greenwich Village y casi dejó de pintar. Comenzó a leer el libro de la Cábala, más concretamente el Zóhar en una traducción francesa, y a la mínima oportunidad repetía que él ya había terminado de representar su papel en la vida. Incluso acudió a una sinagoga y pagó los derechos para una parcela en el cementerio. A Hertz Mínsker ya lo había conocido en Europa, y una vez en América se trataron más.

Aarón Deiches era más bien menudo de estatura y relleno, con semblante pálido y ojos claros, su rizada cabellera rubia le daba un aspecto infantil. Hablaba poco y bajo. Su voz era apenas audible y, al sonreír, dos hoyuelos asomaban a sus mejillas. Nadie lo había visto nunca perder los estribos o pronunciar una mala palabra sobre alguien, ni dar muestra de amargura. Cuando todo empezó a irle mal se mostró tal como había sido en los tiempos de sus grandes éxitos. A menudo, en los círculos artísticos donde era conocido, dudaban de si su afabilidad era natural o fingida.

Como pariente lejano que era de la anterior esposa de Morris Kálisher, éste intentó apoyarlo en América adquiriendo sus cuadros. Pero Aarón Deiches nunca aceptó de él ni un solo centavo, ni siquiera quiso pintar su retrato. Cada vez que Morris le proponía comprar una de sus obras de arte, Deiches replicaba: «¡Nada de eso! No la necesita usted para nada». Minne, tras mucho rogarle, consiguió que pintara su retrato, pero, cuando estuvo terminado, Deiches no aceptó el dinero. Morris solía reprenderlo: «Árele, no eres nada americano. Si yo fuera *Uncle Sam*, no te habría dejado entrar en el país…».

Deiches llegó a la cena con un ramo de flores para Minne. Iba vestido con un anticuado traje negro europeo, cuello de camisa almidonado con corbata y zapatos de charol. Siempre había sido vegetariano y no probaba el alcohol. Había estado casado, pero su esposa alemana se divorció de él. Desde entonces llevaba vida de asceta. Hertz Mínsker solía decir de él: «Es todo lo que yo habría querido ser».

Una vez que saludó a cada uno de los hombres, Deiches besó la mano a las damas, intercambió algunas palabras amistosas y se sentó en un sillón. Se quedó mirando fijamente hacia delante en silencio, con la serenidad de quien, habiendo cumplido con lo suyo, podía volver a entregarse a sus pensamientos. Mientras tanto, escuchaba con un oído a Albert Krupp, que había retomado la palabra.

Al cabo de un rato llegó Hanna Sephard, la maestra de hebreo divorciada. Y los últimos en llegar fueron Hertz Mínsker y Bronie.

La entrada de Bronie siempre alteraba a los hombres. Zéinvel Amsterdam, dando una palmada, exclamó:

—¡Mírenla! ¡Una belleza de Hollywood!

Albert Krupp interrumpió su discurso. Saltó del asiento, se acercó a Bronie, le tomó la mano y le plantó un beso demasiado sonoro. Aarón Deiches sonrió, enseñando sus dientes separados, se levantó, fue hacia Bronie y también le besó la mano.

—Bellísima, como siempre—dijo.

Morris Kálisher, paticorto, corrió de inmediato a llevarle una silla. Las mujeres permanecieron inmóviles, como desalentadas. Matilda Amsterdam miró críticamente a Bronie de soslayo, y pareció preguntarse: «¿Por qué se excitarán tanto estos idiotas?»

Flora Krupp, tras examinar a Bronie de arriba abajo y de abajo arriba, se encogió de hombros. Hanna Sephard, la maestra de hebreo, sonrió entre amistosa y azorada, y meneó la cabeza pareciendo rubricar la vieja, aunque siempre nueva, verdad de que para los hombres la cara bonita de una mujer atraía más que el más bello de los espíritus.

Minne, tras haber recibido a Bronie en el vestíbulo, donde intercambiaron besos, miraba triunfante hacia los hombres, como diciendo: «¡Ya veis qué regalo os he traído!», y guiñaba el ojo a las mujeres.

Lo cierto es que Bronie había trabajado duro aquel día en la fábrica y, al regresar a su casa, se había tumbado a descansar quince minutos, luego se había bañado y vestido. Eso la había hecho retrasarse unos tres cuartos de hora, y aún habrían llegado más tarde si Hertz no se hubiera empeñado en que tomaran un taxi.

También ellos llegaron con un ramo de flores en la mano. Hertz había hecho una siesta de dos horas y luego había ido al barbero a que le cortara el pelo y le arreglara las patillas. Pese a haberle jurado a Minne que ya no amaba a Bronie y que casarse con ella había sido un error garrafal—«Siempre puedes arrepentirte de un error», decía—, le agradaba que Bronie produjera tanto revuelo entre los hombres, pues elevaba su autoestima. Sin embargo, eso no le impidió dirigirle a Minne una tierna mirada. Cuando ella le agradeció las flores, Hertz respondió:

—Esto es por sus inmortales poemas.

—¡Vaya, eso siempre es bueno oírlo!

En cuanto Mínsker terminó su cóctel, la cocinera anunció que la cena estaba lista. Él, al estilo europeo, acompañó a Minne al comedor, mientras le pellizcaba en el brazo. Minne murmuró:

—Te he echado de menos todo el día.

—Yo también—mintió Mínsker.

Morris Kálisher agarró del brazo a Bronie, aunque sólo por un instante: había conservado una timidez jasídica. Zéinvel Amsterdam hubiese querido ser quien condujera a Bronie, pero Morris se le había adelantado, así que, en su lugar, tomó del brazo a Flora Krupp. Aarón Deiches ayudó a Matilda Amsterdam, de piernas débiles y delgadas, a levantarse del sillón. A Albert Krupp le correspondía conducir a Hanna Sephard, pero llegó tarde, pues ella se encaminaba hacia el comedor sola.

Pronto todos estuvieron sentados a la mesa. Minne había adquirido un espléndido mantel y también una cubertería, que las mujeres enseguida elogiaron.

Aunque la costumbre obligaba a que el anfitrión presidiera la mesa, Morris invitó a hacerlo a Hertz Mínsker. Él intentó excusarse, pero Morris no lo consintió:

—Para mí eres como el rabino de Pilsen.

«Un rabino que se acuesta con tu esposa», fue el mudo comentario de Mínsker. Le había incomodado, no obstante, oír citar el nombre de su padre. Las palabras de Morris le sonaron como una profanación, una blasfemia. Pero al levantar la mirada vio que Minne le sonreía con dulce complicidad mientras decía:

—Desde luego, un rabino ha de sentarse en el lugar de honor.

3

Terminada la cena, Morris interpeló a Aarón Deiches acerca de su pintura. Deiches le respondió sin tapujos:

—¿Pintar, para qué? La Torá tiene razón al prohibirlo. Es idolatría.

—¡Vaya! Ya que cree en la Torá, ¿por qué no cumple usted los demás mandamientos?—preguntó Morris sonriendo.

—La persona tiene derecho a elegir—intervino Mínsker—, entre las buenas acciones, las que mejor se ajusten a su espíritu. Ha de existir la «libre elección de pecar», también con respecto a la idolatría. —Y para demostrarlo, añadió—: Los profetas, por ejemplo, abandonaron la práctica religiosa del sacrificio humano. Las religiones no son más que peldaños en la escalera de la búsqueda de Dios y, por tanto, cada uno tiene el derecho de buscarlo a su manera, siempre y cuando cumpla las leyes éticas que mandan no causar mal al prójimo.

A continuación, comparó las religiones con las teorías científicas:

—Se pueden aceptar o rechazar, y se puede cambiar una por otra, pero eso no quiere decir que se rechace la ciencia. Los ateos cometen este error. En cuanto rechazan a una u otra autoridad, consideran que están negando la existencia de Dios. Del mismo modo que la ciencia no dejó de ser ciencia después de que se rechazara la física o la biología de Aristóteles, la religión no desaparecerá porque se rechacen las enseñanzas de Moisés, de Buda o de Jesús.

—Sin disciplina no puede mantenerse ninguna religión —apuntó Aarón Deiches.

—Las disciplinas también se pueden cambiar—replicó Mínsker—. Lo hacen en cualquier cuartel militar.

En el curso del debate intervino Minne:

—Hertz, ¿ha visto usted ya mi retrato?

—Varias veces.

—Venga conmigo. Mírelo ahora y díganos después si la pintura es o no tan gran pecado.

Hertz Mínsker se levantó vacilando.

—Lo que mande el ama de la casa ha de hacerse…—ironizó, y, ya en el pasillo, murmuró a Minne—: ¿A qué viene esto?

—Tengo que darte un beso.

—Es una locura.

—Yo estoy loca.

Minne se había limpiado antes la pintura de los labios y los pegó a los de Mínsker. Él se enfureció:

—¿Por qué arriesgarse? Ni que fuéramos unos críos.

Intentó volver al salón cuanto antes, pero Minne insistió:

—Sin correr. No tiembles. Nadie sospecha nada.

Al cabo de unos minutos regresaron y Mínsker se dirigió a Deiches:

—Verdaderamente, cuadros como ése no pueden ser considerados un pecado. Cada vez se descubre en ellos algo nuevo.

—¿Qué es lo que se descubre?—preguntó Deiches—. Nada.

—¡Vaya, vaya! Nuestro amigo Deiches está alicaído —afirmó Morris Kálisher—. Ya pasará, ya pasará. Desde luego, estudiar la Torá y comportarse éticamente es bueno. Pero ello no quita que el arte, para una persona de nuestros días, siga valiendo más que jugar a los naipes. Al fin y al cabo, el talento es un regalo del cielo.

—¿Y qué hay del talento que se utilizaba para esculpir ídolos?

—Hoy en día nadie sirve a ídolos… Salvo tal vez los nazis.

—Servir a una persona es lo mismo que servir a ídolos —dijo Mínsker—. De hecho, es idéntico.

—Si es así, entonces los comunistas son los peores idólatras—exclamó Albert Krupp. Hacía tiempo que deseaba intervenir en la conversación y hasta había levantado un dedo, pero nadie le había hecho caso—. No hay peor ídolo que Stalin.

—Eso es verdad, pero también lo es que hay algo de idólatra en cada persona—argumentó Hertz Mínsker—. ¿Qué es, por ejemplo, el amor? Una forma de idolatría.

—Vamos, vamos, ya estás exagerando—comentó Morris Kálisher—. Nuestros patriarcas también amaban. Jacob amó a Raquel...

—Sí, y por conseguirla estuvo sirviendo catorce años.

—Pero el Pentateuco no lo menciona como un pecado. Al contrario...

—El Pentateuco también manda perforar el oído del esclavo con el propósito de que tenga que servir a su amo para siempre.

—En realidad, Mínsker, usted está jugando con las palabras—exclamó Minne—. Si el amor es idolatría, yo también soy una idólatra. Siempre he amado a alguien, desde la edad de siete años.

—Se puede amar y no ser un esclavo.

—No, no se puede.

—Vamos, vamos, Mínnele, exageras. ¡Todos exageráis!—intervino Morris Kálisher, sin saber aún cómo iba a formular su argumentación—. La verdad es que todo debe ser hecho con inteligencia. En la Primera Guerra Mundial los oficiales austríacos, cuando encontraban en algún lugar a una prostituta, la metían con ellos en una bañera llena de champán, y bebían hasta que caían borrachos del todo. Eso es idolatría en el peor de los sentidos. Pero cuando uno contrae matrimonio según manda la ley, y se convive en paz, eso no es idolatría. Y lo mismo es cierto en cualquier otro asunto. Maimónides enseñaba que hay que seguir el camino medio. Eso es lo que manda el judaísmo. Tómanos a nosotros como ejemplo, Mínnele. Yo te amo y supongo que tú también a mí. Si no, no te habrías casado conmigo. Pero no caemos en libertinajes, no lo quiera Dios. Mi padre, desde luego, no caía en libertinajes con mi madre, descansen ambos en paz en el luminoso paraíso.

—Nuestros padres y abuelos no conocían el amor—dijo Aarón Deiches.

—¿Qué dices? Ésa es otra exageración. ¡Estaban dispuestos a lanzarse al fuego el uno por el otro!

—Yo opino—alzó la voz Albert Krupp—que el amor no existe en absoluto. Conocí a una pareja cuyo enamoramiento dejaba boquiabierto a cualquiera. Tal vez no resulte bonito contarlo, pero ella disfrutaba lamiéndole a él los pies. Él mismo me lo contó. Se trataba de una perversión de ella, o el demonio sabe qué. Cuando él regresaba sudado y sucio de algún viaje y quería darse un baño o una ducha, ella antes lo agarraba, se sentaba en el suelo, le quitaba los zapatos, los calcetines y…

—Albert, ¿quieres dejar de contar esas historias tan repugnantes?—intervino Flora—. No es un tema para comentarlo en sociedad.

—Pero es verdad…

—También la verdad puede ser inmunda.

—Déjame acabar. Un día el marido enfermó y murió. Había dejado a su mujer una fortuna. Yo estuve en el entierro, y vi cómo ella intentó, literalmente, arrojarse dentro de la sepultura. Tuvieron que sujetarla con todas las fuerzas. En mi vida había oído tales llantos y gritos. Estaba seguro de que la mujer se suicidaría. Imaginaos mi sorpresa cuando supe que, medio año más tarde, se había casado con un hombre vulgar, comerciante de caballos, un patán. Con él nunca tuve relación alguna, pero estoy seguro de que…

—Bueno, bueno, ya vale. Estamos hablando de personas normales, no de unos lunáticos—interrumpió Morris Kálisher—. Sabemos que existen toda clase de trastornos mentales. En nuestro pueblo arrestaron a un campesino que convivía con un cerdo, ¿y eso demuestra algo? La persona normal ama de un modo normal, y así es en todos los órdenes de la vida. La Torá nos enseñó que debemos hacer cada cosa con mesura. Eso es lo que manda el judaísmo.

Alfred Krupp alzó un dedo:

—¿Sí? ¿Y qué hay de los pueblos a los que la Torá ordenó exterminar, incluidos hombres, mujeres y niños? ¿Era esto mesura? ¿Y cuando se mandó matar a los ancianos, hombres y mujeres, y apoderarse de las mujeres jóvenes y de los bienes como botín? Yo he estudiado la Torá. ¿Dirá usted, *panie*[1] Kálisher, que todo eso se ordenó hacer con mesura?

—Todo eso sucedió en la Antigüedad.

—¿No significará eso que se necesita una nueva Torá? —preguntó Hertz Mínsker.

Durante un rato se impuso el silencio.

—¿De qué Torá hablan? —intervino Morris Kálisher—. Jesús ya mandó poner la otra mejilla y, sin embargo, los cristianos se vienen masacrando unos a otros desde hace dos mil años. Incluso los papas libraron guerras y derramaron ríos de sangre.

—Bien, entonces tal vez necesitemos una tercera Torá.

—¿De qué serviría una tercera Torá? —exclamó Morris—. No son las palabras las que cuentan, sino las acciones. El hecho es que los judíos, desde hace dos mil años, no han derramado sangre. Al contrario, su sangre ha sido derramada.

—Dales poder, una vez que obtengan la Tierra de Israel, y veremos las guerras que librarán contra los árabes.

—Yo no soy sionista.

—La realidad es que la religión, al igual que la ciencia, acaba de desprenderse de los pañales —afirmó Mínsker—. Todas las religiones están llenas de las peores contradiccio-

[1] En polaco: 'señor'.

nes. Por ejemplo, en nuestra Torá está escrito: «No matarás», y sin embargo poco después se dice: «A ningún alma dejarás con vida»;[1] también está escrito «No robarás», y en otro lugar: «Y comerás el botín de tu enemigo»;[2] está escrito «No cometerás adulterio», y más adelante te manda robarle al enemigo sus mujeres. Lo mismo sucede con los demás mandamientos. La religión, en general, jamás tuvo en cuenta la naturaleza humana y sus circunstancias. Desde el principio, sólo le importó el porvenir, el tiempo del Mesías, y de ese modo atrajo a los pueblos. La Bhagavad-Gita es una gran obra poética, pero no es una religión coherente. Mi punto de vista es que Dios, como la ciencia, no se revela a nadie. La ley de la gravitación no se reveló a Newton en una zarza ardiente. Las verdades religiosas han de investigarse, igual que se investigan las leyes de la naturaleza. Ambas son, de hecho, parte de una única verdad.

—¿Cómo puedes investigar la religión?

—Hay caminos.

—¿Sí? ¿Y qué hemos de hacer entretanto?

4

Zéinvel Amsterdam, el socio de Morris Kálisher, también había intentado intervenir, pero no se lo permitieron. En cuanto a las mujeres, a excepción de Minne, ni siquiera intentaron aportar algo a esa conversación masculina.

Bronie, con la cabeza apoyada contra el respaldo, descansaba después de su dura jornada de trabajo. Con difi-

---

[1] Deuteronomio 20, 17: «Sólo de esas ciudades que tu Dios te otorgó por heredad, a ningún alma dejarás con vida».

[2] Deuteronomio 20, 14: «Te apoderarás de los despojos y comerás el botín de tu enemigo».

cultad conseguía impedir que el sueño la venciera. Pertenecía a esa clase de bellezas que se mantienen hermosas en las más duras circunstancias. Había perdido peso, parecía estar cansada, y todo ello proporcionaba a su rostro algo así como una languidez de muchacha. Incluso su vestido negro, procedente de Varsovia y ya anticuado, le favorecía, así como el collar de perlas que llevaba en el cuello, una alhaja que todavía conservaba. Bronie parecía libre de cualquier ambición. ¿Qué le importaba a ella aquel debate? Había cometido una falta y había sido castigada. Veía con claridad que Minne dirigía miradas de interés hacia Hertz. Había captado la intención de ella cuando pidió que él la acompañara para mirar su retrato. Sin embargo, para Bronie el hecho de haber dejado a sus dos hijos en la Varsovia dominada por los nazis significaba tal tragedia que comparada con ella todos los demás problemas palidecían. Las mujeres la observaban mudas y con respeto. Buscaban en ella alguna imperfección, pero todo era perfecto: la nariz, la boca, el cuello. En América podría haberse convertido fácilmente en una modelo, pero a Bronie ni se le pasó por la cabeza, jamás habría hecho algo así. Ella nació en un hogar acomodado, donde se despreciaba a las modelos, como mujeres de la calle. Eso sí, había cometido un pecado fatal. Había abandonado a Wladek con los hijos de ambos para casarse con Mínsker y ése había sido su final. Se comparaba a sí misma con esos insectos que, cuando les llega el momento de procrear, suben hacia lo alto, aletean un rato en el éxtasis del sexo y, acto seguido, están condenados a morir.

Allí sentada, respiraba de vez en cuando por las fosas nasales como si durmiera, pero enseguida se sobresaltaba y pedía perdón.

—¡Oh! Estoy terriblemente cansada, pero se está tan bien aquí…—comentó.

—¿No quiere tumbarse en mi cama?—preguntó Minne—. Cuando se está cansada, se está cansada. No es ninguna vergüenza.

—No, gracias. Aquí sentada estoy bien.

—¿Puedo preguntarle cuánto le pagan en esa fábrica? —preguntó Matilda, la esposa de Zéinvel Amsterdam.

—¿Cómo dice? ¡Ah, sí! De momento, catorce dólares por semana. Más adelante, me subirán un par de dólares.

—¿Vale la pena trabajar por catorce dólares a la semana?

—Necesito ese dinero.

—¡Pero es una horrible explotación!—intervino indignada Flora Krupp—. A causa de unos explotadores como ésos los comunistas han alcanzado tanto poder.

—En Rusia no pagan ni eso—comentó Zéinvel Amsterdam, quien, ya que no lograba participar en el debate de los hombres, escuchaba el de las mujeres.

—Estamos en América, no en Rusia.

—No aspiro a mejoras económicas. Ojalá tuviera aquí a mis hijos—concluyó Bronie.

Por un momento se impuso el silencio entre las mujeres y escucharon la disertación de Mínsker:

—En la religión, al igual que en la filosofía y en cualquier ciencia, hay que empezar por la duda. Tal vez Dios exista o tal vez no. Tal vez el hombre tenga un alma o quizá sea una máquina. Puede que la oración tenga algún efecto o puede que no. Éste ha sido y sigue siendo mi punto de vista. Es posible que Moisés estuviera en el monte Sinaí y que se oyera la voz de Dios, pero como no lo puedo probar, desconfío de ello. Precisamente por la falta de pruebas, sostengo que todas las religiones, todos los milagros son inventos humanos. Sólo si observara fenómenos que no se pudieran explicar mediante la lógica o los métodos habituales, y demostraran que en la naturaleza existen un propósito y un poder espiritual, tendría pleno derecho a sacar conclusiones. Cierto día, mi padre, en paz descanse, al levantarse por la mañana, predijo que a Jáyim Einbinder le tocaría la lotería y, tres días más tarde, llegó un telegrama anunciando que había ganado. No puedo rechazar esto como algo simplemente folclórico o debido a la voluntad de creer, o algo parecido. En el momento en que mi padre dijo que a ese hombre le tocaría la lotería, aún no habían sacado los números del bombo. La probabilidad de que Einbinder ganara seguramente era de uno entre cien mil. Mi padre ni siquiera había comprado un boleto. Esto demuestra ni más ni menos que, en algún lugar, estaba predestinado que saliera ese número y que alguna fuerza le había transmitido esa información a mi padre. Este solo hecho desmentiría todas las teorías materialistas. Y si resultara cierto, entonces Darwin, Karl Marx y Hegel, y hasta Einstein, habían tanteado en la oscuridad. Al mismo tiempo quiero decirles, señores, que no se trata de un hecho aislado; hechos como éste han sucedido miles, millones de veces. No hay más que leer la literatura de los investigadores psíquicos. Ellos son, en nuestros tiempos, los auténticos buscadores de Dios.

—¡Yo conocía a Jáyim Einbinder y sé que ganó a la lotería!—exclamó Morris Kálisher—. Lo recuerdo como si fuera hoy.

Albert Krupp levantó un dedo:

—¿Puedo preguntarle algo, doctor Mínsker?

—Sí, claro que sí.

—¿Quién se encontraba al lado de su padre, en paz descanse, cuando dijo eso?

—Lo oí con mis propios oídos.

—¿Y quién más lo oyó?

—Sólo yo. Tal vez alguien más. No recuerdo.

—Doctor Mínsker, tengo por usted el máximo respeto —siguió diciendo Albert Krupp—, pero al igual que usted puede permitirse no creer en los libros sagrados, es decir, en los testimonios acumulados durante cuatro mil años, y

afirmar que todo lo que se dice en ellos puede ser folclórico, ¿por qué debo yo creer *su* historia? No me entienda
mal. Yo le creo, pero eso no es más que un asunto privado,
por así decirlo de buena voluntad, una muestra de respeto
a su padre. Pero ¿por qué habrían de creerle otros, cuyos
padres no hayan predicho nada? Yo nunca le oí a mi padre, en paz descanse, pronunciar profecías. E incluso alguna vez que vaticinó a alguien que competía con nuestro
negocio que le esperaba un año negro sucedió justo lo contrario. Aquel hombre precisamente se hizo ricachón y...
   —No está usted obligado a creerme.
   —Entonces, ¿sobre qué debo construir mi creencia religiosa?
   —Yo no soy el único adepto a mi teoría. Existe una extensa literatura. ¿Ha leído usted a Flammarion?[1] ¿Ha oído
hablar de Edmund Gurney?[2] ¿Sabe usted que existe en Inglaterra una asociación que se dedica a tales investigaciones
desde hace sesenta años? Cuando uno estudia este tema año
tras año, llega a ciertas conclusiones. Los tribunales a veces
condenan a morir a alguien basándose en las palabras de un
testigo, de un medio testigo, o en la opinión de un experto.
Miren ustedes el caso de Bruno Hauptmann.[3] Fue enviado, hace poco tiempo, a la silla eléctrica porque un experto
averiguó que la madera de la que estaba hecha una escalera coincidía con la de unas tablas que guardaba en su ático.

   [1] Camille Flammarion (1842-1925), astrónomo francés que, al final
de su vida, llegó a considerar los fenómenos espiritistas como regidos
por principios científicos no descubiertos todavía.
   [2] Edmund Gurney (1847-1888), psicólogo inglés que exploró la posibilidad de trascender las limitaciones del conocimiento por los sentidos humanos.
   [3] Bruno Richard Hauptmann (1899-1936), militar y carpintero de
origen alemán, acusado del secuestro y asesinato del hijo del famoso pi-
loto Charles Lindbergh en 1935.

Minne rompió a reír:

—¡Además, tiene sentido del humor!

—Espere, espere. ¡Déjeme decir algo!—repuso Alfred Krupp—. Aceptemos por un momento que todo lo que ha contado es verdad al cien por cien: su padre lo predijo y Jáyim Einbinder ganó. Digamos que cien personas como su padre lo predijeron y que cien Einbinder ganaron. ¿Basta esto para decir que debemos abandonar nuestras prácticas religiosas: no llevar dinero encima en el *shabbat* o no ponernos las filacterias y las franjas rituales?

—No he dicho eso.

De pronto, Aarón Deiches se puso en pie.

—A mí me sucedió una cosa parecida. Pertenece a mi experiencia personal.

—¿Qué le sucedió?

—Es tan estrambótico que hasta me da vergüenza contarlo. Realmente ustedes pensarán que…

—Yo lo sé, sé de qué se trata—dijo Mínsker—: la historia alrededor de unas velas de *Janucá*. Cuéntela, vale la pena que los demás la conozcan.

Todos empezaron a acercar las sillas. Incluso las mujeres se interesaron. Aarón Deiches no era una persona de quien se pudiera sospechar que mentía. Empezó a toser y a carraspear. Sacó un pañuelo y se secó los labios. Luego sonrió tímidamente, como si ya se arrepintiera de haberse comprometido a relatar esa historia.

Zéinvel Amsterdam aprovechó el silencio para entrechocar las manos y exclamar:

—¡Vaya, vaya, hoy vamos a tener una velada dedicada a milagros!

—¡Silencio, Zéinvele!—la reprendió cariñosamente Morris Kálisher—. Cada día está lleno de milagros, cada hora, cada minuto.

—¿Y por qué no hace Dios milagros en Polonia?

—¡Vaya! ¿Qué os parece esto? De aquí en adelante, Dios deberá tomar lecciones de Zéinvel Amsterdam.

5

—No se trata de milagros, nada de milagros—comenzó Aarón Deiches—. ¿Dónde vemos milagros las personas como nosotros? Pero lo que me sucedió es, al menos, extraño. Aquí debo referirme, por así decirlo, a un asunto personal. Hace tiempo yo amaba a una mujer, no hablo de la mujer con la que me casé, sino otra. ¿Por qué no me casé con aquélla? No lo sé. Tal vez, precisamente por lo mucho que la amaba. La ley de la física que dice que cada acción provoca una reacción también es válida en psicología. Cuando se quiere mucho a una persona, a la vez uno encuentra en ella un montón de defectos; poco a poco el enojo crece y llega casi a equipararse al amor, o a superarlo. Cuando vuelves a ser lo bastante razonable como para ver la verdad, ya es demasiado tarde. Así fue en este caso, pues ella enfermó súbitamente y falleció.

»A partir de ahí, todo el asunto se desarrolló como una jugada perversa por parte de alguien que quisiera hacerme daño. Sucedió en Múnich. Entre los judíos muniqueses es costumbre, no sé por qué, que las mujeres no acompañen a un cortejo fúnebre. El caso es que asistimos sólo tres hombres, y yo era uno de ellos. Era un gélido día de invierno, el primer día de la fiesta de *Janucá*. Yo lo sabía porque un par de semanas antes alguien me había regalado un candelabro para la ocasión. Ya que lo tenía, y no porque yo fuera devoto entonces, decidí encender esta vez las velas de *Janucá*. También porque aún quedaba en mí cierto sentimiento religioso. Así que de antemano compré las velas y las coloqué, de una en una, en los ocho brazos del candela-

62

bro, la más grande en el más alto, a la espera del día de comienzo de la fiesta.

»Fue entonces cuando ella cayó gravemente enferma, lo que me hizo olvidar por completo el asunto del candelabro. No quiero robarles demasiado tiempo, pero yo amaba desesperadamente a esa mujer. Aún la sigo amando y pienso en ella cada día, quizá cada minuto, imposible saber con precisión estas cosas. Hasta el cementerio de Múnich, bajo una intensa helada tras la reciente nevada, el camino se hizo largo. No les voy a describir el entierro, ni tampoco mis sentimientos en aquellos momentos. Cavaron una fosa en la nieve y, sin más, introdujeron en ella el cuerpo de la persona que más quería en el mundo. El oficiante pronunció con voz ronca la oración ante la sepultura, y enseguida todo acabó… Me marché a casa destrozado, como pueden ustedes imaginar. ¡Todo había sucedido con tal celeridad!

»Cuando entré en mi habitación, que a la vez era mi cuarto de estudio, ya estaba anocheciendo. No pude encender una lámpara. ¿Cómo iba a prender la luz cuando todo dentro de mí era negro como la noche? Nunca había experimentado tal oscuridad interior. Me senté en una silla con el abrigo y el sombrero puestos, apoyado no sé por qué en el paraguas que había llevado conmigo. En esa posición observé caer la noche.

»De pronto, al observar el candelabro de *Janucá*, pensé que esa noche debía encender la primera vela. También se me ocurrió hacerlo en recuerdo de la sagrada alma de ella. Utilicé las cerillas que llevaba encima. A la luz de esa única llama, el taller pareció aún más oscuro. Justo enfrente de mí colgaba su retrato—la mejor obra que he creado nunca—, y su rostro me sonreía. Antes olvidé decirles que también sonreía estando muerta, o tal vez a mí me lo pareció. En tales circunstancias, la palabra de una persona no es muy de fiar. Todo es terriblemente subjetivo. Total, que encendí la velita, sin pronunciar ninguna bendición.

»Mirando aquella pequeña llama, me asaltó un pensamiento: "Si tu alma, Noemí (así se llamaba), está planeando ahora a mi alrededor, demuéstramelo y enciende cada una de las ocho velas". Fue una de esas ideas que de pronto cruzan por la mente. Y es que, en el fondo del corazón, todas las personas somos creyentes, así al menos lo pienso yo. Aunque al mismo tiempo, y también en el fondo del corazón, cada persona sea un hereje y no crea en milagros. Cuál de los dos sentimientos se encuentra más hondo, lo desconozco. Los dos son terriblemente poderosos.

»En ese momento, yo sabía que nadie iba a encender las demás velas, y que la única que seguía encendida terminaría derritiéndose de un modo natural.

»Me sobrevino entonces una terrible sensación de cansancio. Durante varias noches seguidas no había dormido, de modo que caí sobre la cama situada en la alcoba, vestido con el abrigo y sin siquiera quitarme las galochas. Enseguida se apoderó de mí un sueño extremadamente pesado, tan pesado como una losa. Así seguí hasta la una de la madrugada. Sé la hora que era porque pude verlo en el reloj de esfera fosforescente que aún llevo en la muñeca. No había encendido la calefacción y tenía un frío horrible, aunque llevaba puesto mi pesado abrigo y además un jersey.

»Me había espabilado y tardé un rato en orientarme. Tenía las piernas como paralizadas. Me levanté en la oscuridad y entré en el cuarto de estudio. Una vez allí no daba crédito a lo que veían mis ojos: seis de las velas del candelabro estaban totalmente derretidas.

—¿Seis?—preguntaron varias voces a la vez.

—Sí, seis. En los otros dos brazos seguían sus velitas intactas. Si se quiere explicar esto de un modo natural, se podría decir que sopló viento y la única vela encendida prendió a la más próxima, y así las demás. Sin embargo, las ventanas estaban cerradas y no había soplado viento alguno. Además, para convencerme de que incluso si hubiese soplado un viento repentino no se habría encendido una vela tras otra, hice un experimento en el acto. Encendí la séptima vela y empecé a soplar la llamita en la dirección de la octava vela. Tuve que soplar largo tiempo y con mucha fuerza para que la séptima vela encendiera la octava. Y, sin embargo, ahí estaban las seis velitas derretidas. No podía describir mi asombro. «Noemí—dije—, has estado aquí y has leído mi pensamiento. Y me has dejado una señal…».

—Pero si pudo encender seis velas, ¿por qué no las ocho? —preguntó Zéinvel Amsterdam.

—No lo sé, no lo sé. Yo también me lo pregunté. Pero es un hecho. Al cabo de un rato, empecé a dudar: ¿por qué no encendió las ocho velas? Así y todo, las seis velas que encontré derretidas y que, por tanto, habían ardido mientras yo dormía siguen siendo un acontecimiento extraordinario.

Durante un rato, todos guardaron silencio.

—Al parecer, los espíritus de los muertos se sienten terriblemente oprimidos—intervino Mínsker—. La persona que muere se marcha dando un portazo. Si no fuera así, significaría que no existe del todo el libre albedrío. No es sorprendente que los muertos dejen alguna señal. Lean ustedes *Phantasms of the Living.*[1] Existen cientos de casos como éste.

Albert Krupp levantó un dedo:

—Yo sigo creyendo que el viento sopló en el cuarto de estudio y que cada vela encendió la siguiente. Usted mismo ha dicho que en el exterior nevaba y luego hubo una

[1] 'Los fantasmas de los vivos', obra del parapsicólogo británico Edmund Gurney publicada en 1886.

helada. Es posible que también soplara el viento. Un recinto para el estudio, normalmente, tiene muchas ventanas. Según usted, no funcionaba la calefacción. El viento pudo haber entrado.

—Hasta donde yo recuerdo, no soplaba entonces ningún viento.

—Tal vez pueda usted recordar lo que pasaba estando despierto, pero no lo que ocurrió mientras dormía con un sueño tan pesado como una piedra.

—Eso es verdad. Pero habría sido necesario un viento especial: no tan fuerte como para apagar las velas encendidas, pero suficiente para soplar las velas en una sola dirección. Hice la prueba después varias veces.

—¿Y de ella no ha vuelto a saber nada?—preguntó Zéinvel Amsterdam.

Lo preguntó de tal modo que provocó la risa general. Nadie pudo contenerse, ni siquiera Aarón Deiches, que sonrió al mismo tiempo que sus ojos se humedecían. Las mujeres, entre risitas y muecas de culpabilidad, se tapaban la cara. Sólo Bronie no rio. Se había quedado dormida.

—Mínsker, su media naranja está dormida—dijo Minne, señalándola.

Hertz la observó un momento.

—Está agotada—dijo—. Bienaventurados los que pueden dormir...

CUARTA PARTE

Hertz Mínsker sabía que todo aquello era ficción. Nunca había creído en los poderes ocultos de Bessie Kimmel. La había pillado en innumerables mentiras. La mujer era una amalgama de histeria, autosugestión y chifladura.

«Se puede creer en los espíritus y al mismo tiempo no creer en Bessie Kimmel», pensó. Incluso si en determinada época la tal Bessie hubiera albergado algún poder mental, hacía tiempo que lo había perdido. Sus falsas teorías, su vacua presunción y su megalomanía la habían convencido de que los poderes celestiales y su cortejo de ángeles estaban en perenne contacto con ella. Incluso había confiado a Mínsker que varias veces visitó el planeta Marte. Era obvio que las sesiones que organizaba para él, y lo que allí sucedía, eran un fraude de principio a fin. Ahora bien, el solo hecho de haberse esforzado tanto por él, y quizá también de haber incurrido en gastos, al menos era intrigante desde el punto de vista psicológico.

En una cosa coincidía Mínsker con Spinoza: no existían mentiras en la naturaleza. Detrás de cada mentira se ocultaba una verdad. Las ideas no podían ser falsas, sino sólo fragmentarias o deformadas, de lo contrario ¿de dónde procederían las mentiras si Dios, de por sí, era la verdad? En este sentido, Spinoza había hallado refugio en la Cábala.

No, Bessie Kimmel no establecía contacto con ningún espíritu, pero su pasión número uno era conectar con ellos. El espectro que en la oscuridad se le aparecía a Mínsker no era el de Frida, en paz descanse, sino el cuerpo de alguna joven que Bessie seguramente había contratado para que representara ese papel. Pero ¿con qué objeto hacía Bessie todo eso? ¿Qué esperaba lograr? Probablemente el acto en sí, la motivación, el impulso por representar determinado papel, encerraban una profunda verdad, tan antigua como la humanidad.

Mínsker nunca se había avergonzado tanto de su propia conducta como cuando participaba en esas ridículas sesiones. Eran una profanación de la imagen de Frida. Si Bessie Kimmel pensaba que él creía en aquel supuesto espectro, es que claramente lo tenía por idiota. Mínsker temía, además, que a la joven contratada por Bessie pudiera ocurrírsele chantajearlo. ¡Quién sabía lo que podría inventar acerca de él! Desde que llegó a América, a Hertz le obsesionaba la premonición de que caería en alguna trampa y sería procesado, encarcelado y deportado.

Pese a todo, cuando Bronie se iba a dormir y Bessie Kimmel llamaba a la puerta de su habitación para proponerle ir al salón y prestarle ayuda con la mesa parlante y el tablero de güija, Hertz no podía negarse. Además, no era capaz de irse a dormir tan temprano como Bronie. En Nueva York había perdido la paciencia para entregarse a la lectura. La curiosidad por el ocultismo era para él la pasión número dos. Hasta le parecía, con bastante frecuencia, que iba camino de convertirse en la número uno. Incluso sus líos con las mujeres estaban relacionados con esa pasión. Siempre buscó en la mujer lo irracional. Como cabalista, detectaba claramente, en el amor y en el ansia de la copulación, el misterio del emparejamiento entre los mundos superiores.

Antes de cada sesión, mantenían la lámpara encendida y Bessie le servía un té o café, algún refresco y algo para picar. Pero en cuanto él y Bessie posaban las manos sobre la mesita, ésta comenzaba a vibrar, a balancearse y a hacer enigmáticos movimientos. Ciertamente, Mínsker sabía que todo eso tenía que ver con el subconsciente, pero también el subconsciente era un profundo misterio.

Bessie ya había alcanzado cierta edad, bien entrados los sesenta, según la estimación de Mínsker, y era rechoncha como un barril. Apenas tenía cuello, y la cabeza, grande y cuadrada, se le embutía entre los hombros. Su cabello revuelto ya había perdido cualquier señal de brillo, debido a los frecuentes tintes y permanentes. Bajo una nariz chata con amplias fosas nasales, sus labios gruesos dejaban asomar la dentadura postiza. Bajo el mentón le crecía una barbita femenina y tenía el cutis picado de viruelas. Los pequeños ojos castaños, muy separados entre sí, junto con los pesados párpados, reflejaban el engaño, la obcecación y la obsesión de quien, poseído por una idea fija, se encuentra atrapado en una maraña de la que resulta imposible escapar.

Bessie Kimmel había estado casada cuatro veces. Además de la pensión anual que recibía de una compañía de seguros, negociaba con acciones en Bolsa. Cada vez que se sentaba al lado de Mínsker ante la mesita, preguntaba si sus acciones iban a subir o bajar, si debía vender o no. Solía referirse a cada acción por separado y la mesita enseguida respondía con saltitos. A veces le parecía a Mínsker que incluso se impacientaba y empezaba a brincar demasiado rápido, en contra de las reglas aceptadas. En cierta ocasión, Bessie dio a entender que la mesita, o el espíritu que la movía, la habían engañado: había predicho que la Bolsa subiría, pero se produjo una bajada. Mínsker oyó cómo Bessie reñía a la mesita:

—¡Me has mentido! ¡Me engañas!—exclamó, y le espetó una palabrota, indigna de una emisaria de los ángeles celestiales.

A veces, después de alguna sesión con la mesita, Bessie proponía que tuvieran lo que denominaba una *seance*.

Mínsker ya había comprendido cómo funcionaba la *seance*. La joven, o quien fuera en cada caso, poseía una llave del apartamento. Entraba en silencio—momento en que Bessie tecleaba el piano cantando un himno para que no se percibiera el ruido de la puerta trasera—y se deslizaba en el cuarto de baño. Allí se desvestía y esperaba a que la convocaran. No tenía la figura de Frida ni su voz, pero hablaba el polaco con fluidez, pues seguramente era inmigrante polaca. Besaba en la mejilla a Mínsker y le consolaba murmurándole al oído que ella estaba muy bien en el otro mundo. La supuesta Frida habría encontrado allí a su padre y su madre, sus hermanos y hermanas e incontables amigos.

Afirmaba que allí era maestra y tenía por misión mostrar a las nuevas almas cómo integrarse en el entorno de los espíritus. Ella, por su parte, ascendía cada vez más alto en las esferas del paraíso. Cuidaba de Lena, que se había quedado en Varsovia. Sí, Lena, la hija de Hertz, estaba viva y todavía era virgen. Él no debía preocuparse. La situación en Polonia era amarga, pero Lena lo superaría todo, sana y salva. Mínsker la traería un día a América, donde ya la esperaba aquel que le estaba predestinado.

La supuesta Frida repetía cada vez palabras casi idénticas. Cuando Mínsker le preguntaba algo que ella no sabía responder, guardaba silencio o daba una respuesta evasiva. A la mañana siguiente, Bessie preguntaba a Hertz acerca de ese punto en particular, a fin de sonsacarle alguna información para la siguiente *seance*.

En la medida en que a Mínsker le era posible distinguirlo, la joven vestía un camisón y zapatillas blancas. Despedía olor a sudor y agua de colonia, y su agilidad lo asombraba. Le besaba a él, pero ella no se dejaba besar. Si él intentaba abrazarla, ella se escurría hábilmente. En una ocasión logró palparle un pecho, pero ella le dio un golpecito en la mano y le riñó como a un chico travieso. Lo hizo susurrando con la voz ronca de una actriz que, en plena representación de su papel, no podía permitirse demasiada familiaridad con su *partenaire*. Al cabo de un rato, Bessie Kimmel, supuestamente en trance, empezaba a gemir. Era la señal convenida para que la joven se despidiera y volviera al cuarto de baño.

Había momentos en que Mínsker habría preguntado a Bessie de qué le servía todo eso. ¿A quién ayudaba con aquel engaño? ¿Cuál era el sentido? ¿Cuál el objetivo? Desde el punto de vista de Mínsker, se trataba de un juego falso que sólo podría perjudicar al movimiento de la parapsicología y convertir todo el asunto en una farsa.

Al mismo tiempo, no se atrevía a preguntarlo. Habría estropeado su amistosa relación con Bessie. Tal vez ella le habría ordenado marcharse de su apartamento. Al parecer, ese engaño, como otros muchos en los que Bessie se enredaba, daba sentido a su vida. Para ella su casa era un templo, los espíritus sus ídolos y ella la sacerdotisa.

Hubo un tiempo en que a las sesiones de Bessie Kimmel acudían otros muchos invitados, pero desde que Mínsker se mudó a su apartamento ella concentró todos sus poderes exclusivamente en él. De tal modo que el espíritu de Frida intentaba consolarlo, su hija Lena le mandaba saludos desde la semiasolada Varsovia y los ángeles celestiales tenían para él otras pruebas de toda clase.

Incluso el padre de Hertz, el rabino de Pilsen, le mandaba recuerdos. Hablando en inglés, le había hecho saber que, allí donde ahora se encontraba, no existía distinción alguna entre razas, naciones ni religiones. Todos servían al mismo Dios. Las sagradas almas se deleitaban unidas bajo la gran Luz. Moisés, Jesús, Buda y Confucio, sentados en un mismo templo, conversaban acerca de teología y metafísica.

A través de Bessie, el rabino de Pilsen mandó decir a Hertz que la guerra contra Hitler era el último conflicto, la bíblica lucha entre Gog y Magog. Inmediatamente después llegaría la salvación para toda la especie humana.

2

Sonó el teléfono y Mínsker fue a contestar. Oyó la voz de Minne:

—Hertz, *darling*. Soy yo, la tuya y la única.

—¿Qué tal estás?

—Ha sucedido algo. Sólo que me da miedo contártelo.

—¿De qué tienes miedo? No llevo pistola encima.

—Te temo a ti más que a cualquiera con una pistola. Escúchame bien, Hertz. Tenemos un visitante en la ciudad. Krimsky está aquí. ¡Figúrate!

Mínsker se paró a pensar un momento. Se trataba del anterior marido de Minne. Según le había contado ella, Zygmunt Krimsky era un psicópata, un degenerado de la más baja especie. Había comenzado como actor de teatro yiddish, pero más adelante se había convertido en cambista de moneda. En París, donde había vivido algún tiempo junto con Minne, negociaba con cuadros y hacía el papel de un mecenas.

Minne siguió hablando. Krimsky había llegado a Nueva York vía Casablanca. Se había alojado en un hotel de Broadway *uptown*, no lejos de Mínsker.

—¡Imagínatelo!—exclamó Minne—. Suena el teléfono y me acerco a responder. Estaba segura de que eras tú. De pronto oigo una voz que me resultaba familiar y desconocida a la vez. Cuando me di cuenta de quién se trataba, me entraron ganas de colgar inmediatamente. «Después de lo que este hombre me hizo, tiene el descaro de telefonearme», pensé. Pero soy tan gallina que no me atrevo ni siquiera a mandar a alguien a paseo, menos aún sabiendo que,

72

como extranjero, en Nueva York sólo me conoce a mí. Comenzó a hablar, como si nada hubiera sucedido entre nosotros. Me contó los mil y un milagros que le habían sobrevenido: casi cae en manos de los nazis; una bomba explotó a su lado; le arrebataron todo salvo la propia piel. A medida que siguió hablando, sin embargo, comprendí que en Casablanca se había metido en negocios sucios, o el demonio sabe qué. Dijo que se había traído varios cuadros de famosos pintores franceses, cuyos nombres ya no recuerdo. Unas obras que seguramente habrá obtenido estafando, o sencillamente las habrá robado. Este tipo es capaz de todo.

»Le hablé con claridad: "Tengo marido; soy una mujer casada", dije, creyendo que esto lo amedrentaría. Pero no pareció sorprendido. Pocas cosas le sorprenden. "Muy bien—respondió—, enhorabuena". Empezó a adularme diciéndome lo mucho que me quería y qué gran talento tenía como escritora. Cuando le conté quién era mi marido soltó tal grito que casi me dejó sorda. Resulta que conoce a Morris. En algún momento debió de venderle un cuadro.

»Hertz, querido. No quiero entretenerte demasiado, pero me hizo jurar por lo más sagrado que aceptaría encontrarme con él. Alguien le había encargado que me saludara en su nombre. Además, había traído para mí algunos recortes de viejos periódicos con mis poemas, que yo había dado por perdidos. Por qué los habrá guardado él, no lo sé, pero cada persona tiene sus manías. Me gustaría haberle dicho que no quería ver más su fea cara, pero no pude. Para abreviar: después de todo, somos personas civilizadas. Él no me iba a morder.

»Así que nos hemos visto en una cafetería de Broadway. No donde quedas con Morris, sino *downtown*. De hecho, ahora vengo de allí. Por un momento, pensé no contarte todo este asunto. Tenía miedo de que te enfadaras, pero tampoco podía ocultártelo.

»El tiempo que he estado sentada frente a él sólo pensaba en ti. ¿Qué habría pasado si de repente tú hubieras entrado? Al fin y al cabo, a ti te gusta ir a las cafeterías a tomarte un café. Estaba tan terriblemente asustada que todo temblaba en mi interior. Me he puesto extrañamente nerviosa. Me ha invadido la sensación de que tú sólo estás buscando una oportunidad para deshacerte de mí. Que me aspen si sé qué estoy diciendo. Nunca sabrás lo que pasa por mi mente, por muy psicólogo que seas.

Mínsker guardó silencio un momento.

—Bien, y ¿qué aspecto tiene?

—¿Qué aspecto debería tener? Por el modo en que hablaba por teléfono, pensé que se habría vuelto viejo y canoso tras haber pasado por tal infierno. Pero como reza el dicho: ¡mala hierba nunca muere! Está fuerte como un roble. No tiene ni una cana. Afirma que lo ha perdido todo, pero iba vestido como un dandi. He sentido vergüenza por estar sentada a la misma mesa que ese hombre después de lo que me hizo. Debería haberle escupido en plena cara. Ahora se las da de santo, pero a mí ya no me engaña. En resumen, quiere ni más ni menos que Morris le compre uno de los cuadros. Ha tenido la tremenda desfachatez de proponerme que yo le compre algunas joyas. Ha debido de traer de contrabando algunos diamantes. No sé, en verdad, por qué te cuento todo esto. Le he soltado cuatro frescas que a cualquier otro le habrían hecho huir en el acto. Pero a tipos como él no es posible ofenderlos.

»Yo creía que me iba a entregar mis poemas, porque me gustaría incluir algunos de ellos en mi libro. Sin embargo, al parecer los guarda como posible moneda de cambio. Tenía que contárselo a alguien, pero ¿a quién, si no es a ti, podría contarle algo así? Es como si me hubieran arrojado encima un cubo de basura.

—¿No se ha casado?

—Dice que no, pero ¿qué valor tiene su palabra y qué importa lo que diga alguien como él? ¿Qué te parece? ¿Debo contárselo a Morris o no? Podría sospechar quién sabe qué. Eso, en primer lugar. Además, es posible que Krimsky acabe vendiéndole un cuadro y no quiero que el dinero de Morris caiga en esas manos. Sé que está feo decir esto, pero ¡ojalá hubiese quedado atrapado allí! Personas decentes han caído en las garras de Hitler, mientras que un canalla como él se ha salvado.

—Eso pasa siempre.

—¿Qué debo hacer, Hertz? Él sabe mi número de teléfono y temo que empiece a acosarme.

—No te puede obligar a hacer nada que no quieras.

—¿Quién sabe lo que un personaje como él podría inventar acerca de mí? Tiene cartas mías.

—¿Te lo dijo él?

—Lo insinuó.

—¿A quién le podrían interesar tus cartas?

—Podría contactar con Morris y mostrárselas. ¿Quién sabe lo que una mujer engañada puede escribir en una carta?

Durante una larga pausa, ninguno de los dos abrió la boca.

«¡Vaya! ¡Esto se me está complicando!», pensaba Mínsker. Las complicaciones lo asustaban, pero, de un modo perverso, también le complacían… En su fuero interno libraba una guerra contra toda una banda de duendes, elfos y demonios. A menudo imaginaba que jugaba con ellos al ajedrez. Él hacía un movimiento y ellos contraatacaban. Constantemente intentaban arrinconarlo y darle jaque mate.

A decir verdad, la llegada de Krimsky a América no planteaba para él ningún problema especial. No obstante, era consciente de que todo podría complicarse más. Pese a que

Minne le juraba amor eterno a la mínima oportunidad, él no depositaba ninguna confianza en esa mujer, con su ridícula poesía y su parloteo. Lo atraía y lo repelía a la vez.

Consideraba a Minne como un ejemplo clásico de la mujer que describe Otto Weininger[1] en *Sexo y carácter*: «Cuando dice una verdad, también miente». De momento, estaba engañando a su esposo, pero ahora estaba dispuesta a engañarlo a él también. Hasta sería capaz de retomar la relación con el tal Krimsky, de quien hablaba con tanto odio.

«Bien, ¡es hora de escapar sigilosamente de esta ciénaga!», concluyó, aunque lo que dijo en ese momento fue:

—¿Qué ganaría él destrozando tu vida?

—¡Vaya pregunta! ¿Qué razón puede mover a un miserable?

—No lo hará.

—Puede que sí, puede que no. Si lo hace, tampoco me preocupa demasiado. Te hablaré con franqueza: la vida que llevo con Morris no es vida. Es cómoda, pero para mí no tiene valor. Sólo desearía saber una cosa: si lo dejo, ¿podré irme contigo? Si estuviera convencida de esto, lo mandaría todo al diablo...

—De momento, Bronie sigue conmigo.

—¿Y cuánto tiempo vas a seguir tú junto a ella? Está feo decirlo, pero ¿no dice Bronie continuamente que quiere volver a Polonia? Pues que vuelva... Al fin y al cabo, allí es donde están sus hijos, y donde están los hijos debe estar también la madre.

—No debemos juzgar.

—Sin embargo, todos juzgamos. ¿Por qué se ha colgado ella de tus hombros? Ambos sois personas individuales, y cada persona es dueña de su vida.

---

[1] Filósofo judío austríaco de finales del siglo XIX que se suicidó a los veintitrés años.

3

Morris Kálisher había estado todo el día reunido con unos hombres de negocios. Pensaba volver a casa para cenar, pero telefoneó a Minne para decirle que iba a cenar en un restaurante de la calle Delancey. Si a ella le apetecía, podía unirse a él. Minne respondió que esa noche pensaba asistir a un banquete en honor de cierto escritor yiddish que cumplía setenta años. Morris Kálisher recordó que efectivamente había leído algo de ello en el periódico.

Aunque no dejaba de maravillarse de Minne y de su talento para componer poesía, Morris sentía desprecio por los poetas en general. Consideraba que era una vocación para seres inútiles, en especial para mujeres, pero no para un hombre, sobre todo si ya había cumplido los setenta años. A esa edad, se decía, había que prepararse para rendir cuentas ante Dios y no para escribir florituras. Si no, ¿a qué esperaba? ¿A que llegara el Ángel de la Muerte con su guadaña?

Así y todo, no le parecía mal que Minne pasara la velada con escritores. Siempre regresaba de esos encuentros excitada y repitiendo los muchos cumplidos que había recibido. El propio Morris la había acompañado alguna vez al café Royal de la Segunda Avenida. Allí no pudo comer nada, porque la cocina no era *kósher*, y pidió que le sirvieran un vaso de té. Desde su asiento estuvo observando al público: escritores, actores, actrices. Cierto personaje de pelo largo se acercó a Minne y elogió uno de sus poemas, y un hombrecillo gris le vendió a Morris su libro de poesía. Morris probó a leerlo una vez sentado en el metro, pero no encontró sentido a las composiciones. Minne, sin embargo, comentó que era de uno de los más grandes poetas… «En fin, así es la vida. Cada cual con su manía—concluyó Morris—. Las pasiones convierten a cualquiera de nosotros en un tonto, sólo que de manera diferente».

Aquel día Morris Kálisher prolongó su reunión con los hombres de negocios en el restaurante de la calle Delancey hasta las nueve de la noche. Estaban planificando la adquisición de un edificio. Morris garabateaba los números con un lápiz sobre el mantel, al mismo tiempo que engullía su cena: avena molida gruesa con caldo, carne de vaca, intestino relleno y estofado de zanahoria, y de postre un té con tarta. Los reunidos acordaron que se desplazarían de nuevo a Brooklyn a ver la casa, acompañados de un experto para que inspeccionara la caldera y las canalizaciones. Alrededor de las once de la noche se despidieron.

Morris Kálisher se sentía agotado por la conversación, la pesada cena y los muchos cigarros que había fumado. Decidió tomar un taxi para volver a casa.

Normalmente, al llegar, Minne lo recibía junto a la puerta, pero esta vez nadie fue a abrir cuando llamó. Abrió con su llave y encendió la luz en el vestíbulo. En la calle había comprado el periódico del día siguiente. Los periódicos yiddish habían empezado a imitar a los de lengua inglesa e imprimían la edición de cada mañana el día anterior. Morris se dijo que esto respondía a las prisas americanas, no podían esperar unas horas más. El periódico mencionaba los bombardeos que los alemanes estaban lanzando sobre Inglaterra. Entretanto, había paz entre Hitler y Stalin, pero ¿cuánto tiempo duraría? Se derramaba sangre en Inglaterra y en Grecia, y a los judíos de Polonia los habían encerrado en guetos, les hacían llevar brazaletes con la estrella de David en la manga y eran apaleados. Había batallas en África, y Palestina estaba en peligro.

—¡Ay! ¡Cuántas tragedias!—gimió Morris.

Sentado en el sofá del salón, leyó la noticia de un antiguo comunista a quien Stalin había enviado a cavar en las minas de oro de Siberia. Luego ojeó una crónica acerca de una madre y sus tres hijos muertos en el incendio de una casa en Staten Island. «¡Ay de mí! ¡Qué cosas tan horribles están pasando!», gruñó.

Sabía muy bien que uno no debía ir con quejas al Señor del mundo, pero cada vez que leía los periódicos se alteraba. ¿Qué culpa tenían los pobres bebés? ¿Qué habían hecho para merecer una muerte como ésa? ¿Y los judíos en Europa?... ¡Desde la destrucción del Templo no habían tenido lugar una devastación y una amargura igual!

—¡Asesinos! ¡Asesinos!—exclamó—. Millones de asesinos van por ahí deseando sólo cometer maldades. Están dispuestos a sacrificarse, pues también ellos, los nazis y los bolcheviques, son asesinados. ¿Cómo era aquel dicho? «¡No le importa perder un ojo con tal de sacarle los dos al otro!». El Zóhar lo calificaba como «ansia por la abominación».

A continuación, Morris Kálisher comenzó a pensar en Mínsker. Era un gran hombre. Y no sólo por ser el hijo del rabí de Pilsen. Era una persona superior por derecho propio, sólo que había bajado de nivel, había caído en una especie de «encogimiento mental». Alguien como él, pensó Morris, debería ser rabino, un gran rabino, o juez de un tribunal, un líder del pueblo de Israel. Lo tenía todo: conocimiento de la ley, sabiduría y sentimiento, incluso fe. Pero de algún modo, todo se había vuelto del revés en su interior. ¿Qué necesidad, por ejemplo, había tenido de unirse a esa Bronie? Ya que aparentemente no la amaba, ¿por qué se la había arrebatado a su esposo y sus hijos?

Sonó el teléfono y Morris corrió hacia su estudio. Encendió las luces. ¿Quién podía llamarlo tan tarde? Levantó el auricular, todavía jadeante.

—*Hello?*—preguntó.

Durante unos instantes nadie respondió. Después se oyó una voz masculina:

—¿Es usted míster Kálisher?

—Sí, soy yo.

—Mi nombre es Krimsky, Zygmunt Krimsky. Su esposa, en otro tiempo, era…

—Lo sé, lo sé—le interrumpió Morris—. ¿Está usted en Nueva York? Pensé que se había quedado atrapado en París.

—No faltó mucho, pero al parecer estaba predestinado a seguir vivo. Vengo ahora de Casablanca. Eso está en África.

—Lo sé, lo sé.

—Tal vez ya lo haya olvidado, pero en algún momento me compró usted un cuadro.

—No lo he olvidado. El cuadro sigue colgado en mi salón. Retrata la fiesta de *Simjat Torá*, con judíos que bailan en la sinagoga abrazados a los rollos de la ley.

—¡Qué bien que lo conserve usted! Yo he perdido casi toda mi colección de arte, pero logré salvar algunas piezas, las que, por así decirlo, me son más próximas y queridas… No lo va a creer, *monsieur*, quiero decir míster Kálisher, pero he arriesgado mi vida por estos cuadros. No puede imaginarse lo que es huir de Hitler, y además cargado con cuadros. Lo abandoné todo: prendas de vestir, ropa de cama, objetos que tenían para mí un valor sentimental, pero de estos cuadros no pude separarme. Puede usted decir que estoy chiflado.

—¡No lo quiera Dios! Nuestro patriarca Jacob cruzó por segunda vez el río Jordán por unas pequeñas jarras.

—¿Ah, sí? Hace tiempo estudié la Biblia, pero ya lo he olvidado todo. Veo que usted aún recuerda las Escrituras.

—Hojeo de vez en cuando algún libro sagrado en yiddish.

—Vaya, eso es bueno. Ya quisiera yo poder hacerlo, pero mi cabeza ya no me funciona. Estoy enfermo, algo que no le desearía a usted, y huir de Hitler ha acabado con lo que restaba de mí. Soy incapaz de contarle los avatares por los que hemos pasado. ¿Qué tal está Minne? Al fin y al cabo, nos separamos como amigos.

—¿Minne? Gracias a Dios está *all right*, como dicen aquí en América. Escribe poesía y quiere publicar un libro.

—Qué bien. Tiene talento. De hecho, yo fui quien la animó a escribir. Tiene una visión interesante de la vida y su estilo es delicado. Hasta he traído conmigo unos cuantos poemas suyos que quedaron en mi posesión. En Nueva York no debe ser fácil encontrar periódicos y revistas en yiddish publicados en París hace años.

—¿Cómo dice? Ah, sí. Ya me contó ella que algunos de sus poemas se habían perdido.

Tras un corto silencio, Krimsky prosiguió:

—Me gustaría verle. Incluso teniendo en cuenta que compartimos, por así decirlo, una amistad…, una persona que… En fin, el pasado no se puede borrar. Lo que quedó al final es un sentimiento como hacia una hermana, y, ya que usted es su marido, es como si fuéramos parientes…, parientes próximos.

—¿Minne sabe que está usted aquí?—preguntó Morris.

El otro vaciló un momento.

—No—respondió—. Estoy llamando ahora por primera vez a su casa. Precisamente hoy he conseguido su número de teléfono.

4

Morris Kálisher aceptó acudir a las diez de la mañana siguiente a ver a Zygmunt Krimsky en su hotel. El hombre se había mostrado tan insistente, durante largo rato y con palabras tan sensibleras, que Morris sintió la necesidad de librarse de él lo más rápidamente posible. Prometió ir a verlo y colgó el auricular.

Aquella conversación le había dejado a Morris una sensación de asco y de vergüenza. Para vender un cuadro, Krimsky se aprovechaba del cataclismo producido por Hitler.

Además, se había quejado de sus enfermedades, como si entre ellos existiera un verdadero parentesco. Morris aún lo recordaba de cuando vivió en París. Allí tenía fama de tahúr y mujeriego, e incluso se decía que alguna mujer, ya de edad avanzada, lo mantenía.

Ahora que Aarón Deiches, el gran pintor, residía en Nueva York y vivía sumido en la pobreza, Morris no sentía ningún interés por comprar cuadros de otros artistas. Deiches tenía prioridad, aparte de que su talento era mayor que el de otros, incluso más famosos que él. Al mismo tiempo, Morris tenía claro que no podría desembarazarse por completo de ese Krimsky que hablaba en tono de sacaperras profesional y, además, era un mentiroso. «Si esos cuadros le son tan queridos como para estar dispuesto a arriesgar su vida por ellos, ¿por qué quiere venderlos ahora? Bueno, tendré que echarle algún hueso para roer», refunfuñó.

Sacó un cigarro y lo encendió mientras paseaba por el salón. Le costaba aceptar el hecho de que Minne hubiera llegado a casarse con un personaje como ése y hubiera vivido con él varios años. Meneó la cabeza de un lado para otro, como para ahuyentar pensamientos molestos.

«En fin, ¿qué es la persona al fin y al cabo?—pensó—. ¿Cómo lo describió Krimsky? La vida no es, en definitiva, más que un baile sobre la tumba de otros… Hoy fallece el marido, y mañana su querida esposa ya corre a casarse con otro… Encima, al segundo le entrega como dote el dinero que el primero había ahorrado o, tal vez, estafado… Si los muertos se enteraran un día de lo que hacían sus herederos, se revolverían en sus tumbas».

Como solía ocurrirle horas después de anochecer, le invadió un estado de ánimo moralista. Los libros de ética, que años atrás había estudiado y en el presente seguía ojeando, empezaron a tomar la palabra en su fuero interno, adoptando la voz de varios predicadores a la vez.

«Bueno, ¿qué esperas, Móyshele?—le preguntaba una de esas voces—. Tú ya no eres joven. Hace poco el médico te dijo que tienes la presión alta y el corazón hipertrofiado. ¿Cuánto tiempo vas a seguir entregándote a los negocios y demás tonterías? Si quieres hacer algo valioso, hazlo ahora, mientras tus ojos están abiertos...».

Para Morris, así como el día discurría cargado de embriaguez negociadora, la noche traía con ella la sobriedad. «Soy un anciano, ésa es la amarga verdad. Hoy o mañana podría desaparecer».

Entró en su estudio y abrió la puerta de la vitrina de libros sagrados. Arriba, tras los cristales, guardaba una mescolanza de objetos rituales judíos y antigüedades que había coleccionado: lámparas de *Janucá*, cofrecitos para las especias aromáticas, cajitas para las toronjas de la fiesta de *Sucot*, copas para el *kiddush* y candelabros de toda clase. Allí guardaba también los ornamentos y un puntero para leer los rollos de la Torá, así como un cuchillo para cortar el pan trenzado con las palabras *Shabbat Kódesh* grabadas en el mango de nácar, un recipiente para la sal y otro para la miel, y un apagavelas de plata.

En esa misma vitrina, amontonados, había también un par de mangos de madera pulida para enrollar los pergaminos, fundas para objetos rituales, y toda clase de adornos y aderezos procedentes de sinagogas de Polonia, de Alemania e incluso de Oriente.

Morris Kálisher amaba esos objetos que tenían que ver con el judaísmo. Creía en el versículo: «Éste es mi Dios y yo lo alabaré».[1] Tratándose de piezas como aquéllas, estaba dispuesto a pagar grandes sumas. Sus estantes estaban llenos de volúmenes raros, antiguos manuscritos, así como Hagadot y libros de rezos ilustrados.

[1] Éxodo 15, 2.

83

Ante la vitrina abierta, Morris reflexionó: «Desde luego, coleccionar estas antigüedades tiene que ver más con este mundo que con el venidero. Aquí en América se han convertido en un buen negocio…».

A continuación, sintió ganas de hojear uno de esos libros sagrados y leer algo de lo que más le importaba ahora. Extrajo el *Shevet Musar*, lo abrió por la mitad y leyó:

Si la persona muere antes de su hora, el alma no puede subir inmediatamente al cielo para rendir cuentas. Ha de esperar a que pasen los días que le estaban predestinados en este mundo y permanecer en la parte inferior del paraíso, o en otro lugar, allí donde no se conoce ni gozo ni sufrimiento. Aun así, padece la angustia de recordar la felicidad que le embargaba antes de que lo bajaran del Trono de la Gloria.

«Bueno, si se tiene el privilegio de estar en la antesala del paraíso, ya es algo—murmuró Morris—. Cualquier cosa es mejor que el *Guehenna*».

De nuevo cerró el libro, estampó un beso sobre la cubierta y comenzó a mirar a su alrededor. ¿Qué haría Minne con aquellos tesoros suyos cuando él cerrara los ojos? «Destrozará todo», se respondió a sí mismo. En cuanto a sus hijos, seguramente venderían esos libros como papel de envolver. «¡Tengo que hacer testamento!—exclamó—. ¿Por qué lo estoy aplazando?».

Le sobrevino un intenso agotamiento y decidió no seguir esperando despierto a Minne. Se lavó las manos y se dispuso a rezar la oración antes de irse a dormir. A continuación levantó la colcha de la cama. En el dormitorio había dos camas, una doble y otra individual. Minne las designaba burlonamente como «guerra y paz», por la obra de Tolstói.

Morris iba a acostarse en la cama estrecha, pero por alguna razón, sin saber por qué, empezó a abrir la cama de matrimonio. Súbitamente, enganchado entre el colchón y el marco de la cama, descubrió un pañuelo de bolsillo. Era de hombre, pero no uno de los suyos. Tenía un ribete rojo, inusual en los que se fabricaban en América. «¿Cómo puede haber llegado aquí un pañuelo como éste?», se preguntó.

Lo agarró y vio que estaba manchado. Lo miró con ojos muy abiertos. Lo olisqueó, estupefacto. «¿Será posible?—se preguntó, como aplastado por un peso—. Sí, ¿por qué no? Puesto que ella no cree en Dios, no respeta la Torá y busca la eternidad del alma en un despreciable libro de poesía, ¿por qué no iba a cometer cualquier pecado?».

Recordó de pronto que, cuando preguntó a Krimsky si Minne sabía que él estaba en Nueva York, él vaciló durante un instante y tartamudeó… Una sensación muy extraña invadió a Morris… Como si alguien le hubiese propinado una bofetada con toda su fuerza. Incluso sintió en el cráneo como una sacudida de su cerebro. Inmóvil y despavorido, avergonzado hasta la médula, se negaba a terminar de creer que lo que sospechaba fuera cierto.

«Ahora, ¡nada de escándalos!—se advirtió a sí mismo—. Es posible que él ya lleve tiempo en Nueva York». Krimsky habría venido a la casa mientras él estaba reunido con los hombres de negocios para ganar dinero que algún día le dejaría a ella. «Sí, he sido yo el culpable, ¡el culpable de todo—se recriminó—, de haber criado hijos apóstatas y de haberme casado con una persona como ella, todo por libre decisión! Yo sabía muy bien que ella no creía en el judaísmo. Incluso me confió que había llevado una vida disipada. No iba a transformarse de pronto en una santa».

«¡No son más que rameras! ¡Las mujeres mundanas de hoy no son más que una banda de rameras!—sintió gritar en sus entrañas—. ¡Cuando una hija del pueblo judío abandona a Dios, enseguida se convierte en una ramera!».

Para él, esto no constituía ninguna novedad. Había oído

historias parecidas de boca de buhoneros, de seductores y de toda clase de bribones: bastaba esperar a que el marido se diera la vuelta para que su mujer lo engañara. Ellas incluso se jactaban de ese comportamiento ante sus amigas. Al propio Morris, más de una vez lo habían puesto a prueba. Incluso esposas de hombres más jóvenes, más apuestos y más ilustrados que él le habían tirado literalmente de la manga, a semejanza de lo que hizo la mujer de Putifar con José, y se le habían ofrecido abiertamente... En cierta ocasión, incluso la esposa de un rabino había intentado seducirlo.

Y si esto era así, ¿qué podía esperar? ¿Por qué iba a ser Minne una excepción? ¿Porque empleaba elegantes frases y alguna vez había escrito acerca de temas religiosos? Esto no era más que palabras, palabras vacías. Para esa clase de gente, tanto Dios como el judaísmo eran un tema de conversación, un juego. «Como aquel autor de un grueso libro acerca de la santidad del *shabbat*—recordó Morris—, que no sólo lo escribió durante los sábados, sino que, además, mientras lo hacía fumaba cigarrillos...». Era, como todos los suyos, un apóstata por simple perversidad... Ésa era la pura verdad, concluyó.

5

Morris lanzó una mirada al teléfono. Sintió el impulso de llamar a Mínsker y contarle lo que le había sucedido, pero se contuvo. «No. De momento, no debo hablar de esto con nadie, ¡ni siquiera con Hertz!—se previno—. Tengo que investigar el asunto por mi cuenta».

Durante años se había esforzado en liberarse de la lacra de la cólera, pero ahora la sentía arder en su interior. «Si todo lo que sospecho es verdad, ella tendrá un amargo final. Será lapidada hasta la muerte,[1] como la bíblica mujer adúltera. El Templo pudo ser destruido, pero el Señor del mundo continúa siendo el mismo», exclamaba una voz en su interior.

Ya no se acordaba de dónde había puesto el pañuelo y comenzó a buscarlo. ¿Dónde podía estar? No en su bolsillo derecho del pantalón, ni en el izquierdo; metió la mano en el bolsillo de la camisa, pero tampoco allí lo encontró. Buscó encima de la mesa, de las sillas, incluso dentro de la vitrina. «¿Habré perdido la cabeza?—se preguntó—. ¡El destino no ha querido que tuviera reposo en mis años de vejez!». Su amor hacia Minne, en un instante, se había transformado en odio.

Le saltó a la vista, en la vitrina, un libro de poesía en yiddish que le había vendido uno de los miembros de la pandilla de Minne. Lo agarró, lo abrió y comenzó a arrancar las tapas con una fuerza que a él mismo lo asombró. «¡Este sacrilegio no debe estar junto a los libros sagrados! ¡Está lleno de obscenidades e inmundicias!». Luego rompió la encuadernación por la mitad, recordando cómo Sansón descuartizó al león con las manos. Escupió sobre los trozos separados. Los tiró a la papelera y los cubrió con otros papeles para que Minne no advirtiera lo que había hecho. Por la mañana, lo llevaría todo al contenedor de basura.

De algún modo le vino a la mente el rigor moral de su propio padre. Él también, bendita sea su memoria, había desgarrado libros de su hijo Moyshe, cuando éste empezó a leer textos considerados impuros.

En ese momento, Morris descubrió el pañuelo. Se hallaba sobre la guía de teléfonos. Lo volvió a examinar, lo olió de nuevo. Desprendía un aroma sospechoso. Hizo una mueca, como si fuera a estornudar.

---

[1] Levítico 20, 10.

«¡Una gata pretendidamente virtuosa, eres una simple ramera!..», refunfuñó. Pensó que, cuando entrara por la puerta, cogería a Minne por los pelos, le pegaría, la abofetearía y la pisotearía como a un gusano.

No obstante, la razón, más fuerte que toda pasión, le dictaba que debía hacer justamente lo contrario: «Me marcharé a la Tierra de Israel. No quiero permanecer en esta repugnante América. Aunque, en realidad, también a esa tierra la han mancillado. Me asentaré en algún rincón de Mea Shearim, el barrio más ortodoxo de Jerusalén. ¡Basta de hacer negocios! Me alimentaré de pan y agua, serviré al Todopoderoso. ¡No tengo por qué dejar herencia a esa escoria!».

La furia interior que sentía se volvió contra sus hijos, León y Fania. León se había quedado en algún lugar de Zúrich, estudiando para ser ingeniero. «¡Un apóstata! ¡Un pagano! ¡Totalmente asimilado! En cuanto a Fania, está loca. Se ha mudado a un hotel y sólo el Diablo sabe lo que estará haciendo allí. Ambos odian a los judíos. Ésa es la amarga verdad...».

Plantado en el centro de la habitación, consternado, con la mirada extraviada, se preguntaba: «¿Cómo he podido permitir que llegaran tan lejos? ¿Cómo no me he opuesto? ¡Yo mismo los mandé a estudiar en el instituto! Incluso exigí de ellos que sobresalieran. ¡Soy yo el culpable de todas mis humillaciones!».

Se aproximó a la ventana, que daba a Broadway, y descorrió la cortina. Miró hacia abajo, a esa calle que le resultaba más ajena que cualquier otra en la que hubiera residido hasta entonces, tanto en Polonia como en Alemania o Francia. Aunque en América había hecho negocios y había prosperado, aunque leía los periódicos y había trabado conocimiento tanto con judíos como con cristianos, tenía la sensación de que se trataba de otro planeta. En apariencia todo era igual que en Varsovia, Berlín o París, pero en el fondo resultaba diferente.

El calor durante la noche veraniega abrumaba tanto como por el día. El aire apestaba a gasolina, a polvo y también a algo más que ardía y soltaba humo, como si las entrañas de la ciudad estuvieran ardiendo, a punto de estallar como una bomba. El cielo brillaba, aunque sin luna ni estrellas, como si los astros hubieran huido antes de que todo se desintegrara.

En Europa, le gustaba observar de vez en cuando las ventanas de enfrente, iluminadas después del anochecer. De ellas se desprendía un sabor hogareño y de preparativos conyugales antes de irse a dormir. Con frecuencia, divisaba a algún niño haciendo sus deberes. En Nueva York, en cambio, ni siquiera durante el anochecer en verano había ventanas iluminadas. Y en aquellas donde había luz no se veía a nadie.

Dieciséis plantas más abajo, un tranvía del que no se apreciaban los cables eléctricos reptaba intensamente iluminado. Enjambres de automóviles cuyos neumáticos chirriaban al rodar intentaban adelantarse mutuamente, zigzagueaban y se contraían como una enorme serpiente.

Por mucho que el propietario que le alquiló el piso había asegurado que era silencioso, hasta él llegaban el clamor de voces, el estruendo de motores, el chirriar de los tranvías, los bocinazos y el tañido de campanas. Incluso el traqueteo del metro hacía vibrar literalmente el edificio entero. Desde que comenzó la guerra y los periódicos describían los terribles bombardeos sobre Londres, Morris presentía que Nueva York podría ser destruida. Se imaginaba cómo los rascacielos se combatan y derrumbaran en grandes pedazos, dejando calles enteras cubiertas de escombros. Enormes llamas y columnas de humo elevándose desde los montones de cemento y acero, como si se tratara de Sodoma y Gomorra.

Morris intentaba no mirar la ciudad. Aunque residía en Nueva York y en ella hacía negocios, apenas conocía el aspecto de sus calles. Incluso a los inmuebles que eran objeto de su negocio apenas les dirigía una mirada. Nueva York era como un libro demasiado grande y pesado para poder leerlo. Morris lo comparaba a una enciclopedia que, aunque se hojee a menudo, sigue siendo desconocida...

En las demás ciudades donde vivió, siempre insistió en que el apartamento tuviera un balcón. Pero en Nueva York los balcones apenas existían. Además, ¿qué podría contemplar dieciséis plantas más abajo, al asomarse? Personas como hormigas y vehículos como juguetes. El aire era como un veneno mortal. Pasaban semanas enteras sin que Morris se acercara a la ventana, pero en ese momento incluso se inclinó para asomarse. No podía irse a dormir ni ojear un libro sagrado. Pasó por su mente la idea de saltar al vacío. Pero no, agarrado fuertemente al marco de la ventana, apretó las rodillas contra el radiador. No, aún no le iban tan mal las cosas. Si ella era una despreciable ramera, la mandaría al diablo e incluso se las arreglaría para no tener que pasarle una pensión alimenticia.

Era la una menos cuarto y Minne aún no había vuelto a casa. Morris entró en el dormitorio. Evitó mirar hacia la cama de matrimonio. Se dispuso a recitar su plegaria nocturna. Hacía tiempo que no lo había hecho con tanto fervor. Cubriéndose los ojos con una mano, rezó el *Shemá Israel*. Al pronunciar «En tus manos encomiendo mi espíritu», suspiró. En su día unos buenos amigos le habían desaconsejado casarse con Minne. Ya entonces circulaban rumores acerca de ella, pero él se rindió ante la pasión. «En fin, tal como haces tu cama, así duermes», se dijo.

Podría haberse casado con una decente muchacha judía, perteneciente a alguna familia rabínica, que le habría sido fiel y no habría rondado por las noches con toda clase de licenciosos charlatanes.

Morris se prosternó humildemente ante el Todopoderoso. Casi le avergonzaba llevar a sus labios las sagradas palabras de la plegaria.

«No soy una buena persona, no lo soy. Incluso soy un pecador de los peores—pensó—. Padre mío que me escuchas desde el cielo, merezco la vara y todo lo que me pase». Se desvistió y se metió en la cama. No dormía, pero tampoco estaba totalmente despierto. Acostado de lado, inmóvil como un pez que descansara de noche en su pecera, estaba preparado para recibir los castigos que le esperaban.

Empezó a adormecerse y soñó que había comprado una casa situada mitad en Nueva York y mitad en Varsovia. «¿Cómo es posible?—se preguntó—. ¿Estaré en la frontera? Pero no, en medio hay un mar... Bueno, es sólo un sueño».

De nuevo se espabiló. Por un momento, le entraron ganas de reír, pero enseguida se calmó. Sintió como si un gran peso se hubiera asentado en su corazón...

6

Llamaron a la puerta, pero Morris Kálisher no fue a abrir. Minne estaba acostumbrada, cuando acudía a los banquetes y quién sabe adónde más, a que Morris la esperara por las noches, pero esta vez él siguió acostado. Al cabo de un rato, oyó cómo ella hacía girar la llave. Luego encendió la luz en el pasillo y, con la puerta aún abierta, lo llamó.

—Morris, ¿dónde estás? ¿Ya duermes?

Estaba a punto de encender la luz también en el dormitorio, cuando Morris mitad gruñó y mitad refunfuñó:

—No enciendas la luz.

—*Darling*, ¿ya estás en la cama? ¿Qué te pasa? ¿No te encuentras bien?

—Estoy bien.

—Es tarde, pero normalmente me esperas despierto. Cuando esa gente empieza con sus discursos, no saben cómo parar. Parlotean y divagan hasta que una casi se desmaya. Pero en fin, huir antes de que terminen no resulta digno. Los conozco a todos y ellos me conocen a mí. El propio invitado de honor se me acercó para agradecerme que hubiera asistido a su fiesta. Incluso quisieron que pronunciara unas palabras, pero detesto los discursos. Lo que tengo que decir lo digo en mis poemas. Al final, el homenajeado hizo un discurso tan largo que pensé que nunca terminaría. Por suerte, alguien me trajo hasta casa en automóvil. De haber tomado el metro, habría llegado al amanecer… ¿Cómo es que te has acostado sin mí? No sueles hacerlo.

—Estaba cansado.

—No paras de dar tumbos por ahí. Tus negocios te tienen agotado. Te he dicho mil veces que tu salud me importa más. No soy como esas esposas que quieren hacerse ricas. Me conformo con las cosas tal como están. Y debes dejar de fumar esos cigarros. Es lo primero que se huele nada más entrar en casa. Todos los médicos dicen que no es sano. ¿Has tomado algo antes de irte a dormir?

—¿Qué iba a tomar?

—Un vaso de leche y un poco de zumo de naranja. La nevera está llena de cosas ricas. En otras casas, los hombres se sirven ellos mismos. Tú quieres que sólo yo te sirva. Te traeré algo. ¿Qué quieres?

—No quiero nada.

—Pero ¿qué te pasa? ¡No me gusta tu tono de voz!

Morris no respondió. Minne esperó en silencio unos instantes y luego fue al cuarto de baño. Se oyó correr el agua, así como el chapoteo posterior. El pasillo estaba ahora iluminado. Minne tenía la costumbre de dar portazos. Dejaba los grifos abiertos y hacía ruido con la vajilla y los cacharros. Nunca se desvestía en un mismo lugar, sino que se iba quitando las prendas a medida que caminaba. Por la mañana, Morris encontraba en una habitación su vestido, en otra el corsé y en una tercera los zapatos. A Minne le gustaba dar vueltas antes de irse a dormir, desnuda, sólo con zapatillas. Morris, ya acostado, observaba su figura: los pechos, las caderas y el vientre al aire.

Minne se peinó el pelo suelto y lo dejó caer sobre los hombros. Se lavó y cepilló los dientes, y se dio unos toques con agua de colonia. Por la manera en que se estaba comportando, Morris entendió que intentaría seducirlo. Él ya había decidido, sin embargo, no aproximarse a ella hasta averiguar la verdad.

Empezó a recordar las palabras de Krimsky. Fue difícil adivinar si quería que Minne se enterara de su llamada o prefería que se lo ocultara. Morris dudaba si le convenía mencionar a Minne esa llamada. Seguramente ella ya tenía conocimiento de la misma. «Cuanto menos hable yo, mejor. Ambos deben de estar convencidos de que soy lo bastante estúpido…», se dijo.

Yacía con el cuerpo en tensión. Preveía que esa noche no iba a tener reposo…

Al cabo de un rato, Minne reapareció en la puerta, esta vez en camisón.

—¿Cómo es que te has acostado en la cama estrecha? —preguntó—. Ven a la mía.

—No me encuentro del todo bien…

—¿Eh? ¿Qué te pasa?—insistió Minne en tono asustado—. Enseguida he sabido que te pasaba algo.

—Me pondré bien.

—¿Te duele algo?

—Un poco. En las entrañas.

—Vaya, te pasas los días corriendo por ahí y comes toda clase de porquerías—empezó Minne a reprenderle como una esposa preocupada—. Ya te lo advertí, Morris, en Nueva York hay que tener cuidado con lo que se come. Si no eliges bien el lugar donde comes, puedes caer gravemente enfermo. Aquí almacenan la carne de un año para el siguiente. ¿Dónde te duele? ¿En el estómago o más abajo?

—Ni siquiera lo sé.

—Toma algo. Espera, te traeré agua de soda.

—No es necesario.

—¿Por qué no? Seguro que tienes gases en el estómago.

—Sólo estoy cansado. Necesito un buen descanso.

—¿Por qué estás tan cansado? Bueno, descansa. De hecho, vine a casa con el deseo de estar contigo. Mientras escuchaba allí sentada los falsos discursos y los vacuos cumplidos, me sentí orgullosa de no pertenecer a ninguno de esos farsantes, sino a un hombre recto, un hombre que no entra en esos juegos. Ellos se dicen cosas horribles a las espaldas, pero una vez ante el atril sueltan unas adulaciones que dan asco. Ni siquiera se les puede llamar mentirosos, ya que la mentira es intrínseca a su persona. Para ellos, en un momento dado eres un gigante y en el siguiente un gusano. Dan la vuelta a las cosas a su conveniencia. Quizá piensen que engañan a alguien, pero no, todo el mundo está al tanto de sus trucos. Seguramente no lo creerás, querido, pero a la vez que elogiaban al invitado de honor, lo pinchaban con mil agujas. Ya me estaba arrepintiendo de haber acudido, pero lo cierto es que una persona no cumple setenta años todos los días. Puede que no sea un gran poeta, pero ha tenido su influencia. Después de todo, a algún lugar hay que pertenecer. Cuando salí de allí y respiré el aire fresco, fue como si me quitara un peso del corazón. Comencé a echarte de menos. ¿Sabes una cosa? Ven a mi cama. No te voy a morder, líbreme Dios.

—No. Estoy mejor aquí.

—¿Ah, sí? Vale, si estás mejor ahí, ahí te quedas. ¿O es que estás enfadado conmigo? Si es así, dilo. Detesto los secretos y los resentimientos ocultos.

—No hay resentimiento.

—¿Ha telefoneado alguien?

—¿Cómo dices? No.

—Algo ha ocurrido, pero si no quieres contármelo, no te voy a obligar. Quiero que lo sepas, Morris: haya pasado lo que haya pasado, y pienses lo que pienses, mi comportamiento contigo ha sido decente. No me casé contigo, líbreme Dios, por tu dinero. Pude tener hombres más ricos que tú, y más jóvenes también. Cuando me estaba separando de Krimsky, él ya empezaba a ir financieramente hacia arriba. Es un descerebrado, un sinvergüenza, pero me amaba. No me dejaba marchar. Se puso de rodillas ante mí y me besó los pies. Ésa es la verdad. Pero yo ya había tenido bastante de sus mentiras y sus artimañas. Deseaba un hombre como mi padre y mi abuelo, una persona recta, y cuando llegué a conocerte más de cerca me dije que esa persona eras tú... El hecho de que Dios te ayudara y hayas prosperado desde luego es bueno, pero no es lo que más me importa.

—¿Y dónde está él, eh?—preguntó Morris, de forma inesperada incluso para sí mismo.

—¿A quién te refieres?

—¡A tu marido!

—¿Krimsky?

—Sí.

Minne guardó un largo silencio.

—¿Por qué lo preguntas?

—¡Oh, porque sí!—replicó Morris.

Minne calló de nuevo un instante.

—Ya que lo preguntas, debes saber que se encuentra aquí, en Nueva York...

7

—¿Estás bromeando?—se sintió obligado a decir Morris.

—No estoy bromeando.

—¿Cuándo llegó? ¿Por qué no me lo has contado?

Minne hizo una pausa.

—Hace unos días me llamó por teléfono. Está aquí. Naturalmente, me alegró saber que se había salvado. Nadie merece morir a manos de Hitler, sólo que me habría alegrado más si se hubiera puesto a salvo en Londres, o qué sé yo dónde. Te digo la verdad: no quiero tenerlo aquí, no quiero volver a oír su voz. Pero ¿qué puedo hacer? Empezó a describirme los milagros de toda clase que le habían sucedido. Yo le dije claramente: «Estoy casada y quiero a mi marido». Me pidió que fuera corriendo a reunirme con él, pero le dije que no, que éramos extraños el uno para el otro. Dudé si debería contártelo, pero para qué iba a remover el pasado. ¿Qué te podía importar que un tal Krimsky se encontrara en Nueva York? Es una ciudad enorme con toda clase de personas…

—Aun así, no deberías habérmelo ocultado.

—No quería disgustarte. Te tomas todo muy a pecho.

—¿De verdad no te has visto con él?

—No.

«¡Está claro, está claro!—pensó Morris—. Él me dijo que acababa de conseguir mi número de teléfono, y sin embargo ella me confiesa que ya tuvo una conversación con él… Ni siquiera son capaces de ponerse de acuerdo sobre cómo mentir…».

—Es tarde—dijo Morris poniendo la palma de una mano sobre su corazón—. Aún quiero dormir esta noche.

—¿Ah, sí? Pues que duermas bien. Pagar por todo es mi sino.

—Hasta ahora no has pagado por nada.

—Si tú estás enfadado yo lo pago con mi vida y mi salud.

«¡Vaya actriz!—se dijo Morris—. ¡Qué bien representa el papel!». Había resuelto no mencionar a Minne la llamada de Krimsky, pero no estaba seguro de que fuera la decisión correcta. Tuvo que contenerse con todas sus fuerzas para no mencionarla. Se cubrió con la manta, volvió la cara a la pared y cerró los párpados. «No habrá reposo esta noche», pensó.

—¿Ya duermes?—preguntó Minne.

—Ya estoy roncando.

—¿Qué clase de pecado he cometido con su llegada? ¿Podía yo impedir que el cónsul americano le concediera un visado de entrada? Al fin y al cabo, Morris, tiene que haber justicia. No me puedes castigar por algo que hice antes de conocerte.

—Castigar, lo que se dice castigar, sólo el Ser Supremo puede hacerlo.

—El Ser Supremo se compadece de sus criaturas, pero ellas se torturan entre sí.

—Debes saber que tu anterior marido ha hablado conmigo por teléfono—espetó Morris, asombrado de sus propias palabras.

Minne tardó largo rato en responder.

—¿Es eso cierto?

—Yo no miento.

—Si es así, ya no entiendo nada de nada.

Morris guardó silencio.

—¿Qué quería? ¿Qué ha dicho?

—Quería venderme un cuadro y dijo que acababa de llegar a Nueva York, que justo en ese momento había averiguado nuestro número de teléfono.

Minne enmudeció durante todo un minuto.

—Bueno, si ahora no pierdo el juicio es que soy más fuerte que el hierro. Ese hombre es el peor mentiroso, el mayor loco que he visto en mi vida. Sencillamente, quiere destruir mi hogar…, nada más. Está celoso porque he logrado encontrar un poco de sosiego. ¡Eso es todo!

—Ahora que todas las cartas están sobre la mesa, dime la verdad: ¿te has reunido o no con él?

Al decir esto, Morris se incorporó tan bruscamente que el colchón gruñó bajo su peso. La cama entera chirrió.

Minne vaciló largo rato.

—Sí. Me he reunido con él—respondió.

—Antes has dicho que no.

—No quería un escándalo contigo. ¿Qué objeto tendría? Pero ya que tú te estás comportando como un espía, y que él intenta desacreditarme poniéndome la zancadilla, es mejor que te lo cuente todo de una vez. Él llamó e insistió repetidamente en que quería verme. Le respondí que todo lo que tuviera que decirme podía hacerlo por teléfono, pero se obstinó en que tenía que ser en persona. Y, además, aseguró que había traído mis poemas. No tuve opción. Sabía que, de lo contrario, seguiría torturándome con sus llamadas. Y tampoco quería yo involucrarte a ti. Acepté encontrarme con él una sola vez en una cafetería, precisamente aquí en Broadway. Me prometió que no volvería a telefonearme ni molestarme más. Ése fue nuestro acuerdo. Ahora me doy cuenta de que esta persona está empeñada en destrozarme y de que, además, lo puede conseguir porque mi posición es tal que cualquiera puede hacerme daño. Así ha sido durante años. En cierto modo he sido siempre como una hoja al viento que puede ser lanzada de un lado a otro. En fin, ya veo que he sido vencida. ¿Qué quería de ti al llamarte?

—Quiere reunirse también conmigo.

—Bueno, naturalmente. Se verá contigo para contarte toda clase de falsedades sobre mí. ¡Regresarás a casa y me escupirás en la cara! Escúchame bien, Morris: una persona puede sufrir sólo hasta cierto punto y no más. Siempre he sabido cómo terminaría yo. He podido aplazarlo, pero, al parecer, el momento ha llegado. Ve, encuéntrate con él. Escucha todo lo que tenga que contarte. En lo que respecta a mí, es como si ya estuviera muerta. Ni siquiera tendrás que pagar por mi entierro, porque la Hermandad Funeraria de mis buenos paisanos ya tiene preparada para mí una parcela. Fue el primer regalo que recibí a mi llegada a Nueva York. Ellos, como americanos, son gente práctica. Saben cuál es la auténtica propiedad inmobiliaria que una persona necesita. ¿Qué tengo que temer? Ni siquiera Krimsky podría robarme esos cuatro codos de tierra. Más que eso no necesito…

—Quiere venderme un cuadro, no hablar mal de ti.

—Me juró por lo más sagrado que no volvería a llamar. Si ha podido romper ese juramento, no parará ante ninguna vileza.

—¿Qué clase de juramento hizo?

—¿Qué más da? Un juramento sagrado para él.

—¿Qué es sagrado para tu gente? Nada.

—Él no pertenece a mi gente. Juró por los huesos de su madre. Para él, es una especie de fetiche.

—¿Qué clase de fetiche? ¡Sandeces! Para vosotros los libertinos nada es sagrado. Ya sé que fuiste su esposa. ¿Qué calumnia podría decir acerca de ti? A menos que diga que sigues siéndolo…

Minne se levantó de un brinco y los muelles del colchón parecieron gemir.

—¿Qué más?—exclamó—. ¡Arroja más porquería sobre mí, continúa! Lo tengo bien merecido…

—Cuando una persona miente en algo, ya no se la puede creer en nada.

—Llevas razón, Morris, llevas razón. No debería haberme reunido con él. Tendría que haber colgado el auricular y habértelo contado todo enseguida. Pero las personas no somos tan fuertes. Ahora que arrojas sobre mí esa clase de acusaciones, todo ha terminado entre nosotros. Tú lo sabes muy bien.

—¿Él ha estado aquí, en esta casa?—medio preguntó y medio afirmó Morris.

—¿Qué estás diciendo? Claro que sí… Lo confieso, lo confesaré todo. También Bujarin lo confesó todo. Cuando el juez se empeñó en saber qué había hecho en los tres días que estuvo en Japón, respondió: «Me dedicaba a espiar contra la Unión Soviética».

QUINTA PARTE

I

Esa noche Hertz Mínsker no durmió. Fue «una de esas noches», como él las llamaba. Poco antes, durante la *seance*, la supuesta Frida lo había besado en la boca por primera vez. La joven, al parecer, había renunciado a hacerse pasar por un espíritu. Le dio un beso y un pellizco.

Hasta ese momento, Mínsker no había experimentado ningún deseo hacia aquella mujer. Pero ese beso lo encandiló. En los labios le quedó la excitación, junto con el sabor de su saliva. Después, no paró de lamerse los labios. Aunque tomó un té e incluso masticó una galleta, aquel beso no se dejaba borrar.

«Bueno, ya comienza», se dijo. Siempre le asustaba iniciar una nueva aventura, pero en realidad las añoraba. Pese a todas las complicaciones que le surgían, lo cierto es que en Nueva York sufría un tedio que nunca antes había conocido. Comenzaba a leer un libro supuestamente interesante y le aburría hasta hacerle bostezar. Minne todavía le atraía, pero empezaba a cansarse de ella. En cuanto a Bronie, emanaba de su persona tal desánimo que llegaba a producirle incluso dolor físico; no tenía otra cosa que ofrecer fuera de su tragedia personal. Cada noche repetía idénticas palabras, aunque en el tono de quien dice algo nuevo.

Hasta las calles de Nueva York le parecían a Mínsker más monótonas que las de otras ciudades. Según él, las personas, los edificios, la ropa eran indistinguibles unos de otros. En palabras suyas, el país entero sufría un escorbuto espiritual que, poco a poco, iba extendiéndose por el resto del mundo. Ni siquiera los árboles de esa ciudad tenían personalidad alguna. Incluso al tiempo meteorológico le faltaba originalidad.

Aunque Hertz se reservaba toda clase de teorías para explicarlo, al mismo tiempo mantenía que el fenómeno en sí era un enigma conectado con el espíritu, o con los espíritus. Debido a un castigo o por algún objetivo metafísico, el país había sido despojado de ese encanto que hace que la vida sea soportable. América era una tierra sin ilusiones. Hertz había perdido allí todas sus esperanzas, todas sus fantasías. Allí empezó a contar los años que le faltaban para cumplir los sesenta. Se sentía realmente en el umbral de la vejez.

Lo único que América no podía robarle era su ansia por las mujeres, un hábito parecido a la adicción a un narcótico. No podía evitar observarlas lentamente al verlas pasar por la calle o en el metro. Piernas femeninas, rodillas femeninas seguían prometiéndole algo, aunque en su interior sabía que eran comparables a un pagaré sin garantía alguna.

El beso pecaminoso de la muchacha que ayudaba a Bessie mientras representaba su estúpido papel había conmocionado a Mínsker. Ahora ya sabía qué hacer. En la siguiente *seance*, le pondría en la mano una notita preguntándole su dirección o número de teléfono. Lo demás vendría por sí solo.

«Echémonos otra carga sobre los hombros», se dijo. ¿Quién sabe? Quizá ella le enseñaría algún truco o perversión que a él le fuera aún desconocido. Tal vez supiera pronunciar palabras que él jamás hubiera oído. Al fin y al cabo, no era americana, sino polaca, con el sello de aquel país...

Hertz intentaba dormir, pero sus ojos permanecían abiertos. Su mente solía trabajar en esos momentos con rapidez y una agudeza excepcional: conversaba con personas vivas o ya desaparecidas, con mujeres que él no sabía si se encontraban en este mundo o en el otro. Seguía fantaseando, como en sus tiempos mozos, sobre toda clase de suertes, poderes mágicos y descubrimientos. Una y otra vez imaginaba prodigiosas victorias sobre Hitler y Mussolini, quemaba sus ejércitos mediante rayos, alzaba de los mares sus buques de guerra y, como diversión, los depositaba en algún otro lugar, en Lake George o en Lake Placid. ¡Volaba en un avión, construido por él mismo, a la luna y a los planetas, y allí descubría civilizaciones y recibía alimentos y fármacos que prolongaban la vida millones de años!

Mínsker se avergonzaba de esas imaginaciones. Había en ellas una especie de onanismo mental. Sin embargo, cuando uno está acostado en la cama por la noche y no consigue conciliar el sueño, no es libre para elegir sus pensamientos. El cerebro empieza a trabajar como una máquina e incluso se oye físicamente el roce entre las células como si fueran engranajes.

Concilió el sueño ya de madrugada. Se despertó cansado, con los miembros entumecidos y pesadez en el estómago. El reloj indicaba que sólo eran las siete menos cuarto. Unos minutos más tarde sonó el despertador de Bronie. Ella abrió los ojos y extendió el brazo para apagarlo. También Hertz estiró un brazo. Por un instante, hasta que ella alcanzó el reloj y paró la alarma, los dedos de ambos se entrelazaron. Enseguida, bajó de la cama. Su semidesnuda belleza le resultaba ya indiferente. Bronie no despertaba ninguna ilusión en él.

—¿Qué hora es? Siempre pongo la alarma para que suene a las seis y media, pero suena cuando ya son las siete. Tengo que darme un baño enseguida—dijo ella, hablando mitad a sí misma y mitad a él.

No había nada que responderle. Hertz se incorporó.

«Bueno, ¿qué vamos a hacer hoy?», se preguntó. No le apetecía comer, ni leer, ni corregir unos manuscritos que no se dejaban corregir. Además, ¿para qué corregirlos? ¿Para quién? Realmente, no había razón alguna para levantarse. Llegada la mañana, ni siquiera el beso de la muchacha la noche anterior, en la *seance*, guardaba ya significado alguno. Para ella sólo había sido un juego. En realidad, tal vez únicamente quiso provocarlo para que le entregara la notita. «Personajes como ella son capaces incluso, ¿cómo lo llaman?, de chantajear», se dijo Hertz. Aunque ya no tenía sueño, volvió a apoyar la cabeza sobre la almohada. Mientras tanto, Bronie volvió del cuarto de baño.

—Nuestra casera es una mujer sucia. El cuarto de baño está hecho una pocilga.

—Bueno, es lo que hay.

—¿Podrías comprar de nuevo tres cuartos de libra de carne picada? Y también un par de verduras.

—¿Qué verduras? ¡Habla con claridad!

—Espinacas, una lechuga, lo que encuentres.

—Aquí en Nueva York se puede encontrar cualquier cosa.

—No tengo tiempo para tus sarcasmos. Ven, desayuna conmigo.

—No tengo hambre.

—Siempre desayuno sola. Ven a tomar un vaso de té.

—Bessie podría entrar.

—¿Por qué le tienes tanto miedo? Por las noches te quedas sentado a su lado hasta la una.

—Por la noche es cuando acuden los espíritus.

Bronie empezó a luchar con el corsé. No conseguía subirlo. Hertz salió de la cama y la ayudó. Luego se echó una bata sobre los hombros, se calzó las zapatillas y siguió a Bronie a la cocina. Allí ya hacía calor a aquella hora. Bronie encendió el hornillo de gas.

—¿Cuánto tiempo puede durar esto?—preguntó, mitad a Mínsker y mitad a la tetera.

—Durar ¿qué?

—Ya sabes, la guerra.

—Nadie lo sabe, nadie lo sabe…

—Te lo diré yo: Hitler cumplirá su palabra. Exterminará a todos. Incluso si pierde la guerra, de los judíos de Polonia no quedará ni uno vivo.

Mínsker agachó la cabeza.

—No podemos hacer nada. Una ley domina en el mundo: la fuerza.

—No obstante, si todos los países se unieran contra él, se rendiría.

—Los países nunca se unen contra los malvados. El que quiere matar, mata.

—Entonces, ¿para qué vivir en un mundo como éste? Yo no sabía que el mundo era así.

—Si hubieras leído libros de historia, lo habrías sabido.

—Si eso es verdad, Dios no existe.

—Existe, existe. ¿Quién ha dicho que Dios tiene que ser bueno? Él también es un asesino. Asesina, no sólo en nuestro mundo, sino en miles y millones de planetas.

—Así y todo, a Varsovia llega algún paquete de comida de vez en cuando. Sólo los que yo envío nunca llegan…

2

En cuanto Bronie se marchó, sonó el teléfono en el pasillo. Bessie también había salido. Mínsker estaba seguro de que la llamada no era para él. ¿Quién iba a telefonear tan temprano? Así y todo, corrió al teléfono y levantó el auricular. Enseguida reconoció la voz de Morris Kálisher, aunque sonaba algo cambiada: más profunda y más ronca, como de alguien que estuviera irritado o al que le hubiera sucedido alguna desgracia.

—Hertz, ¡tengo que hablar contigo!—dijo Morris.

—¿Tan temprano? Bien, habla.

—Esto no se puede hablar por teléfono. ¿Tal vez podría acercarme a tu casa? ¿Te he despertado?

—No, estaba sentado en la cocina.

—Bueno, se trata de un asunto importante. ¿Sabes una cosa? Podríamos encontrarnos en algún lugar. Ven, vamos a desayunar juntos, es decir, si consigo tomar algo. Tal vez un café.

—¿Qué ha pasado? ¿Se trata de tus hijos?

—No, de mis hijos no.

—¿De los negocios entonces?

—Ya oirás todo.

—¿Dónde quedamos?

Morris le dio la dirección y le dijo que tomara un taxi, «a cuenta del ricachón».

Hertz empezó a moverse con mayor rapidez. Se afeitó, se bañó y se vistió con rapidez.

«¡Vaya!—masculló—. ¡Otra mañana que se fastidia!». Siempre albergaba alguna esperanza para la mañana, quizá escribiría algo, mejoraría algo o haría alguna corrección útil, pero siempre terminaba en nada. Interiormente, se alegraba de salir de la casa. Además, le gustaba ir en taxi.

Antes de salir, echó un vistazo al salón.

—Bueno, espíritu, hasta la vista, *auf Wiedersehen!* —bromeó.

Si por algo no le agradaba salir tan temprano era porque aún no habían traído el correo. Siempre esperaba alguna carta importante que reforzaría su posición y cambiaría su vida a mejor. «Bueno, cuando esa carta llegue, no huirá», se consoló. Se puso un traje de color claro y un sombrero de paja. En la calle compró el periódico y paró a un taxi. Los camiones de limpieza ya habían rociado de agua el pavimento. Una cálida brisa penetraba por la ventanilla abierta. El sol resplandecía.

«Muy bien. La naturaleza hace cada día su trabajo—pensó o murmuró—. ¡Sólo faltaría que la tierra olvidara alguna vez que debe rotar! Lo viene haciendo alrededor del sol desde hace miles de millones de años, sin parar. Algún objetivo tiene que haber en ello, después de todo...».

El aire olía a asfalto, a fruta, a gasolina y a algo más, dulzón y veraniego.

«¿Qué pasaría, por ejemplo, si yo tuviera ahora un millón de dólares?—se preguntó—. No cancelaría el encuentro con Morris. Sólo que no le permitiría pagarme el taxi... ¿Y qué más, eh? ¿Me quedaría en Nueva York o me trasladaría a algún otro lugar? ¿Adónde, por ejemplo? ¿A California? ¿Y qué haría yo en California? ¿En qué estaría allí mejor que aquí? Una cosa sí haría: me sentaría a trabajar con tranquilidad... Aunque, pensándolo bien, ¿quién me impide trabajar ahora?».

Echó un vistazo al periódico. Guerra y más guerra... Estaban bombardeando... Mientras él viajaba en el taxi, morían personas que amaban la vida tanto como él, y jóvenes, además... De pronto, sintió el horror de la guerra. «¿Cómo dejaron que se llegara a esto? Bronie tenía razón: allí nos exterminarán a todos. ¿Y qué hará Dios? ¿Acogerá las almas en el paraíso? ¿Pondrá a Hitler sobre el potro de la tortura? ¿No habría podido organizar su universo de otro modo?».

El taxi se detuvo frente a un restaurante de Broadway. Mínsker salió y vio a Morris al lado de la entrada. Le pareció más rechoncho, más viejo y más despeinado que otras veces.

—Sólo abren a la hora del almuerzo—gritó a Mínsker, señalando al restaurante.

—Bueno, iremos a otro.

—Vale.

Caminaron hasta llegar a una cafetería. Morris pidió únicamente un vaso de té con limón, ya que la comida allí no era *kósher*. A Hertz esto no le importaba. Se sentaron al lado de la ventana. Había pocos clientes. Hertz pidió medio pomelo, un trozo de tarta de manzana y un café. Morris encendió un cigarro.

—¿Qué ha sucedido? Dime—preguntó Hertz.

Morris dio una profunda chupada al cigarro y lo apoyó en el cenicero.

—¡Hertz, nada va bien! Cuando los judíos dieron la espalda a la Torá lo perdieron todo: su judaísmo y su condición humana. Somos peores que los gitanos. No se debe decir, pero en lo que respecta al judío moderno, sus enemigos tienen razón… Todo lo que dicen de él es verdad.

Hertz abrió unos ojos como platos. Nunca había oído a Morris utilizar un lenguaje como ése. Era como si empleara palabras del propio Mínsker. «Probablemente los socios lo habrán estafado», pensó, aunque lo que dijo fue:

—Ésa ha sido la lamentación mía de siempre, al fin y al cabo.

—¿De qué sirve lamentarse? No hablo de ti, sino de alguien como yo, que soy un completo renegado que «conoce la voluntad del Creador y (pese a ello) se empeña en rebelarse contra Él».[1]

—¿Qué te exiges a ti mismo? Al fin y al cabo, eres un judío ortodoxo.

—No lo soy. Un judío de verdad no se afeita la barba, ni se casa con una furcia que se ha revolcado por toda clase de fangos… No daría un céntimo por mi ortodoxia. Y, además, soy un hipócrita, eso es lo que soy. ¿Por qué me meto en estos negocios, los edificios y toda esa parafernalia? ¿Cómo es que, así sin más, me propongo abrir una fábrica? ¿Qué demonios me aporta una fábrica? Soy un judío

---

[1] Definición del mal absoluto, según el fundador del jasidismo, el Baal Shem Tov, en el tratado de Bereshit, comentario 155.

viejo, un tonto senil. Los hijos que he criado son peores que unos renegados. Fania es una antisemita, odia a los judíos, dice cosas dignas de Goebbels, ésa es la amarga verdad. ¡Quién sabe qué vida lleva ahora! Seguro que nada decente. Siempre temo que se casará con un no judío, pero ¿acaso acostarse con ellos es menos grave? ¡Ay de nosotros y de nuestros hijos! Hemos criado malvados y rameras. Ésta es la pura verdad. También Minne es una furcia, un pedazo de basura… Está escrito: «Come, se limpia la boca, y dice: no he cometido pecado».[1] ¡Soy un proxeneta, un infiel, un enemigo del pueblo de Israel, es lo que soy!

Morris Kálisher dejó escapar entre una tos y un gruñido. Hertz palideció.

—¿Por qué dices todo eso acerca de Minne?—preguntó en tono vacilante.

—Su anterior marido está aquí. ¿Cómo se llama ese truhán? Krimsky… ¡Está con él! ¡Se acuesta con él! ¡Despedazados sean ambos! ¡Borrados sean sus nombres!

—¿Cómo sabes todo eso? ¿Cómo lo sabes? ¿Por qué iba ella a empezar una aventura con un hombre del que ya se divorció?

—¿Por qué no? «¿Qué puede hacer el hijo para evitar el pecado?»,[2] dice el Talmud. ¿Qué podría frenarlos? Si no existe Dios, no hay leyes y todo está permitido. Esa gente habla de fascismo, de hitlerismo. La verdad es que todos son nazis, los judíos de hoy también. Si te alejas de Dios, te conviertes en un nazi. Así es, sin retórica ni exageración. Emplean bellas palabras, pero están dispuestos a contaminar y a destruir todo por simple placer.

[1] Proverbios 30, 20: «Así es el camino de la mujer adúltera: come, se limpia la boca, y dice: no he cometido pecado».
[2] Talmud, Berajot 32a, 7, 11: «Si lo dejas a la puerta de un burdel, ¿qué puede hacer el hijo para evitar el pecado?».

»Es cierto que en París ella se separó de él, porque los pecadores no son capaces de vivir en paz. Me contó cosas de él que ponen los pelos de punta. Posiblemente, también él podría contar cosas horribles de ella. Pero ahora que está aquí y es una persona nueva, ¿por qué no? Esa gente habla sin cesar acerca del amor, pero ni de lejos saben lo que significa esa palabra. Sólo una persona honesta puede amar. Ellos únicamente pueden fornicar.

Dicho esto, Morris Kálisher agarró el salero y golpeó la mesa con él. Los demás clientes volvieron la cabeza.

—¿Qué haces? ¿Tienes pruebas de lo que estás diciendo? ¿O simplemente lo sospechas?

—Tengo pruebas. ¡No hablo por hablar!

—¿Qué pruebas tienes?

3

—Enseguida te lo diré, enseguida te lo diré. Déjame tomar aliento—pidió Morris—. No he pegado ojo en toda la noche. Lo que he padecido la pasada noche no te lo podría describir. Si no he sufrido un ataque al corazón debe ser porque soy más fuerte que el hierro. Para ti puede que todo esto sea insignificante, pero para mí es cuestión de vida o muerte… No estoy preparado para esto… Sigo creyendo que una esposa debe ser fiel…

—¿De dónde sacas que ella se acuesta con él?—preguntó Mínsker con voz ronca.

A él también se le revolvieron las vísceras y se le secó la garganta. Extrañamente, a la vez que consumido por la rabia, sentía una especie de vergüenza. Si era cierto lo que oía, él también había sido traicionado. Y le asaltó un temor en medio de todo el enredo: «Ella aún es capaz de confesarle a Morris toda la verdad… ¡Esa perra es capaz de hacerlo!... Morris tiene razón. Somos todos unos nazis... Nazis circuncidados... Yo también soy un canalla, como quizá no haya otro en este mundo», rumió.

Continuó allí sentado, con aire sombrío, abochornado, estupefacto de su propia depravación. Sintió necesidad de escupir y sacó de su bolsillo un pañuelo.

Por un instante, los ojos de Morris se desorbitaron y asomó a ellos algo parecido a un regodeo.

—¿Dónde has conseguido ese pañuelo?—preguntó.

Mínsker lo miró estupefacto.

—¿Qué sucede?

—Ése no es un pañuelo americano.

—Lo compré en París. ¿Por qué? ¿No te gusta?—preguntó Mínsker con una mueca, como queriendo decir: «¿Ya no tienes nada más de qué preocuparte?».

—¿Sólo tienes uno como ése?

—Tenía una docena. Algunos los he ido perdiendo. Si te gustan, te puedo dar los que me quedan. ¿Por qué te gusta? ¿Por el ribete rojo?

—Sí, por el ribete rojo.

—Bueno, ¿qué pruebas tienes contra ella?—dijo Hertz, volviendo a su pregunta.

Morris Kálisher no respondió. Continuó sentado en silencio, como si la sospecha y la inquietud se hubieran desvanecido de pronto. No miraba directamente Hertz, sino el cuadro chabacano que colgaba de la pared a sus espaldas, con figuras de frutas, caballos y automóviles, esa clase de arte comercial que uno encuentra en las paredes de restaurantes y cafeterías baratas. Se diría que estaba absorto en otros pensamientos, sin conexión alguna con el asunto por el cual los dos amigos se habían reunido.

Mínsker lo observaba, expectante y asombrado. Habitualmente, reconocía cada expresión de Morris. A menudo adivinaba lo que estaba a punto de decir antes de que abriera la boca, pero en ese momento el semblante de su amigo le era desconocido. Mientras un ojo sonreía, el otro parecía congelado.

Morris levantó el cigarro, sacudió la ceniza, lo acercó a los labios y, de repente, como si se hubiera arrepentido, lo volvió a poner en el cenicero. Agarró el vaso de té, pero no para beber, sino para calentarse la mano.

Mínsker sintió como si fuera a lanzar un eructo, algo que siempre le ocurría cuando se ponía nervioso. «¡Vaya! Minne ha estado engañando en todos los frentes», pensó.

—Todo hombre miente—dijo Morris.

—Sí, ¿y entonces qué?

Morris agachó la cabeza.

—Aún no me has dicho qué pruebas tienes contra ella —dijo Hertz.

—Qué más da. Ya no tengo nada, no tengo nada... Ni amigo, ni esposa, ni hijos... Súbitamente, todo se ha convertido en nada... Te pido perdón, Hertz, por haberte hecho venir aquí. Quería hablar contigo. Pero ahora esto es superfluo. Tómate el café.

—¿Ya no confías en mí?—preguntó Mínsker, avergonzado de sus propias palabras.

—Sí, ¿en quién si no podría confiar? Al fin y al cabo eres mi amigo, mi camarada. Si no pudiera confiar en ti, ¿en quién entonces? Sólo que hay veces en las que es mejor callar: «el sabio, en ese momento, callará».[1]

—Bueno, como quieras. Pensé que podría ayudarte.

—No, no puedes ayudarme. ¿Cómo podrías ayudarme si no te puedes ayudar a ti mismo? Ahora necesito un judío como tu padre, en paz descanse. Eres su hijo, pero no eres como él, lejos de ello.

[1] Libro de Amós 5, 13: «El que es sabio en esa hora callará, porque una hora mala es».

—No me estás descubriendo América.

—Si no te enfadas conmigo, Hertz, voy a despedirme de ti ahora. Te daré el dinero para pagar la cuenta.

—Tengo dinero.

—¿Cuánto tienes? No lo tienes, no lo tienes. Te dedicas demasiado a las mujeres y de eso no se vive. ¿Para qué necesitas tantas mujeres? Cada cosa debe tener su límite—dijo Morris Kálisher sonriendo de un modo diferente al de siempre: entre burlón y paternal.

Mínsker detectó el desprecio en el tono de Morris, pero ¿cómo era eso posible? Un momento antes hablaba de modo totalmente diferente. En un instante había cambiado. «Es un enigma, un enigma», se dijo. Era como si una puerta de repente se hubiera cerrado entre ellos. Seguían sentados muy próximos, pero una barrera se había levantado entre ellos.

Morris sacó su billetero.

—Tal vez necesites unos dólares.

—No, Morris. Gracias.

—Tómalo, tómalo. Ahora te lo doy, más adelante podría ser demasiado tarde. El dicho popular lo dice claro: si te dan, toma.

«¿Estará irritado conmigo?», concluyó Mínsker. Morris nunca había empleado ese lenguaje con él.

—No, Morris, no quiero dinero.

—Puede ser, pero así y todo lo necesitas. Esas mujeres tuyas seguramente no te pagan. ¿O quizá sí?

Mínsker negó con la cabeza:

—¿Por qué descargas tu cólera en mí? Tampoco a mí me deja indiferente lo que haya podido suceder.

—¿En qué te afecta a ti? Se trata de mi esposa, no de la tuya. Soy yo quien lleva un buen par de cuernos, como dicen los truhanes. Si ella peca, no es a ti al que pone los cuernos. Según vuestro código de valores, el pecador siempre hace lo que debe y la víctima del pecado no es más que un idiota.

—Ése no es mi código de valores, Morris.

—No me refiero a ti únicamente. También me incluyo. Yo también pertenezco a tu clase, aunque me he quedado un poco anticuado. Simplemente soy un idiota. Quería ser como tú, pero no he podido serlo. Tienes mejor cabeza que yo y gustas a las mujeres. Yo no le gusto a nadie. Aunque, de hecho, ¿por qué no? ¿Tan feo soy realmente? ¿Tal vez tengo mal aliento? Tú deberías decirme la verdad.

—A mi entender no eres feo ni tampoco he notado nunca que tuvieras mal aliento. Hueles a cigarros, pero eso a menudo gusta a las mujeres.

—Mis cigarros no les gustan. Minne dice que apestan.

—Si es verdad lo que tú sospechas, es ella la que apesta…

—Ése es el problema, que cada uno siente solamente la pestilencia del otro. Que sigas bien, Hertz. Toma los veinte dólares.

—No los tomaré. ¿Qué te pasa? ¿Te vas de viaje?

—No. ¿Adónde iba a ir? Hitler ha cerrado el mundo.

—Ya que has empezado a contar algo, no me dejes en ascuas.

—También a mí me han dejado en ascuas, Hertz. Hagamos penitencia. Ambos tenemos cierta edad, pronto vamos a tener que rendir cuentas.

Dicho esto, Morris Kálisher salió de la cafetería apresuradamente. Sólo cuando ya estaba fuera, Hertz descubrió que había dejado el billete de veinte dólares sobre la mesa.

4

Morris comenzó a caminar, pero sin saber hacia dónde: ¿*uptown*, *downtown*, *east*, *west*? Delante de sus ojos algo brincaba y se balanceaba. Veía una mancha, que súbitamente se transformó en una imagen y pareció vibrar, como cuando cierras fuertemente los párpados y los presionas con los dedos. Los colores cambiaban y saltaban chispas.

«¡Conque se trataba de eso!—masculló, repitiéndolo una y otra vez. Si antes lo atormentaba una gran angustia, ahora era el bochorno el que le propinaba una bofetada en la cara—. Es como en las novelas. Como en el teatro».

Por extraño que pudiera parecer, Morris había hablado muchas veces con Minne acerca de la posibilidad de que ella se enamorara de Hertz. Era una especie de diversión, como la que a veces, incluso gente devota, se permite con la propia esposa: algunas palabras juguetonas, perversas, dirigidas a excitar el apetito sexual. Morris solía afirmar que si Minne tuviera que enamorarse de otro, él preferiría que fuese de Hertz. Minne, por su parte, le aseguraba que Hertz no era su tipo, que era demasiado frívolo. Ella sólo podría amar a un hombre sólido. En fin, ¡se trataba de nimiedades que marido y mujer se dicen en momentos de pasión!

Nunca abrigó Morris la menor sospecha acerca de Hertz, al que no le faltaban amantes. Siempre se quejaba de que le asfixiaban los enredos amorosos. Le relataba sus aventuras, e incluso se calificaba a sí mismo como un loco, un hombre desenfrenado o degenerado. Por lo visto, la gente como él, además, no tenía ni pizca de escrúpulos. Morris le había estado manteniendo todos aquellos años y ahora se acostaba con su esposa.

En cuanto a Minne, no era más que una puta, una desvergonzada, lo peor de lo peor. Se acostaba con Hertz, con su marido anterior y quién sabe con quién más. «¡Estoy metido en el lodo, en el lodo! ¡Estoy hundiéndome hasta el cuello!», suspiró Morris.

Recordó que había concertado una cita con ese Krimsky, pero no tenía la menor intención de acudir. Más tarde, también había previsto reunirse con algunos negociantes, pero ¿de qué le servían ahora los negocios? ¿A quién iba a dejar su dinero? ¿A una pandilla de adúlteros?

Recordó lo que había leído en un libro jasídico acerca de un tal rabí Zadok Hacohen, de Lublin. Su primera esposa dirigía la tienda familiar y *reb* Zadok se enteró de que ella le había tendido la mano a un oficial. En el acto, huyó de su mujer y de los suegros en cuya casa residían e intentó divorciarse, pero ella no quiso aceptar el divorcio. Entonces él se dedicó a vagar de ciudad en ciudad a fin de conseguir el permiso de hasta cien rabinos, número necesario según la ley.

Cuando Morris leyó esta historia por primera vez, le pareció una estupidez. Seguramente la esposa de *reb* Zadok era una hija decente del pueblo judío. Algún oficial le tendió la mano y ella, por timidez o por temor, no se atrevió a rechazarla. Morris había considerado la huida de *reb* Zadok un mero acto de fanatismo.

Ahora, sin embargo, pensó que *reb* Zadok tenía razón. Aquellos judíos de entonces conocían la verdad: entre tender la mano y el adulterio no había más que un paso. Todos los rigores, las restricciones establecidas por los sabios y por los legisladores posteriores, estaban basados en el más profundo conocimiento de la especie humana.

«¡Bah, se acabó, se acabó! He terminado, como hombre de negocios y como hombre de mundo. ¡Huiré de esta plaga mientras aún pueda hacerlo! Sólo queda un lugar para mí: ¡una *yeshive* donde estudiar la Guemará!».

Al hilo de estos pensamientos le invadieron ganas de entrar de inmediato en una *yeshive*. Se detuvo y se secó los ojos con un pañuelo. Se encontraba en Broadway. Ya había caminado unas diez manzanas hacia *uptown*.

«¿Dónde encuentra alguien aquí una *yeshive*? Hay incontables sinagogas en Nueva York, pero estarán cerradas a estas horas». Deseaba leer algún libro sagrado para curarse, como si su vida dependiera de ello. Debía encontrar en ese momento una *yeshive*, o bien algún oratorio jasídico, donde se pasaban todo el día estudiando.

Paró un taxi y pidió al conductor que lo llevara a East Broadway, *downtown*.

«¡Para empezar, no debería haberme alejado de allí! ¡Basta con que el judío se aleje de su *yeshive* un solo paso para que caiga en las cuarenta y nueve puertas del pecado!».

Recostó la cabeza contra el cristal de la ventanilla del taxi y sólo entonces sintió el calor. Literalmente, el fuego le inflamaba el corazón. Al mismo tiempo, la cabeza le ardía y una pierna le temblaba.

«¿Por qué no le he dicho nada a Hertz? —se reprochó—. Tenía que haberle espetado en la cara lo que es él… Y encima le he dejado veinte dólares… Bueno, ya no más, ¡no más! Al menos los últimos años de mi vida no los viviré como un idiota».

Oía la agitación en sus entrañas, todo se revolvía dentro de él. Lo asaltaban dolores que no era capaz de definir, por una parte se sentía vacío y por otra sometido a una tormenta interna. Le invadió el temor de no encontrar consuelo ni siquiera en la Torá. «¿Qué debo hacer entonces? ¿Adónde debo ir? ¿A quién debo dirigirme?». Ya se arrepentía de haber pedido al taxista que lo llevara a East Broadway. Tendría que haber alquilado una habitación en algún hotel. Pero ¿qué iba a hacer solo en un hotel? Minne se merecía morir. Él también merecía morir. Según la ley judía le estaba permitido acabar con la vida de ambos, pensó, sabiendo al mismo tiempo que eso estaba prohibido. «Al menos podría haberle partido los dientes a ella de un puñetazo…».

Quiso ordenar al taxista que volviera hacia atrás, pero

bajó el brazo con el que había querido darle un toque en la espalda.

«No soy hombre de peleas, pero ya no puedo volver a mirarla a la cara. ¡Ojalá este sufrimiento no me cause un ataque al corazón, Dios no lo quiera!—rogó—. Esta excitación es un veneno para mí».

De nuevo arrimó la cabeza al cristal y cerró los ojos. «¡Imaginemos que ya he muerto y que ahora me están llevando a la tumba! ¿Qué puede hacer un muerto? "Entre los muertos, libre estoy de obligaciones...".[1] Al morir, hemos de dejar todo en manos de la Providencia».

Este pensamiento lo tranquilizó un poco, aunque sólo superficialmente. «¡Tengo que conseguir un abogado!—pensó—. Aquí en América no se puede dar un paso sin uno de ellos. De lo contrario, me arrebatarán todo, y en mi vejez, Dios no lo quiera, habré de mendigar a la puerta de las casas». Conocía a un abogado, pero no estaba especializado en divorcios. Morris se habría avergonzado de contarle lo que había ocurrido en su hogar.

«Tendré que replanteármelo todo. De momento, el poder está en mis manos y no en las de ellos. Haré las cosas tal como me conviene a mí y no a esos pecadores. ¡Es una suerte que no haya inscrito a nombre de ella ninguno de mis bienes! Si he de donar mi dinero, será para buenas causas y no para adulterios».

Morris miró por la ventanilla. El taxi rodaba con lentitud por Park Avenue. En esa calurosa mañana de verano, la calle se mostraba polvorienta y extrañamente desnuda, entre muros de ladrillo rojo y sin un solo árbol. Morris sintió que se abrasaba a causa del calor que emanaba de los muros, del asfalto e incluso de la estrecha franja de cielo visible por encima de los tejados. El taxi se detenía cada po-

---

[1] Salmo 88, 6.

cos segundos, con una larga caravana de automóviles delante y otra detrás.

«¿Es éste el mundo material?—se preguntó Morris—. ¿Para esto trabajo? ¿Y qué sucedería si uno o varios de estos edificios fueran míos? ¿Acaso me alimentaría con un doble almuerzo? Minne sí tendría más dinero para despilfarrarlo en joyas y en sus amantes. Esto es lo que somos las personas de hoy: ¡proxenetas!».

Recordó la referencia que la Guemará hace a la idolatría: cuando las naciones del mundo acudieron a exigirle al Todopoderoso una recompensa por sus logros, Dios les respondió: «Habéis creado mercados para llenarlos de prostitutas».[1] Sí, los sabios antiguos conocían a los apóstatas y a quienes buscaban emularlos. La esencia de toda la civilización había sido coronar y glorificar el adulterio. El mundo nunca había dejado de servir a la idolatría. En cuanto uno se apartaba de las *yeshives*, siquiera un paso, se convertía en idólatra.

«¿Cómo es que no lo he descubierto hasta ahora?—se preguntaba Morris—. Sí, lo sabía… Incluso más de una vez hablé de esto con Hertz… Y él dijo lo mismo, incluso puso más corazón en sus palabras, más conocimiento que yo, pero he ahí lo trágico: uno sabe que está comiendo inmundicias, pero sigue comiéndolas, porque ya está acostumbrado a ellas y porque supuestamente están condimentadas con especias…».

Abriendo la ventanilla, se inclinó y escupió.

«¡No merezco vivir!—masculló—. Soy una abominación. El más inicuo de los hombres inicuos».

---

[1] Talmud, Guemará 2, 2: «Todo lo que hicisteis, lo hicisteis para vuestro propio beneficio. Habéis creado mercados para llenarlos de prostitutas».

5

Una vez que Morris salió de la cafetería, Hertz intentó hablar enseguida con Minne, pero el teléfono de ella comunicaba. Probó una y otra vez, durante más de tres cuartos de hora, y la línea seguía ocupada.

«Esto significa que está hablando todo este tiempo con su exmarido», farfulló para sí mismo, mordiéndose los labios. No podía creerlo. Sentía celos… Hacía años que no experimentaba esa sensación. Siempre se las arreglaba para que fuera la otra parte quien los sintiera. Ahora, junto con los celos, le dominaba una especie de asco.

«¡Conque Minne es esa clase de pieza!—se dijo—. Bueno, hemos acabado. ¡Me desharé de ella enseguida!». Se propuso decirle que su relación había terminado, pero, cada vez que marcaba el número, los pitidos cortos indicaban que seguía ocupado. «Espero que el idiota de Morris se separe de ella, y que esa inmunda furcia vuelva con Krimsky».

Se sentó de nuevo a la mesa. Intentó leer el periódico, pero, además de que las noticias resaltaban las victorias de los nazis, él no era capaz de concentrarse en leer ni una sola línea. Se le ocurrió la idea de que Minne, si se viera acorralada, sería capaz de contarle a Morris sus relaciones con él, con Hertz. Si fuera así, él no tendría más salida que suicidarse. «Realmente me sucede como a esos gánsteres que, mientras la policía les está buscando, se pelean entre ellos y se amenazan el uno al otro. Ya nada bueno puede salir de todo esto».

La taza de café que había pedido ya se le había enfriado. Sacó de su bolsillo delantero el billete de veinte dólares que Morris había dejado y lo dobló para formar un barquito, como solían hacer los niños en el *jéder*. «No, en este momento más vale no crear problemas. Debo esperar y ver qué pasa», decidió.

Fue a la cabina para llamar otra vez. La línea ya no estaba ocupada, pero nadie respondió. «Seguramente habrá salido—se dijo—. Bien, ya no aguanto más. Esta América va a triturar lo que queda de mí, tanto física como anímicamente».

Todos aquellos años había llevado una vida libertina, pero despreciaba a las mujeres licenciosas. Siempre exigía un amor auténtico.

«¿Cómo es posible? ¿Cómo es posible?—se repetía mentalmente—. Minne me habla como si estuviera loca de amor por mí. Me recrimina acerca de Bronie. De Krimsky comentó las peores cosas... ¡Es la mujer más vil que he conocido jamás!», le espetó a la taza de café.

Le sobrevino una mezcla de aversión y deseo. Recordó que algunos hombres pervertidos disfrutaban cuando sus amadas parejas los engañaban, humillaban o fustigaban...

«¡Tengo que marcharme de aquí! ¡Marcharme enseguida!—decidió—. Abandonaré todo y huiré. Me encerraré en alguna finca y trabajaré para ganar solo un mendrugo de pan. ¡No más amor! ¡No más sexo! ¡Todo eso se acabó!».

De nuevo telefoneó a Minne, sabiendo de antemano que nadie respondería. Acto seguido salió de la cafetería. En ese momento se sentía doblemente próximo a Morris: de hecho, compartían la misma tragedia...

Hertz no sabía qué hacer. ¿Regresar a casa? ¿Dar un paseo por Central Park? ¿Tal vez entrar en una sala de cine, pagando un cuarto de dólar? De día la entrada era más barata... Se detuvo delante del gran cartel de una de esas salas. Un hombre de pelo erizado y ojos como platillos sujetaba en una mano una pistola y con la otra arrastraba a una mujer desmayada. De ambas manos le caía pintura roja... «Es un cuadro adecuado para la gente como yo... En el fondo, Hollywood refleja fielmente la generación actual... La caricatura se ha convertido en realidad…». En su interior sintió algo parecido a una risa.

Ya había metido la mano en el bolsillo trasero para sacar la moneda, pero siguió caminando. «¿Tal vez debería ir a la biblioteca de la calle Cuarenta y dos? Pero ¿qué voy a hacer allí? No me apetece leer ningún libro. En otros países un hombre puede recurrir a una prostituta callejera, así sin más, sencillamente para desahogarse. Pero los americanos tienen prohibido también eso. Para todo tienen un único remedio: el whisky…

»¡Tengo que encontrar a alguien! Debo conseguir una nueva amante—pensó—. De lo contrario, esa Minne me va a convertir en un bufón. A esto lo llaman la emancipación de la mujer».

Imaginó que él era un rey y mandaba decapitar a Minne. «Enrique VIII fue un verdadero varón. El anglosajón de hoy día es un ser espiritualmente castrado, ¡unos eunucos es lo que son! ¡Por eso Hitler los exterminará! Cuando las mujeres empiezan a mandar en un país es el principio del fin. También en la antigua Roma una mujer se convirtió en emperatriz antes de que los bárbaros la destruyeran. Qué es América si no una civilización de incontables trivialidades destinadas a venerar a la mujer y convertir a los varones en espiritualmente impotentes. Quieren mantequilla y no cañones. Ellos de por sí están amasados con mantequilla… En cuanto al judío moderno, es todo lo que le atribuyen los antisemitas y aún peor…».

Mínsker se avergonzaba de las desoladoras palabras que resonaban en su interior, pero ya no podía contener sus pensamientos. Recordó la consigna de los nazis para las mujeres: «*Kinder, Küche, Kirche!*».[1] ¿Acaso no tenían razón esos asesinos? Si no devolvemos las mujeres a la coci-

---

[1] En alemán: '¡Hijos, cocina, iglesia!'.

na, estrangularán el espíritu del mundo con sus medias de nailon, ahogarán a Dios con su perfume y embadurnarán el cielo con sus cosméticos».

En ese preciso momento, oyó por encima de él un ruido y alzó la mirada. Una avioneta escribía, letra a letra, en el cielo el anuncio de una bebida de soda. «Todavía colgarán un rótulo en el Trono de la Gloria y, no contentos, pegarán una pancarta sobre la espalda de Dios...».

Mínsker ya no sabía adónde le llevaban las piernas. Miró a su alrededor y, asombrado, vio que se hallaba al lado de la casa de Morris. «¿Tan despistado estoy?—se preguntó—. Vaya, esto es malo, muy malo...».

De pronto se le ocurrió que tal vez Minne no había salido de su casa, sino que se había metido en la cama con Krimsky. Cuando él, Hertz, iba a verla, a menudo ella descolgaba el teléfono... Comenzó a alejarse de la casa a grandes zancadas. Minne podría verlo desde la ventana. Sintió compasión de sí mismo. Era como si hubiese vuelto a sus tonterías de jovencito, así como a las desventuras de aquellos años.

«Lo mejor será hacerme castrar...—se dijo—. Sólo entonces tendré sosiego. ¿Arrepentirme? ¿Ante quién? Dios existe, existe. Pero es diferente por completo a todo lo que dicen de él. Es una especie de máquina pensante, un monstruo, como lo definiría Spinoza, o tal vez incluso una mónada... No, tampoco es eso. Quizá sea un animal eterno. No, eso tampoco. Una cosa es cierta: Él no necesita que uno estudie la Guemará, ni que lleve puestas las filacterias. Además, hasta existe la posibilidad de que haya otros dioses. Se dice en los propios Salmos: «Dios comparece delante del concilio divino...»[1] y entonces recrimina a los demás dio-

---

[1] Salmo 82, 2: «Dios se presenta ante el concilio de los ángeles. Los reprende: ¿hasta cuándo juzgaréis injustamente elogiando a los malvados?».

ses porque son injustos. ¡Todo el monoteísmo es un invento judío! Los antiguos griegos tenían razón…».

Se dirigió hacia su casa. Lo sucedido con Minne era para él una catástrofe imprevisible, la primera humillación en una vida plagada de relaciones con mujeres.

6

Zygmunt Krimsky daba vueltas alrededor de su habitación. Había preparado para Morris Kálisher media docena de cuadros, todos ellos con nombres alusivos a temas judíos: *El ayuno de Tisha b'Av, La fiesta de Rosh Hashaná, El rito de arrojar los pecados al río, El sacrificio de un ave en Yom Kipur, Un guerrero judío* y *Un funeral.* En una maleta guardaba ciertas antigüedades que se había propuesto mostrar a Morris: un cofrecito para especias del siglo xv, un pergamino enrollado del Libro de Ester originario del Yemen, una pequeña Biblia con apuntes del Gaón de Vilna en los márgenes.[1] Los cuadros los había conseguido después de estafar a algunos pintores con la promesa de que iba a abrir una galería de arte en París. Las antigüedades eran falsificaciones. Pero bueno, en pleno torbellino mundial, ¿quién pensaba en la rectitud moral?

Krimsky necesitaba conseguir dinero. Ya adeudaba dos semanas de alojamiento en el hotel Marseille. Además, tenía que mantener a Peppy, que ocupaba otra habitación en la misma planta que él. El viaje a Nueva York desde Casablanca, en plena guerra mundial y además cargado con cuadros, supuso tales dificultades que al propio Krimsky

---

[1] Elijahu ben Shlomó Zalman (1720-1797) prominente rabino del siglo xviii conocido como *gaón* ('erudito') por sus conocimientos del Talmud y la cábala; una de las mayores autoridades del judaísmo religioso.

le costaba creer que las hubiera superado. Interiormente estaba convencido de que en América se haría millonario. Para ello había elaborado, junto a Peppy, un plan muy detallado. Pero los principios eran siempre difíciles. Y más en un país nuevo cuya lengua no conocías. En Francia tardó años en aprender a hablar correctamente el idioma. Ahora tenía que empezar a aprender el inglés con un viejo libro, *Do you speak english?*, que compró en París aunque había sido impreso en Varsovia, quién sabe cuántos años atrás. Krimsky sabía muy bien que ese libro estaba muy anticuado, pero así y todo era mejor que no tener nada. En cuanto a Peppy, ya se había inscrito en unos cursos para adultos, no tanto por estudiar el inglés como para conocer gente.

Mientras daba vueltas a la habitación, Krimsky sacaba de vez en cuando una galleta de una caja y la mordisqueaba. Al mismo tiempo, fumaba un cigarrillo y repetía palabras en inglés: *table*-mesa, *window*-ventana, *horse*-caballo. Subrayaba las palabras con un lápiz rojo. De vez en cuando se paraba delante del espejo y contemplaba su imagen con ojo crítico: el cabello negro como el alquitrán, la frente baja y los ojos negros, algo rasgados y cejijuntos, cargados de intensidad judía y frivolidad mundana. Le agradaba su aspecto. Tenía unos labios que a las mujeres gustaba besar y, en el mentón, un hoyito que le añadía cierto encanto, como de descaro. Si su cuerpo concordara con la cabeza, Krimsky a sus cuarenta y ocho años habría sido un Apolo, pero tenía unas piernas demasiado cortas en relación con el torso, y las caderas demasiado anchas.

En ningún lugar como en América había sido tan consciente de los defectos de su cuerpo. En Polonia, e incluso en Francia, nunca se le había ocurrido que no era un tipo lo bastante alto, pero América estaba poblada por gigantes, como los que se mencionan en el Pentateuco, y hasta las niñas de doce años eran más altas que él. Alguien ya lo había apodado aquí como «*Shorty*». Además, la ropa que había traído, y que en París y Casablanca se consideraba elegante, en América parecía provinciana, pretenciosa y cómica. Necesitaba comprar ropa nueva. Debía también cambiar sus dos dientes de oro, que en América, así se lo habían dicho, causaban burla, por otros de hueso. Y desde luego tenía que abandonar ese hotel, donde pagaba ocho dólares al día, por su habitación y la de Peppy, una suma considerable si la calculaba en francos.

No obstante, Krimsky estaba convencido de que tendría *success* en América, y de que este país estaba lleno de mujeres ricas de mediana edad, hambrientas de arte y de amor, así como de recuperar en cierta medida su juventud. Peppy, por su parte, ya había trabado conocimiento con algún millonario viejo e inválido.

Zygmunt Krimsky había decidido vender a Morris un cuadro o dos. Mil dólares no eran una suma importante, pero de momento era lo que necesitaba. A continuación alquilaría una vivienda, se compraría ropa y resolvería el problema de sus dientes. Lo demás se solucionaría por sí solo.

Ahora bien, lo cierto es que Morris Kálisher se retrasaba. Ya eran casi las once de la mañana y no se había presentado. Krimsky se reprochaba haber cometido un error: no debería haberse encontrado con Minne. Cuando telefoneó a Morris el día anterior, le dijo que acababa de averiguar su número de teléfono, pero quién sabe si esa despistada de Minne, charlando con su marido, no habría revelado el secreto. En ese momento sonó el teléfono. Krimsky agarró bruscamente el auricular.

—¿Ya ha llegado?—preguntó la voz de Peppy.

—¿Quién? ¿Morris Kálisher? No, aún no está aquí.

—¿Le has dado la dirección correcta?

—¿Tú qué crees?

—Ya te dije que aquí en América esa gente se estropea. Aquí necesitan dólares, no obras de arte.

—Yo también necesito dólares. Si él no viene, no sabré qué hacer. El recepcionista del hotel ya me exigió que pagara…, cómo lo llaman aquí, el *bill*, la cuenta.

—Esperarán un día más.

—Esto no es París, es Nueva York.

—No te desanimes, querido. Pronto todo irá mejor.

—¿Cuándo? Bueno, no me entretengas al teléfono. Tal vez él esté intentando llamar.

Krimsky colgó el auricular furioso y comenzó a hablarse a sí mismo. «¡Canallas, buhoneros, eso es lo que son! Necesitan cuadros como yo necesito un tiro en la nuca. Lo suyo es el negocio de cambistas, el mercado negro, la especulación. Aquí no hacen más que construir sinagogas. Ni siquiera hay cafés, como en París, en donde puede uno reunirse con alguien. ¡Una ciudad como Nueva York y sin cafés! ¿Quién lo creería en París? Lo único que necesitan es carne *kósher* y esposas gordas. Pero yo les sacaré sus hediondos dólares. Llorarán, pero pagarán. Aún no conocen a Zygmunt Krimsky. ¡Que el diablo los lleve!».

Con el puño cerrado dio un golpe sobre la cómoda. El cigarrillo se le había apagado en los labios y lo volvió a encender. Expulsó el humo a través de sus anchas fosas nasales con la fuerza de una máquina. Mientras uno de sus ojos soltaba chispas, el otro sonreía con aire de saberlo todo, con astucia y arrogancia. Él engañaba a todos: amigos, familia, amantes y socios. Sólo que al final se había engañado a sí mismo. Sus víctimas habían salido adelante y él se había quedado sobre la superficie, flotando y sin remos.

«¿No pudo Morris Kálisher—pensó con indignación— encontrar una ganga mayor que esa escritorzuela, esa rama de sauce desgastada, esa furcia vieja y ajada de Minne? Se ha "rejuvenecido" en América. Se ha teñido el pelo y se hace pasar por escritora, aunque no es capaz de escribir una frase sin siete errores. Le propuse que viniera a mi habitación del hotel—a visitar "la tumba de los antepasados", le dije bromeando—, pero se negó, como si ella fuera un modelo de castidad, y afirmó que quería ser una esposa fiel a su Morris. Es para reírse. Hipócritas como ella debían ser desolladas vivas y su carne arrojada a los perros...».

El teléfono volvió a sonar y Krimsky dio un brinco, con la agilidad de un animal que se lanza sobre su presa. Agarró con fuerza el auricular.

—*Hello!*

No hubo respuesta enseguida. La persona al otro lado de la línea vacilaba y tartamudeaba, como si estuviera dudando si hablar o colgar. Al cabo de un rato, Krimsky reconoció la voz de Minne.

—Krimsky, ¿eres tú?

—Sí, soy yo. ¿Quién si no?

—¿Por qué has hecho esto, eh?—preguntó Minne—. ¿Para esto has venido a América? ¿Para destrozar mi vida?

Krimsky esperó un momento.

—¿Qué demonios quieres de mí?

—¿Qué quieres tú de mí? ¿No me atormentaste bastante en Europa? ¿Has venido aquí para acabar conmigo? Si ésa es tu intención, que sepas que no voy a ofrecer el cuello como una tórtola para el sacrificio. Esto es América, no Europa. Aquí a personas como tú se las mete en prisión, ¡y ahí se pudren en vida!

Minne gritó estas últimas palabras con tal estridencia que Krimsky alejó el auricular de su oído para no ensordecer.

7

—¿Qué ha pasado? ¿Por qué gritas como una ternera en el matadero?—preguntó Krimsky, mitad con descaro y mitad con temor—. ¿Qué te he hecho? ¿Te he robado tu último dólar?

—¿Por qué telefoneaste a mi marido y has armado tal escándalo? No he pegado ojo en toda la noche. Al volver a casa me encontré con el infierno. ¿Qué le dijiste? Durante nuestro encuentro en aquella cafetería juraste que me dejarías en paz. Ésa fue la condición.

—¿Qué te he hecho yo? Sólo quise venderle un cuadro.

—¿No has tenido en toda esta gran ciudad de Nueva York a quien vender tus cuadros, antes que a mi marido? Me diste tu palabra jurada de que no me causarías ningún problema. Cuando salí de casa ayer por la tarde, había paz y tranquilidad. Regreso, y él se lanza sobre mí. ¿Qué le has contado? Él te va a comprar un cuadro cuando yo me convierta en reina de España. A nadie he visto jamás tan furioso como a él después de que tú lo llamaras. Además, es un hombre enfermo y podría haber sufrido, no quiero ni pensarlo, un infarto. Ya que Dios te ayudó y te salvó de las garras de Hitler, no deberías haber venido aquí para destruir a nadie. Dios espera mucho tiempo, pero castiga con severidad. Te lo digo yo, Krímskele, tu hora llegará también. Puesto que quieres destrozarme, lucharé contra ti con uñas y dientes. Buscaré un abogado, iré a Washington y les contaré quién eres. Te deportarán en el acto porque eres un ladrón, un falsificador, un anarquista, un comunista y, junto a todas estas virtudes, polígamo. Esto es lo que sé sobre ti, y será suficiente para que te metan en la cárcel y te pudras allí hasta el final de tu miserable vida…

Minne dijo todo esto a voz en grito. Krimsky mantenía el

auricular alejado de su oído. En la frente le nació una profunda arruga y sus ojos negros brillaban furiosos, sombríos y llenos de repulsión. Por su boca abierta asomaban algunos dientes torcidos, otros de oro y los demás ennegrecidos o cubiertos con empastes. El rostro contraído se le tornó cetrino y ajado. Su cuerpo se encogía. Quería responder a Minne, pero la garganta se le había secado. Apenas pudo articular estas palabras:

—No sabía que en América te convertirías en delatora.

—¡«Si alguien viene a matarte, mátalo tú primero»!, ¡así está escrito!—gritó Minne—. Más de una vez me dolió que te hubieras quedado atrapado por los malvados, pero sabía muy bien que tú no eres menos malvado que ellos. Lo que tú eres, Krímskele, lo sabe una sola persona en el mundo y ésa soy yo. He tenido la desgracia de ser la esposa del peor canalla entre todos los judíos. No he olvidado tus vilezas, no las he olvidado. Y encima venías después a jactarte de ellas. Has traído prostitutas a mi cama cuando yo iba a visitar a mi hermana enferma. Cómo he escapado viva de tus garras no me lo explico hasta el día de hoy. Al parecer, Dios existe y yo todavía no estaba predestinada a morir. Sí. Con todo eso, más de una vez he pensado que me apenaría que perecieras a manos de los nazis. Al fin y al cabo, algún tiempo fui tuya y eso no se puede borrar. ¡Ay de mí, incluso te amé hasta que me di cuenta de lo que eras! Finalmente, empecé a pensar que los años te harían mejor persona. A fin de cuentas todos éramos jóvenes entonces y nuestra sangre hervía. Pero ahora que vienes como un bandido a destrozarlo y romperlo todo, debes saber que has desatado una guerra. Soy ciudadana estadounidense y además una señora. Aquí en América una mujer no es algo sobre lo que se escupe. Aquí a una mujer se la respeta. Aquí, si uno maltrata a una mujer, se pudre en la prisión, incluso si es ciudadano americano. Con un recién llegado como tú, no hay contemplaciones. Créeme, Kríms-kele, que lo que tengo que contar acerca de ti no te hará ningún bien…

Y Minne dejó escapar una especie de risita burlona.

—¿Ya? ¿Has terminado?—preguntó Krimsky.

—Sí, he terminado.

—Muy bien, entonces te diré que no alcanzo a adivinar por qué me atacas así. Lo que yo haya pecado en otros tiempos es una cosa, pero aquí en Nueva York no he cometido contra ti ninguna injusticia. He querido vender a tu marido un cuadro porque sé que ama el arte. Él mismo me dijo que el cuadro que le vendí una vez está colgado en su despacho. Habló conmigo bastante amistosamente y quedó en venir aquí a las diez. No he causado ningún escándalo y no sé por qué estás despotricando.

—Seguramente le habrás dicho algo que despertó en él sospechas.

—No.

—Pues no lo comprendo, ya no comprendo nada. Estoy tan confundida que no sé qué me está pasando. He tenido una noche que no se la desearía ni a mi peor enemigo. Aún no he comido nada hoy y la cabeza casi me estalla. Ya he tomado no sé cuántas aspirinas. Entonces, si eres tan inocente como una ovejita, ¿cómo es que lo encontré a él tan furioso ayer? Nunca le había visto en ese estado. Estuvo dando vueltas en su cama toda la noche. Cuando intenté hablar con él, casi me devora viva. Algo le habrás hecho, Krimsky, porque él no es el tipo de persona que tiene estados de ánimo cambiantes. Es un hombre sólido, no un zascandil. Cuando alguien como él llega a rabiar hasta ese grado, tiene que haber una razón.

—No conozco la razón. Tal vez tienes un amante y alguien se lo ha hecho saber…

Minne esperó un momento.

—¿Qué amante? ¿De qué estás hablando? Tú lo telefoneaste ayer y de ahí partió toda esta tormenta.

—No le dije nada malo. Sólo mencioné que conservaba algunos de tus poemas y que los había traído conmigo. Incluso me lo agradeció.

—No sé, no sé nada. Así y todo, si no quieres que te deporten, déjanos en paz, a mí y a mi marido. Tú y yo estamos divorciados. Nuestra relación ha terminado. Nuestras cuentas mutuas están saldadas. Ya no soy una mujer joven y tengo que mantener un hogar, debo gozar de sosiego y un poco de seguridad. Seguro que en América hay millones de judíos que compran cuadros, o cualquier otra cosa de esas que debes vender. No debiste haber recurrido a mi marido abriendo viejas heridas.

—¿Qué heridas? Está bien, te prometo que ya no tendré más contacto contigo ni con tu marido. Ya que te has rebajado de tal modo, huiré de ti como de la peste. Desde hoy en adelante seremos unos extraños el uno para el otro. Si quieres tus poemas, puedo enviártelos por correo.

—¿Y qué hay de mis cartas? Tú sabes cómo se define eso en América: *blackmail*, chantaje.

—¿Qué cartas? Tus cartas las quemé hace mucho tiempo.

—No estoy tan segura. La gente de tu calaña es capaz de todo.

—¿De qué me servirían tus cartas? Después de tantos años siendo mi esposa, ¿qué daño pueden hacer tus cartas a nadie? Me disculparás, Minne, pero estás hablando como una idiota.

—Es posible, es posible. Después de lo que he sufrido, tengo miedo. Cuando has tropezado una vez, ya te curas en salud. Sí, ahora me acuerdo. Cuando nos encontramos en la cafetería, ambos decidimos que mantendríamos nuestra reunión en secreto. Entonces, ¿por qué se lo contaste a mi marido?

—No lo hice. Él me preguntó si tú sabías que estoy en América y le respondí que no, puesto que yo acababa de llegar.

—Entonces, puede que se enterara por otra persona. Habló de tal modo que me vi obligada a confesar que me reuní contigo. No obstante, esto no habría bastado para que se pusiera tan furioso. Algo sospecha, quién sabe qué. Seguramente piensa que hemos vuelto a juntarnos.

—¿Qué puedo hacer yo contra eso? Cada persona puede sospechar lo que quiera de quien quiera.

Continuaron callados un rato, hasta que Krimsky dijo elevando la voz:

—Minne, estoy en un gran apuro. Si no consigo ahora algunos cientos de dólares, me quedaré tirado en la calle.

Minne no le respondió enseguida.

—¿Y qué quieres de mí?

—¡Tienes que ayudarme con algo!

8

La fábrica donde Bronie trabajaba no tenía puerta, de modo que desde el ascensor, cuando se detenía, se podía ver el interior de la fábrica. En ese momento, el ascensor se detuvo y Bronie vio salir de él a Morris Kálisher.

«¿Es realmente él o estoy soñando?—se preguntó Bronie—. ¿Tal vez se dirija a una planta superior?».

De una zancada, Morris ya se hallaba dentro de la fábrica, entre las trabajadoras y las máquinas. Bronie, azorada debido a la ropa de trabajo que llevaba puesta, los hilos en sus cabellos y los olores de la fábrica, pensó: «¿Tal vez ha recibido alguna noticia de Varsovia?».

El capataz se acercó a Morris, pero éste, sin darle tiempo, se dirigió a Bronie:

—¡Bronie, tengo que hablar con usted! Es muy importante—exclamó en yiddish, con voz atronadora.

Las trabajadoras comenzaron a soltar risitas tontas, y el capataz gritó:

—¡Esto es una fábrica! ¡Usted no puede entrar aquí!

—¡Venga conmigo!—apremió Morris Kálisher a Bronie—. ¡No necesita la fábrica para nada! ¡Éste no es un trabajo para usted!

—¡No puede marcharse en mitad de la jornada!—le advirtió a ella el capataz—. Si lo hace, no le pagaremos el sueldo de la semana.

—¡Yo se lo pagaré!—siguió gritando Morris—. ¡Es una miseria lo que pagan ustedes! ¡Aquí se asfixia uno con tanto calor!

Bronie soltó la pieza que tenía en las manos y se quitó el delantal. Habló un momento con el capataz para pedir que la excusara. Las trabajadoras rieron abiertamente. La puerta del ascensor se abrió de nuevo y Morris entró en él a grandes pasos. Mandó al ascensorista que esperara, pues Bronie había ido a recoger su bolso. Enseguida entró ella también, mientras el capataz le gritaba algo, incluso le levantó un puño cerrado.

Una vez en el ascensor, Bronie preguntó:

—¿Qué ha sucedido? ¿Le ha pasado algo a Hertz, Dios no lo quiera?

—No tiemble. Hertz está bien, no le ha pasado nada.

—¿Entonces, qué?

—No puedo hablar aquí. Venga, iremos a algún sitio. ¿Sabe si por aquí hay un parque o algo así? Podemos entrar en una cafetería.

—He perdido mi trabajo por su culpa.

—No tema. Ése no era un trabajo para usted. Yo le daré un empleo.

—¡Vaya, vaya! Éste sí que es un día raro.

Salieron al exterior. Frente a la fábrica había una cafetería. Al entrar, Morris se acercó a la máquina y pulsó dos veces para sacar los tiques. Fue directamente a la barra y encargó dos vasos de té con limón. Entretanto, Bronie se sentó a una mesa y se arregló el pelo frente a un espejito que sacó del bolso. Limpió con la uña un resto de pintura que se le había pegado a la nariz.

Dos hombres sentados a una mesa vecina miraban en el periódico los resultados de las carreras de caballos y apuntaban algo con un lápiz en un papel. Levantaron la mirada y se fijaron en Bronie con aire de expertos. Uno de ellos, incluso le guiñó el ojo.

«Se ve que todavía no soy fea», pensó Bronie, sin que la idea le causara satisfacción alguna. Desde que estalló la guerra y sus hijos se quedaron en Varsovia bajo los alemanes, ningún otro tema le importaba. Esa preocupación había bloqueado su mente a todo lo demás. Incluso el hecho de que Morris Kálisher la hubiera sacado de la fábrica en mitad del trabajo la dejaba indiferente. Lo observó ahora, mientras se acercaba con los dos vasos de té en las manos: sus piernas eran demasiado cortas y sus zapatos extrañamente grandes. Del chaleco le colgaba bamboleante una anticuada leontina.

«¿Qué querrá de mí?—se preguntó Bronie—. Algo debe haber sucedido…».

Morris colocó con cuidado los dos vasos sobre la mesa, mientras sujetaba un cigarro entre los dedos índice y corazón de la mano derecha. Un poco de ceniza cayó sobre la rodaja de limón. Su torpeza masculina conmovió a Bronie. Le recordó a su padre.

—Tal vez desearía algo más, ¿un trozo de tarta o un bollo?—preguntó Morris—. Yo no tomo nada en las cafeterías por temor a que la comida no sea *kósher*, pero no quiero imponérselo a usted.

—No, muchas gracias. Hace poco que he desayunado.

—Tengo que darle una mala noticia, aunque de ella pueda salir algo bueno—empezó a decir Morris mientras introducía la bolsita de té en el vaso—. No se asuste. Todos están, gracias a Dios, sanos. Quiero que sepa que su marido se acuesta con mi esposa... Es su amante, así de sencillo. Que su esposo corre detrás de las mujeres no es ninguna noticia, pero que tenga un *affaire* con la esposa de su viejo amigo, su mejor amigo, como él mismo dice, eso no lo esperaba. Creía que incluso los canallas y los truhanes tenían algún código ético. Un ladrón no robaría a su propio hermano, pero, en fin, Hertz no tiene en cuenta esas cosas. No voy a mencionar ahora todo lo que he hecho por él y cómo lo he salvado en incontables ocasiones. Todo eso es insignificante. Hertz Mínsker es, a su manera, un gran hombre y las grandes personas no tienen en cuenta a los seres insignificantes. Para ellos somos hormigas. Aunque él mismo no valga nada, tuvo un padre que era un gran hombre. Instruido sí que es, pero no comprendo cómo ha sido capaz de hacer algo así. ¿Qué le pasó? ¿Le faltaban mujeres? Me viene a la memoria el relato bíblico del ricachón que roba al pobre su única ovejita. Y he pensado que usted también debía saberlo. Al fin y al cabo, usted hizo un gran sacrificio por él y, al menos, debe saber cómo se comporta. Ambos estamos, se puede decir, en una situación semejante.

Morris no dijo más. Levantó el azucarero y echó azúcar en su vaso de té. De nuevo encendió el cigarro, que ya se había apagado. Tras dar una fuerte chupada, lo dejó en el borde del cenicero.

A Bronie le sobrevino algo parecido a una risa. Sus ojos se le humedecieron. Una profunda indiferencia se apoderó de ella, hasta el punto de inquietarla.

«¿Puede ser que ya no lo ame en absoluto?», se preguntó.

En verdad, hacía tiempo que sospechaba que Hertz mantenía relaciones con Minne, la poetisa, como ella se autocalificaba. Bronie miró directamente a Morris, imperturbable, como si las palabras que él acababa de pronunciar no fueran a producir ningún cambio en su vida.

—¿Cómo se ha enterado usted?—preguntó.

—Él dejó en la cama de Minne un pañuelo... Discúlpeme, por decirlo así... Lo he traído... Se lo enseñaré...

Morris sacó el pañuelo que, con el tiempo, se había ensuciado algo. Bronie lo miró.

—Sí, es suyo.

—¡Lo encontré en la cama de Minne!

Morris tomó el cigarro de nuevo.

—Sí, sí—repitió ella.

—¿Qué dice usted a esto?

—¿Qué puedo decir? Por muchos que sean los castigos que Dios mande sobre mí, no son suficientes...

—Ésa no me parece una actitud apropiada. Cuando una persona peca, quiere que Dios se lo perdone. Por esta razón es un Dios misericordioso. Usted, al fin y al cabo, amaba a Hertz de verdad. Se divorció de su marido y lo abandonó todo para poder estar con él. No habría podido prever que Hitler, borrado sea su nombre, iba a llegar a Varsovia.

—El hecho es que mis hijos están allí, si es que siguen vivos.

—Estarán vivos y sobrevivirán a Hitler. Consideré que debía usted conocer la verdad. ¿De qué sirve vivir en el engaño?

SEXTA PARTE

Mínsker intentó una y otra vez telefonear a Minne, pero nadie respondía. Posiblemente ella se habría marchado a pasar el día en algún lugar. «¿Quién sabe? Tal vez haya huido con ese Krimsky. Al fin y al cabo esa clase de gente está completamente desquiciada», rumió, sin saber a quién se refería con «esa gente».

Aquella noche de nuevo había programada una *seance*. Lo cierto es que en ese momento Hertz no tenía ninguna gana de compañía, ni de seres vivos ni de «espíritus». Deseaba estar solo, o sencillamente quedarse dormido y liberarse de sus pensamientos. No obstante, recordó que había prometido a Bronie llevar a casa una libra de carne picada y algunas verduras. Ahora no tenía a nadie más que a Bronie. De pronto, había perdido a la vez una apasionada amante (al menos es lo que, hasta entonces, Minne demostraba ser) y un antiguo amigo que le había ayudado en los momentos de crisis y que en Nueva York era su único apoyo.

«¿Cómo es posible? ¿Por qué he tenido que sufrir dos mazazos seguidos como éstos? ¿Y qué voy a hacer ahora? Simplemente, me espera morirme de hambre...».

Entró primero en una carnicería. Allí compró la libra de carne y luego, en una verdulería, una coliflor, tomates y habichuelas. Se había retrasado. Estaba seguro de que Bronie le estaría esperando enfadada porque llegaba tarde. Sin embargo, no la encontró ni en la cocina ni en el dormitorio.

—¿Qué habrá pasado?—se dijo en voz alta—. ¿Habrá huido de mí también ella?

Metió la carne en la nevera y entró en el dormitorio a esperar a Bronie. «¿Cómo es que de pronto todos huyen de mí?», se preguntó con una media sonrisa.

Recordó uno de los cuentos del rabí Najman de Breslavia. En cierto país se había producido una «huida» general, es decir, una que afectó a toda la población: al rey, a los nobles, a los mercaderes... Hertz se había preguntado a menudo cómo pudo *reb* Najman componer ese relato sin dar alguna interpretación. ¿Qué quiso decir con una «huida»? ¿Dónde se ha oído decir que, en un país, «todos» huyan a la vez? Esas palabras causaban en él un extraño efecto y tenían la fuerza de un sueño. Sí, probablemente en algún punto de la larga historia de la especie humana había sucedido algo así. En algún lugar tal vez se había producido una huida general, del mismo modo que se libraban guerras, revoluciones y enfrentamientos civiles. ¿Qué otra cosa significaba el «errar» de un lugar a otro? De hecho, sólo era otra palabra para designar una huida. Todo un pueblo de pronto se harta de un país, cientos de miles o millones de personas se levantan y, sin haberse puesto de acuerdo, se lanzan a errar como *lemmings*, uno detrás del otro...

Estaba anocheciendo y los cristales de las ventanas se volvieron azules. Sintió hambre. El reloj indicaba las diez menos veinte.

Era extraño que no hubiera oído los pasos de Bessie en su ir y venir por el pasillo o dentro de la cocina. Normalmente, alrededor de las nueve de la noche, ella empezaba a dar vueltas por el piso y a carraspear, a fin de que Hertz se diera cuenta de que ya estaba preparada para la *seance*. A veces incluso entreabría su puerta y lo llamaba. Esa noche, sin embargo, un silencio sepulcral envolvía la vivienda. «¿Qué está sucediendo aquí? ¿Qué clase de conspiración se está tramando contra mí?», se decía Hertz.

Sentía realmente que algunas fuerzas estaban obrando

contra él, no aquellas que Bessie hacía aparecer supuestamente cuando caía en un trance, sino otras auténticas.

«¿Quién sabe? ¿Acaso ha llegado mi final?», se preguntó.

Era como si le invadiera el hedor de un derrumbe, como si un ejército de termitas de otro mundo hubiera carcomido en silencio los cimientos, y el suelo hubiera colapsado bajo sus pies destapando ese abismo en donde ha de caer todo el que tienta su suerte y prueba a disfrutar más de lo que merece. «Pero, así y todo, ¿qué es lo que ha sucedido concretamente? Tiene que existir una pizca de lógica, incluso muy superficial y engañosa, en los vericuetos del destino… Me asomaré al salón de Bessie», decidió.

Abrió la puerta del salón donde habitualmente tenían lugar las *seances*, pero allí reinaba la oscuridad. Incluso echó una mirada al dormitorio de Bessie. No, tampoco ella estaba en la casa. «¡Es un misterio! ¡Un misterio!—no paraba de repetir Hertz—. Las personas intentamos comprender a Dios y sus acciones, y ni siquiera somos capaces de saber lo que sucede en nuestro pequeño mundo. En cuanto algo no se ajusta a la rutina, nos sentimos totalmente indefensos».

Más de una vez le había sucedido que había dejado en algún lugar una carta o un manuscrito y por mucho que lo había buscado no lo había encontrado. En una ocasión pasó toda una mañana buscando sus zapatillas, que Bronie había puesto sobre el radiador… «Bueno, al final todo tiene respuesta. Más tarde o más temprano se encuentra, y a menudo es tan sencilla como complicada había parecido. Tal vez de ese mismo modo llegarán las respuestas a las eternas preguntas, cuando al hombre le sea permitido buscar donde antes no se había atrevido a hacerlo».

De pronto oyó el leve y cauto sonido de una llave introduciéndose en la cerradura de la puerta trasera, que daba a la escalera. Enseguida imaginó quién era: la falsa Frida, el espíritu que Bessie había contratado para que se materializara ante él.

Ya hacía tiempo que Hertz conocía el truco: la mujer entraba por esa puerta, Bessie carraspeaba para indicar a la mujer que entrara cautelosamente en el pequeño cuarto de baño destinado a la criada, y allí esperase la nueva señal para presentarse. Todo tan burdo que hasta un idiota podría descubrir el fraude. Pero con estratagemas parecidas habían sido embaucadas históricamente personalidades como sir Oliver Lodge, sir William Crookes, Flammarion, Lombroso e incluso William James, quien en su libro *La voluntad de creer* hizo la diagnosis de su propia credulidad.

En un instante, Hertz tomó la decisión: puesto que Bessie no estaba en casa, se le presentaba la mejor oportunidad para conocer de cerca al «espíritu» y enterarse, de una vez por todas, de quién era y qué le impulsaba a representar esa tragicomedia.

Rápidamente y de puntillas, se dirigió al cuarto de baño, a fin estar allí antes de que ella llegara. Sus ojos se habían acostumbrado a la oscuridad y, cuando era necesario, era capaz de moverse con la agilidad de un gato.

Todo sucedió en un segundo. Al llegar al cuarto de baño, tiró de la puerta entreabierta para cerrarla. Existía el riesgo de que la puerta chirriara, pero se cerró en silencio. El cuarto tenía una ventanilla con cristal traslúcido que daba a un estrecho patio.

Hertz tuvo la sensación de haberse transformado en una fiera. De ese mismo modo acecharía un león a una cebra que acudiera por la noche a beber en el manantial…

Todo sucedió tan rápido que no le dio tiempo a vacilar. Aunque él había cerrado la puerta, la mujer que acababa de llegar la abrió con cuidado. Hertz hizo entonces algo que no había planificado. Tiró del cordel que accionaba la luz del techo. Su idea inicial había sido agarrar una mano de la mujer en la oscuridad, pero, en una fracción de segundo, se dio cuenta de que ella podría desmayarse del susto.

Hertz abrió unos ojos como platos. Ante él se hallaba una mujer de unos treinta años, más bien menudita (más de lo que parecía durante sus supuestas materializaciones), vestida de oscuro, con el cabello negro, no suelto, sino recogido en un moño hacia atrás, y con medias y zapatos también negros. Su cutis era claro en un rostro redondo, su nariz pequeña y los ojos grandes y negros. También la boca parecía comparativamente más grande. Llevaba un bolso en una mano y en la otra un cesto de mimbre.

La mujer soltó un gritito y se detuvo en el umbral, perpleja. Hertz también enmudeció. Las últimas noches, cuando había fantaseado con aquella desconocida embaucadora, se la había figurado como una joven pícara, una actriz o una bailarina de circo. Había supuesto que rondaría la veintena. Delante de él, sin embargo, tenía a una respetable mujer judía vestida a la antigua, como se vestían hacía años las mujeres en Polonia.

Al cabo de unos segundos, la mujer se recuperó y a su mirada asomó una traviesa sonrisa. En un instante, su figura se hizo más joven, más confiada y más atrayente. Incluso se le formó un hoyuelo en una mejilla.

—¡Así que ésta es usted!—dijo Hertz.

—Sí, ya lo ve. Ha levantado la liebre—respondió ella con el descaro de un ladrón pillado in fraganti y que ya no encuentra sentido en seguir fingiendo. A continuación, añadió—: Usted no me conoce, pero yo sí lo conozco a usted.

—¿Cómo es eso?

—Asisto a sus charlas cada vez que habla en público.

—¿De verdad?

—Sí, de verdad.

Y le hizo un guiño con el ojo izquierdo.

—Salgamos de aquí cuanto antes—dijo Hertz—. La señora Kimmel puede llegar de un momento a otro.

—¿Cómo dice? ¡Ah, entiendo!

—Podríamos encontrarnos con ella en el ascensor.

—Yo uso la escalera de atrás…

—¡Ah, vale! Espéreme fuera, pero no junto a la casa, sino al otro lado de la calle.

—Sí. Esperaré…—respondió al tiempo que empezaba a retroceder. Antes de darse la vuelta, le dirigió una sonrisa y otro guiño.

Hertz apagó la luz en el cuarto de baño y esperó un momento. «Bueno, qué cosas tan locas me suceden. —Se sentía, como a menudo en su vida, a la vez que preocupado, intrigado por sus propios enredos—. ¿Qué clase de historia es ésta? ¿Adónde me llevará?».

Salió por la misma puerta trasera que utilizó el «espíritu», pero despacio, para no alcanzarla en la escalera. «Yo debería haber sido ladrón o especialista en robar cajas fuertes», pensó. Bajaba con pasos sigilosos e intentando oír los de ella en las plantas inferiores, pero al parecer también ella se movía con la cautela de una gata. Aun así, había un riesgo: topar con Bessie o con Bronie en la entrada de la casa.

Hertz entreabrió la puerta que separaba la escalera del vestíbulo de entrada y salió con gran rapidez, dispuesto a cruzar la calle. En la oscuridad, los niños de los vecinos portorriqueños del barrio habían abierto la boca de incendios, convirtiendo la calzada en una laguna. En la noche, se asemejaba a un río en el que se reflejaban los edificios con ventanas iluminadas, e incluso el cielo. Unos niños desnudos brincaban en el agua, se revolcaban, y movían los brazos y las piernas como si nadaran. Hombres en camiseta o con el torso desnudo, y mujeres en traje de baño, sentados sobre peldaños, cajas o bancos, hablaban entre ellos en español fluido y reprendían a gritos a los niños. Un automóvil intentó abrirse paso a través del agua y causó un alboroto de madres asustadas.

«¿Dónde estará ella? ¿Habrá huido también?», se preguntó Hertz.

Se remangó los pantalones e intentó cruzar por lo mojado, pero pronto se dio cuenta de que acabaría empapado. Caminó la media manzana hasta llegar a Broadway y, al cruzar la calle, vio a la supuesta Frida, con su bolso y el cesto, esperándole. Ella sonrió, mitad azorada y mitad descarada, y a Hertz le sobrevino de pronto la sensación de que conocía a esa mujer y de que había hablado alguna vez con ella en algún lugar, bajo una luz normal y no sólo en la oscuridad ni a la luz de la lámpara de color rosa de Bessie Kimmel. Recordó lo que ella había dicho antes, que acudía a sus charlas. La observó un instante antes de inclinarse levemente hacia ella—era mucho más alto—y decirle en tono confidencial:

—Ahora puede decirme su verdadero nombre.

—Me llamo Miriam Kóvadlo.

—¿Kóvadlo? Proviene del nombre de un oficio.

—Mi bisabuelo seguramente era herrero.

—¿Es usted de Varsovia?

—Sí y no.

—¿Qué quiere decir eso?—preguntó él.

—Quiere decir que mi padre era *lítvak*, lituano, y mi madre polaca. Yo nací en Suwałki, pero me llevaron a Varsovia cuando tenía ocho años.

—¿Habla usted yiddish?

—¿Qué si no?

—Bueno, no podemos quedarnos aquí parados. Vamos a algún lugar.

—Sí. Vamos.

Se diría que los ojos de ella reían en la semioscuridad,

con esa clase de triunfalismo femenino mezclado con sumisión que un hombre nunca llega a comprender del todo.

3

Hertz Mínsker tomó el brazo de Miriam Kóvadlo, un poco por encima de la muñeca, y se dirigió con ella a Riverside Drive. Ya no era para él una desconocida que acababa de encontrar, sino que se sentía tan próximo a ella como a una pariente o una amante.

Aquel día le había aportado descalabros inesperados, así como enigmas dolorosos, pero finalmente le había llevado a ese encuentro sobre el que Hertz había fantaseado más de una noche. Le invadió una especie de indiferencia fatalista, la vieja sensación de que la Providencia interviene en todos los asuntos, por muy insignificantes, o incluso pecaminosos, que sean. Lo que ansiaba ahora era encontrarse lo más lejos posible de Bessie y de Bronie. En ese instante, incluso dejó de preocuparse por Minne. Si había osado cambiarlo a él por ese Krimsky, toda su relación con ella había sido un terrible error. «Me libraré de una vez por todas de Morris y de su mujer. Tengo que encontrar un modo de ganar mi trozo de pan en América», decidió.

Hertz y Miriam (en su mente todavía era el «espíritu») llegaron a Riverside Drive y se dirigieron hacia *downtown*. El día había sido caluroso, pero en ese momento soplaba una cálida brisa desde el río Hudson, con olor a humo, aceite y algo más urbano e insalubre. Resultaba difícil hacerse a la idea de que, a sólo una o dos horas de viaje en tren desde ese lugar, había prados y bosques, y que, a no más de cien manzanas, se hallaba el océano Atlántico.

«¡He arruinado mi vida!», pensaba Hertz, pero no fue eso lo que dijo, sino:

—Bueno, ahora puede usted revelarme toda la verdad.

Miriam se detuvo y vaciló un momento.

—Toda la verdad no es cosa tan simple.

—¿Cuál era el sentido de todo eso?

—¡Oh, quién sabe! Hace algún tiempo yo residía en casa de la señora Kimmel, antes de que usted se instalara allí. Nos hicimos muy amigas, casi íntimas. Ella es una mujer extraña pero, en el fondo, de buen corazón. Siempre quiere animar, consolar al prójimo. Mi situación era parecida a la de usted—dijo Miriam cambiando de tono—. Usted dejó en Varsovia una esposa, y yo a mi marido. Vine a América a casa de una tía mía, pero el día antes de que yo llegara mi tía murió. Para sus hijos, primos míos, yo era en realidad una extraña. Ella me había asegurado por carta que me dejaba dinero en su testamento, pero no vi un céntimo, y su carta la perdí. En sus últimos años, cuando ella ya estaba paralizada, me envió el afidávit y el billete de barco. Esto sucedió en 1939 y, antes de que yo pudiera regresar, estalló la guerra. Me trasladé a la casa de la señora Kimmel y lo mucho que hizo por mí no se lo podría expresar a usted. Un colega suyo, técnico dental, me dio un empleo, pese a que yo no tenía ni idea acerca de ese trabajo. Por las tardes, solíamos sentarnos la señora Kimmel y yo, dos almas perdidas, y jugábamos a inclinar la mesilla y a mover el tablero de güija. Siempre he creído en estas cosas, aunque sé que un noventa y nueve por ciento es imaginación y, como aquí lo llaman, *wishful thinking*, ilusión. Los muertos no están ahí arriba esperando a que se les convoque en cualquier momento. Es natural que así sea, incluso un teléfono a veces está ocupado. Los clientes intentan convocar a Moisés, nuestro gran maestro, a Buda y a saber a quién más. Todo eso es muy gracioso, pero estaba convencida de que una pizca de verdad debía de haber en ello. Habría mucho de qué hablar sobre esta cuestión. ¡El hecho es que usted mismo ha sido engañado, al menos al principio!—dijo Miriam disimulando una risa.

—¡Qué va! Ni por un minuto.

—Entonces, ¿de qué le servía? Parecía usted bastante asustado en las primeras *seances*.

—¿Cómo podía ver usted en la oscuridad que yo estaba asustado?

—¡Ah, yo tengo ojos de gato!

—Simplemente sentía curiosidad por ver cómo se hacía todo.

—Bueno, pues así se hacía. La señora Kimmel me dijo que usted estaba desesperado, casi dispuesto a suicidarse. Yo le había oído dar una charla en el Labor Temple acerca de las vitaminas espirituales. Quise acercarme a usted cuando terminó de hablar para decirle algunas palabras, pero estaba usted asediado por tantos admiradores, especialmente mujeres, que no pude. Por naturaleza, no soy una persona dispuesta a abrirme paso a codazos. Lo que usted dijo en aquella ocasión dejó en mí una fuerte huella. Desde que llegué a Nueva York me sentía muy sola y me había propuesto asistir a charlas, pero la mayoría de los conferenciantes eran gente fría e indiferente y lo que decían ya se ha dicho mil veces: que América es una democracia; que la libertad es mejor que la esclavitud; que los antisemitas no son buena gente, y otras «revelaciones» como éstas. Su charla, en cambio, fue interesante. Hubiese querido seguir escuchándole. Por entonces yo ya había abandonado la casa de la señora Kimmel. Ansiaba tener un apartamento propio, aunque seguí en contacto con ella. Cierto día me llamó por teléfono: «Miriam—me dijo—, ¿sabe quién se ha mudado a mi apartamento? El doctor Mínsker». Yo le había hablado a ella de usted y de su charla. Fue así como empezó. Si le hice algún mal, le ruego que me perdone.

—¿Un mal? Desde luego que no. Sin embargo, aun siendo cierto que la señora Kimmel sea creyente y que cada vez entre en un trance, ¿para qué engañar? Eso es sencillamente una estafa.

—¡Oh! Es una mujer muy complicada. A veces pienso que está un poco, cómo lo diría, mal de la cabeza. Cree que el fin justifica los medios, como otras muchas personas en nuestro tiempo. En lo que a mí respecta...

—Sí, ¿qué hay de usted?

—¿Quién sabe? Tal vez me había enamorado de usted y aquello me dio la oportunidad de pasar unos minutos a la semana a su lado. ¿Qué otra ocasión habría tenido? Usted está siempre rodeado de mujeres jóvenes y guapas, y yo no soy ni joven ni guapa.

—No se rebaje usted tanto. ¿Adónde quiere que vayamos?

—Qué más da. Con usted estoy dispuesta a ir a cualquier lugar.

—Gracias. Palabras claras. Así me gusta que hable una mujer. Bueno, muy bien. Iremos a algún lugar. Ha llegado usted a mí en el momento adecuado. ¿Qué me dice de su marido?

—Mi marido tenía una amante cuando yo me marché de Varsovia, de modo que no le debo ninguna fidelidad.

—¿Qué era él? Quiero decir, ¿cuál era su ocupación?

—Teníamos una agencia de viajes en la plaza de Napoleón.

—Y usted, ¿al menos viajaba?

—Sólo una vez pasé una semana en París.

—¿Y los hijos?

—Dejé con él a una hija de quince años. La madre de él vive y la nieta es la niña de sus ojos. De modo que...

—¿Ahora no sabe usted nada de ellos?

—Ni una palabra.

—Y dígame, ¿de qué le ha servido todo este juego de fingir?

—Ya se lo he dicho...

Miriam apoyó un hombro contra el brazo de él. Guardaron silencio. Mientras caminaban, él observaba los árboles, las farolas, cuya luz parecía hacer más densa aún la oscuridad de la noche, y miraba al cielo, en el que las luces de Nueva York se reflejaban con un ligero brillo, entre marrón y violeta.

«¿Adónde podría llevarla, a un hotel?», se preguntaba Hertz, pensando en los veinte dólares que le había dado Morris Kálisher. No sabía dónde encontrar uno en ese barrio cuando, de pronto, el hotel Marseille se materializó ante él. «Tomaré una habitación allí. Ella tiene un aspecto respetable, nadie sospechará nada».

—¿Aceptaría usted entrar conmigo al hotel Marseille? —preguntó.

Miriam no respondió enseguida.

—¿Por qué en un hotel? ¿Por qué no ir a mi casa?

—¿Cómo dice? Sí, tiene usted razón. ¿Dónde vive?

—En la calle Setenta y cinco, al lado de West End Avenue.

—Muy bien. Sólo quisiera hacer antes una llamada por teléfono. Entre conmigo un momento en el lobby.

Sus labios parecían moverse por voluntad propia. No sabía muy bien a quién quería telefonear, pero pronto le quedó claro que a Bronie, y quizá también a Minne. Bronie se habría preocupado al llegar y no encontrarle en casa. En cuanto a Minne, Hertz sentía necesidad de espetarle lo vil que era y, tal vez un poco también, jactarse de que ya la había sustituido por otra. Ansiaba oír su voz voluptuosa. Quería asestarle un último golpe que no olvidara hasta el final de sus días, hasta la hora en que le cubrieran con cascotes los ojos cerrados. Al mismo tiempo, esperaba también que Morris estuviera en casa. El modo en

149

que le había hablado ese mismo día en la cafetería y le había dejado el billete de veinte dólares, como si él fuera un camarero o un mendigo, no había sido casual. Hertz acababa de recordar el tono tan amistoso e íntimo con el que Morris se había dirigido a él por teléfono esa misma mañana, y cómo de repente todo había cambiado, realmente en un segundo...

Hertz no podía comenzar esta nueva relación (en su cabeza ya tenía a Miriam por su amante) hasta que no le quedara claro qué había pasado realmente ese día. Sentía necesidad de hablar con todos: con Morris, con Minne, con Bronie y hasta con Bessie Kimmel. Palpó el bolsillo trasero para cerciorarse de que tenía suficientes monedas para varias llamadas. A Miriam Kóvadlo no pareció agradarle la idea de entrar en el hotel. Sus pasos se hicieron más lentos, como si fuera a detenerse del todo. Aun así, avanzó junto a él, despacio y con cierta reticencia.

El vestíbulo del hotel se hallaba abarrotado y envuelto en ruido. «¿Qué es todo esto? ¿Un congreso?», se preguntó Hertz. Buscó con la mirada una silla libre o un sofá donde su acompañante pudiera sentarse.

De repente se estremeció. Había descubierto a Minne sentada junto a un hombre. Le pareció que lo conocía: «¡Es Krimsky, su exmarido!», casi oyó gritar desde su interior. En alguna ocasión, Minne le había mostrado una fotografía de él. Los antiguos cónyuges parecían estar discutiendo. Minne gesticulaba con los brazos. Krimsky pareció querer interrumpirla, pero ella no se lo permitía y continuaba reprendiéndolo.

Hertz nunca había visto a Minne tan alterada. El hombre meneaba la cabeza, como negando lo que oía. Despeinado, vestido con una chaqueta de color rojizo, inusual en América y demasiado estrecha para sus hombros, y pantalón de cuadros, parecía tener el rostro picado de viruelas.

De pronto, Hertz le oyó exclamar en yiddish:

—¡Idiota! ¡Déjame hablar!

Hertz los miró fijamente. Sentía en ese instante como si alguien le hubiera propinado un guantazo.

«¡Vaya! ¡Es el final! ¡Es el final! ¡Gracias a Dios!—exclamó para sus adentros, sin saber por qué dijo esto último. No era simplemente celos lo que acababa de experimentar, sino una profunda degradación ante sí mismo, ante Dios y ante toda la especie humana—. Si una infamia como ésta puede imaginarse, ¡era lógico que llegara un Hitler! Cosechamos lo que hemos sembrado...».

—¿Por qué los mira usted tan fijamente? ¿Quiénes son? —preguntó Miriam.

Hertz se azoró.

—¡Ah, nadie! Me pareció que los conocía. Venga, vamos a buscarle un asiento.

—No necesito sentarme. Voy a dar unas vueltas por aquí cerca hasta que termine.

—De acuerdo. Volveré enseguida.

Hertz se dirigió a grandes pasos a las cabinas telefónicas, aunque desde lejos percibió que estaban todas ocupadas. Al menos, ya no tenía que telefonear a Minne. Se colocó a un lado para esperar.

Mientras aguardaba observó, tras las puertas de cristal de cada cabina, a las personas que se hallaban dentro. Una mujer gruesa hablaba y reía, a la vez que parecía chupar un caramelo o una chocolatina. Un joven sujetaba el auricular con una mano mientras con la otra gesticulaba y se daba golpecitos sobre el pecho con el dedo índice, como si estuviera enfadado con alguien o se estuviera justificando. Un personaje obeso, que a Hertz le pareció de los bajos fondos, introducía varias monedas en la ranura: al parecer era una llamada interurbana. A todos ellos los examinó Hertz con una sensación de desprecio, e incluso con algo parecido al asco y la compasión. «¿Qué estarán parloteando? ¿A qué viene tanta cháchara? En cualquier caso, todos acabarán en el sepulcro...».

El amargor en la boca le llegaba hasta la garganta.

«Hermanito, estás metido en el lodo hasta el mismísimo cuello», se dijo a sí mismo.

4

Hertz marcó el número y oyó la voz de la señora Kimmel.

—Bessie—dijo—. Soy yo, Hertz.

—¿Hertz? Usted debería estar en casa ahora—respondió ella, casi como preguntando. Por teléfono, su voz sonaba aún más ronca y gutural que en persona.

—Tenía algo que resolver—dijo Hertz—. La llamé a usted varias veces, pero no estaba en casa.

—Es que tuvimos un accidente. Extrayendo un diente a una paciente, sufrió una hemorragia. Lo telefoneé a usted, pero no hubo respuesta.

—¿Qué le ha ocurrido a la paciente?

—Todo está bien.

—Bueno, vamos a tener que cancelar la *seance* de hoy —dijo Hertz sin saber qué le diría a continuación—. De todas formas, lo cierto es que últimamente he recibido muy poca información.

—¿Qué clase de información quiere usted recibir?—respondió Bessie alzando la voz, como si esas palabras le hubieran sorprendido profundamente—. Ellos, allí arriba, no son reporteros. Tiene usted, en general, una falsa concepción acerca de todo el asunto, ése es su problema. Cuando uno cruza al otro lado, ya no está atado a la tierra ni a sus asuntos. Ellos allí tienen su propia vida, sus intereses, inconmensurablemente más elevados que los que tenemos nosotros en nuestro mundo. Usted no puede exigir que le cuenten las últimas noticias. Éstas se pueden escuchar en la radio.

—Me refería a información acerca de su vida habitual.

—Tampoco en esto puede usted ser demasiado exigente. Allí un recién llegado se siente igual de extranjero y confuso que un *greenhorn* aquí. Algunos ni siquiera saben lo que les ha sucedido. En cierta ocasión establecí contacto con una joven que creía que aún se hallaba en su tierra y que estaba enferma o en coma. Se tarda tiempo hasta que las almas se enteran de dónde están y adónde pertenecen. Después de una catástrofe como la que sucede ahora en Europa, los que aún se hallan en la esfera inferior, de hecho entre el cielo y la tierra, se sienten especialmente desorientados. Los espíritus que ya tienen experiencia y conocen, por así decirlo, «su lugar» tienen que enseñar a los recién llegados cómo comportarse, y no todos los espíritus tienen las mismas capacidades pedagógicas. ¡No me estoy refiriendo a su primera esposa!—exclamó—. Ella sí colabora con nosotros, pese a que un fantasma no es lo mismo que un ser de carne y hueso. El cuerpo astral, mi querido doctor Mínsker, tiene sus particularidades. Está simultáneamente aquí y allí. Le ruego que en la próxima ocasión, cuando no esté seguro de si podrá estar en casa una tarde, me lo haga saber un día o dos antes—dijo Bessie, cambiando el tono—. Cuando estoy preparando una *seance*, la víspera me encuentro en un estado de tensión. De hecho, la *seance* es el clímax de todo un conjunto de procesos espirituales, y no es bueno que al final termine en nada. Eso es una decepción, no sólo para mí, sino también para aquellos que desean materializarse...

«Si esta vieja bruja supiera lo que ha pasado hoy por mi culpa, se ahorcaría», pensó Mínsker, pero lo que dijo fue:

—¿Está Bronie en casa?

—¿Cómo dice? No lo sé. Me parece que sí. Pasé por delante de la habitación de ustedes en el pasillo y estaba iluminada.

—Entonces, ¿podría usted decirle que se ponga al teléfono?

—Bien, de acuerdo—dijo Bessie, y fue a llamar a Bronie.

Hertz se sentó en la banqueta de la cabina telefónica y miró hacia atrás a través de la puerta. «Vamos, todo esto se está convirtiendo en una gran farsa, un embrollo…». Al cabo de un rato oyó la voz de Bronie que pronunciaba una sola sílaba: *tak* (sí, en polaco), que encerraba un suspiro a la vez que un reproche.

—Bronie, querida—dijo Hertz—. Me ha surgido un asunto y tengo que quedarme en la ciudad hasta tarde.

—¿Qué clase de asunto?

—¡Oh, me proponen una cátedra en una universidad!

—¿Dónde? ¿Aquí, en Nueva York?

—No, en el Oeste…

—Minne ha telefoneado—le espetó Bronie después de una pausa—. Pidió que le devolvieras la llamada. Es muy muy importante.

Hertz reconoció la ironía escondida en la voz de Bronie. Se puso en guardia.

—¿Cuándo telefoneó?

—Hace una media hora. Yo acababa de entrar y sonó el teléfono. Es muy muy importante. —Bronie repitió las palabras y él captó de nuevo el tono sarcástico.

—Tú también has llegado tarde—dijo Hertz—. Fui a casa con la carne picada y las verduras, pero tú no estabas.

—¡Ah, sí! Perdí mi trabajo.

—¿Por qué?

—Me ordenaron que me marchara. Eso fue todo.

—¿Te han pagado al menos?

—Sí, me han pagado.

—Bueno, un empleo como ése lo puedes conseguir en cualquier momento.

—No es tan fácil. He comprado un periódico y he buscado entre los anuncios. ¿Cuándo vendrás a casa?

—No antes de las once.

—La señora Kimmel ha abierto la puerta varias veces. Los espíritus te están esperando.

—Que esperen. *Adieu!*

Hertz colgó el auricular. «Por qué seguirá telefoneándome esa perra de Minne?». Metió la mano en el bolsillo y sacó una nueva moneda. Sabía muy bien que las posibilidades de encontrar a Morris en casa en ese momento eran pocas, pero así y todo telefoneó. Sonó unas siete u ocho veces y nadie respondió. Ya estaba dispuesto a colgar cuando oyó la voz de Morris, áspera y furiosa, como de alguien a quien hubiesen interrumpido en mitad de una discusión.

—*Hello!*

—Soy yo, Hertz.

Durante unos instantes Morris guardó un pesado y duro silencio. A continuación, preguntó:

—¿Cómo has sabido que estoy en casa?

—El Espíritu Santo me lo ha dicho.

—¿Ah, sí? Bien, dime qué quieres.

«Está enfadado, ardiendo de rabia», dedujo Hertz.

—Morris —dijo—, somos viejos amigos y no debe haber entre nosotros malentendidos. Esta mañana me telefoneaste y acudí de inmediato. Me contaste algo que me causó mucho dolor. Y, de pronto, me miraste con hostilidad y te marchaste sin despedirte. ¿Qué pasó? ¿Te ofendí en algo? ¿Dije algo que no debiera? Uno no es más que un ser humano, y es capaz de salir con alguna tontería. Si dije algo que te dolió, perdóname.

—Sí que me dolió—respondió Morris—, pero no por lo que dijiste.

—¿Por qué te marchaste enojado?

—Estoy enojado conmigo mismo—respondió Morris, y calló.

Hertz comenzó a buscar otra moneda, en previsión de que la conversación se alargara y la operadora lo solicitara.

—Al fin y al cabo, es ella la que pecó, no tú—dijo Hertz sin más preámbulo—. Siempre has sido y sigues siendo un hombre honrado. Tal vez no debería contártelo, pero tú sabes que mi intención nunca es delatar, ni siquiera difamar. He pasado delante del hotel Marseille y he entrado, precisamente para telefonearte a ti. Te he estado llamando todo el día, pero no estabas en casa. He mirado alrededor y he visto a tu esposa con su exmarido, el tal Krimsky. Lo he reconocido porque Minne en alguna ocasión me había mostrado su foto en un álbum. Estaban allí, sentados entre la multitud y discutiendo como una pareja de antiguos cónyuges. De verdad, no puedo comprenderla. Había contado de él las peores cosas. Bastaría la centésima parte de lo que ella le atribuía para hacer de él la peor escoria del mundo. Según ella, la había pegado, robado, y hasta traía furcias a su dormitorio conyugal. De repente, él llega ahora y todo empieza de nuevo… Realmente, es una mujer que carece por completo de dignidad. En cuanto a ti, mejor es que sepas la verdad. ¿Por qué engañarse a uno mismo? Así es la mujer de hoy día…

Hertz enmudeció. Morris no le respondió inmediatamente. Se le oyó toser y carraspear. A continuación, preguntó con voz clara, pero en un tono endurecido:

—¿Ella te ha visto?

—No. No me ha visto.

—Bueno, ¿qué más me da? Lo he perdido todo.

—No te deprimas. Ni siquiera en América se obliga a un marido a convivir con una esposa a la que no quiere. En el peor de los casos, le ordenan pagar una pensión alimenticia. Y si consigues pillarla in fraganti, te conceden el divorcio, incluso en el estado de Nueva York. Lo único que necesitas es un detective.

—¡Otra moneda, por favor!—se oyó exclamar a la operadora.

Hertz introdujo otra moneda. Se arrepintió de sus últimas palabras. Morris seguía callado, pero Hertz oía su pesada respiración. Era como si hablara sin voz al otro lado de la línea.

—Morris, ¿me oyes?—preguntó Hertz.

—Sí, te oigo. Lo oigo y no doy crédito a mis oídos. Si otra persona me hubiera contado lo mismo, le habría dicho que eso era imposible. El sabio talmudista estaba en lo cierto: «De nada digas que no se puede comprender, porque al final será comprendido».[1] De ahora en adelante, creeré todo lo que me digan. Si alguien viniera y me contara que tú, Hertz, tienes una fábrica para falsificar dólares, ya no diría que es imposible.

—Tal vez realmente tenga una. No debiste haberme dado hoy el billete de veinte dólares. ¿Para qué necesito dinero auténtico cuando puedo fabricar billetes falsos?

—Cuando los falsificadores de dinero propagan su sucia mercancía, mezclan dinero auténtico con falso. Así ocurre también en todos los asuntos.

—¿Cuándo nos vemos? Han despedido a Bronie de su empleo.

—¿Ah, sí? Encontrará otro empleo. ¿Qué clase de futuro era ése para una mujer de su clase? Ahí sentada todo el día haciendo un trabajo tan sucio. Hasta yo puedo encontrar algo mejor para ella. Sin duda lo encontraré. ¿Cuándo te enteraste de que la han despedido? ¿Hoy?

[1] Mishná, Pirkei Avot ('Ética de los Ancestros') 2, 4.

—Sí, hoy mismo.

—¿Tenía aspecto de estar decepcionada?—preguntó Morris.

—Todavía no la he visto. Llegó a casa tarde y yo había tenido que salir. Hablé con ella por teléfono.

—¿No estaba prevista para hoy, cómo lo llamas, una *seance*?

—No, y ya no las habrá nunca más.

—¿Por qué no?

—Estoy harto de todas esas mentiras.

—Si la verdad no tiene valor y la mentira tampoco, ¿qué lo tiene?—preguntó Morris con un sonsonete propio de la lectura de la Guemará.

—Nada tiene valor. ¿Cuándo nos vemos?

—Hertz, nosotros ya no nos veremos más—respondió Morris.

Hertz sintió como si le ardieran las entrañas.

—¿Por qué no?

—Porque no. He llegado a un punto en el que no quiero seguir jugando con todas las aberraciones. Soy un judío viejo y mañana podrían llamarme a rendir cuentas. Esos juegos están bien para gente joven, o para los que creen que van a vivir para siempre. Yo no me hago tales ilusiones. Cada día, al abrir el periódico, leo las esquelas de personas con las que dos días atrás me había reunido. Aquí en América se vive deprisa, y también se muere deprisa. Éste es el país de las prisas. Yo dejé de lado las cuentas que un día deberé rendir y me metí en negocios sin pensarlo más. Cuando olvidas quién eres y adónde vas, es que estás loco. Lo sucedido ahora, sin embargo, me ha recordado dónde está la verdad. Tú tampoco eres joven ya, Hertz, pero te comportas como si aún lo fueras. Yo, en tu *Guehenna*, no pienso estar. ¿Qué clase de amistad hay entre nosotros? Tú sigues confiando en este mundo. Todavía consideras una buena conquista acostarte con cualquier mujer a la que una docena de hombres ya habrán poseído y pueden seguir teniendo. Yo, en cambio, lo que veo ante mí es un sepulcro abierto adonde bajan el cadáver mediante cadenas para luego irse en una limusina a casa a cenar. Por tanto, te lo ruego, Hertz, déjame en paz. No me vuelvas a llamar. Olvídate de mí. Piensa que ya estoy en el otro mundo o, si quieres, en el mundo de la imaginación.

Hertz sintió una opresión en la garganta.

—Móyshele, yo no soy el Ángel de la Muerte. Todo lo que dices es igual de válido para mí que para ti.

—Yo deseo hacer penitencia, así de sencillo. A lo largo de mi vida, me he revolcado en toda clase de inmundicias. Quiero lavarme bien antes de ser llamado a casa. Puedes entender esto como la purificación antes de ser enterrado. En cualquier caso, se hace mejor en soledad…

5

«Vaya, todo se está derrumbando. A Morris también lo he perdido», se dijo Hertz.

Salió de la cabina telefónica y echó una mirada a donde antes había visto a Minne con Krimsky, pero ya habían desaparecido. Buscó a Miriam Kóvadlo, pero tampoco estaba en el lobby. «¿Adónde se habrá ido? ¿Habrá sido todo una alucinación?», se preguntó. Allí parado, atónito, recapitulaba: «¿Por qué estará Morris desahogando su rabia conmigo? ¿Acaso es culpa mía que ella volviera corriendo a Krimsky? En fin, tiene razón, tiene razón. Somos ya viejos. Yo estoy haciendo ahora el ridículo por nada… ¿Se habrá arrepentido en el último minuto? ¿Se habrá ofendido porque fui a telefonear? Todo está saliendo hoy al revés. Tal vez sea mi última noche en este mundo», concluyó Hertz en su fuero interno.

El lobby se fue poblando cada vez más. Hertz oía a la gente hablar alemán, polaco, yiddish, inglés y hasta francés. Alguien había apodado a ese barrio «el Cuarto Reich». «¿Por qué hablarán todos a gritos? ¿Por qué todo este trajín? Quieren hacerse ricos en América, ésa es la verdad. No descansarán, estos recién llegados, hasta que se hagan millonarios. Esa codicia es la causa de los problemas de los judíos que vienen de Europa».

Hertz divisó a Miriam. Al parecer había entrado en los servicios. Su rostro parecía cambiado después de haberse empolvado las mejillas. Para Hertz fue un alegrón verla. No se sentía capaz de quedarse solo en esa trágica tarde, ni tampoco de regresar junto a Bronie.

Agarró del brazo a Miriam y salieron de nuevo al exterior.

—¿Y si tomáramos un taxi?—preguntó Hertz.

—¿Para qué? Hace una hermosa noche. Iremos caminando, a menos que esté usted cansado.

—¿De qué iba a estar yo cansado? No hago absolutamente nada.

—Quiero que sepa que a mí no me gustaba nada el papel que tenía que desempeñar—confesó Miriam—. Muchas veces, sencillamente me deprimía. Mi único consuelo era que usted no creía en espíritus y que tomaba todo el asunto como una broma. Para qué lo necesitaba Bessie, es otra cuestión. Está enamorada de usted, vieja y fea como es, y al parecer suponía que era el único modo de poder retenerle. Las mujeres son capaces de las peores locuras cuando se enamoran. Yo soy la mejor prueba de ello. En realidad, yo quería transmitirle algo totalmente diferente. Tengo la sensación, y no sé de dónde me viene, de que su Frida está viva y que su hija también se ha salvado. No me pregunte cómo lo sé, pero de algún modo estoy segura de ello.

—¿Cómo puede usted estar segura? Yo ya no estoy seguro ni siquiera de lo que ven mis ojos.

—¡Oh! A veces hay algo dentro de la persona que hace que sepa esas cosas. Cuando me marché de Varsovia, la situación política parecía mejor que un año antes. Daba la impresión de que se llegaría a un entendimiento entre Hitler y Rydz-Śmigły.[1] Sin embargo, cuando me despedí de mi marido en la estación Viena de Varsovia, yo sabía que lo veía por última vez.

—Eso quiere decir que usted cree en los poderes psíquicos.

—Sí, absolutamente.

—Vaya, yo apenas creo ya en nada.

—Existen fuerzas magnéticas. Aquel día, el de su charla en el Labor Temple, había sido la tarde más solitaria que he pasado nunca. Deambulaba por las calles de *downtown* y todo en mi interior estaba muerto. No había comido en todo el día y, sin embargo, los alimentos que vi expuestos en una vitrina, tartas, galletas, arenques, salmón ahumado, me daban náuseas, y así caminando llegué al Labor Temple. Vi entrar a muchas personas que hablaban yiddish. Pensé que irían a alguna representación teatral o algo parecido. Acababa de pasar por delante de los teatros yiddish de la Second Avenue y no había sentido el menor deseo de entrar en ninguno de ellos. Sin embargo, de pronto algo me empujó a entrar. Casi sin saber lo que iba a ver o escuchar, compré una entrada. Usted empezó a hablar y súbitamente me sentí relajada. De golpe todo comenzó a tener sentido de nuevo. Enseguida se me ocurrió pensar: «¿Cómo podría encontrar una oportunidad para trabar conocimien-

---

[1] Edward Rydz-Śmigły (1910-1941), nombrado comandante en jefe del Ejército polaco poco después de iniciarse la invasión alemana de Polonia el primero de septiembre de 1939; dirigió la defensa del país.

to con esta persona?». Busqué su nombre en la guía telefónica, pero no aparecía; luego en los periódicos, para ver si daba usted otra charla en Nueva York. Entretanto me decía: ¿por qué hacer el ridículo, y a qué puede llevar todo esto? De pronto, se presentó Bessie Kimmel con su propuesta. Desde hacía mucho yo había dejado de rogar nada a Dios, pero me pareció como si en el cielo hubieran oído mi deseo. ¿Cómo puede explicar usted esto?

—Yo no soy capaz de explicar nada. También yo he pensado en usted desde que apareció ante mí por primera vez.

—¿Usted nunca creyó que yo era un espíritu?

—Ni por un instante.

—Es decir que también usted representaba un papel.

—No soy tan ingenuo como para creer que Bessie Kimmel puede hacer que se materialicen los espíritus.

—¿Cómo puede estar tan seguro? Si los espíritus existen, alguien podría hacer que aparezcan. Bessie es una mujer con poderes extraordinarios. Es verdad que también es una farsante, pero los cuadros de su pintura automática y su música contienen algo perturbador. Que sepa usted que a ella le tengo miedo. Estoy segura de que, en algún lugar de su mente, sabe de nuestro encuentro y que me castigará. También estoy segura de que me telefoneará esta misma noche. ¿Qué podré decirle? Debemos ponernos de acuerdo antes de hablar con ella para que no nos contradigamos.

—Puesto que la *seance* no tuvo lugar, queda claro que usted, el «espíritu», no apareció.

—¿Qué debo decirle? Bueno, ya se me ocurrirá algo. Una cosa es segura: ya no habrá más *seances* como ésas. Dígale usted que ya ha tenido suficiente. No le va a ser fácil, porque ella no quiere perderle.

—¿Para qué me necesita ella ahora? Voy a mudarme de su casa de todas formas. Mi esposa ha perdido hoy su empleo. Ni siquiera podré pagar el alquiler.

—¿Sus charlas no le aportan bastante?

—Doy dos o tres charlas al año.

—¿Cómo se las arregla? No vaya a creer que quiero sonsacarle algo. Si le pregunto es porque estoy interesada en usted. Alguien de su categoría debería estar nadando en oro en América.

—No nado, ni siquiera en plata.

—¿Por qué no? Podría ser usted catedrático, y sus libros...

—Las universidades buscan personas que repitan lo que otros han dicho antes, o que lo interpreten. Por desgracia, no he publicado ningún libro. Empecé a escribir una obra hace años, pero me resulta imposible terminarla. Incluso si lo lograra tampoco me daría beneficios. No soy escritor de novelas.

—¡Oh! Usted es mucho más que todos los catedráticos y los escritores juntos. Una charla suya en el Labor Temple puede revolucionar al mundo.

—Al mundo no lo revolucionan las ideas. Lo revolucionan los Hitler, los Mussolini, los Stalin...

—A ellos los olvidarán y de usted se acordarán.

—Justamente al revés. A ellos se les recordará. Se escribirán miles de libros acerca de ellos. Todavía encontrarán toda clase de méritos en Hitler, al igual que los encontraron en Napoleón. Los rusos incluso levantaron un monumento a Jmelnitski.[1] En cuanto a mí, no habrá nada que recordar.

—Vamos, usted es un gran hombre. Hay que ser muy grande para ser tan modesto. La señora Kimmel me contó que tiene usted un amigo que es como un hermano para usted.

—¡Oh! Eso también terminó.

---

[1] Bogdán Jmelnitski (1596-1657), caudillo de los cosacos que lideró el levantamiento de 1648 contra la alta nobleza polaca y cometió atrocidades contra los judíos.

—Debe usted saber que en mí tiene una gran admiradora.

—Bien, pero ¿cómo podría usted ayudarme? Se lo agradezco de todos modos. No soy creyente en el sentido aceptado del término. No, no me pongo filacterias, no llevo *tsitsit*, ni siquiera cumplo los Diez Mandamientos. Sé, sin embargo, que existe un Creador y que he pecado contra Él todos estos años. Él me castiga por ello y yo merezco ese castigo, de hecho mucho mayor del que he recibido. Usted, con su mejor voluntad, no podrá impedir que Dios me castigue. No es tan fuerte.

Hertz Mínsker estaba sorprendido por las palabras que le estaba diciendo a esa mujer, en el fondo una desconocida para él. Eso de que sus sufrimientos eran resultado del castigo de Dios ya no lo creía. Sus palabras habían surgido en contra de lo que en ese momento pensaba. Al parecer, la traición de Minne y las duras palabras de Morris Kálisher le habían golpeado más fuerte de lo que pensaba.

«En fin, estoy matando también esta oportunidad», pensó. Hasta ahora, nunca se había lamentado ante una mujer. Estaba convencido de que una mujer sólo puede admirar en un hombre la fortaleza. Sin embargo, ya era tarde para cambiar el estado de ánimo que sus palabras habían creado. Agachó la cabeza y siguió caminando en silencio, un poco separado de Miriam. Ella también guardó silencio.

Salieron a West End Avenue. Los enormes edificios de ladrillo rojo, el asfalto de las aceras y la franja de cielo que ardía sobre los tejados planos irradiaban el calor acumulado durante el día. Parecía que las farolas no proyectaban luz, sino que apenas se iluminaban a sí mismas. Mientras los semáforos cambiaban de rojo a verde y viceversa, manadas de automóviles se perseguían entre sí en la noche, obsesionados por una misma locura: huir de sí mismos y del propio hedor que creaban. «¿Podría alguien, quinientos años atrás, haber imaginado una ciudad como ésta, calles parecidas a éstas y un barullo como éste?—se preguntaba Hertz—. ¿Y qué será dentro de quinientos años? ¿Y dentro de cinco mil años? ¿Qué habrá logrado la humanidad entonces? Tal vez ya se habrá suicidado o caído en la locura...».

Miriam señaló un edificio en la calle Setenta y cinco.

—Aquí vivo yo—dijo.

Subieron unos cuantos peldaños y Miriam abrió con su llave la puerta de entrada. Subieron luego varios tramos de escalera cubierta con una alfombra raída. Se respiraba el típico olor a polvo, gas, carbón y algo de moho de las casas viejas de Nueva York. Al llegar a la última planta, Miriam abrió la puerta de una habitación amueblada con un ancho sofá que seguramente servía también de cama. En un balcón que daba a la calle había algunas macetas con flores y otras con plantas. La lámpara del techo proyectaba una débil luz. La fotografía de una muchacha en uniforme de instituto colgaba de la pared encima del sofá.

Miriam entró en el cuarto de baño y Hertz empezó a pasear de un lado a otro. Al ver un tablero de güija sobre una mesita, sonrió: «Así que engaña y además cree...». Divisó un teléfono, al parecer de línea directa, dado el disco para llamadas externas. En un gesto para él mismo inesperado marcó el número de Minne, seguro de que aún no estaría en casa y dispuesto a colgar el auricular si respondía Morris. La línea estaba ocupada y Hertz colgó el auricular. Echó una mirada a la puerta del cuarto de baño.

«¿Por qué estará tardando tanto ahí?», se preguntó. Se escuchaba a sí mismo. Había tenido fantasías acerca de Miriam, pero en ese momento no se sentía nada seguro de que la deseara, ni tampoco acerca de su vigor sexual. Aquel día había estado lleno de demasiada agitación y temía una decepción.

Salió al balcón y contempló la calle oscurecida, así como

las ventanas de las casas de enfrente. La mayoría de ellas no estaban iluminadas, señal de que sus moradores habrían ido de veraneo al campo o al extranjero. Los transeúntes parecían caminar sigilosamente. «Se diría que aquí las personas no viven—se dijo—, sino que pasan por la vida como de contrabando. La civilización ha convertido al mundo entero en un enorme gueto...».

En ese instante oyó abrirse la puerta del baño y vio salir a Miriam, en *négligé* negro y zapatillas. Hertz sintió cierta vergüenza ante esa abierta disponibilidad femenina, aunque, al mismo tiempo, sabía que no era una expresión de impudicia, sino de deseo pasional en una mujer sincera e inequívocamente enamorada.

Miriam se había soltado el cabello. Sus ojos le parecieron a Hertz más abiertos y brillantes, y su cuerpo de nuevo juvenil y esbelto, tal como aparecía ante él en las *seances*. Sonriendo con timidez y picardía a la vez, ella le espetó, con un parpadeo:

—Aquí tienes al «espíritu»...

Hertz no pudo evitar pensar: «Esto ya lo he visto, ya lo he vivido. ¿Cómo lo llaman los franceses? *Déjà vu*. Pero ¿cuándo? ¿Cómo? ¿En un sueño? ¿En otra encarnación?».

La observó y supo con toda seguridad que ese encuentro terminaría en nada. No sentía hacia ella el menor deseo. Todo en él empezó a retraerse, incluso parecía haber perdido el habla. Le sobrevino un repentino impulso infantil: abrir la puerta y huir...

6

Sonó el teléfono y Hertz se sobresaltó alarmado. Sabía que era Bessie. Oyó cómo Miriam se esforzaba en encontrar en la oscuridad el cable del auricular, para después decir:

—Sí, Bessie. —Y a continuación, tras un pesado silencio—: No, Bessie, absolutamente no. ¿Cómo dice? No lo sé. Al ver que no había nadie en la casa me marché. ¿Qué? Eso no tiene sentido. ¿Por qué lo dice, Bessie? ¿Quién? Ésa no fui yo. Se lo aseguro, Bessie. Sospecha usted de mí sin base alguna. ¿Qué puedo hacer ahora? Estoy harta de todo el asunto. ¡Espere un momento, déjeme hablar! Al principio, la cosa me resultaba de algún modo interesante, pero ¿cuánto tiempo se puede prolongar una farsa como ésa? De verdad, Bessie, no puedo seguir haciéndolo. Es cierto que hace tiempo me invadió la ambición de ser actriz, pero esta clase de teatro no me atrae... ¿Cómo dice? De acuerdo, hable usted, no la voy a interrumpir...

Tras un momento de silencio, Hertz pudo oír la vigorosa voz de Bessie y su tono estridente. De vez en cuando captaba alguna palabra suya. Desde el otro lado de la línea, muy enfadada, regañaba e incluso amenazaba a Miriam.

Hertz permaneció sentado, encorvado, casi tocando sus rodillas con la barbilla, apabullado por la serie de insensateces que lo rodeaba. Lo cierto es que se sentía culpable de que Bessie se comportara de ese modo. Él la había besado y le había dicho que la amaba. Había tomado prestado de ella dinero que nunca le devolvió. Había aceptado de ella toda clase de regalos y, lo más importante, no le pagaba el alquiler por la habitación que ocupaba en su casa. «Soy sencillamente un prostituto, un frívolo, un *gigoló* —decía para sus adentros—, y además de la clase más barata. Si al menos me hubiera vendido por un precio adecuado... Hasta para eso soy demasiado tonto...».

Por otro lado, no sentía arrepentimiento alguno. Sólo veía claramente la nulidad de su carácter, su profunda degradación.

—Bessie —oyó a Miriam decir—, le estoy agradecida por todo lo que ha hecho por mí. Espero que con la ayuda de

Dios alguna vez pueda recompensarle por todo lo que le debo, pero hay cosas que… ¿Cómo dice usted? ¿En mi casa? Nada de eso. Venga usted a convencerse por sí misma… ¿Qué? Yo no sé con quién se ve él. Se lo digo claro y alto, el juego se ha acabado. Sí, sí, yo también valoro mucho su amistad, pero…

De nuevo se oyó a Bessie desbarrar. Fue un largo monólogo. Su voz se volvió cruda, chirriante y vulgar. Se podía percibir en su tono una especie de ruego e incluso de lloriqueo.

A Hertz se le revolvían las entrañas. El nerviosismo le bajó a los intestinos y a la vejiga. El estómago se le había inflado y sentía un burbujeo en las tripas. De pronto le sobrevino la necesidad de orinar, con tal urgencia que no se podía aguantar. Recordó dónde estaba el cuarto de baño y fue hacia él. En el camino topó con una silla y una mesita. Casi hizo caer un perchero o una maceta. Una vez en el baño, palpó la pared sin encontrar el interruptor de la luz e hizo caer una jarra del armario de medicamentos de Miriam. Palpó la bañera, los grifos del lavabo, pero no encontraba la taza. Al cabo de un rato tropezó con ella. «Vaya, estoy hecho polvo», pensó o murmuró Hertz. Se lavó las manos en la oscuridad y se secó con una toalla. Cuando salió del cuarto de baño oyó que Miriam le decía:

—¡Ahora sí he terminado con esa pesada de una vez por todas!

—¿Qué quería?

—Sospecha que me marché de su casa con usted… Al parecer, alguien nos vio.

—¿Quién?

—La esposa de usted.

—¿Acaso ella la conoce a usted?

—Al parecer, sólo dijo que le había visto con una mujer.

—He hablado con Bronie por teléfono. No ha mencionado nada de eso.

—¡Ay! Esta Bessie es de la más baja calaña. Podría ser una verdulera, o una vendedora de las que empujan una carretilla en la calle Orchard. ¡Es muy capaz de presentarse aquí!—dijo Miriam cambiando de tono.

—Eso no tiene sentido.

—Está absolutamente convencida de que ahora estamos juntos—dijo Miriam con una media risita.

—Si viene, no la dejaremos entrar.

—¡Oh! Qué angustia, qué angustia. Es una idiota. Tiene ocurrencias absurdas. Acaba de contarme que mantiene relaciones con usted y que incluso le prometió llevarla a Miami.

Hertz no respondió de inmediato.

—Esa mujer está completamente chiflada—dijo.

—¿Ah, sí? De haber sabido todo eso, desde luego yo no habría seguido adelante con nuestra relación.

—Por favor, Miriam. Acaba de decir usted una tontería. No he caído tan bajo como para tener una aventura con una mujer tan vieja y fea.

—¡Quién sabe de qué son capaces los hombres!

Hertz la miró, parado en mitad de la habitación. Aunque acababa de salir del baño, sintió ganas de volver a él. En su interior se había apagado toda atracción, todo deseo de aproximarse a esa mujer que había jugado con él y lo había provocado noche tras noche. Invadido por la somnolencia, el cansancio y el escozor en la garganta, sentía la nariz taponada, como si se hubiera resfriado. «¡Todas las fuerzas malignas se han desatado contra mí esta noche!», se dijo.

Ambos guardaron silencio.

—Tal vez sea mejor que por hoy lo dejemos aquí…—dijo Miriam, sin terminar la frase.

Tras pensarlo un instante, Hertz replicó:

—Como usted quiera.

—Así es mi vida—continuó Miriam hablándose a sí misma, al mismo tiempo que a él—. En cuanto empiezo algo, enseguida surgen un millón de obstáculos. No es culpa suya. Así es mi suerte. Había soñado con este encuentro, pero al mismo tiempo sabía que no me sería permitido. No se trata de Bessie, sino de los poderes que están por encima de ella... ¿Cómo se le ha podido ocurrir que usted está ahora en mi casa? Para eso, hay que ser clarividente... Por mi parte, el arrebato pasional realmente se ha esfumado. ¿Puedo encender la luz?

—Como usted quiera.

—Tampoco usted está en buena disposición.

Y Miriam encendió la lámpara. Se sentó en el sofá, vestida con su *négligé* y en zapatillas. La lámpara de la mesita contigua la iluminaba con una luz tenue. «La mala suerte no es de ella, sino mía—pensó Hertz—. Pero mejor que siga pensándolo...».

Sintió empatía hacia esa mujer. Olvidó el malestar de sus entrañas, se acercó a ella y se sentó a su lado.

—Ninguna Bessie puede separarnos—le dijo—. La amistad que ha nacido entre nosotros esta noche durará mientras yo viva.

Miriam le dirigió una mirada, cargada de suspicacia y de burla a la vez.

—Seguramente, eso también se lo ha dicho usted a Bessie.

—¡Eso es una estupidez! ¡Una estupidez!

—Usted es una persona importante, pero también, al parecer, un cínico. El amor para usted no es más que un juego. Sus palabras son, como afirmó en su charla, «pagarés sin cobertura». Siendo así, más vale que no comencemos una relación. Para mí el amor es algo serio, terriblemente serio, tal vez demasiado serio. Quizá por esta razón se me interponen tantas piedras en el camino.

—Todo acabará arreglándose.

—¿Ah, sí? ¿Cuándo? Yo necesito amar muy profundamente a un hombre para ser capaz de robárselo a otra mujer. Siempre me he cuidado de no caer en algo parecido. Desde que llegué al cuarto año del instituto ha habido hombres que me han perseguido. Aquí en América, a ninguno le he dado siquiera una oportunidad. El técnico dental para quien trabajo ha intentado repetidas veces invitarme al teatro, a la ópera o a un restaurante, pero siempre le he exigido que su esposa esté presente. Hoy de pronto, al poco tiempo de encontrarnos, me he desvestido ante usted. Realmente, nunca habría pensado que pudiera ser así de frívola. En fin, esa llamada ha acabado con todo. Su esposa le espera en su casa y está inquieta. Aún es posible que ambas mujeres se presenten aquí. —Miriam se echó a reír. Por un instante sus ojos parecieron risueños, pero enseguida volvieron a inundarse de tristeza.

—Nadie va a venir—dijo Hertz.

El teléfono volvió a sonar y, al cabo de un rato, oyó a Miriam decir:

—Sí, Bessie...

SÉPTIMA PARTE

Hertz salió a continuación a la calle Broadway y caminó en sentido *uptown*. Su reloj de pulsera señalaba la una menos veinte. Se detuvo a esperar el tranvía. De pronto vio que la cafetería de enfrente aún estaba iluminada. Entró con idea de tomar un café, pero divisó al fondo varias cabinas de teléfono. Se dirigió a una de ellas y marcó el número de Minne, en la seguridad de que nadie respondería a esas horas de la noche, o que oiría la voz de Morris. Ante su sorpresa, contestó ella.

—Minne, soy yo—dijo, y no pudo seguir. Le faltó el aliento.

Tras unos instantes, ella soltó un grito:

—Hertz, ¿eres tú?

No era un grito sin más, sino mezclado con llanto. A Hertz le pareció que se asfixiaba.

—Sí, soy yo.

—¡Dios mío! Llevo buscándote todo el día. ¿Dónde te has metido? No paro de telefonear y cada vez lo mismo: o no hay respuesta, o no se molestan en responder. ¿Por dónde andas días y noches enteras? Lo que he sufrido yo desde ayer no lo conocen ni los malvados en el infierno. ¡Asesino! ¿Por qué te escondes de mí cuando estoy rompiéndome a pedazos por dentro? ¡Sádico!—gritó Minne con voz estridente.

De su garganta escapaban sollozos espasmódicos. Hertz tuvo que alejar del oído el auricular para que no se le dañara el tímpano. Se sintió invadido por la rabia, la risa y, a la vez, las ganas de llorar. Sintió que los ojos se le humedecían.

—¿Aún crees que se te debe algo? ¡Furcia! ¡Desvergonzada! ¡Canalla!—exclamó Hertz.

Tras un pesado silencio, Hertz detectó un gimoteo ahogado.

—¿Qué he hecho para merecer esto?—gritó Minne llorando.

—¡Eres una embustera, una ladrona, una puta y todo lo demás!—respondió Hertz—. ¡Maldito sea el día en que por primera vez vi tu sucia cara!

Minne soltó un gemido, como si se ahogara.

—¿Qué he hecho, Hertz? ¿Qué he hecho?

—Sabes muy bien lo que has hecho. Tienes una aventura con tu antiguo marido, a quien tanto habías vilipendiado. No te bastaba con engañar a Morris, sino también a mí. ¡Nunca me había enfrentado a tal muestra de la peor escoria! ¡Traidora! ¡Ramera! ¡Vil hipócrita!

Hertz oyó un fuerte gemido. Minne intentaba hablar, pero no le salían las palabras. Lloraba y lloraba al teléfono, como una niña sometida a una gran injusticia. Repetía una y otra vez alguna palabra incomprensible, como si estuviera aprendiendo a hablar. Hertz se puso en guardia. Nunca había oído a Minne llorar tan amargamente.

—¿Por qué esos lamentos, como si hoy fuera el *Yom Kipur*? ¡Habla claro!

—¡Ay, Hertz!—Minne estalló en un llanto aún más intenso y más desconsolado.

Sonó un golpe acompañado de un timbrazo. El teléfono debió de caerse de la mesilla. Hertz marcó el número, pero no hubo respuesta.

Oyó un movimiento como de tanteo y, a la vez, sollozos entrecortados. Minne intentaba levantar de nuevo el auricular. De fondo le pareció oír también la voz de Morris, gruñendo.

Asombrado, se preguntaba: «¿Alguien que es culpable

sería capaz de representar así su papel? Si es así, la mentira sería mil veces más poderosa que la verdad». Esperó a que Minne levantara de nuevo el auricular. Sus entrañas volvían a removerse y sus tripas no descansaban. «¡Otra de esas noches!», se dijo. De nuevo oyó la voz de Minne.

—Hertz, ¿sigues ahí?—exclamó.

Era el grito desesperado de alguien que pierde el aliento o está siendo sepultado por un alud.

—¡Sí, aquí sigo!

Hertz tuvo la impresión de estar pronunciando la profecía bíblica, como si hubiera dicho en hebreo: «*Hineni!*», '¡Heme aquí!', la respuesta a la llamada de Dios… Minne ya no lloraba. Respiraba con pesadez y jadeando.

—Incluso a un condenado a muerte se le permite decir la última palabra—empezó a decir, en voz baja, ronca y ya sin fuerzas—. Espera un minuto. Necesito una pausa… Mi corazón… No cuelgues, Hertz… No cuelgues hasta que hayas oído lo que debo decirte… Es mi último deseo…

—Habla, ¡no te pongas tan dramática!

—Hertz, si yo he tenido cualquier aventura con Krimsky o con cualquier otro hombre desde que te conozco a ti, ¡que mi familia perezca en las garras de Hitler y que yo no viva para ver mis poemas impresos! Otro juramento más solemne no te puedo ofrecer. Eso es todo.

Hertz suspiró profundamente.

—Te he visto con él con mis propios ojos. Además, tu marido me telefoneó esta mañana y…

—Hertz, Morris te telefoneó por ti, no por Krimsky. Lo sabe todo.

—¿Cómo es posible?

—Encontró tu pañuelo en mi cama. Has sido tú quien lo reveló todo. He descubierto la verdad hace apenas una hora.

—¿Qué pañuelo? ¿De qué estás hablando?

—El pañuelo con el ribete rojo. Al principio Morris sospechó de Krimsky, pero cuando se reunió contigo en la cafetería esta mañana sacaste de tu bolsillo un pañuelo similar y, en cuanto lo vio, lo supo todo.

Hertz enmudeció. Todo el enigma de ese día súbitamente se esclareció. Recordó que Morris le señaló su pañuelo y hasta lo tomó de su mano. «¿Cómo no me di cuenta enseguida? ¡Soy un perfecto idiota!». Le sobrevino una sensación de humillación, oprobio y derrumbamiento. «Seguramente éste será el modo en que en el otro mundo se aclararán todos los enigmas», pensó.

—¿Por qué fuiste a ver a Krimsky esta tarde?—preguntó—. Te vi con él en el lobby del hotel Marseille.

—¡Vaya! ¿Ahora me espías? Yo sospechaba que Krimsky había cocinado todo el embrollo y fui a echarle una bronca. Él juró por lo más sagrado que no sabía nada del asunto, y que todos mis vituperios y maldiciones deberían caer sobre la cabeza de Hitler y no sobre la suya. Cuando regresé a casa, Morris me lo contó todo, incluso que había mostrado el pañuelo a tu esposa y ella había confirmado que era tuyo. Todo está destruido, Hertz. Destruido y derrumbado. De nuevo me encuentro sin hogar, sin techo, sin pan y sin valor alguno. Si hubieras agarrado un cuchillo y me hubieras apuñalado, me habrías causado menos daño. Me he pasado el día buscándote, pero ¡habías desaparecido como si no existieras! Si sobrevivo a esto es que soy más fuerte que Sansón…

—¿Dónde está Morris?

—Se ha encerrado en su habitación. No le está permitido tocarme nunca más. Es lo que dice.

—¡Ay! ¿Y qué dice sobre mí?

—¿Qué puede decir? Toda su furia la desahoga sobre mí… Yo no tengo nada que responderle. Los hombres como Morris son buenos, e incluso muy buenos, hasta que se encolerizan. Después ya no puedes hacer nada para frenarlos. Hertz, tengo que hablar contigo inmediatamente, pero no por teléfono. ¿Dónde estás?

—Creo que te lo he dicho: en una cafetería de Broadway próxima a la calle Ochenta.

—Voy corriendo para allí. Ya no tengo a nadie excepto a ti. No quiero colgarme de tu cuello, pero Morris le ha contado todo a tu esposa y puedes imaginarte cómo se ha puesto. Estamos, por así decirlo, atrapados en el mismo cepo. Me había hecho la ilusión de que después de todas las tormentas por las que he pasado alcanzaría un poco de sosiego, pero estoy predestinada a las torturas del infierno hasta mi amargo final. Hertz, tomaré un taxi y enseguida estaré contigo. ¿Cómo se llama la cafetería?

Hertz le dio el nombre.

—Voy enseguida—dijo Minne—. Dormir me resulta imposible. Ninguna pastilla me ayudaría. Tampoco concilié el sueño la noche anterior, pese a que aturdí mi cerebro hasta dejarlo como un bloque de madera. Estoy dispuesta a morir, Hertz, preparada para la muerte.

—Eso díselo al Ángel de la Muerte, no a mí.

Minne se echó a reír.

—Buena idea. Sólo que tú, querido, eres mi Ángel de la Muerte. ¡Enseguida llego! ¡Espérame!

Minne colgó el auricular de un golpazo.

«¡Ya veo que voy a pasar la noche en vela!», se dijo Hertz. Pidió en el mostrador una taza de café y encontró una mesa libre para sentarse junto a la pared. Pensaba en lo extraño que había sido lo sucedido aquella noche. El «espíritu» que tanta curiosidad le había inspirado no había despertado en él deseo alguno. Al contrario, ahora se alegraba de haberla dejado. Minne, en cambio, una mujer a la que había poseído tantas veces y que ahora le había llevado hasta tal vez morirse de hambre, todavía despertaba en él deseo e ilusiones. Era consciente de que en ese momento debería sentirse consternado, pero su innata frivolidad se lo impedía. En alguna revista había leído que, de acuerdo con algún experimento médico, cierta persona estuvo diez años seguidos alimentándose con patatas y leche. Esa monótona alimentación no le había causado ninguna enfermedad. «¿Por qué no podría hacer yo lo mismo?», se preguntó.

No conocía con exactitud los precios, pero por veinticinco centavos al día, es decir por un dólar y setenta y cinco centavos a la semana, podría conseguir bastantes patatas y leche. Trajes y ropa interior tenía suficientes para que le duraran varios años. Libros podía sacar prestados gratis de las bibliotecas públicas, o incluso de las universitarias. Lo único que necesitaba era conseguir, por cuatro o cinco dólares a la semana, un cuartito amueblado. «Me dirigiré a instituciones de ayuda social, o bien a la Organización para los Refugiados, de quienes podría obtener algunos dólares a la semana. No necesito a Morris, ni tampoco pronunciar charlas. Que Bronie se divorcie de mí, que imagine que me he muerto... De hecho, soy un muerto en vida... Si Minne me ama de verdad, no permitirá que me hunda. Seguramente le sacará a Morris una buena suma por el divorcio, o incluso para la pensión alimenticia...».

Meneó la cabeza de un lado a otro: «Me pondré a trabajar y escribiré lo que deseaba escribir. De aquí en adelante pondré fin a todos los obstáculos». Mirando a su alrededor se dio cuenta de que, casi en todas las mesas de la cafetería, había restos de comida: trozos de tarta, bollitos enteros, e incluso algo de carne, hortalizas y sopas. En Nueva York, si uno no era demasiado quisquilloso, podía comer gratis. Ya quisieran los judíos de Polonia estar en su misma situación. De vez en cuando bebía un sorbo de café. ¡Que Morris Kálisher acumulara sus millones! Él no necesitaba más que tiempo y a alguien que lo amara...

Desde hacía muchos años, Hertz Mínsker se había dado cuenta de que la naturaleza—o bien aquel o aquellos que detentaban el poder que dirige el mundo—buscaba una compensación a cada carencia, cada golpe o cada calamidad. A continuación lo anotaba en su contabilidad y, al final, todo terminaba compensado en un balance.

La misma noche en que había perdido a Morris (y seguramente también a Bronie) había ganado a Miriam. Ahora, Minne estaba dispuesta a irse con él para siempre. De ese modo no tendría que continuar robándole la esposa a su benefactor. «¿Casualidades?—se preguntaba Hertz—. No, no son casualidades. Ya es hora de que borren del diccionario la palabra *casualidad*. Es una palabra vacía por completo. Incluso si existe el libre albedrío, todo termina siendo como que debe ser. ¿Por qué no comprobarlo ahora mismo?», murmuró, y se levantó dispuesto a agarrar el bollo que alguien había dejado en la mesa vecina, pero en ese instante una joven se lo arrebató.

Hertz la examinó. Su aspecto era eslavo auténtico, seguramente polaco: pómulos altos, naricilla respingona. Le trajo el recuerdo de sus años mozos en Polonia. «Seguramente esta joven ya ha estado más de una vez en este mundo. La reencarnación existe, las almas son enviadas abajo una y otra vez. Vienen a corregir alguna cosa, aunque a veces estropean otra. ¿Cómo las llaman los cabalistas? Almas defectuosas». El Señor del mundo dirige una gran empresa, razonaba Hertz. En la Vía Láctea hay billones de estrellas, incontables, además de otros astros. Y galaxias como ésta hay trillones, cuatrillones, tal vez no tienen fin. Newton tenía razón, no Einstein. El espacio es infinito. ¿Cómo podría el espacio tener un límite? ¿Y cómo podría el tiempo tener un comienzo? Nuestra concepción se aproxima a la verdad. La eternidad se extiende por todos lados. Haría falta una nueva filosofía. Spinoza, los cabalistas, Platón, Plotino y Kant deberían combinarse en un único sistema fundado sobre una divinidad dinámica, en una ética ultrahedonista…

Hertz conservaba en su bolsillo trasero el billete de veinte dólares de Morris, y jugó con una ocurrencia: «Ésta es mi dote. Es la contribución de Morris». Miró hacia la puerta. Estaba ansioso por encontrarse con Minne. «Ella poseerá seguramente algunas joyas. Sin duda tendrá unos buenos ahorros. Que paguen ellos por haber tenido tratos con Hertz Mínsker».

El café lo había espabilado. Quiso saber hasta qué hora estaría abierta la cafetería. ¿Quizá toda la noche? A él le parecía una barbaridad el cierre de las tiendas y los restaurantes por las noches: «El hombre debería dejar de temer a la noche. En el futuro no existirá división entre día y noche, sino que será tal como lo describe el Génesis: "Y hubo tarde y hubo mañana, un día". La propia noche se convertirá en día. La muerte será vida. Tal vez se inventará un teléfono que se instalará en los sepulcros de los muertos. No será necesario convocar a los espíritus para las *seances*. Bastará comunicarse con ellos mediante un teléfono que funcionará en otra dimensión… Se encontrará un medio para viajar hacia atrás en el tiempo…».

Mientras Mínsker daba vueltas a estas elucubraciones, su mirada se posó sobre un pastelillo apenas mordido que había quedado en otra mesa. Al ver que la muchacha polaca intentaba adelantarse para despejar la mesa, dio una rápida zancada y se hizo con el pastelillo, aunque tropezó con el brazo de ella. La joven lo miró sorprendida, con unos ojos muy abiertos, de color ni gris ni castaño, pero muy claros, casi plateados.

—Disculpe—dijo Hertz, y enseguida lo tradujo al polaco—: *Przepraszam…*

La joven dio medio paso atrás.

—¿El caballero habla polaco?

—Aún no lo he olvidado del todo.

—¿De dónde proviene el caballero?

—De todas partes: de Varsovia, de Lublin…

—Yo soy varsoviana. Si no tiene usted trabajo, puede venir aquí. Nunca falta comida. Se tira montones de alimentos… ¡Jesús, María, cuánto se tira aquí en América! ¡Miles de personas podrían alimentarse con ello!

—Sí, ésa es la verdad.

—¿Usted es judío?

—Sí, judío.

—¿Ha huido de Hitler?

—Sí, de Hitler.

—¡Así se pudra en el infierno! Dejé allí a mis padres, mis hermanas, mis hermanos y no sé nada de ellos. A saber si todavía viven.

—¿Qué se puede hacer? ¡Es la guerra!

—Desde luego, pero una guerra como ésta no la ha habido nunca. Han sobrevolado Varsovia con sus aviones y lanzado bombas desde el cielo, destruyendo todo. Aquí leo el periódico polaco y escucho la radio…

La muchacha quiso seguir hablando, pero Hertz vio entrar a Minne y le dijo:

—Disculpe. He quedado con alguien. Tal vez volvamos a hablar.

Hertz se desplazó ágilmente hacia atrás, hacia la mesa donde había estado sentado. Minne ya lo había visto… Lo observó enojada. A Hertz le pareció más menuda que antes, más delgada y algo despeinada. Sus ojos negros lo miraron de reojo, con preocupación y reproche. Antes de sentarse, le preguntó:

—¿Ya has conseguido ligar con una muchacha?

—No digas tonterías. Es la joven que retira los platos de las mesas.

—¿Por qué te has cambiado de mesa? ¿Y por qué llevas un plato en la mano? ¿Te has hecho ayudante de camarero?

Hertz no respondió.

—Te dedicas a destrozar a las personas y eso te importa tanto como la nieve caída el año pasado—dijo Minne—. ¿Cómo es que llevas tus pañuelos a la cama? Lo hiciste para destruirme.

—Mínnele, ¿ya empiezas? Si has venido a montar una escena, estoy dispuesto a marcharme en este instante. No tengo por qué oír tus insultos.

—¿Ah, no? Ya lo creo que los vas a oír, y oirás más. ¿Por qué has irrumpido en mi pobre vida? ¿Qué querías de mí? Huí de un bellaco y caí en las garras de otro. Ya estoy casi en la calle—dijo Minne cambiando el tono—. Él es un hombre rico, enviará abogados y quién sabe qué más. Y encima, tendrá razón. He debido volverme loca para serle infiel, después de lo que ha hecho por mí. Ahora ya es demasiado tarde. ¿Por dónde correteas todo el día? Te he telefoneado casi cien veces, y en vano. Antes, al menos solías quedarte en casa por las tardes con los «espíritus». ¿Quién es esa ayudante de camarera?

—No seas estúpida.

—¿De qué hablabas con ella? ¿Y por qué llevabas en la mano un plato con un pastelillo?

—Mínnele, ¿qué quieres que te traiga? ¿Té o café?

—Veneno.

—Te traeré café. ¿Un arroz con leche?

—Quédate aquí. ¿Huyes de mí? No necesito café ni arroz con leche. Es medianoche. Aquí enseguida cerrarán. ¿Adónde iremos?

—Puedo llevarte a un hotel.

—¿A qué hotel? Si no llevas equipaje, no te dejan entrar, excepto en los hoteles adonde se va con prostitutas.

—¿Dónde voy a encontrar ahora un equipaje?

—¿Adónde llevas a tus otras mujeres?

—¿Qué mujeres? Minne, ¿de qué estás hablando?

—Sé lo que digo. Ojalá no lo supiera. Escucha, Hertz, el mundo tiene un orden. Una vez que has apartado a Morris, todo recae sobre tus hombros. Ahora tú eres mi marido. A mí no me importa a quién tienes ni lo que haces. Nosotros dos debemos permanecer juntos, y ya hasta que la muerte nos separe. Espero que no se haga esperar mucho. Para mí será como un huésped bienvenido. Puesto que no amas a Bronie y dices que a mí sí, tendremos que vivir juntos, y que sea lo que Dios quiera. Yo ya no puedo volver a trabajar. Ya no tengo fuerzas. Y tú tienes que mantenerme, aunque sea con un mendrugo y un poco de agua. Si crees que podrás escabullirte de mí te equivocas. De ti ya no me voy a despegar. Así de claro.

—Está bien, no te despegues de mí. Diré lo que dijo Hérshele Ostropoler a su cuñado:[1] «¡Toma siempre lo que se te da!».

—Conque te burlas, ¿eh? Pisoteas a las personas y te burlas. Igual que los nazis. Yo no quiero volver con Morris. No puedo volver a mirar su rostro enfadado. No puedo volver a escuchar sus acusaciones. Tenemos que empezar desde ahora, Hertz. Tómame como esposa.

—¿Qué estás diciendo? ¿Qué quiere decir que te tome como esposa?

—Según la ley judía, un hombre puede tener varias esposas. Aquí tienes mi anillo. Con él me consagrarás como tu esposa. Cuando te divorcies de Bronie, nos casaremos bajo palio, de acuerdo con la ley de Moisés e Israel. Para mí todo esto ha sido una tragedia, una terrible tragedia, aunque para ti haya sido un golpe de suerte. Seré una esposa

---

[1] Hérshele Ostropoler, personaje cómico del folclore yiddish del siglo XVII.

fiel y te lo digo de antemano: ahuyentaré a cada mujer que se te acerque. Tendrás que quedarte sentado a la mesa cinco horas al día y trabajar. Cerraré con llave la puerta y no dejaré entrar a nadie. Morris no se va a deshacer de mí sin darme nada a cambio. Será una buena suma, si quiere divorciarse según la ley judía. Y sin un divorcio judío, no podrá volver a casarse. Yo también he ahorrado unos dólares y guardo algunas bonitas joyas en una caja fuerte. Además, poseo algunas acciones. Hoy día valen poco, pero después de la guerra podrían subir mucho. No he venido a ti, como suele decirse, desnuda y con las manos vacías.

»Y tampoco me quedaré sentada con los brazos cruzados. Algo haré, todavía no sé qué. Tal como me ves ahora, soy capaz de dirigir un hotel en los Catskills o en Miami Beach. No soy la inútil que tú crees. Pero lo más importante de todo es que tus maquinaciones tienen que cesar por completo. Te lo digo de antemano: de aquí en adelante no tendrás a nadie más que a mí. Cocinaré para ti, comeré contigo y dormiré contigo. Cuando me muera, entonces podrás retomar tus locuras, si todavía te quedan fuerzas…

La expresión del rostro de Minne cambió al pronunciar estas palabras. Se sonrojó y a sus ojos asomó una mezcla de amor y odio. Hertz, para asombro de sí mismo, la miraba en una especie de éxtasis.

—Mínnele—dijo—, así es como debe hablar una mujer. Así habló Eva a Adán, el primer hombre, hasta que juntos huyeron del paraíso…

—¿Huyeron? Bueno, tal vez. Y tú, ¿qué me dices?

—Estoy en tus manos de asesina.

—Sí, soy una asesina. Tú en cambio, aun siendo un gran intelectual, careces de carácter por completo, perdona que te lo diga. Deberías haber publicado ya veinte obras. Deberías ejercer de catedrático en la Universidad de Columbia. Tendrías que ser mundialmente famoso. En lugar de todo eso, sentado en una cafetería, te enredas en una cháchara con la muchacha que retira los platos de las mesas. ¿Qué es ese pastelillo que tienes ahí? ¿Te lo dio ella?

—Lo agarré yo mismo.

—¿Alguien lo había dejado?

—Sí.

—Ya lo ves, así eres tú. Un hombre derrumbado. Si yo no hubiera venido ahora a tu encuentro, habrías terminado en el Bowery. Y créeme que no exagero. Hace algún tiempo un borracho murió allí en la calle y descubrieron que antaño había sido un famoso escritor. Cuando uno empieza a caer, no hay límite. Voy un momento al aseo para mujeres.

Minne se levantó para buscar el aseo. Hertz partió un trocito del pastelillo y se lo introdujo en la boca.

«No es una mujer, es puro fuego—se dijo—. ¿Y acaso no tiene razón? Soy un completo despojo… Esa Miriam no es para mí. Es una pérdida de tiempo… Con Bronie también está todo acabado. Bien, viviré con Minne los años que me quedan. Me pondré a trabajar. Me quedaré sentado a la mesa cuatro horas al día y dará igual si trabajo o no. En cualquier caso, con ella no voy a morirme de hambre».

La muchacha del delantal corto se le acercó con la bandeja en la mano.

—¿El caballero tiene compañía?

—Sí, una amiga.

—No parece una mujer necesitada. Lleva un diamante tan grande como una alubia…

—No me he dado cuenta.

—Con una amante como ésa, saldrá adelante en América. ¿Usted dejó familia en Polonia?

—Una hija.

—¿Su esposa ha muerto?

—Sí, ha muerto.

—Venga aquí de vez en cuando. Sienta bien hablar polaco con alguien. Aquí uno se olvida de la lengua propia. El inglés no se me da bien. Yo no procedo del pueblo llano. He estudiado en Varsovia, en el instituto. Tuve un novio que era teniente en el ejército. Quién sabe qué habrá sido de él. De vez en cuando voy al consulado polaco, pero tampoco ellos saben nada. ¿Dónde vive usted? ¿Se le puede llamar por teléfono?

—Desafortunadamente me he quedado sin vivienda, pero vendré por aquí.

—¿Qué quiere Hitler de los judíos? ¿Qué mal le han hecho? Permítame presentarme: soy la señorita Mariana Polczynska. Mi padre era un funcionario de la Oficina de Aduanas.

—¿Cómo es que vino a América?—preguntó Hertz.

—¡Oh! Es toda una historia. El maquinista jefe del barco *Batory* es primo mío y me llevó con él. Aquí tengo un tío en Chicago.

—Entiendo. Mi amante es muy celosa. Cuando salga del aseo, si la ve aquí armará un escándalo.

—No se asuste. Las personas, cuanto más celosas, más ardientes se vuelven. Yo solía darle celos a mi novio. Su superior, un comandante, se pegaba a mí a menudo cuando estaba bebido y mi chico se indignaba terriblemente y se ponía furioso, casi terminaba la cosa a tiros. Ahora recojo los platos de las mesas en Nueva York, y todo aquello está destruido y quemado. ¿Cuándo vendrá usted aquí de nuevo? Venga alrededor de las nueve de la noche, es cuando entro a trabajar. Vivo no muy lejos de aquí, en una habitación amueblada, en la calle Ochenta y tres, al lado de Columbus Avenue. Este lugar está abierto toda la noche, de modo que mi vida se ha vuelto del revés. Trabajo de noche y duermo de día. Mi habitación es oscura y allí apenas se diferencian el día y la noche. Ésta es mi vida. ¿A qué se dedica usted?

—Soy escritor.

—¿De novelas?

—No, de ensayos, acerca de filosofía.

—¡Oh, madre mía! Vuelva por aquí. Usted todavía habla un buen polaco, aunque un poco anticuado. Me recuerda a un tío mío que…

Minne regresó. La muchacha, al verla de reojo, se marchó con la bandeja. En el rostro de Minne se dibujó una mueca.

—En fin, hago tonterías por nada. Eres un vil seductor. Más me valdría arrojarme al Hudson.

—¡No seas idiota! Esa joven es de Polonia y, cuando oyó que yo era de allí, quiso desahogarse. Dejó allí a su novio, un oficial del ejército polaco.

—Si por mí fuera, podría haber dejado su cabeza. De ti sólo obtengo bochornos y humillaciones. ¡Dios del cielo, me lo he ganado todo, cada una de las desgracias que descargas sobre mí! ¡Me marcho!

—¡Chiflada! ¡No te vayas tan aprisa! Te juro por lo más sagrado que jamás volveré por aquí.

—Si no vuelves aquí, te irás a otro lugar. Te atrae la basura, está claro. Bueno, Hertz, no me voy a quedar sentada toda la noche aquí para competir con la chica de la cocina. Si queremos ir a algún sitio, vámonos ya, enseguida. Se me acaban las fuerzas.

—Ven, salgamos de aquí. Quería que tomaras un café conmigo.

—Aquí no. ¿Adónde te propones ir exactamente?

—Conozco un hotel en la calle Cuarenta y dos, al lado de Times Square. Alguna vez he vivido por esa zona. Podemos intentar alojarnos allí.

—Ese esposo mío es capaz de enviar algún detective para seguirme. Si me descubren contigo en un hotel, no recibiré ni un penique. Pero lo arriesgaré todo. En algún sitio tengo que dar reposo a mi cabeza. Nos mudaremos a otro lugar. Estoy harta de este podrido Nueva York. Nos instalaremos en alguna ciudad pequeña. Haré de ti una persona de bien, tanto si quieres como si no. En caso contrario, podremos suicidarnos juntos.

—Hoy no.

—¿Por qué hoy no? Tengo suficientes sedantes para los dos. Morris seguramente se casaría con tu Bronie, y todo encajaría muy bien. En el fondo, ambos están cortados por la misma tijera. En realidad, es él quien tiene la culpa de todo, pues, acostado por las noches, te elogiaba tanto que yo ya no lo soportaba. Te atribuía tales milagros, hablando de ti y tus mujeres, que me intrigaba. Siendo él tan santo, ¿por qué le embelesaba de ese modo un personaje como tú? A veces hablaba como si estuviera locamente enamorado de ti. ¡Quién sabe lo que sucede dentro del alma humana!

»Krimsky me dijo hoy que trajo de Casablanca a una mujercita llamada Peppy que vive con él en el hotel Marseille. Tienen habitaciones separadas, pero alguien como Krimsky sabe cómo arreglárselas. Ella es viuda o divorciada, sólo el diablo lo sabe. Al mismo tiempo, tampoco me rechazaría a mí. ¿En qué nos hemos convertido nosotros, los judíos? ¿En qué se ha convertido el mundo? Todo terminará muy amargamente. Incluso si Hitler sufre una derrota aplastante, vendrán otros Hitlers. ¿En qué es mejor Stalin que Hitler? Perdona mi lenguaje, pero sólo habrá lujuria y masacres. Del pueblo judío no quedará más que los ortodoxos de Williamsburg.

—A ellos también los masacrarán…

—¿Y qué quedará?

—Una colosal pila de basura.

—¿Es eso lo que te dispones a escribir? Pues escríbelo. Ya que la gente quiere basura hay que ofrecerles basura.

Para mí, todo es pasajero. ¿Cómo se llama ese hotel? Ven, vayamos allí.

—¿Has cenado?

—No he comido nada, ni quiero nada. Una sola cosa necesito: a ti.

OCTAVA PARTE

I

Morris Kálisher se había quedado dormido en el sofá sin quitarse la ropa. De pronto, notó en la cara el resplandor del sol naciente. Se despertó sudando y asustado. En ese momento no recordaba por qué había dormido vestido en su estudio, aunque enseguida recapacitó. Sintió dolor y presión bajo el corazón.

«Así que todo está perdido. Es una mujer impura, impura—se dijo, y recordó la ley escrita en la Guemará: "Al igual que queda prohibida para su marido, queda prohibida para el amante…"—.[1] Todo está hecho pedazos, todo ha terminado». Aunque sentía calor, un escalofrío le recorrió la espalda. «¿Y ahora, qué? Tengo que mudarme de casa enseguida…».

Entró en el dormitorio, dispuesto a despertar a Minne para decírselo, pero la cama estaba hecha y Minne no estaba allí. Al parecer, se había marchado durante la noche.

Se restregó los ojos con ambos puños. «¿Tan lejos ha llegado?—Y, al recordar el versículo de la Guemará: "Por la insolencia con que se ha comportado, sólo puede ser un malvado",[2] lo parafraseó murmurando—: Es una ramera… Los pecadores judíos no son menos malvados que los no judíos».

Pese a ser Minne su esposa y Hertz Mínsker supuesta-

[1] Talmud, Nashim ('Mujeres'), tratado de Sotá ('Adulterio') 5.
[2] Talmud, Nezikin ('Daños y perjuicios'), tratado Babá Metziá ('Segunda parte') 83, 2.

mente un extraño, le dolía más la traición de Hertz que la de Minne. Ella era una ignorante aunque garabatease unos poemas en los que cada palabra contenía siete faltas, no tenía idea de nada. Era una analfabeta, una mujer vulgar, adicta a la palabrería y la retórica de los escritorzuelos. En cambio Hertz, Jáyimel para él, hijo del rabino de Pilsen, era un intelectual, un cabalista, un experto en jasidismo. Si él podía caer tan bajo, era el fin del mundo. «Aunque, ciertamente, Elisha ben Abuyá era aún más sabio—intentó consolarse Morris—, y tampoco Jeroboam ben Nabat era un zascandil. El Todopoderoso, por sí mismo, le propuso que se arrepintiera y él se negó, pensando que el rey David caminaría por delante de él paseando por el paraíso… ¡Tengo que tomar el control de mí mismo!—sintió Morris que gritaba en su interior—. ¡Éste es el mayor desafío de mi vida!».

Pero ¿qué hacer en términos prácticos? ¿Qué empezar a hacer ya? ¿Recitar el *Shemá Israel* antes de morir? Era demasiado pronto para eso. ¡Tenía que hacer un profundo examen de conciencia! Era también culpa suya que tamaña tragedia hubiera recaído sobre él. Se había afeitado la barba y había cambiado su santo nombre de Moyshe por Morris. Había mandado estudiar a sus hijos en institutos públicos y había intentado llegar a compromisos con el Señor del mundo.

«¡Tengo que volver a ser un judío!—gritó en voz alta—. Basta de revolcarme en el lodo. ¡Basta! Me dejaré crecer la barba. Me vestiré con un gabán largo. Y no esconderé los flecos del *tsitsit* en el pantalón. ¡Apoyaré a los judíos ortodoxos!».

Volvió a entrar en su estudio. Echó una mirada al teléfono con intención de llamar a su abogado, Sam Malkes. Pero se dio cuenta de que ningún despacho estaría abierto a esa hora. En realidad, nada podía hacer tan temprano. Se sentó en el sofá, con la mirada perdida, en una muda indefensión. «¿Qué harán ahora esos dos?—se preguntó—. Hertz no vale ni para atarle la cola a un gato. No tendrá más que lo que le regale ella».

Al cabo de un rato, le sobrevino el cansancio y de nuevo se tendió en el sofá. Se quedó dormido y soñó que había comprado una fábrica: poleas y cintas transportadoras en movimiento, motores resonando, pero él no sabía qué clase de fábrica era ni qué producía. ¿Cómo era posible?, se asombraba. Quiso preguntar a uno de los trabajadores, pero sintió vergüenza. Se reirían de él. El director o el encargado de la fábrica le podrían robar a él lo que quisieran. ¡Cómo llegó a cometer tamaña torpeza! Se quedaría en la ruina…

Durante el sueño se le añadieron otras complicaciones. La fábrica estaba registrada a un nombre falso. Al parecer producían algo para contrabando… «Todavía serán capaces de meterme en la cárcel—se decía—. Aún podría, no lo quiera Dios, pudrirme en una prisión. Todo se debe a mi codicia…».

El timbre del teléfono despertó a Morris. Se le había entumecido una pierna y a duras penas pudo correr hacia él. Al levantar el auricular, preguntó con voz ronca, en polaco, como si aún viviera en Varsovia:

—*Prosze?*

—¿*Panie* Kálisher?—dijo una voz femenina—. No le habré despertado, ¿verdad? ¿Cómo supo que tenía que contestar en polaco? *Panie* Kálisher, mi marido no ha venido esta noche a dormir en casa—añadió, y luego, con voz de pronto entrecortada y sosegada—: soy Bronie Mínsker.

Morris guardó silencio un momento, y sopesó sus palabras, aún medio dormido:

—Mi esposa tampoco está en casa. Se han marchado juntos…

—¿Qué puedo hacer? No tenía con quien hablar y pensé que usted…

—Ha hecho bien, ha hecho bien. ¿Quién podría comprenderla mejor que yo? A ella ya no volveré a dejarla entrar. No me está permitido vivir bajo el mismo techo que esa mujer—dijo Morris levantando la voz—. Según la ley, ella es peor que una prostituta. Con una prostituta está permitido vivir bajo el mismo techo, pero con alguien como ella, no. En cuanto a su marido, la ley es diferente. Si regresara y usted le perdonara, podría vivir con él, aunque…

—Él no regresará. Y no hay nada que perdonar—dijo Bronie—. Lo nuestro fue una mentira desde el principio. Estaba predestinado que yo lo perdiera todo: mis hijos, mi hogar, mi honor. Ya no puedo soportarlo más. *Panie* Kálisher, me ha sucedido algo de lo cual me avergüenza hablar. Una terrible tragedia.

—Si es una tragedia, ¿a qué viene la vergüenza? Los seres humanos estamos expuestos a toda clase de calamidades.

—Esta noche no he pegado ojo y, de pronto, me he dado cuenta de que se me ha retrasado la menstruación. Cómo he podido olvidarme de ello durante tanto tiempo, soy incapaz de comprenderlo. Son casi dos meses. Normalmente, siempre he sido muy regular.

—Es usted una mujer joven. Está encinta.

—Prefiero morir antes que tener un hijo en circunstancias como éstas.

—¿Qué dice usted? Estas cosas vienen del cielo. Hertz será lo que es, pero es hijo del rabino de Pilsen. Tener un hijo con él no es ninguna deshonra. Al fin y al cabo, usted se casó con él ante un rabino.

—Sí, pero ¿precisamente ahora, cuando él se marcha con otra? Y, además, ¿para qué necesitamos hijos? ¿Para que Hitler tenga a quien torturar? Además, sería una traición a mis hijos mayores, tanto si viven como si no. *Panie*

Kálisher, no estoy exagerando cuando digo que prefiero la muerte.

—Bronie, discúlpeme si la llamo por su nombre, no debe usted hablar así. Nosotros los humanos no hemos creado este mundo y no conocemos sus secretos. Un hijo es un hijo. Cabe la posibilidad de que se parezca a su abuelo y no a su padre. Hertz desciende de gente santa, de un linaje noble. Además, en estos tiempos, cada alma judía es preciosa. El Todopoderoso castiga a los judíos, pero nunca los ha abandonado. Aún sigue siendo su pueblo elegido.

—*Panie* Kálisher, usted es un hombre afortunado porque cree en todo eso. Yo, sin embargo, soy una escéptica.

—¿En qué es usted escéptica? ¿Quién ha creado el mundo? Mientras usted habla, dentro de sus entrañas está creciendo una personita, con ojos, oídos, mente y nervios. ¿Puede existir mayor milagro? Los herejes llaman Dios a la naturaleza y con eso creen que han respondido a todas las preguntas. Pero ¿quién es la naturaleza? ¿Cómo puede conseguir que un niño se parezca a sus padres? No comprendo qué le sucede a la generación actual… No me interrumpa. Soy algo mayor que usted. Incluso podría ser su padre. Sé muy bien por lo que está usted pasando, pero no se debe rechazar una criatura. Es realmente como matarla. Si está embarazada, acéptelo. Yo le ayudaré con todas mis fuerzas. Ahora que ella se ha marchado, necesito a alguien que se encargue de llevar mi casa. Todo lo que necesita es observar el *kósher*. ¿Usted sabe cómo?

—Sí, pero…

—La carne, antes de cocinarla, hay que ponerla en remojo y luego salarla. En mi casa, los productos cárnicos y lácteos no se cocinan en el mismo horno. Tengo un hornillo eléctrico para hervir leche. Además, contrataré a una criada. Quédese conmigo. Viva en mi casa. Acaban de publicar en inglés el *Shulján Aruj* y podrá usted consultar todas las leyes. Yo, por mi parte, me he comportado como un apóstata y por eso recibo todos estos castigos. De ahora en adelante, quiero ser un judío en todos los sentidos. Nuestros problemas provienen de lo mismo: del hecho de que hemos abandonado a Dios.

—*Panie* Kálisher, usted habla muy sabia y honestamente, y valoro sus palabras, pero no puedo cambiarme a mí misma en un día. Me han criado de tal manera que... Quizá no debería habérselo contado, pero usted es, al fin y al cabo, la única persona próxima que tengo aquí en Nueva York. Debo tener ahorrados entre trescientos y quinientos dólares. Antes poseía joyas, pero Hertz las ha vendido todas...

—¿Para qué necesita usted dinero? ¿Para acabar con la criatura?

—Yo ya no puedo lanzarme a semejante situación.

—No soy tacaño, pero para matar a un ser humano no le daré dinero. Es como si viniera usted a pedirme prestada un hacha porque se propone decapitar a alguien...

—Le comprendo.

—No se enfade. Estoy dispuesto a hacer mucho por usted. La conozco y, aunque sea usted una mujer moderna, veo que es una auténtica hija del pueblo judío. Algunas personas nacen con el alma pura y...

—¿Cómo puede usted decir eso? Abandoné a un marido y dos hijos para satisfacer mis placeres. ¿Puede existir algo peor que esto?

—Él la sedujo. Hertz tiene poderes excepcionales. ¿Cómo lo llaman? Hipnotismo. Podría haber sido un gran hombre, un líder de su pueblo, pero volcó todas sus fuerzas en el pecado. Seguramente, a usted le habrá prometido la luna y las estrellas. Lo conozco desde hace cuarenta años, incluso más, y sé cuáles son sus poderes. Ha embaucado incluso a condesas. ¿Cómo habría podido usted resistirlo? Mi consejo es: regrese usted a Dios. Yo me aseguraré de que Hertz le conceda el divorcio. No habrá caído tan bajo como para querer torturar a alguien sin motivo. En hebreo, a alguien como él se le llama *mumar leteavón*,[1] es decir, apóstata por pasión y no por impulso de rebelarse contra Dios. En el fondo es creyente, pero el impulso de la sangre borra todas las convicciones. El fuego del infierno arde en su interior. Bronie, deseo decirle una cosa: si quiere usted seguir el camino de la rectitud, en mí encontrará todas las puertas abiertas... Haré todo por usted, como si fuera un padre, como un hermano...

—Gracias, gracias. Ojalá pudiera compartir sus ideas, pero tengo mi propio punto de vista. También creo en Dios, pero ¿cómo sé lo que Dios quiere? Desde que Hitler cayó sobre el mundo, estoy totalmente desorientada. ¿Cómo puede un Dios bueno permitir tal sufrimiento? Siento que ya no deseo seguir viviendo. Ésa es la verdad.

—¿Cómo puede decir eso, Bronie? Usted es aún una mujer joven. Sus hijos siguen con vida y, con la ayuda de Dios, sobrevivirán a todos los Hitler, Stalin y demás asesinos. Necesitarán una madre.

—¿Qué clase de madre soy yo? Si aún viven, me odiarán a mí más que a los nazis...

—No hable así. Los niños tienen almas puras y, por pequeños e ingenuos que sean, son capaces de entender que existe el amor, la pasión. Hoy en día se les enseñan estas cosas desde la cuna. Bronie, no quiero retenerla al teléfono, pero repito lo que he dicho: todas mis puertas están abiertas para usted. La trataré como a una hermana, como a una hija. Me identifico con usted. Su dolor es mi dolor.

—Gracias, muchas gracias.

[1] El Talmud considera más grave la falta, en particular el abandono de la fe, cometida por pasión o ambición (*mumar leteavón*) que la cometida por principio o provocación (*mumar lehajís*).

—No tendrá que decir más que una palabra y…

—Se lo agradezco. Es usted un hombre noble. Llaman a la puerta. *Adieu!*

—*Adieu!* ¡Manténgase en contacto!—gritó. Colgó el auricular y entrechocó las palmas de las manos, diciendo—: ¡Están destruyendo el mundo!

2

Después de la conversación telefónica con Bronie, Morris empezó a dar vueltas de una habitación a otra, buscando algo con la mirada, como si sospechara que alguien se estuviera escondiendo allí. El día anterior, pese al amargo conflicto con Minne, el apartamento aún desprendía vida. En ese momento, sin embargo, pese al ruido de Broadway que llegaba, se podía palpar un silencio como el que sigue después de haber sacado fuera a un cadáver.

«¿Qué hacer ahora? ¿Qué hacer primero? Sí, rezar, pero ¿y después de rezar?». Sabía que en el frigorífico había leche, mantequilla, queso, huevos, quizá también salmón ahumado y salchichón *kósher*, pero no se sentía capaz de sentarse solo en el comedor, a la mesa donde cada día solía comer con Minne. No muy lejos de su casa había un restaurante de lácteos *kósher*, pero a Morris le avergonzaba ir allí a tomar el desayuno. Enseguida adivinarían que su esposa lo había abandonado.

Incluso rezar no se saboreaba igual cuando se estaba solo. ¿Acudir a la sinagoga? Demasiado lejos de su casa. Además, rara vez se juntaba allí un quorum de diez hombres para rezar en días laborables. Nueva York no era Varsovia o Lublin. A menos que tomara un taxi para ir a rezar en algún lugar de Williamsburg… «Creo que rezaré aquí en soledad», decidió.

Se echó encima el taled y las filacterias y suspiró. Intentó concentrarse en el significado de las palabras, pero le invadían pensamientos inadecuados. Si el Todopoderoso podía contemplar cómo millones de buenos judíos eran encerrados en guetos y campos de concentración, ¿por qué iba a mostrar misericordia hacia Morris, cuya verdadera ambición durante años había sido el dinero y no el judaísmo? Le atormentaba más el engaño que Minne había perpetrado que los sufrimientos de los judíos. Era un egoísta, absorto en asuntos inmobiliarios, acciones, antigüedades, toda clase de posesiones mundanas. Hubo un tiempo en el que aún era posible conseguir visados para los judíos en Polonia, y sin embargo él prescindió de todo, incluso de sus propios parientes. ¿Le estaba permitido ponerse ahora las filacterias sobre la cabeza impura?

No podía permanecer quieto. Rezaba mientras vagaba de una habitación a otra. Murmuraba las palabras sagradas, pero en su mente discutía con Hertz: «¿Qué has hecho, Jáyimel? ¿No has podido conseguir, en esta enorme ciudad de Nueva York, otra mujer que no sea que mi Minne? ¿Es éste tu sentido de la rectitud? ¿Al menos sabes cuánta angustia has causado? ¿Es posible ser tan inteligente como eres y al mismo tiempo tan obtuso? Si es así, ¿qué quejas puede uno tener frente a Hitler, Stalin y otros asesinos? Jáyimel, te arrepentirás. Has traído sobre ti tu propia desgracia. Yo estaba dispuesto a hacer mucho por ti en América, y precisamente ahora comienzo a convertirme en un magnate...».

Se detuvo para pronunciar la oración de las Dieciocho Bendiciones. Decidió no permitirse durante el rezo ningún pensamiento externo, pero apenas se concentraba en las palabras: «"Tú eres santo y tu nombre es santo. Y los santos te alaban cada día. Aleluya...". Bueno, muy bien, los santos te alaban, pero ¿qué haces Tú por los santos, Padre que estás en el cielo? "Das al hombre el conocimiento y enseñas al ser humano el discernimiento…". ¿Es eso verdad? ¿Dónde está el discernimiento de Hertz? ¿Y dónde está el de Minne?». Cada frase que pronunciaba despertaba dudas en Morris. Algo en él contradecía a los autores de la oración, a los miembros de la Gran Asamblea. «¡Ay de mí! ¡Además, me estoy convirtiendo en un hereje!».

Mientras se golpeaba el pecho, al llegar a «He pecado. He delinquido», cerró con fuerza los párpados para crear una separación entre él y el mundo exterior. Al inclinarse para hacer la reverencia final de agradecimiento al Creador, su cabeza chocó contra la pared. Se sacudió. «Salta a la vista. ¡Han acabado conmigo por completo!».

Terminada la oración, Morris salió a buscar un restaurante donde desayunar, pero no tenía apetito. Deambulaba por Broadway. Vio a las palomas que picoteaban entre la basura. El día se presentaba cálido.

Había programado encuentros con algunos hombres de negocios. Tenía una decena de compromisos. Pero ¿qué sentido había en ganar más dinero? ¿Cuándo y en qué lo iba a gastar?

De repente se acordó de su hija. ¿Qué haría Feigue (o Fania) en ese hotel al que se mudó? Ya que ahora no tenía madrastra, tal vez accedería a volver a vivir con él, con su padre.

Paró un taxi y mandó que lo llevara al hotel situado no lejos de Times Square, un enorme edificio de treinta y tantas plantas.

A esas horas de la mañana el distrito de los teatros tenía un aspecto muy diferente al de la tarde, con aceras plagadas de transeúntes y la calzada de automóviles. Apenas había comercios ni restaurantes abiertos. Los peatones se movían medio adormilados. Los pocos anuncios de neón encendidos palidecían a la luz del sol. Ya lo decía el versículo de la Guemará: «Qué es una vela al lado del sol». La mañana había barrido todas las vanidades, las ilusiones y las supuestas pasiones, en realidad el escarnio, la obscenidad y las falsas esperanzas que deslumbran al hombre moderno. Morris podía incluso percibir el trino de los pájaros que construían sus nidos en plena alharaca de Broadway.

El taxi se detuvo frente al hotel y Morris entró en el lobby. Por el teléfono interior probó a hablar con su hija. Sonó largo rato pero no hubo respuesta. Finalmente, una voz somnolienta, ronca y carraspeante, que Morris apenas reconoció, dijo:

—¡Hola!

—¡Fániele, soy yo, tu papá!

Siguió un corto silencio.

—¿Por qué me llamas tan temprano?—preguntó la voz, en tono de reproche.

—Fániele, ha ocurrido algo. Tu madrastra se ha ido. Tengo que hablar contigo.

—¿Adónde se ha ido?

—Huyó con Hertz Mínsker.

Fania dejó escapar un gruñido y un bostezo.

—¡Vaya con tu amigo! Siempre dije que era un despreciable parásito.

—Bueno, es lo que es. ¿Puedo subir?

—No, papá. No puedes.

—¿Por qué no? No voy a estorbarte.

—Papá, ahora no.

—¿Cuándo entonces?

—Más tarde, mañana.

—¡Hija, tengo que hablar contigo! No he dormido en toda la noche. Estoy totalmente roto.

—¿Por qué has de estar tan roto? Ya encontrarás otra ganga como ésa. Yo he vuelto a casa tarde y no puedo recibirte ahora.

—¿Por qué no? Dormirás después. Quiero que vuelvas a vivir en mi casa.

—Ni hablar. En todo caso, llámame por la tarde. *Good-bye*—dijo Fania, y colgó el auricular.

«Seguramente está con algún hombre—se dijo Morris—. Tal vez no es judío... Éste es el resultado de criar hijas en estos tiempos, rameras que avergüenzan a sus abuelos en el paraíso. Deshacen en una generación lo que decenas de generaciones han acumulado mediante la Torá, la oración, la castidad y el autosacrificio. Profanan todo, deshonran todo. Hacen con las almas judías lo que Hitler con los cuerpos judíos. Arrojan la Torá a la basura».

Le sobrevino un dolor en el corazón, a la vez que una sensación de bochorno. «¿Para eso tenías que trabajar y devanarte los sesos? ¿A fin de derrochar millones en libertinaje? No la telefonearé más. Dejaré de mantenerla. Ya que es una prostituta, que se gane la vida con la prostitución. A mi hijo tampoco seguiré enviándole dinero a Suiza. Son unos herejes con corazones de herejes. La hecatombe que causa Hitler les importa tanto como la nieve caída el año pasado. Mientras no los toquen a ellos, ya se puede aniquilar al pueblo de Israel, incluidas sus raíces».

Morris sintió en la boca un sabor nauseabundo. Quiso fumar un cigarro, pero no tenía ganas. Sacó un pañuelo y escupió en él. «¡Dios de los cielos, si no puedes traer al Mesías, destruye este mundo!».

Salió del lobby y miró a derecha e izquierda. «¿Adónde ir ahora? ¿A una *yeshive*? ¿A cuál? No hay en Nueva York un lugar sagrado donde un judío como yo pueda sentarse a estudiar una página de Guemará. Aquí, cuando ven a una persona así, enseguida intentan sacarle dinero. Los ortodoxos de esta ciudad no son menos codiciosos que los herejes. Lo único que les interesa es un cheque.

En ese instante, Morris se acordó de Aarón Deiches, el pintor penitente. «¿Cómo he podido olvidarme de él?», se preguntó.

Detuvo un taxi. No recordaba la dirección exacta, pero mandó al conductor a que le llevara *downtown*. Entretanto sacó del bolsillo delantero la libreta de direcciones. Deiches residía en una callejuela de Greenwich Village. «¡Ojalá lo encuentre en casa!», rogó Morris a los poderes que conocen cada pensamiento, cada dolor y todas las preocupaciones. «Lo adoptaré como un hijo mío. Le proveeré de todo lo que necesite y más. Seremos como Yisajar y Zebulún...[1] Ambos volveremos a Dios».

Cuanto más se adentraba el taxi en *downtown*, más ruidoso se hacía el barrio. Enormes camiones de carga bloqueaban las calles y grupos de trabajadores empujaban grandes plataformas cargadas de ropa. La industria de la confección preparaba con anticipación la ropa femenina para la temporada de invierno. El aire apestaba a asfalto, aceite y gasolina. Ante los ojos de Morris desfilaban aceleradamente abrigos y trajes de toda clase de estilos y colores.

Dentro de esos enormes edificios traqueteaban las máquinas de coser. En la misma calle, un poco más adelante, multitud de mujeres esperaban a la entrada de los grandes almacenes, que estaban a punto de abrir. En sus rostros se reflejaba la avidez de una loca pasión por adquirir baratijas inútiles.

Los guardias intentaban regular el tráfico, pero los automóviles y los camiones se atascaban en el laberinto. Sonaban las bocinas, y los conductores discutían entre sí a gritos. Desde las rejillas situadas en el pavimento subían vapores nauseabundos.

En mitad del alboroto sobrevolaban bandadas de inocentes palomas, víctimas de una desquiciada civilización.

---

[1] En la Biblia, hijos de Jacob que dieron nombre a dos de las doce tribus de Israel, el primero destinado al estudio de la Torá y el segundo a preocuparse del mantenimiento del estudioso.

«¿Cuánto tiempo durarán aquí?—se dijo Morris—. ¡Todo va a ser arrasado, barrido! Tengo que huir mientras se pueda. ¡Hasta los sepulcros serán profanados!».

La callejuela en el Greenwich Village era tan estrecha que el taxi apenas podía avanzar. Por allí rondaban personajes semidesnudos, algunos barbudos, otros melenudos o con tatuajes en los brazos y el torso, así como muchachas descalzas, con pantalones cortos, el pelo recortado como los chicos y cigarrillos colgando de los labios. En sus ojos brillaba la angustia que sigue a una desventura. «Esta gente sufre, sufre—meditaba Morris—. De nada les sirven las borracheras, la promiscuidad…». En un portal alguien hojeaba un libro: «¿Qué estará leyendo ese joven? ¿Qué pueden haber escrito allí? Que en el cielo hay una feria, o algo parecido…».

Morris pagó al taxista y empezó a subir las estrechas escaleras. A través de puertas entreabiertas oyó a un loro gritar con voz estridente y a una muchacha tararear una monótona canción, con llantos y quejas al Creador. El aire estaba cargado de olor a sudor, a aguarrás y a algo más, rancio, cálido y húmedo.

Aarón Deiches vivía en la última planta. «Si un edificio como éste se incendiara—pensó Morris—, él quedaría abrasado antes de que se pudiera llegar a una puerta o a una ventana. Una verdadera ratonera. Yo lo sacaré de ella».

Llamó a la puerta y, al ver que nadie respondía, dio un empujón. Entró en un recinto para todo uso: estudio, dormitorio, cocina. La claraboya se hallaba cubierta de hollín y de excrementos de palomas. Apoyados en las paredes había lienzos ya resecos con sus marcos y caballetes medio desmontados. Entre unas paletas de pintura endurecida, desparramados sobre una mesa, había cuchillos, cucharas, libros, cartas, bollos endurecidos y lápices. Tapando el sofá, una sábana sucia y una almohada arrugada. A un lado se hallaba Aarón Deiches, en pie, provisto de taled y filacterias, rezando. Morris se detuvo asombrado. Le invadió un afecto renovado hacia ese gran artista que había abandonado el arte y captado la verdadera esencia de la vida.

«¡A partir de ahora—pensó Morris, exultante—vamos a ser como David y Jonatán! Aarón será mi hijo, mi hermano, mi rabino…».

Aarón Deiches miró a Morris, pero al no estarle permitido interrumpir la oración, no lo saludó. Sólo movía los labios. En ese momento Morris percibió que Deiches se estaba dejando crecer la barba, una barba rala, medio rubia y entrecana. Dio unos pasos por la habitación. Los cuadros retirados de las paredes habían dejado las huellas de su contorno. Morris pensó que posiblemente los habría desechado debido a que la ley prohibía representar imágenes de personas y animales. Así y todo, le irritó ese despilfarro de talento. Al fin y al cabo, no eran tiempos de idolatrías, y nadie iba a adorar las pinturas de Aarón Deiches. Pero si bien ese hombre tenía un enorme talento, cuando se regresa a Dios no hay lugar para compromisos…

En eso había consistido la desgracia de Morris: a diferencia de Deiches, quiso ser lo que predicaban los judíos ilustrados: judío en casa y hereje en la calle… «¡Ya no volveré a recortarme la barba!—decidió—. Me dejaré crecer los tirabuzones. "Y no seguiréis las costumbres de los demás pueblos".[1] ¡Terminaré mis días con la Torá, oración y buenas acciones!».

Mientras Aarón Deiches iniciaba en silencio el rezo de las Dieciocho Bendiciones, Morris juntó las manos. «¡Ya nunca me alejaré de él!», prometió.

[1] Levítico 20, 23.

Aarón Deiches no deseaba ir a ningún restaurante. Mostró a Morris que tenía pan y una botella de leche dentro del frigorífico. Además de observar todas las leyes religiosas, tanto de alimentación como las demás, Deiches se había vuelto vegetariano.

—Siempre quise serlo—señaló—. ¿Cómo se puede compaginar la misericordia de Dios con la matanza de animales? No es serio matar y, a la vez, pedir a Dios compasión.

—La Torá permite matar animales para comer su carne—apuntó Morris.

—También manda sacrificar ofrendas y hasta un chivo expiatorio. ¿Por qué cumplir sólo aquello que nos resulta conveniente?

—Los más grandes santos comían carne. Cuando se bendice la carne del animal antes de comerla, el alma que ha transmigrado en él se eleva al cielo.

—No lo sé, Morris. Mi judaísmo no es su judaísmo.

—¿Y cómo es su judaísmo?

—Más vale que me calle.

—¿Cómo es eso? ¿Acaso hay dos clases de judaísmo?

Aarón Deiches se frotó la frente y frunció el ceño, como queriendo decir: ¿cómo se lo podría hacer entender? Acariciando su incipiente barba, afirmó con vacilación:

—Mi fe es diferente.

—¿Cómo es esa fe?

—Morris, llevo años pensando sobre este proceso. Paso las noches en vela, dando vueltas, y he llegado a unas extrañas conclusiones. Tal vez usted me considerará un loco o, seguramente, un hereje. Pero ésta es mi interpretación.

—¿Qué clase de interpretación? Puesto que reza, usted es un judío en el pleno sentido de la palabra.

—Yo creo, al igual que usted, en que Dios es todopoderoso, pero no estoy absolutamente convencido de ello. Una cosa es crear el cielo y la tierra y otra cosa es ser omnipotente. En la Torá no está escrito que Dios sea todopoderoso. Este concepto proviene de la Edad Media, de los dialécticos, y tenían razón: un ser todopoderoso debe poder cometer suicidio; debe poder hacer que lo que ha sucedido no sucediera. Pero ¿por qué un ser todopoderoso iba a permitir la existencia del sufrimiento? Si es tan grande que puede hacerlo todo, no debería hacer algo a expensas del sufrimiento de otros.

»Mi visión es que, allá arriba, todos, desde el último ángel hasta el propio Dios, están limitados. ¡Espere, no me interrumpa! El monoteísmo necesita ser revisado. ¿Qué quiere decir eso de que el Creador es más grande que los demás dioses? ¿Y qué quiso decir el poeta de los Salmos al escribir: "Dios comparece ante el concilio divino"? Que el Señor del mundo era el más grande de todos los dioses, pero no el único. Por supuesto que nuestros antepasados caían en contradicciones. Eran seres humanos que empleaban conceptos humanos. Mi punto de vista personal es que existen muchas deidades. El Dios judío es un dios santo pero débil. Los demás dioses, o son antisemitas, o sencillamente malvados. ¡Espere, Morris! Esto es textualmente lo que está escrito en los Salmos: "Dios comparece ante el concilio divino. En medio de las deidades, las juzga: ¿hasta cuándo juzgaréis injustamente?".[1] ¿Qué es Satanás, sino un dios? ¿Y qué son Samael y Asmodeo? Tal vez algún día el Dios judío logrará el triunfo definitivo, pero de momento es un Dios débil, avasallado. Está asentado en algún gueto celestial y lleva un parche amarillo. Tiene algunos pocos servidores, me refiero a los judíos en esta tierra y tal vez tam-

[1] Salmo 82, 2.

bién en otros planetas, pero apenas pueden ayudarle. Él les entregó una Torá, pero sus leyes no concuerdan con las leyes de los otros dioses. Él quiere construir y ellos quieren destruir. Él es un filósofo, un pensador social, un defensor del amor, pero ellos son generales, estrategas, perseguidores de esclavos. Libran guerras eternas.

—También nuestro Dios es guerrero—intervino Morris.

—Sólo cuando no tiene otra opción.

—*Reb* Aarón, pensamientos como ésos tal vez sean buenos para usted, pero no para mí—dijo Morris—. Soy un judío sencillo. Debo observar la Torá y no intentar comprender qué es del cielo y qué de la tierra.

—No se puede confiar por completo en lo que está escrito en los textos sagrados. Eran seres humanos y tenían sus propias hipótesis.

—Entonces, ¿por qué se pone usted las filacterias?

—¡Ah! Es una señal de que estoy con el Dios de Israel. Él necesita servidores. Él, por sí solo, no puede traer la justicia.

—«Lo secreto es para el Eterno nuestro Dios, y lo revelado para nosotros y nuestros hijos»[1]—citó Morris la Torá—. Usted es un artista y los artistas tienen su idiosincrasia. Tome por ejemplo a Hertz Mínsker. Alberga un millón de teorías, pero, sumido en ellas, se levanta y le roba la esposa a su mejor amigo.

Aarón Deiches dejó de masticar.

—¿La esposa de quién?

—Mi esposa.

—¿Minne está con él?

—Se fugó con él ayer noche. Por eso estoy aquí.

Aarón hizo una mueca, como si hubiera tragado un bocado sin haberlo masticado.

---

[1] Deuteronomio 29, 28.

—Mínsker predica la idolatría. Alguna vez dijo que nosotros los judíos debíamos volver a Moloch, Baal y Astarté.

—¡Quién sabe todo lo que él dice! Es un pensador profundo, pero con una mente caótica. Ya no saldrá nada de él. Hice lo que pude por ayudarle, pero así es como me ha recompensado. Pensé que usted, *reb* Aarón, quería convertirse en un verdadero judío. Esas elucubraciones suyas no llevan a nada. Más valdría que volviera usted a pintar cuadros. El arte es el arte.

—El arte es idolatría. Los dioses que cometen injusticias son artistas. ¿Dónde están los artistas alemanes ahora? ¿Por qué callan? ¿Y qué hacen los artistas de los demás países? Seguirían pintando lo suyo y garabateando poemas incluso si se aniquilara a toda la especie humana. ¿Qué hicieron en Sodoma? Seguro que también allí pintaban, tallaban y escribían.

—*Reb* Aarón, habla usted como una persona razonable, pero uno no puede alejarse de las fuentes, y las fuentes son la Torá, la Guemará y el *Shulján Aruj*. Sin creer en un solo Dios no puede existir el judaísmo. He venido a verle, no porque sí. He pasado una noche terrible. ¡Que nunca tenga usted algo parecido! He llegado a pensar que, Dios no lo quiera, éste era mi fin. Lo he perdido todo: esposa, hijos. Éstos no valen para nada. Avergüenzan a sus antepasados. De repente, pensé en usted. Quisiera hacer algo por usted. Quiero ayudarle con todas mis fuerzas. Para eso he venido. Puesto que usted quiere ser un judío que usa filacterias, seamos ambos judíos auténticos, sin sofismas y sin filosofías. Deseo fundar una *yeshive* y quiero que usted me ayude. Tal vez no debería decírselo, pero le dejaría una gran parte de mi herencia. No quiero que mi fortuna sea despilfarrada por unos charlatanes.

Aarón Deiches se mordió el labio inferior.

—No soy mucho más joven que usted. Seguro que usted me sobrevivirá.

—¿Por qué habla así? Aún es un hombre joven.

—No tan joven. He cometido unos errores trágicos. Nunca lo he traído a mis labios, pero mi hijo es un nazi. Su madre juró ante el tribunal que él no es mi hijo, pero es mentira. Se parece a mí e incluso a mi madre, descanse en paz. Mi esposa quiso de esa forma salvarse y salvarlo a él, pero ¿qué sabe un muchacho? Seguramente va por allí, correteando con gamberros hitlerianos y cantando el *Horst Wessel Lied* de los nazis. Tal vez incluso milite en su ejército y azote a los judíos en Polonia...

—No es culpa suya, *reb* Aarón.

—¿Y de quién es la culpa entonces? He huido de los judíos. Quise ser un europeo. Me atraían los fuertes. Ahora que he vuelto al judaísmo, ya no puedo recuperar mi antigua fe, pensar que cada palabra del *Shuljàn Aruj* es la verdad absoluta. Me he inventado mi propio judaísmo. ¿Cómo podría yo ayudarle a usted en una *yeshive*? Alguien como yo debe vivir solo.

—¿Cuánto tiempo se puede vivir solo?

—Hasta que uno muere.

—Ése no es el camino. Usted es un gran artista. Aún está en sus mejores años. Los judíos no tenemos monjes. La Torá es una ley para la vida, «para vivir según ella, y no para morir según ella», como dice la Guemará.[1] Usted debe casarse y volver a su trabajo. Es verdad que el mandamiento ordena «No te fabricarás imágenes», pero en estos tiempos no se adora a esa clase ídolos, como en la Antigüedad. La idolatría de hoy día tiene que ver con las ideas: fascismo, comunismo y otros desvaríos. Incluso en el Templo existían figuras de querubines.

[1] Talmud, Yomá 85b.

—Lo cierto es que algo en mí se ha vaciado. He perdido toda ambición. Para crear obras de arte hay que tener ilusión. Mis antiguos colegas se sienten inspirados todavía por una posible reseña, una fotografía en el periódico, o por dinero. Yo me he desprendido de todos esos deseos. Esta vivienda me resulta perfectamente cómoda. No la cambiaría por un palacio. Tomo dos veces al día patatas con leche, avena con leche o pan con aceite. Si le dijera a cuánto llegan mis gastos, no lo creería.

—Usted no es un hombre viejo. ¿No necesita una mujer?

Aarón Deiches enrojeció y a continuación palideció.

—A veces. No con demasiada frecuencia. ¿Qué mujer estaría dispuesta a compartir mi vida? ¿Y de qué podría hablar con ella? Sentado aquí en mi vivienda, solo, tengo la satisfacción de que no hago daño a nadie. Una mujer desea tener hijos y yo no quiero traer ninguna generación nueva al mundo. Aquí los muchachos crecen desconectados de su procedencia. Ni siquiera llegan a comprender por qué Hitler los odia. Para muchos de ellos, Stalin es un líder glorioso… De un modo u otro, sacaré adelante mi vida.

—He de decir que me siento decepcionado, profundamente decepcionado. Soy un hombre roto. Ya me había acostumbrado a Minne. Se necesita tener a alguien a la hora de volver a casa. Aunque deseo regresar al judaísmo, me siento bastante desligado de él. No soy la persona que puede permanecer sentado todo un día estudiando los textos sagrados.

—Se divorciará usted de ella y volverá a casarse.

—¿Casarme con quién? He considerado la posibilidad de viajar a la Tierra de Israel, pero ¿acaso es posible viajar ahora? Hitler está afilando los colmillos, también contra los que viven allí. Quiere aniquilar hasta sus raíces. ¿Qué puedo hacer por usted, *reb* Aarón?

—Gracias. Nada. Absolutamente nada.

—Existe un Comité de Salvación de judíos, pero no sé lo que hacen con el dinero. Alguien me ha dicho que… Mejor no repetir sus palabras. Se trata de buenas personas, pero manejan mucho dinero. Y sus necesidades organizativas han aumentado tremendamente en América. Son un partido político como cualquier otro. Tienen su presupuesto, que aumenta sin cesar. Cuando entras en una de sus oficinas, lo único que ves son muchachas que, mientras fuman un cigarrillo, teclean la máquina con sus uñas rojas. Es cierto que hay que tener de todo, pero no era así la antigua colecta de donativos o de rescate para liberar prisioneros. La propia organización absorbe todos los gastos y no queda nada para los necesitados. Así es América.

—Así es en el mundo entero. Tal vez también en el cielo—añadió Aarón Deiches—. Allí existe una democracia. La propia Guemará afirma que cada brizna de hierba tiene su ángel, y cada ángel se responsabiliza de algo. La Cábala lo menciona repetidamente. Hitler tiene su ángel de la guardia y Stalin tiene el suyo. La lucha por la existencia no tiene lugar únicamente aquí en la tierra, sino también en los mundos superiores. La Guemará recuerda incluso la lucha de Jacob contra el ángel de Esaú…

Morris Kálisher se acarició la barbita.

—Entonces, ¿dónde está la Justicia?

4

Empezaba ya a despuntar el día cuando finalmente Hertz cerró los ojos. Atrás quedaron las palabras descontroladas, las promesas extravagantes y los solemnes juramentos; a la vista, en el colchón roto, los muelles salientes y la concavidad en el centro de la cama. La habitación del hotel apestaba a pintura, así como a insecticida contra las chinches. Minne todavía murmuraba algo, pero Hertz ya no la escuchaba. Sentía los húmedos pechos de ella pegados a su espalda y quiso alejarla, pero desistió de ello por imposible.

Una vez que se quedó dormido, los sueños lo asaltaron como langostas. Cuando lo despertó el estruendo de un camión, que vibraba en sus entrañas y jadeaba como un moribundo, el sol ya resplandecía y hacía resaltar las manchas sobre las paredes, así como la tapicería raída del sillón y la tosquedad de la cómoda. La ventana daba a una escalera de incendios. Minne gemía dormida. En el cuarto de baño un grifo goteaba.

Hertz volvió a cerrar los párpados y de nuevo comenzó a soñar. Se veía redactando un ensayo y esto era lo que escribía: «Si el hombre supiera que era inmortal no cuidaría su salud, y ello obligaría a la naturaleza a cambiar los cuerpos humanos con demasiada frecuencia. Es más generosa con los animales, debido a que sus cerebros están menos desarrollados. Cuanto más complicado es el sistema nervioso, más le cuesta a la naturaleza cambiarlo, y eso se traduce en el temor a la muerte. Los suicidas conocen ese engaño de la naturaleza, su pereza, su inclinación hacia la producción en masa. Es como una mujer despilfarradora que se deshace de una prenda cuando aparece en ella una mancha o cuando se le cae un botón. El hipocondríaco, por otro lado, es un tacaño que…». Hertz intentaba en su sueño seguir escribiendo, pero la tinta de su pluma estilográfica se agotó. La hoja de papel se llenó de manchones, mientras la pluma se plegaba como si fuera de goma. «Esto es sabotaje, puro sabotaje—exclamó Hertz dentro de su sueño—. Al Gran Sastre del mundo no le conviene que alguien descubra sus suturas, y libra una guerra contra mí. Soy demasiado consciente de su trabajo chapucero. La salida para mí fue entonces huir a América…».

«"¿A qué venía relacionar la *Shemitá* con el monte Sinaí?"[1]—se burló Hertz al espabilarse—. ¿En qué me iba a ayudar América? La Guemará tiene razón: no hay sueño sin absurdos...». Al cabo de un rato, olvidó aquel sueño por completo. Sólo le quedó la imagen de la hoja llena de manchones.

«¿Qué hora será?», se preguntó. Echó una ojeada a su reloj de pulsera: eran las cinco menos diez. Minne roncaba. Nueva York ya se estaba despertando. Se podían oír los golpes y el estrépito de los cubos de basura, así como las voces de los recogedores. «El día de ayer ya es basura—se dijo Hertz—. En algún lugar del universo existe un basurero donde se amontonan todos los "ayeres"».

No sentía necesidad de volver a dormir ni tampoco quería levantarse tan temprano. Comenzó a palpar el cuerpo de Minne, como un carnicero que quiere examinar el contenido de grasa de su res. Ella cesó de roncar por un momento al notar, adormecida, lo que hacía Hertz con su cuerpo. Después volvió a conciliar el sueño.

«Las personas no duermen. Fingen que duermen—pensó Hertz—. Exactamente como con el hipnotismo...». Se acordó de sus manuscritos. Tendría que regresar a casa para recoger sus pertenencias. Tendría que hablar con Bronie, pero ¿qué le iba a decir? No se le ocurría ninguna justificación para lo que había hecho. Desde cualquier punto de vista, había sido un canalla. «En fin, yo también voy a fingir que duermo», decidió, aunque al cerrar los párpados le vino una idea: «También puede uno fingir que está muerto. Supuestamente vives, supuestamente mueres y supuestamente amas. Es posible que la creación no sea más que un juego. Una burbuja de jabón producida por el soplido de

---

[1] Expresión talmúdica basada en Levítico 23, 2-4, que indica sorpresa al relacionar dos hechos que no tienen nada ver uno con el otro.

un travieso muchacho celestial, y lista para estallar al cabo de un par de billones de años, lo que para el muchachito juguetón no sería más que unos segundos. Sin duda, todo el cosmos se compone de esa clase de burbujas de jabón...».

Cuando se despertó de nuevo, Minne ya se estaba lavando en el cuarto de baño. Él sentía dolor en el vientre y una especie de malestar que podía provenir de gases o de nervios. Mientras que a las cinco de la madrugada se había notado fresco y despejado, ahora la cabeza le dolía y le temblaban las rodillas. Se estiró y bostezó.

«¿Adónde ir? ¿Adónde huir? ¿Qué hacer con uno mismo?», se preguntó. Por otro lado, ¿era concebible pasar junto a Minne todos los días y los años por venir? ¿Qué haría con ella? ¿De qué iban a hablar? «¡Ay de mí! He caído en una trampa. Eso sería peor que la cárcel... La abandonaré, y ya puede darse con la cabeza contra la pared». En cierto modo sentía como si su viejo amigo Morris Kálisher hubiera planificado astutamente endosarle una esposa que él ya no quería para sí.

Se incorporó y asintió con la cabeza, como confirmando una vieja verdad. Una cosa era llegar a la casa de Morris, estando él ausente, tomar un almuerzo con Minne, beber un vasito de jerez o coñac y meterse con ella en la cama durante un par de horas. Otra cosa muy diferente era ser su marido, tener que mantenerla, escuchar sus historias y pretensiones, y ser vigilado por ella como un ladrón. «¡Esto no es para mí! ¡No es para mí!—dijo en voz alta (el agua en el cuarto de baño corría por la bañera)—. Cuanto más tiempo dure esto, peor será para todas las partes...». Debía actuar aprisa y con determinación. Tenía que marcharse de inmediato a algún lugar, desaparecer, pero ¿adónde? ¿Y con qué dinero? Aún guardaba el billete de veinte dólares, pero era toda su fortuna. Cabía la posibilidad, sencillamente, de morir de hambre. No en todas las ciudades hay cafeterías en las que se puedan encontrar pastelillos sobre las mesas. Y si saliera de Nueva York estaría aún peor que muerto… ¿Volver con Bronie? Ahora que ella había perdido su empleo, ya no podría seguir ayudándole. Además, seguro que estaría ardiendo de rabia contra él.

Se acordó del «espíritu» llamado Miriam. Ella al menos no era tan parlanchina como Minne. Tenía alguna formación, no era tan basta… Eso sí, no poseía ni un centavo. Se ganaba la vida trabajando para un técnico dental, el empleo para el que Bessie la recomendó.

Hertz sonrió. Los seductores experimentados se arrimaban a mujeres ricas y les sacaban dinero, pero él ni siquiera para esto tenía suficiente talento. Era un gigoló filantrópico, un proxeneta aficionado.

Minne abrió la puerta del cuarto de baño.

—¿No duermes? ¿Por qué estás ahí sentado como si estuvieras impartiendo una bendición?

—No estoy bendiciendo a nadie. No me apellido Cohen.

—¿Entonces Levy? ¿Qué eres?

—Un hereje.

—Ni siquiera tienes tus útiles de afeitar—le reprochó Minne—. ¿Cómo sale un hombre de casa sin una navaja de afeitar?

Hertz la miró con resentimiento.

—Cuando salí de casa, no sabía que huirías de tu marido.

—¿Ah, sí? No lo digas en un tono tan quejumbroso. Si no me quieres, puedes regresar con Bronie. Anoche hablabas como si te murieras de añoranza por mí. Al parecer, la mañana te ha enfriado.

En ese momento, la manera de hablar de Hertz—su verborrea o su labia, como él la denominaba—, que tanto atraía a Minne cuando la visitaba a espaldas de Morris, ahora le repugnaba. Pese a su incultura, Minne poseía un rico vocabulario en yiddish, ya que procedía de generaciones de *jasídim*, y con frecuencia intercalaba en su conversación palabras en hebreo e, incluso, alguna cita aproximada de la Guemará. De joven había leído textos sagrados traducidos al yiddish y había escuchado toda clase de discursos y expresiones de escritores en esa lengua. En sus momentos de pasión, se convertía en una especie de erudita.

Hertz solía decir en tono de broma que el espíritu de Sarah Bat-Tovim[1] había poseído a Minne. Incluso a veces la llamaba la Doncella de Ludmir.[2] A pesar de que había traicionado a Morris e incumplido los Diez Mandamientos, Minne utilizaba constantemente expresiones como «si Dios quiere», «sin que sea un juramento», «con la ayuda del Creador». Asimismo, antes de empezar a vilipendiar a alguien se disculpaba con «Dios me lo perdone» o «con el debido respeto».

En ocasiones, en mitad de una calumnia, se daba una palmadita en los labios y decía: «Cállate, boquita». Solía justificar sus pecados recordando que hombres santos como Jacob, Yehudá, Moisés, Salomón o David tampoco dominaron sus pasiones. Ella se comparaba a Betsabé, a Abigail, a Yael, la reina Ester… ¿Acaso no estaba escrito en algún lugar que Rahav la prostituta se arrepintió? ¿Acaso no se había entregado Esterka,[3] la joven judía, al rey polaco en Kazimierz para interceder a favor de los suyos? Hertz había sorprendido incluso, un par de veces, a Minne bendiciendo las velas un viernes por la noche o en víspera de una fiesta religiosa. Con la cabeza cubierta por un chal de seda, se ta-

---

[1] Autora, en el siglo XVII, del libro en yiddish *Tejines* ('Súplicas') que utilizaban las mujeres judías en Europa del Este.

[2] Única mujer rabino, de nombre Hanna Rachel Verbermacher, del siglo XIX, en el movimiento jasídico.

[3] Mítica amante judía del rey polaco Casimiro III, que en el siglo XIV fundó la ciudad de Kazimierz.

paba los ojos con los dedos, al igual que habían hecho su madre y su abuela, y murmuraba una bendición...

Ahora bien, también podía ser vulgar. Hablaba inglés cometiendo unos errores garrafales. Se teñía y ondulaba el cabello con un estilo muy basto. En su modo de vestir demostraba mal gusto. En realidad no sabía cómo utilizar el cuchillo y el tenedor. En las ocasiones en que Hertz la había acompañado a restaurantes, ella solía devolver algún plato, al modo en que lo hacían los veraneantes de los hoteles de las montañas Catskills: reprendía a los camareros e iba a la cocina a discutir con el chef. Además, tergiversaba nombres, falsificaba hechos, confundía fechas, emitía opiniones ridículas sobre literatura, teatro o política. Cierto día, conversando en un grupo dijo:

—Karl Marx vivió hace miles de años, pero si no fuera por él la clase obrera se habría hundido...

Y cuando Hertz se lo reprochó después y le dijo que lo había avergonzado, ella respondió:

—Calla, muchacho. Ya te lo compensaré. Te freiré algunas de las tortitas que hacía tu mamá...

En ese momento, Minne salió del cuarto de baño y Hertz bajó de la cama. Le dolían los huesos tras haber dormido sobre el colchón de muelles salientes e intentó enderezarse haciendo algunos estiramientos. Observó que durante la noche le había crecido la barba con numerosas canas. Pensó que si dejara de afeitarse poseería una barba blanca. A su edad, su abuelo, el anterior *rebbe* de Pilsen, ya parecía un anciano. «En el hombre moderno—pensó—todo es engaño, tanto el cuerpo como el alma...».

—Tendré que ir a casa para recoger mis cosas—le dijo a Minne cuando ella volvió de su baño.

—¿Qué cosas? Yo te compraré un albornoz y útiles de afeitar.

—Tengo allí mis manuscritos.

—Bueno, entonces ve, ve. Puesto que es tu hogar, seguramente ya te quedarás allí. ¿Qué hay de tu «espíritu»? Seguramente se te aparecerá hoy o mañana... Yo también tengo que ir a casa. He dejado allí la llave de mi caja fuerte. Aunque me produce miedo ver a ese hombre... Lo temo—dijo Minne cambiando el tono—. Me observa de un modo que se me hiela la sangre. ¡Yo ya no viviré mucho más!—exclamó—. ¡Pronto estarás libre de mí!

—¿Qué tonterías estás diciendo? Vivirás más que todos los demás.

—No, Hertz. En mi vida he recibido muchos golpes, pero de un modo u otro me los quité de encima. Este de ahora me matará. Escucha Hertz, no quiero que me entierren en el cementerio de Nueva York. El metro pasa por debajo de los sepulcros. Aquí, incluso la muerte es una burla. Prométeme que harás que me incineren. No quiero que los gusanos coman mi cuerpo.

—Todavía no ha llegado esa hora.

—¿Cuándo vas a regresar? Debemos dejar el hotel a la una. De lo contrario, tendríamos que pagar un día más. No soy capaz de quedarme aquí otra noche entre las chinches.

—¿Adónde iremos?

—Tráete tus manuscritos. Mientras tanto, encontraré algún lugar seguro.

5

«¡Qué extraño! Todo está como antes», se dijo Minne. En el exterior, nada había cambiado. Broadway tenía exactamente el mismo aspecto que el día anterior y el de más atrás. El portero de la casa le dirigió un saludo, aunque pareció un poco extrañado: ese día no la había visto salir a la calle.

Minne temía no poder entrar en su propia vivienda, en

caso de que Morris hubiera cambiado la cerradura, pero la llave encajó sin problema.

¡Dios santo, qué lujoso y confortable le pareció su apartamento después de la destartalada habitación del hotel de la calle Cuarenta y tres Oeste! Minne sintió deseos de llorar. No se había dado cuenta de lo bien que vivía. Aquel pañuelo que Hertz dejó en su cama lo había arruinado todo.

Comenzó a recorrer el amplio apartamento. En la cocina echó una ojeada al frigorífico. Todo seguía como antes. Entró en el estudio de Morris, el santuario, como él lo llamaba. Sobre el sofá aún yacía tirada la ropa de cama con la que él se había tapado durante la noche.

«Tengo que sacar todo hoy mismo, ¡el máximo que me sea posible!», se dijo Minne. La mayoría de sus joyas estaba en la caja fuerte, cuya llave se hallaba en su posesión. No obstante, una pequeña parte de ellas las guardaba en un cajón de su mesita de noche. Por otra parte, ella y Morris mantenían una cuenta bancaria conjunta, aunque él nunca dejaba en ella más que unos pocos cientos de dólares. ¿Qué más podía llevarse? Tenía un sinfín de fruslerías en el piso, pero no podía cargar con ellas en un caluroso día de verano. Además, no tenía sentido llevarse nada de la casa sin el conocimiento de Morris. Eso haría crecer su furia. Si quería llegar con él a un acuerdo amistoso, debía ganarse su buena voluntad. En cierta ocasión, Morris le había asegurado que en su testamento había previsto dejarle a ella la mitad de su fortuna. Seguramente ahora cambiaría todo.

«¡En fin, me he ahorcado con mi propia soga!—murmuró—. Soy todo lo que él dice de mí: una puta, una perra, una escoria. A las mujeres como yo se las entierra en sepulturas fuera del cementerio…».

Encendió un cigarrillo. Se sentó en el sofá del salón y se descalzó. Había desayunado con Hertz en una cafetería, pero el café que le sirvieron no le supo a nada. «¿Tal vez podría prepararme aquí una taza de café fresco?», se preguntó. Tenía la incómoda sensación de que todo lo que tomara allí parecería como robado.

Estaba a punto de entrar en la cocina, pero en ese instante sonó el teléfono. «¿Quién será? ¿Tal vez él?», se preguntó pensando en Morris. Pero no, quien habló fue Krimsky:

—Minne, no cuelgues. Necesito hablar contigo.

—¿Qué quieres?

—Minne, espero que el malentendido se haya aclarado. Sospechaste de mí injustamente. Si te he hecho algún daño, te…

—No jures. Esta vez eres inocente—le interrumpió Minne.

—En toda la noche no he pegado ojo por culpa tuya. No sabía que eras capaz de proferir maldiciones como ésas. Tienes la boca de una verdulera.

—Krímskele, te lo tenías bien ganado, eso y más, si no por lo de ahora, por lo de entonces. No te debo nada.

—Así que tienes un amante, ¿eh?

—Lo que tenga no es asunto tuyo.

—Es verdad, a mí qué me importa. Por mí como si tienes diez. Pero Minne, me hallo en una situación terrible. Estoy literalmente atrapado. Si no consigo enseguida algo de dinero, sencillamente tendré que suicidarme. Debo dinero en el hotel. Si no pago hoy la cuenta, me pondrán de patitas en la calle. Peppy…

—Sí. ¿Qué hay de Peppy? ¿Quieres que yo mantenga a tus furcias?

—No tienes que mantener a nadie. Lo único que te pido es que me ayudes a vender un cuadro a tu esposo.

Minne sonrió y a la vez resopló.

—¡Ya no tengo esposo!

—¡Oh! ¿Sí? Vaya…

—Todo se desmorona. De ti recibí la lección y, al parecer, he sido buena alumna. Es culpa mía que todo se haya venido abajo. Puedes estar contento. No vengo a pedirte favores...

—Yo habría hecho por ti todo lo que hubiera podido. ¿Qué ha sucedido? ¿Te ha pillado en el acto?

—En el acto o fuera del acto, ¿qué más da?

Krimsky hizo una corta pausa.

—Mínnele, yo todavía voy a ganar dinero en América, más de lo que te imaginas. Me he traído verdaderos tesoros de arte. Tengo un Chagall, un Soutine..., ¿qué no tengo? No te sorprendas si un día de éstos te enteras de que soy millonario. Sin embargo, ahora estoy con la soga al cuello.

—La gente como nosotros siempre está con la soga al cuello e inevitablemente termina en la horca.

—¿Qué dices? Con la ayuda de Dios, escaparé de todos los apuros. No he matado a nadie.

—Por robar también hay castigo.

—¿A quién he robado? Minne, te estoy hablando como a alguien próximo a mí. No podemos borrar lo que hubo entre nosotros. Hemos pasado nuestros mejores años juntos. Más próximos de lo que hemos estado, nadie puede estarlo. ¿Qué hice, al fin y al cabo? Lo mismo que estás haciendo tú.

—Tú vendes falsificaciones que haces pasar por originales. Eso es robar.

—No son falsificaciones. A todos esos artistas no hace falta imitarlos: se imitan a sí mismos. Aprenden un truco y lo repiten una y otra vez. Cómo no se da cuenta el estúpido público, no lo entenderé nunca. Tendría que haber una ley que prohibiera, pasados los cuarenta años, pintar, escribir, esculpir o actuar en el teatro. Simplemente, embadurnan tantos cuadros que ni ellos mismos son capaces de reconocer lo que es suyo y lo que es de otro. Pero ya que el público lo quiere, con su pan se lo coma. Tengo en mi posesión obras suficientes para abastecer a media América, y llegarán más. Sólo hace falta que termine la guerra. Peppy...

—¿Peppy otra vez? ¿Qué pasa con esa Peppy? ¿Por qué no la mandas a trabajar? ¿O es que puede ganar dinero sin trabajar? Ya sabes lo que quiero decir.

—¡Eh, sin ofender! Su marido poseía en París una de las galerías de arte más grandes. Si tú has podido enamorarte, ¿por qué no lo puedo hacer yo? Por mí abandonó a su marido millonario. Él está locamente enamorado de ella y no quiere concederle el divorcio. Tú, Minne, deberías ser la última en juzgar a los demás. Debido a que no podemos casarnos, nos vemos obligados a alojarnos en dos habitaciones de hotel. Eso aumenta nuestros gastos.

—¿Estás loco? En América a nadie le importa con quién vives.

—Somos turistas, no ciudadanos americanos. El cónsul americano quiso que lo sobornáramos, pero no teníamos suficiente dinero y nos causó bastantes problemas. La gente está comprando visados por la calle para ir a América, como si fueran *béiguels*. Sólo hace falta tener los dólares.

—¿Tu mujer no tiene dinero?

—Su marido se lo quitó todo.

—Yo, desde luego, no lo tengo. Me has pillado en el momento en que se acabaron mis siete años de vacas gordas. Si finalmente salgo viva de todo esto, será un milagro del cielo.

—¿Tu esposo sabe quién es tu amante?—preguntó Krimsky.

Minne no respondió enseguida.

—¿Para qué necesitas saberlo? ¿Quieres incluirlo en tus memorias?

—No voy a escribir memorias. Si yo contara todo lo que sé, el mundo se pondría patas arriba. ¿Para qué escribir? No soy escritor. Lo único que pretendo es vivir mientras mis fuerzas aguanten. Ni siquiera necesito que me pongan una lápida cuando estire la pata. Por mí, pueden arrojarme al mar o picar mi carne para hacer, ¿cómo lo llaman aquí?, *hot dogs*… Mínnele, quiero presentarte a Peppy. Está terriblemente ansiosa por conocerte. A menudo hablamos de ti. Cuando me pregunta si he tenido alguna vez a alguien que pueda compararse con ella, le respondo que sólo tú. Esta clase de conversaciones renuevan el deseo. Así que ya eres una persona cercana a nosotros. Más de lo que puedes imaginar. Ya me entiendes… Tal vez sí puedas hacer algo por mí. Te aseguro que te lo compensaré multiplicado por mil. Seré lo que soy, pero tú sabes que un tacaño no.

—Krimsky, no poseo nada.

—¿Quizá puedas empeñar algo de valor? ¡Espera! ¡No te enfades! Tengo un plan para ti.

—¿Qué clase de plan? Yo me estoy hundiendo.

—Hacer las paces con tu marido.

—¿Cómo dices? Muchas gracias por el buen consejo.

—¡Haz las paces! ¡No seas boba! Si él no te ha pillado en el acto, siempre puedes negarlo. Por teléfono me habló acerca de ti con gran admiración. Está claro que te quiere mucho y, cuando uno ama, todas las demás devociones se dejan a un lado. Te perdonará todo. No hay muchas mujeres como tú en Nueva York. En esta ciudad siempre dará con un rabino que dirá que todo lo encuentra *kósher*.

—Krímskele, consejos tengo todos los que necesito y más. Yo amo al otro, no a él. Tal vez tú no sepas qué es el amor, pero yo, tonta de mí, aún puedo amar.

—Enhorabuena. ¿Y quién es tu amante? ¿Tal vez se le podría vender un cuadro?

—No tiene un céntimo.

—¿Dónde está entonces la lógica? A tu edad deberías ser más lista y no cometer necedades como ésa. ¿Qué harás ahora?

—Si no me he ahorcado antes, algo se me ocurrirá.

—¿Al menos estás segura de que el otro te quiere?

—Con personas como él, una nunca puede estar segura.

—¿A qué se dedica? ¿Es un intelectual, un poeta?

—Es un gran hombre. Tal vez hayas oído hablar de él. Hertz Mínsker.

Siguió un silencio al otro lado de la línea. A Minne le pareció haber oído algo como una risilla sofocada. Krimsky empezó a toser.

—¿Quieres decir que lo conoces?—preguntó Minne.

—Lo conozco demasiado bien.

—Él no. Le hablé de ti y, al parecer, nunca te conoció en persona.

—¿Con que no, eh? Incluso me pidió dinero prestado. En París solía pasarse los días sentado en cafeterías. Cada noche pedía prestado unos francos a alguien. Perdóname, Minne, no quiero hacerte daño, pero Hertz Mínsker no es más que un gorrón, un inútil, una persona que nunca hará nada. Me han contado que lleva cuarenta años escribiendo una obra, pero no ha pasado del primer capítulo. No quiero hablar más ahora.

—¿Por qué no, Krímskele? Di todo lo que tengas que decir. Si he podido soportar tantos golpes, puedo soportar algunos más.

—¿Qué puedo decir? No soy su enemigo, no lo quiera Dios, pero debes estar loca para cambiar a un hombre rico y sólido como Morris Kálisher por ese mujeriego.

—¿Por qué lo llamas mujeriego?

—¿Cómo debería llamarlo? Siempre rondaba por allí con alguna mujer. También les sacaba el dinero. De hecho, vivía de eso. Conozco a una pintora cuyos cuadros él solía vender. Era una mala pintora y lo que él hacía era puro mendigar. Solía pasar las noches sentado en el Café Dôme o en La Coupole, hasta que apagaban las luces. Minne, si te queda un resto de cordura, no caigas en sus manos. Probablemente tiene en Nueva York otras diez mujeres como tú.

—¿Eso es todo?

—Sí, Minne. De lo demás te enterarás más tarde. Dios sabe que no te lo deseo.

6

Todo era un sinsentido, pero Minne aceptó prestar a Krimsky doscientos cincuenta dólares. Tal vez fuera porque había sospechado de él erróneamente y lo había abroncado y maldecido, o quizá también porque Krimsky le prometió ser su amigo, presentarle a Peppy e incluso aceptarla como socia para una galería.

A Minne le había quedado claro, a partir de las palabras de Krimsky acerca de Hertz, que iba a ser ella la que tendría que ganar el sustento de ambos, aunque ciertamente eso ya lo sabía. De hecho, Krimsky no le había revelado nada nuevo. El propio Morris ya le había contado mucho acerca del comportamiento de Hertz. Sólo que Morris lo hacía con cariño hacia él, con admiración por su erudición, sus conocimientos en asuntos profanos y su talento como escritor, mientras que Zygmunt Krimsky había despreciado las virtudes de Hertz.

Cada palabra que Krimsky había pronunciado sobre Hertz le había sentado a Minne como una bofetada. Pese a todo, cuando él comenzó a quejarse de que estaba sin un penique en un país desconocido, y que en cualquier momento podrían arrestarlo o incluso deportarlo, Minne se había compadecido, más que de Krimsky, de la mujer que por amor a él había abandonado a un marido.

¿Acaso no era Krimsky un seductor, como también lo era Hertz Mínsker, sólo que mucho, muchísimo peor? ¿Acaso esa Peppy, fuera quien fuera, no se había lanzado al mismo camino resbaladizo que ella? ¿Y qué importancia tenía para Minne poseer doscientos cincuenta dólares más o menos? Tal como Krimsky describía su colección de cuadros, era posible que llegara a ganar una fortuna en América. Le había propuesto a Minne que le buscara una galería donde exponerlos y a cambio le ofreció unirse a él como socia al treinta por ciento. Los nombres de pintores que había mencionado eran de los que aparecían en los periódicos. Además, en algún lugar de América Krimsky tenía amigos, parientes ricos y toda clase de contactos. El mero hecho de que hubiera logrado llegar a América desde Casablanca en plena guerra mundial, y además trayendo con él una mujer y varios cuadros, demostraba que sería capaz de arreglárselas en el país de Colón.

Minne se propuso, por tanto, dirigirse al banco situado en Broadway al lado de la calle Setenta y dos, donde tenía su caja fuerte, y acordó por teléfono con Krimsky encontrarse después en una cafetería situada un par de manzanas más abajo, *downtown*. No era necesario recoger en ese momento sus vestidos, su ropa interior y demás pertenencias, pues con Hertz se había citado más tarde en otra cafetería. Minne estimó que, en cualquier caso, a Morris no se le ocurriría quitarle sus vestidos. Y, en cuanto a sus pieles, se hallaban en un almacén de cámaras frigoríficas.

De modo que sólo metió en una bolsa lo indispensable: algún vestido, algo de ropa interior y la bisutería que tenía a mano. Cuando salió de casa con una bolsa, el portero la miró de nuevo, sorprendido. Habitualmente, en verano, Minne solía viajar con Morris a una casa de alquiler, pero entonces llevaban mucho equipaje. El portero le dirigió una especie de guiño y Minne le respondió con una sonrisa desafiante.

El banco se hallaba a un par de manzanas de distancia. Mientras la vida de Minne se había hecho añicos, el banco continuaba igual de sólido y seguro que siempre. Bajó las escaleras que llevaban a la cámara acorazada y pasó delante de la potente puerta de acero que ningún desvalijador de cajas sería capaz de forzar. El funcionario conocía a Minne y la saludó cortésmente, ya que sólo unas semanas atrás le había dejado una propina de un dólar. La condujo a su caja fuerte. Cuando la abrió, quedó deslumbrada por las alhajas que guardaba en ella. Anillos, brazaletes, cadenas de oro, toda clase de alfileres y broches; incluso un collar de perlas que le había dejado su primera esposa a Morris y él le había regalado a ella. También estaban allí los certificados de ciudadanía de Minne, un pasaporte extranjero caducado, unas cuantas monedas de oro, más una colección de dólares de plata y una libreta de ahorros a su nombre con más de cinco mil dólares.

Dentro de un sobre grande había acciones que tiempo atrás, antes de 1929, valían muchos miles pero que aún conservaban cierto valor y rentaban dividendos con regularidad.

«Los doscientos cincuenta dólares no me harán pobre —se consoló Minne—. A veces, incluso echarle un hueso a un perro se considera una buena acción…».

Minne había llevado el cajón a otra cabina y allí, encaramada sobre sus altos tacones, se dedicó a contar, rebuscar y hasta descubrir de vez en cuando alguna alhaja que ya había olvidado.

«¿Cuánto valdrá todo esto?—pensó—. No sería suficiente para vivir, pero sí para no quedar en la calle y morir de hambre». Sacó un lápiz y, tras estimar el valor de cada joya, añadió el capital que tenía en el banco: «Desde luego, Hertz no aportará nada, tampoco es de fiar y es un mujeriego, pero yo haré de él una persona de bien. Hertz Mínsker no es un Zygmunt Krimsky, es un hombre con formación, un intelectual. Un año de tranquilidad para hacer su trabajo le otorgará fama mundial. Yo lo apartaré de todas sus mujeres, lo encerraré en una habitación con sus manuscritos y ni siquiera lo dejaré acercarse al teléfono».

Al mismo tiempo, Minne sentía de vez en cuando un pinchazo en el corazón. Las palabras de Krimsky le habían hecho daño, aunque tal vez eso le evitaría albergar ilusiones y le haría estar preparada para lo peor.

Entretanto ya había escrito el cheque para Krimsky. «Es una locura, pura locura—se dijo—, pero ¿cómo decía mi padre?: "Arroja tu pan sobre las aguas porque, después de muchos días, lo hallarás…"».[1] Le asombró haber recordado ese versículo. Nunca puede uno saber…

Cuando salió del banco el reloj señalaba la una y veinte de la tarde. Con Hertz había convenido reunirse en la cafetería próxima a la biblioteca municipal en la calle Cuarenta y dos, pero estaba segura de que él aún no habría llegado. Tenía que ir a su casa a recoger sus manuscritos. Y probablemente Bronie se echaría a llorar sobre sus hombros. ¿Qué pasaría si Bronie lo convencía de que se quedara con ella? Las personas como Hertz eran capaces de todo. No sabían qué era la responsabilidad. ¿Qué haría entonces ella? Se dijo que no debió haberle permitido regresar a casa. Pero, en ese caso, ¿cómo iba a recuperar sus manuscritos? Y, además, ¿acaso se puede atar a un hombre de su edad con una correa como a un perro? «Si quiere a su Bronie, que la tenga—decidió Minne—. De todos modos, mi vida ya apenas tiene valor».

Empezó a recorrer las pocas manzanas que la separaban de la cafetería. El calor comenzaba a apretar, el sol abrasaba. Mientras en Europa se libraba una amarga guerra y las personas morían como moscas, a los judíos los encerraban en guetos y les forzaban a llevar estrellas amarillas, ella, ya en el umbral de la vejez, iba a lanzarse a una nueva aven-

[1] Eclesiastés 11, 1.

tura amorosa… «En fin, todo está predestinado. Así es mi suerte». Minne se acordó del dicho popular: diez enemigos no pueden hacerte tanto daño como el que puedes hacerte a ti mismo.

Entró en la cafetería por la puerta giratoria y divisó a Krimsky. A su lado se sentaba una mujer, que obviamente debía de ser Peppy. Minne se detuvo un rato y pudo observarlos, pues ellos, absortos el uno en el otro, no la veían a ella.

Pese a lo mucho que Krimsky se lamentaba por teléfono, su aspecto era el de un hombre joven, sano y confiado. Vestía una chaqueta color marrón rojizo, camisa y corbata más o menos del mismo color, pantalón de rayas y zapatos blancos. Estaba removiendo con una cucharilla larga un vaso de té con hielo.

Peppy, menuda, con el cabello corto recién teñido de un rubio dorado, estaba maquillada como una muñeca: los labios de un rojo brillante, los párpados azules, las cejas arqueadas y las mejillas con colorete. Minne la examinó con ojos de mujer. No le echaba menos de cuarenta y cinco años y, ceñida por un corsé, tenía un busto prominente y un voluminoso trasero. Tampoco los dientes debían de ser suyos. Eso sí, tenía hoyitos en las mejillas y grandes ojos castaños. En ese momento reía, supuestamente por algún chiste de Krimsky, mientras pinchaba un trozo de tarta de fresas con el tenedor.

A Minne le sublevó aquella pareja. Le habían pedido que les prestara dinero, pero no se privaban de nada. Mientras ella había pasado la noche tirada en un hotel barato, ellos ocupaban dos habitaciones en el hotel Marseille.

«Una plaga les voy a dar, no un cheque», decidió.

En ese momento, Krimsky había levantado la mirada. Le sonrió y saludó con la mano. Se levantó y fue a su encuentro. Tomó su bolsa y le besó la mano y luego la mejilla.

Peppy también se levantó y le dirigió una sonrisa amistosa, íntima y pícara, acompañada de un guiño de compli-cidad. Aquella mirada quería significar: somos parientes, ambas hemos estado con el mismo hombre…

«Seguramente en la cama es todo fuego», pasó por la ca-beza de Minne. Le invadió algo parecido a celos, o sencilla-mente envidia, hacia esos refugiados que acababan de sal-varse de las garras de Hitler y ya estaban disfrutando de todas las libertades y privilegios americanos. Y encima ella les llevaba un cheque…

Krimsky, con galantería y casi bailando, condujo a Min-ne hacia Peppy, quien le tendió una mano de largas uñas rojas, pequeña y delgada, y le sonrió dulce y coquetamente.

—Usted sí habla francés, ¿no?—dijo a Minne con ento-nación masculina.

—Un poco… Casi lo he olvidado del todo…

Krimsky se apresuró a intervenir.

—Podemos hablar yiddish. Peppy habla excelentemen-te nuestra lengua materna…

—Mis padres hablaban conmigo en yiddish—empezó a decir Peppy con acento francés—. Yo tenía una abuela que no conocía ningún otro idioma. ¿Usted habla polaco?

—Lo hablaba hace tiempo.

—También estudié inglés—dijo Peppy en este idioma.

Minne escuchó asombrada el inglés de Peppy, perfecto aunque con acento francés. Le asaltó un resentimiento y sensación de inferioridad. Ella no dominaba el inglés; Hertz le corregía sus errores. Sintió calor y un ansia de huir de esa feliz pareja, pero Krimsky ya le había acercado una silla.

—¡Qué quieres que te traiga? ¿Té con hielo, café con hielo, tarta, helado?—preguntó.

Con agilidad, tomó una bandeja y fue a buscar el café con hielo que había pedido Minne, dejándola a solas con Peppy.

—La conozco a usted—dijo Peppy en inglés—, tanto por fotografía como por lo que Zygmunt me ha contado. ¡Oh! Él la pone a usted por las nubes. Me ha leído sus poemas, sumamente interesantes. A veces me pregunto por qué se separaron, pero la vida está llena de toda clase de caprichos. Espero que seamos amigas. ¿Qué podría impedírnoslo? América es un país fascinante y estoy segura de que Zygmunt tendrá éxito aquí. Es extraordinariamente capaz. Hemos traído con nosotros cuadros de gran valor. Lo único que necesitamos es dar los primeros pasos.

—Sí, ustedes tendrán éxito en América. Les deseo lo mejor—dijo Minne.

—Es extraño el gran parecido que tiene usted con una tía mía que vive aquí—señaló Peppy—. Un notable parecido.

NOVENA PARTE

I

Desde el hotel de la calle Cuarenta y dos, Hertz fue en dirección *uptown*, hacia su casa. Caminaba despacio y, de vez en cuando, se detenía.

«¿Qué debo decirle a Bronie?—se preguntaba—. ¿Tal vez debería telefonearla antes? ¿O más bien ir a la casa cuando ella no esté?». Lo mejor para él sería mudarse secretamente a otro lugar. Se ahorraría así hablar con Bronie y tener que justificarse ante ella. Pero ¿cómo se conseguía eso? Dentro de la vivienda estaban no sólo sus manuscritos, sino también sus trajes, su ropa interior y cierto número de libros que había traído de Europa y que en América podrían ser inencontrables; además, varias maletas con cartas antiguas, así como toda clase de documentos que debería haber utilizado para convertirse en ciudadano de Estados Unidos. Asimismo, su correo llegaba a la dirección de Bronie y, en diferentes fechas, había recibido respuestas y cuestionarios de universidades a las que se había dirigido en busca de un puesto de profesor. También recibía allí el pequeño subsidio que otorgaba la Organización para los Refugiados.

«No puedo huir como un ladrón», murmuró para sus adentros. Por otra parte, puestos a huir, tal vez cabría huir también de Minne. Bronie al menos lo dejaba libre, pero Minne lo iba a atar corto. Tendría que rendirle cuentas de cada minuto y cada día. Quería alejarlo de Nueva York y asentarse con él en algún lugar de los Catskills o de Miami Beach.

«No, no voy a regresar con Minne —decidió—. Irá a la cafetería, esperará unas horas y se dará cuenta de que todo ha terminado. ¡Que haga las paces con Morris! ¡Que viaje a los Catskills sola! ¡No estoy obligado a responsabilizarme de todas las mujeres de Nueva York!».

Aceleró el paso. Llegó a casa, subió las escaleras y abrió la puerta con su llave. Recorrió el oscuro pasillo. ¡Qué raro! Aún no habían pasado quince horas desde que salió de ese apartamento y ya le parecía que no había estado allí durante días. ¡Qué no había experimentado en esas escasas horas! Había descubierto al «espíritu», la había acompañado a su casa, se había reunido con Minne, había pasado la noche con ella en un hotel, había cortado con Morris para siempre... Y también podía considerarse que había roto sus relaciones con Bessie y Bronie.

Abrió la puerta de su habitación, Bronie no se hallaba allí. Tanto el sofá en el que habitualmente dormía él como la cama de Bronie estaban ordenados. Abrió los cajones de la cómoda. Todo estaba también en orden: sus camisas, pañuelos y calcetines. En el cajón de la mesa encontró sus papeles. Pensó que tal vez podría sentarse a trabajar durante una hora. Pero su cabeza no estaba para ponerse a trabajar.

Sin un motivo en concreto entró en el salón de Bessie, donde ella celebraba las *seances* y donde Frida se materializaba ante él. «Bueno, también esto se ha acabado», dijo en voz alta.

En ese momento sonó el teléfono y Hertz vaciló unos instantes, dudando entre responder o no. Levantó el auricular y reconoció la voz de Bessie.

—Hertz, ¿es usted? —exclamó ella con voz ronca.

—Sí, Bessie. Soy yo.

—¿Qué ha pasado? —preguntó tras un momentáneo silencio, en tono medio enfadado y medio ofendido, como el de una amante abandonada.

—No ha pasado nada, Bessie—respondió Hertz.

—¿Por qué no vino usted a dormir? Bronie pasó la noche dando vueltas por la casa, a punto de llamar a la policía.

—¡Qué locura! Tuve que ocuparme de algo en la ciudad y no pude venir a casa.

—¿De qué tiene usted que ocuparse en mitad de la noche? ¿Está ahora Bronie en casa?

—No. No está en casa.

—¿Adónde ha ido?

—Acabo de entrar y aquí no hay nadie.

—Esta mañana temprano llegó para usted una carta, una carta certificada.

—¿Cómo dice? ¿Y dónde está esa carta?

—Bronie la recogió. Seguramente la dejaría sobre la mesa.

—No la he visto.

—Seguirá allí. No se la habrá comido. No quiero sermonearle, pero usted no se porta bien con ella. Es una mujer decente y realizó un gran sacrificio por usted. La hace sufrir sin razón alguna. Aunque ella sabe que usted anda con otras mujeres, no venir a casa a dormir es como escupirle en la cara. ¿No teme usted a Dios?

—Acabo de llegar a casa; en cuanto ella llegue se lo explicaré todo.

—¿Qué puede usted explicar? Ella no es tonta. Los filósofos no rondan por ahí toda la noche. Bronie puede ser un poco ingenua, pero no es tan estúpida como usted cree. Hertz, quiero decirle algo, y prométame que va a ser honesto conmigo. Seguro que tengo derecho a pedírselo.

—¿Qué es? ¿De qué se trata?

—Ayer cuando regresé a casa encontré la puerta de atrás, no la de entrada, abierta. Generalmente mantengo esa puerta cerrada con llave. Tengo la sensación de que usted volvió a casa por la tarde y salió por la puerta de atrás. ¿Es así?

Por qué hace usted esas cosas, no lo entiendo. Se comporta, no como un amigo, sino como un espía.

—¿Qué dice usted? ¿Qué tengo yo que espiar en su casa? Por lo que sé, no hace usted contrabando, ni tampoco es una agente de los nazis.

—¿Quién sabe lo que sucede en la mente de los demás? Encontré la puerta abierta, y ya sabe cuántos ladrones y asesinos hay en Nueva York, y lo peligroso que es dejarse una puerta abierta. Es un milagro que no me hayan robado. Podrían haberle robado a usted también.

—Señora Kimmel, yo ayer, desde la mañana temprano, no estuve en su apartamento.

—Su esposa lo vio en la calle, al lado de la casa, con una mujer. Eso quiere decir que estuvo aquí, y no solo, sino con alguien más. Usted salió con ella por la puerta de atrás y ni siquiera se molestó en cerrar con llave. No le estoy sermoneando. Los dos somos demasiado mayores para ello. Pero ¿qué clase de comportamiento es ése? Usted lleva a una mujer a casa, luego sale con ella por la puerta de atrás porque teme encontrarse con su esposa en la escalera principal y deja el apartamento expuesto. Después, no vuelve usted para dormir, y su esposa pasa la noche dando vueltas de un lado a otro, como una loca. Tampoco yo dormí, pues por naturaleza soy una persona nerviosa y me contagio de esas cosas. Hoy tengo que trabajar todo el día. ¿Cómo voy a poder tratar a mis pacientes como es debido si no he pegado ojo en toda la noche?

—Créame, Bessie, soy inocente.

—Eso lo dicen todos los criminales. Hauptmann juró hasta el último minuto que no había secuestrado al bebé de Lindbergh. En otro tiempo, usted y yo éramos amigos. Usted me prometió que escribiríamos juntos un libro y quién sabe qué más. ¿Qué ha sido de sus promesas?

—¿De qué está usted hablando? ¿Qué clase de libro?

—¿Ya lo ha olvidado, eh? Yo debía contarle mis experiencias y usted iba escribir sobre ello y añadir sus propios pensamientos. Se ve que su palabra no significa nada para usted. Habla por hablar. No tiene ninguna consideración hacia las personas ni hacia sí mismo. Incluso íbamos a viajar a Miami. Habíamos previsto que yo me liberaría de mi trabajo durante algunas semanas y usted…

—Bessie, tengo mis propias obras sin terminar. Sus experiencias pueden ser muy importantes, pero valor científico no tienen. El único testigo de ellas es usted, y las personas a veces tienden a engañarse a sí mismas. A veces, engañan a otros también.

—¿Por qué iba yo a querer engañar a nadie? Yo no me gano la vida con mis *seances*. Al contrario, me cuestan dinero. Usted vino a mí y dijo que estaba, en cuerpo y alma, interesado en la verdad, en nuestra verdad. Hay médiums que ganan mucho dinero, pero yo no he querido desperdiciar mis poderes en menudencias. Todas estas cosas son sagradas para mí y no las convierto en un negocio. Cada día tengo que aguantar ocho horas sobre mis piernas enfermas para curar los dientes podridos de otros. ¿Qué otro objetivo podría perseguir con lo que hago por las tardes? No he cobrado de usted dinero, no lo quiera Dios. Al contrario, usted me debe varios cientos de dólares.

—Bessie, juro por Dios que se los devolveré en la primera oportunidad.

—Es posible que no se presente esa oportunidad tal como usted se comporta. Usted quiere ser profesor en una universidad, pero un profesor debe ser un modelo para sus alumnos, no una criatura desquiciada que por las noches busca aventuras, quién sabe con quién. Pensaba que, al menos, creía usted en Dios, pero por lo que dijo usted ayer…

—Creo en Dios, pero estoy harto de tratar con espíritus

que quieren obtener información sobre mí en lugar de que yo me informe de algo a través de ellos.

—¿Qué dice? ¿A qué viene eso? Le voy a decir algo y no crea que es por vengarme. Usted está cansado y yo también. Quiero tener mi apartamento para mí sola, sin riesgo de que me dejen abierta la puerta al anochecer y los ladrones puedan quitarme lo que tengo. Nunca he querido tener inquilinos ni tampoco los necesito. Usted me debe dinero, pero yo no se lo reclamo ahora ni jamás se lo reclamaré. Una cosa le pido: haga el favor de buscarse otra vivienda. Yo necesito tener tranquilidad.

—Bueno, vale.

—Debe usted encontrar un sitio antes del comienzo del mes próximo.

—De acuerdo. Antes del comienzo de mes me mudaré.

—No crea que lo sabe todo sólo porque es un filósofo y yo soy una mujer sencilla, una dentista. No soy tan tonta como para no darme cuenta de lo que sucede—dijo Bessie, cambiando el tono—. Usted ha hecho algo que no debía. Sé lo que piensa usted de mí, pero créame que no soy tan corrupta como imagina. Esa mujer con la que anda usted enredado tampoco sabe toda la verdad.

—¿De qué mujer está usted hablando?

—Usted sabe de quién.

—No. No lo sé.

—Sí lo sabe, y yo sé que usted lo sabe. Bronie le ha visto con ella. Yo la utilizaba, pero no para engañarle a usted. Ella también es una médium, pero no es consciente de ello. Houdini era de esa clase de persona. Negaba todos sus poderes y, sin embargo, los poseía y se servía de ellos para sus experimentos. Yo lo conocí bastante bien y hablé con él más de una vez. Salir de un baúl cerrado con clavos, y además posado en el fondo del East River, no es posible mediante ningún truco. Basta un minuto sin respirar para que uno se asfixie. Pero Houdini temía a sus propios poderes, pese a que no paraba de proclamar que todo lo que hacía era acorde con la naturaleza. Estaba poseído por un demonio y ese demonio lo llevó a su amargo final...

—Bessie, hablaremos de Houdini en otra ocasión.

—¿Cuándo? Nuestros caminos se separan. Usted mismo es una especie de Houdini y por eso se lo he mencionado. En cuanto a ella, también terminará mal. No debería haberme devuelto mal por bien.

—Todavía no sé quién es esa «ella».

—Lo sabe. Usted ha pasado la noche con ella. Han dormido juntos y por eso no vino usted a casa. Esa mujer dejó en Polonia un marido y una hija preciosa. Ambos ya están en otro mundo y son testigos del actual comportamiento de ella. Una vez más y con claridad se lo digo: debe usted dejar libre la habitación.

—Sí, Bessie. Antes del comienzo del mes próximo estará libre.

2

Hertz volvió a su habitación y allí encontró sobre la mesa la carta certificada. «¿Cómo es que no la he visto antes?—se preguntó sorprendido—. La tenía delante de los ojos... ¡Vaya! Qué atolondrado...». Quiso abrir la carta, pero Bronie ya la había abierto.

El remitente era una universidad de algún lugar del Midwest. Venía firmada por el director del Departamento de Filosofía y decía lo siguiente:

Querido doctor Mínsker:

Disculpe que haya tardado tanto tiempo en responderle. El cargo de director de departamento, que asumí al principio del presente año, me ha llenado de un sinfín de obligaciones, la mayoría sin relación alguna con mis conocimientos como profesor, y además tampoco he podido conseguir la ayuda que necesitaba. El curso que usted ha propuesto, bajo el nombre de «Investigación Humana», es de un carácter tan ambiguo y puede dar lugar a tantas interpretaciones que me resulta imposible orientarme con exactitud acerca de lo que comprende y, en general, de si encaja en el marco de nuestro departamento. Han sido todos estos factores los que han motivado el retraso de mi respuesta.

Pero las casualidades a menudo actúan de un modo imprevisto, casi diría de un modo planificado. Actualmente reside en nuestra ciudad un potentado, de nombre Bernard Weisskatz, antiguo propietario de un gran centro comercial, una persona que desde hace años viene apoyando a nuestra universidad en los aspectos más variados. Justamente el año pasado nos donó una parcela para construir una nueva biblioteca, dado que la actual se ha quedado demasiado pequeña para nuestras necesidades. Pues bien, almorzando días atrás con el señor Weisskatz, charlamos acerca de los más diversos asuntos. De pronto, me acordé de su carta y le conté su propuesta. Enseguida se mostró profundamente interesado. Me acompañó al despacho para leerla.

Cuando terminó de leer, el señor Weisskatz, increíblemente inspirado por la carta, me anunció que estaba dispuesto a fundar una cátedra para ese tema. De hecho, fue tal su entusiasmo que quiso tomar el primer avión y volar para verle en Nueva York. Desgraciadamente, cayó enfermo y tuvieron que internarlo en un hospital. Ahora se encuentra mejor. Lo he visitado dos veces y sólo me hablaba acerca de usted y de su tema de estudio. También lo había comentado, me dijo, con el decano y con el presidente de la universidad.

Naturalmente no podemos tomar ninguna decisión hasta que no hayamos hablado con usted en persona y recibido más información y más detalles. Es por ello que me alegra invitarle a venir a visitarnos por nuestra cuenta. En la universidad ofrecemos una serie de cursos de verano sobre diferentes temas y yo me quedo aquí durante toda la temporada. El señor Weisskatz quiere que usted se aloje en su casa, ya que es muy amplia, con todas las comodidades, y además será invitado por la universidad. Por

el período que usted permanezca aquí, la universidad le abonará una beca. La presente carta constituye una invitación formal para que venga usted lo antes posible. Por favor, hágame saber por carta la fecha de su viaje o telefonéeme a cobro revertido.
Un cordial saludo,

ARTHUR WHITTAKER
Director del Departamento de Filosofía

Hertz Mínsker comenzó a menear la cabeza y a murmurar: «¡Asombroso! ¡Asombroso!». Esa misma noche había mentido a Bronie al decirle que había recibido la invitación de una universidad, pero la mentira resultó ser una verdad. ¿Cuántas veces le había pasado algo parecido en la vida? ¡Y no digamos esa historia con el señor Weisskatz! Hertz no se lo merecía, pero realmente cada día le sucedían milagros. Empezó a dar vueltas por la habitación. Justamente cuando se había metido en el aprieto más serio de su vida, se abría ante él un horizonte nuevo: una universidad americana lo invitaba como profesor.

Hertz se agarró el mentón: ¿debía ir al Midwest con Minne? Imposible. Lo comprometería allí a cada paso con su mal inglés y su vulgaridad. ¿Bronie? Ya no sentía hacia ella el menor deseo. ¿Presentarse él solo? Allí no le iba a ser fácil tener aventuras, especialmente siendo profesor, desde luego no al principio. ¡Quién sabía si ni siquiera tendría alumnas femeninas en su curso! «Llevaré conmigo al "espíritu" —se dijo—. Es una mujer culta. Me adaptaré a ella...».

Sintió necesidad de compartir con alguien la buena noticia, pero ¿con quién? Había anotado el número privado de Miriam, e incluso el número del técnico dental para quien trabajaba. Salió al pasillo y lo marcó. Enseguida oyó la voz de Miriam.

—Habla Hertz Mínsker —dijo.

—¡Sí, Hertz! Sabía que llamarías.

—¿Lo sabías?

—Te llamaba en mis pensamientos. Te envié un telegrama telepático.

—¿Crees en eso?

—Sí, Hertz. Ya lo ves. De hecho, me has llamado. Cuando ha sonado el teléfono sabía que eras tú.

—Bueno, las personas somos raras. A mí también me ha sucedido un incidente increíble.

Y Hertz le contó a Miriam el contenido de la carta y cómo su mentira a Bronie se había hecho realidad.

—Miriam—le dijo—, he decidido llevarte conmigo a Black River.

Miriam guardó un largo silencio.

—¿Qué será de tu esposa?

—Entre nosotros todo ha acabado.

—Pero sigue siendo tu esposa.

—Eso no tiene importancia.

—Además, tengo un puesto de trabajo.

—Tómate unas vacaciones... ¿Cómo lo llaman? Vacaciones sin sueldo.

—¿Tú sabes lo que haces? Bronie no te va a conceder el divorcio. No tan pronto. ¿Y qué hay de tus otras mujeres? Es verdad que estoy enamorada de ti, pero hacer algo impulsivamente y después quedarme colgada no tendría sentido. Ya no soy tan joven. Al menos aquí estoy segura de ganarme el pan.

—Vendrás conmigo. No regresaré a Nueva York. Nadie puede obligarme a vivir con una esposa por la cual no siento ningún interés.

—¿Qué hay de la otra? Ya he olvidado su nombre.

—Tengo que terminar con ella también.

—Tú terminas con todas. Realmente me asustas. ¿Cuándo quieres viajar?

—Hoy o, a más tardar, mañana.

—Hertz, no puedo hacer las cosas sin haberlas analizado antes, tan impulsivamente. Tengo un puesto de trabajo, una vivienda y algunos muebles. He llevado algunos vestidos a la tintorería. ¿Cómo me presentarás en la universidad? ¿Como tu amante?

—Como mi secretaria.

—Eso quiere decir que no podremos vivir juntos.

—Ya nos arreglaremos.

—¿Estás seguro de que te vas a quedar allí?

—A Nueva York no voy a volver.

Miriam guardó de nuevo un largo silencio.

—Al menos, ¿vas en serio conmigo? ¿No te arrepentirás mañana, o incluso dentro de dos horas?

«¿Cómo es que me conoce tan bien?—se preguntó Hertz, sorprendido—. En realidad, fue ayer cuando nos vimos por primera vez. ¿Es muy perspicaz? ¿O le habrá contado Bessie toda clase de tonterías?».

Sin embargo, lo que respondió fue:

—Si te digo que renuncies a tu empleo, significa que voy en serio. Ambas cosas sucedieron simultáneamente: el encuentro entre nosotros dos o bien tu «materialización», lo que los *jasídim* llamaban «revelación», y la llegada de esta carta. Esta clase de hechos no son mera casualidad. En general, no existen las casualidades. Tal vez me conoces a mí mejor de lo que yo te conozco a ti, pero puesto que dices que estás enamorada de mí, llegaremos a conocernos mejor. Yo tengo que encontrar una universidad donde pueda realizar mi trabajo sin ser molestado.

—¿Qué es la Investigación Humana? ¿Es psicología?

—No, Miriam. Es una ciencia y un arte que abarca a la persona entera, no sólo a partes o trozos de ella. Cuando alguien tiene un dolor de muelas va al dentista, por ejemplo al dentista a quien tú ayudas. Si le duele el vientre, acude a un médico. Si tiene un conflicto jurídico, busca la ayuda de un abogado. Si tiene destrozados los nervios, seguramente se dirigirá a un psicoanalista. Si necesita una esposa y tiene dificultad en encontrar alguna, para eso están los casamenteros. Cada uno de estos especialistas intenta curarlo a su manera, y con frecuencia los remedios se contraponen. A veces, eso se traduce en tener que pagar a todos esos especialistas, y, encima, para perder el tiempo con ellos, lo cual, de por sí, también es un problema.

»Pues bien, la mayor parte de las personas tienen a la vez problemas económicos, de salud, psicológicos, religiosos, sexuales y quién sabe qué más. Pero a menudo uno de los mayores problemas estriba en que su vida se ha vuelto gris, aburrida, sin objetivo y sin aliciente. Y es que el hombre de hoy ha perdido el sentido y el deseo de jugar, que es tan necesario como el pan o el aire. Se queda sentado en algún banco y se convierte únicamente en espectador, sin participar en el juego. Hemos creado una civilización de personas sentadas. A los estudiantes de *yeshive* solían llamarnos «calentadores de banco». Hoy la mayoría de las personas calientan más bancos que todos los estudiantes de *yeshive* juntos. Los calientan en el hogar, en la oficina, en el teatro, en el cine, en la universidad, en el Madison Square Garden, en el Yankee Stadium, en la sinagoga y en la iglesia. Nuestra cultura consiste en permanecer sentados. El único camino para escapar de ella es desatar una guerra. Por esta razón, cada veinte años tenemos una guerra mundial. E incluso la guerra también se libra desde un asiento. El avión, el tanque, están provistos de bancos. Desde esos asientos se lanzan bombas o se disparan cañones.

—¿Qué harán los estudiantes de tu curso? ¿Harán el pino cabeza abajo?

—Jugaremos.

—¿Dónde? ¿En el aula?

—En el interior o en el exterior.

—¿Con qué jugaréis? ¿Con una peonza?

—No te rías, Miriam. La humanidad sufre una peligrosa amnesia.

—Aquí en América los estudiantes juegan al fútbol americano, al béisbol y quién sabe a qué más. La generación joven crece como ayudada por levadura. No necesitan que el doctor Mínsker les enseñe cómo jugar.

—Sí, sí lo necesitan. El fútbol americano y el béisbol no son juegos. Cuando hay que poner en tensión todos los nervios y las últimas fuerzas para ganar, el juego ya no es un juego. Los animales no juegan así, ni tampoco los niños, salvo los niños americanos que aprenden de los mayores. El juego de verdad tiene que incluir el amor. Ésta ha sido siempre la forma más elevada del juego.

—¿Qué quieres hacer? ¿Organizar orgías?

—Quiero investigar qué es lo que la persona necesita para no perecer de aburrimiento.

—Ninguna universidad permitirá esa clase de investigación. Creerán que estás loco. Espero que me perdones, pero algo parecido es lo que predican los nazis.

—Los nazis quieren matar, no jugar. ¿Cuál es tu respuesta? ¿Vendrás conmigo o no?

—Sí, Hertz. ¿Qué tengo que perder? Yo, desde luego, vivo sentada en un banco. Mi vida es exactamente como tú acabas de definir. Iré contigo adonde tú quieras.

—Así es cómo debe hablar una mujer.

3

Minne había estado conversando casi una hora con Zygmunt Krimsky y con Peppy. Entregó a Krimsky el cheque por doscientos cincuenta dólares y él la besó, primero en la mano y después en ambas mejillas, al estilo francés.

Cuando Peppy fue al servicio, Krimsky aprovechó para preguntar a Minne:

—¿Realmente estás decidida a quedarte con Hertz Mínsker?

—Zygmunt, lo quiero.

—En cuestión de amor, no hay nada que preguntar. Pero una cosa debes saber: tú serás la encargada de buscar el sustento para ambos.

—Lo sé, lo sé, pero ¿cuánto necesitan dos personas? Hijos ya no voy a tener.

—Tendríamos que haber tenido un hijo nuestro—dijo él.

—Cuando yo quise, tú te negaste—replicó Minne.

—Temía que fuera a ser una hija…

—Deberías avergonzarte…

—De una hija nuestra no habría salido nada bueno—comentó Krimsky guiñando un ojo.

—Deberías morderte la lengua.

—Mínnele, todavía nos irá bien. Juntos aún haremos negocios en América. Encuéntrame una galería y lo demás vendrá por sí solo. Puesto que vas a vivir con Mínsker, necesitarás dinero. El arte en América es un negocio productivo. Todavía escribirán en la prensa acerca de Zygmunt Krimsky.

—¡Ojalá!

Antes de marcharse, Minne dio besos de despedida tanto a Krimsky como a Peppy. Las palabras de él acerca de Hertz, después de haberlo llamado gorrón y mujeriego, pesaban sobre su ánimo, pero intentaba consolarse. ¿Acaso era mejor Krimsky? Encima era inculto. A Hertz, por el contrario, una vez que se encontrara a sí mismo y escribiera una obra decente, se le miraría de otra forma. Había desperdiciado su talento, pero con todo era un gran hombre.

Minne no tomó al tranvía, sino que fue caminando. Llevaba con ella la bolsa y hacía planes. No podría marcharse de la ciudad hasta que no llegara a un acuerdo con Morris. Posiblemente necesitaría un abogado. Una cosa tenía clara: en ese inmundo hotel no podía quedarse una noche más. Tendría que encontrar enseguida un lugar adonde llevar sus cosas: vestidos, ropa interior y cosméticos.

Se detenía de vez en cuando a examinar los artículos expuestos en los escaparates y reflexionaba acerca de su situación. Al cabo de un rato, subió a un tranvía que la llevó hasta la calle Cuarenta y dos.

Estimaba que Hertz ya habría tenido tiempo suficiente para arreglar todos sus asuntos. Sin embargo, al entrar en la cafetería y recorrerla con la mirada a lo largo y ancho, comprobó que él no estaba allí. «Bueno, no me queda otra cosa que hacer que tomar una taza de café y esperar. ¡Si al menos hallara un periódico!».

Mientras sorbía el café, garabateó algunos números sobre un trozo de papel que sacó del bolso. Los cálculos no le conducían a ninguna suma final, porque realmente no sabía cuánto dinero poseía ni cuánto valdrían sus acciones, cuánto recibiría por sus joyas ni cuánto podría obtener de Morris. Eran unas cuentas tan enmarañadas como ella misma y su circunstancia.

Transcurrió una hora, una hora y media, y Hertz no aparecía. Minne telefoneó a su casa, pero no hubo respuesta. ¿Se habría producido alguna confusión, un malentendido? No. Recordaba con exactitud que debían encontrarse en esa cafetería y no en otro lugar. ¿Se habría arrepentido? ¿Habría hecho las paces con su esposa? ¿Se habría liado con otra mujer? De Hertz se podía esperar cualquier cosa.

Minne sintió que le invadía la rabia, no tanto hacia Hertz como hacia ella misma. Una y otra vez se repetía: «Sólo merezco recibir palos y todo lo que me ocurra». Intentó escribir unos versos. Se detuvo tras la segunda palabra del primero. De nuevo telefoneó a la casa de Hertz, sin recibir respuesta.

«Dios mío, ¡qué largo se me está haciendo este día!», se dijo. Se sentía cansada y débil. Contemplaba a las personas que entraban y salían. Ninguna parecía feliz. Todas mostraban semblantes preocupados y ojos tristes. De vez en cuando, entraba un soldado o un marinero. En la mesa frente a ella, un anciano que no paraba de hacer muecas chupaba un cigarrillo y echaba la ceniza en una taza. No leía el periódico que tenía delante, sino que, bajo sus pobladas cejas, miraba al vacío. De vez en cuando, le dirigía a ella una ojeada.

Tras cavilar largamente, Minne llegó a una conclusión. Esperaría sólo quince minutos más. Si Hertz no llegaba, iría a su casa. Morris no podría, físicamente, echarla. Pasara lo que pasara, en América era la mujer la que se quedaba en la casa y el hombre el que debía mudarse. Hertz era un vil charlatán, un canalla y además un loco. Sólo alguien que no estaba en sus cabales sería capaz de comportarse de ese modo.

Exactamente al cabo de quince minutos se puso en pie mientras el viejo de enfrente le echaba una mirada inquisitiva. Salió de la cafetería y se sentó en la parada a esperar el tranvía. Un sentimiento semejante al de un silencioso duelo la envolvió, como el que se siente después de que se hayan llevado el cadáver de un ser querido.

«Lo he perdido todo—se decía—. Ahora estoy lista para la muerte…».

Por primera vez desde que podía recordarlo, la muerte no le producía miedo. Esa indiferencia la sorprendía y hasta la asustaba un poco.

Bajó del tranvía al lado de su casa, y el mismo portero que por la mañana le había guiñado un ojo pícaramente ahora parecía cansado, aturdido y desaliñado, y su uniforme sucio y sudado. Ella lo saludó y él apenas movió la cabeza. Mientras subía en el ascensor, Minne iba rogando mentalmente que la puerta de su casa no estuviera cerrada; que Morris, durante ese tiempo, no hubiera cambiado la cerradura. No, la puerta se abrió. Las ventanas que daban al oeste permitían que la luz del sol inundara la habitación. Las habitaciones de atrás, en cambio, comenzaba a estar invadidas por la oscuridad del anochecer.

«¡De aquí no pienso salir mientras viva!—decidió Minne—. A menos que me saquen a la fuerza». De pronto, el apartamento le resultó profundamente querido… ¡Qué silencio reinaba en él!

Entró en su habitación. Allí estaban su sofá, su cómoda, su estantería de libros y su escritorio. Sobre este último, uno de sus poemas inacabado, lleno de alusiones a su amor por Hertz. Minne lo agarró, lo arrugó y lo tiró a la papelera. «¡He terminado con Hertz! Incluso si me telefoneara ahora y me ofreciera la mejor de las excusas, no serviría de nada. Nunca le perdonaré el día de hoy, ni siquiera en el sepulcro…».

Se tendió en el sofá y dejó caer los zapatos. Acostada sin pensar en nada, su imagen era la de una mujer fracasada que hubiera perdido toda esperanza. El teléfono, que habitualmente sonaba con frecuencia, hoy parecía haber enmudecido. Su habitación se oscurecía cada vez más. El retazo de cielo que asomaba por la ventana tenía el tinte azulado del crepúsculo. La mitad de las ventanas del apartamento daban a Broadway y la otra mitad a un patio de luces. Desde algún lugar llegaba el sonido apagado de conversaciones y de canciones de radio. De vez en cuando se oía la voz de una mujer o el grito de un niño.

«Sosiego es todo lo que una persona necesita. ¡Qué suerte tienen los muertos!», pensó. Empezaba a adormecerse. En cuando se quedó dormida soñó que se encontraba en Cuba, en La Habana. Alguien la llevaba a visitar una fábrica de puros. Allí vio una caja parecida a un ataúd. En su interior había enormes puros de varios pies de largo. ¿Existirían gigantes que fumaran puros como éstos o serían para seres de otros planetas? Entró un hombrecito menudo, jorobado por delante y por detrás, y pidió uno de aquellos grandes cigarros. Minne se rio dormida: ¿qué estupidez era ésa? ¿Ante quién querría presumir el enano?

De pronto oyó pasos y se despertó. Morris se hallaba en el umbral de la puerta. Reconoció su silueta y el temible brillo de sus ojos negros.

—Minne, ¿estás dormida?—preguntó.

—No, Morris. ¿Qué ha pasado?

En ese momento, Minne recordó lo que le había pasado a ella.

—¡¿Me lo preguntas tú a mí?!—exclamó él.

Minne se incorporó. Un pesado silencio se interpuso entre marido y mujer.

—Morris, puedes hacer conmigo lo que quieras, pero no me arrojes a la calle—dijo ella a continuación. Tuvo la sensación de que alguna vez había pronunciado esas palabras, o las había leído en un libro. Le recordaban la oración: «No me arrojes fuera en la edad de mi vejez…».[1]

Morris no le respondió enseguida.

—¿Arrojarte? Hasta ahora nunca he arrojado a nadie a la calle, ni siquiera a los que lo merecían.

—Morris, he pecado contra ti—dijo Minne—, pero ten compasión de mis años de vejez.

Morris Kálisher dejó escapar algo que no era ni tos ni gruñido.

—¿Has pecado con él?

—Sí. He pecado, pero…

—¿Has cometido adulterio con él? Porque si es así, no me está permitido habitar bajo el mismo techo que tú.

[1] Salmo 71, 9.

—No, Morris, no he cometido adulterio.

—Entonces, ¿qué has hecho?

—Él me atraía. Tú mismo habías dicho que es un gran hombre, un genio y quién sabe qué más.

—¿No te has acostado con él?

—No, Morris.

—¿Dónde has pasado la noche?

Minne guardó un momentáneo silencio.

—En un hotel. Te tenía miedo. Ayer gritaste tanto, como si estuvieras a punto de matarme…

—¿Pasaste la noche en el hotel sola o con él?

—Sola, Morris, sola.

—¿No te ha deshonrado?

—No.

A Minne se le ocurrió que Morris le hablaba como un rabino. De modo parecido se había dirigido a ella el rabino en París, cuando se divorció de Krimsky: palabras de la Torá, palabras a las que sólo se puede y se debe contestar con un sí o un no.

Durante largo rato Morris guardó silencio y Minne adivinaba en la oscuridad sus grandes ojos negros.

—¿Por qué encontré su pañuelo en tu cama?—preguntó al fin en el mismo tono inquisitivo.

—Estábamos sentados sobre la cama y seguramente se le cayó.

—Es decir que no habéis cohabitado.

—No.

De nuevo Morris se mantuvo callado largo rato. Incluso exhaló algo parecido un bufido.

—¿Estarías dispuesta a jurarlo?—preguntó a continuación.

—Sí, Morris.

—¿Sobre un rollo de la Torá?

—Incluso sobre un rollo de la Torá.

—¡Eso está prohibido, ni siquiera para confirmar la verdad!—dijo Morris—. Según la ley judía, en ese caso me está permitido vivir contigo, pero que sepas que a Dios no se le puede engañar. Él lo sabe todo. Está escrito: «¿Puede alguien hallar un escondite donde Yo no lo vea?».[1] El Todopoderoso conoce incluso los pensamientos de la persona. Recuerda, Minne, que no se vive eternamente. Hoy estamos aquí y mañana podemos necesitar rendir cuentas, y al Ángel no se le puede mentir.

La voz de Minne se hizo ronca y entrecortada:

—No miento, Morris…, digo la verdad.

[1] Jeremías 23, 24.

DÉCIMA PARTE

I

Hertz Mínsker no tenía dinero, pero Miriam Kóvadlo guardaba en una cuenta de ahorro de su banco cuatrocientos ochenta dólares con cincuenta y tres céntimos. De esa cuenta extrajo cuatrocientos setenta y nueve dólares. «Que esos pocos céntimos sobrantes queden como una semilla», le dijo a Hertz.

Había un tono de regocijo en su voz. Igual que cuando se decidió a renunciar a su empleo, o a dejar el apartamento y vender sus muebles, también ahora sus ojos estaban risueños, como si todo fuera una gran broma, una especie de prolongación de las noches en las que representaba el papel de un espíritu.

Hertz se dirigió a la Penn Station y compró los billetes. Ambos viajarían primero a Chicago y desde allí tomarían el tren a Black River, donde estaba ubicada la universidad. A continuación fue al apartamento de Bessie, entró en su habitación, y llenó un baúl y una maleta. En el baúl metió libros, manuscritos y ropa interior; y en la maleta, dos trajes y toda clase de menudencias. Mientras embalaba el equipaje aguzaba el oído por si llegaba Bronie. Estaba dispuesto a hablar con ella con franqueza: ya no la amaba y, en lo que a él concernía, estaba preparado para el divorcio. No podía aguantar más el ruido de Nueva York, ni su calor, ni a Bessie Kimmel. Bronie, sin embargo, no se presentó; debía de haberse marchado a algún lugar, Dios sabe adónde. ¿Se habría suicidado? Hertz temía que sonara el teléfono y que fuera Minne exigiéndole explicaciones, de modo que decidió no atender ninguna llamada.

Afortunadamente, todo se desarrolló sin problema alguno.

Tras terminar de embalar sus pertenencias, arrastró el equipaje hasta el exterior. Paró un taxi y se dirigió a la casa de Miriam. Al entrar, encontró allí a un matrimonio interesado en comprar los muebles. El marido quería pagar con un cheque y Miriam se oponía, sin perder en ningún momento la expresión risueña en sus ojos:

—¿De qué me sirve un cheque? Necesito el dinero al contado.

—No tenemos efectivo.

—Si es así, no hay trato.

—Le puedo entregar diez dólares—dijo la mujer.

—Nosotros nos vamos de viaje. Necesitamos cobrar el dinero en efectivo…

La pareja se marchó.

—Vamos a tener que dejarlo todo aquí—recapacitó Miriam—. Debería haber aceptado los diez dólares.

Hertz, tras haber subido las tres plantas por las escaleras cargado con el equipaje, se secaba el sudor del rostro con un pañuelo sucio. Había pasado por toda clase de aventuras en su vida. La de ahora lo desconcertaba. Habitualmente iba con mujeres a las que deseaba poseer, pero esta Miriam no despertaba en él ninguna atracción sexual. Lo besaba y bromeaba. Cuando se acostaba con él, sus ojos se mantenían entre tristes y risueños. Permanecía fría, sumisa y resignada. ¡Dios santo! ¡En cierto modo, se parecía a Bronie! Frías como un pez una y otra…

No obstante, decidirse por Minne habría sido demasiado doloroso. Él no habría podido soportar la furia de Morris, su sufrimiento, los reproches que le enviaría sin palabras. Además, Hertz temía los escándalos de Minne. Ella nunca habría aprendido a vivir en esa situación. Constantemente intentaría enseñarle, reformarlo y entrometerse en sus asuntos. De antemano ya había establecido un programa para él. Dijo abiertamente que no permitiría que ninguna mujer se le acercara. ¿Cómo podría él llevar a cabo sus investigaciones humanas sin incluir mujeres? Necesitaba tener a su lado una mujer tolerante y no alguien que ardiera de celos.

Miriam hablaba un inglés bastante correcto y, además, poseía una máquina de escribir, por lo que podría servirle como secretaria. Hertz se había percatado de que, como mujer, Miriam no carecía de pasión sexual. Sólo que era una pasión reprimida, dormida, revestida de ironía. Había vivido un par de años de celibato. Él ya la despertaría...

Estaba previsto que el tren saliera a las seis de la tarde del día siguiente. Hertz ya había telefoneado al doctor Arthur Whittaker para decirle que llegaría acompañado de una secretaria. Él le prometió que reservaría dos habitaciones en la casa de invitados de la universidad. Había hablado en tono cortés, amistoso, no sin cierto eco de sarcasmo.

—¿En qué se distingue la Investigación Humana del psicoanálisis?—había preguntado.

—El psicoanálisis sabe de antemano las respuestas. Nosotros empezamos por buscarlas.

—El señor Weisskatz está terriblemente impaciente. No ve la hora de su llegada—anunció Arthur Whittaker.

Hertz presuponía los obstáculos que iba a encontrar en esa universidad situada en algún rincón de la Pradera Americana. Siempre había tropezado con oposición y desconfianza al llegar a cualquier lugar. En Varsovia, en París, en Londres, en Berna y ahora en Nueva York, no había conseguido agradar a nadie: ni a los clérigos ni a los radicales, ni a los filósofos ni a los psicólogos, ni a los cristianos ni a los judíos, ni a los sionistas ni a los comunistas. Incluso Miriam había bromeado ya acerca de su Investigación Humana. No obstante, cuando alguien estaba poseído década tras década por una idea, se decía Hertz, eso no era accidental. Pese a los millones de volúmenes que se habían escrito acerca de filosofía, psicología, sociología y literatura, el comportamiento del hombre seguía siendo un enigma. Su comportamiento no había sido investigado a fondo: las guerras, el nacionalismo, las revoluciones, las religiones, las incontables instituciones, leyes e inhibiciones. Se sabía más acerca de las gallinas, o de los caballos, que de la especie humana. El psicoanálisis se había limitado a cambiar la silla por un sofá. En el mejor de los casos, era capaz de dar el diagnóstico, pero no encontrar la cura. El propio Hertz era el mejor ejemplo: ningún Freud podría resolver su problema. Necesitaba estar en tensión, soportar crisis, meterse en veleidades amorosas, correr tras las mujeres como un cazador en pos de sus presas. Cada día tenía que aportarle nuevos fuegos, nuevos dramas, nuevas tragedias y comedias. De lo contrario, moriría de escorbuto espiritual.

Mientras daba vueltas por la casa y observaba cómo Miriam se disponía a hacer las maletas, ya añoraba a Minne y a algunas otras mujeres vivas y muertas. Necesitaba correr, saltar, gritar. Le invadía el temor a la muerte y el ansia por los poderes superiores. Habría querido estudiar física, química, matemáticas y tener trato con Dios y con la Presencia Divina. Por otro lado, se arrepentía de no haber tenido la oportunidad de saborear a aquella muchacha polaca que recogía las mesas en la cafetería...

¿Loco? Él no se había vuelto loco por sí mismo. La locura estaba en sus cromosomas. Cuando aún era alumno del *jéder* ya había sentido todas esas necesidades...

¿Y era el único? No. La tormenta que rugía dentro de él torturaba a cada persona. Ahora bien, ¿qué debía hacer ahora en concreto? ¿Cómo iba a compartir todo esto con los profesores allá en el Midwest? Ni siquiera dominaba el idioma inglés lo suficiente para hacérselo comprender del todo. ¿Y cómo reaccionarían ante esto el decano y el rector? No obstante, él no iba a verlos a ellos, sino al señor Weisskatz.

Hertz se echó a reír y Miriam se volvió hacia él.

—¿De qué te ríes?

—Esa gente quiere introducir una cátedra… Una cátedra más… Introducen cátedras en las universidades como se introducen camas en los hospitales…

—¿Qué quieres que introduzcan para ti? ¿Una bañera?

—Un casino donde se apueste con almas…

—No quiero desanimarte, Hertz, pero todo esto va a quedar en nada—dijo Miriam—. Lo que tú quieres no se puede lograr en este mundo.

—Entonces habrá que trasladarse a otro mundo.

—Para eso no tienes que desplazarte a Black River.

—Bueno, haremos el viaje en cualquier caso. Viajar es, de por sí, necesario. El ojo se cansa de contemplar siempre las mismas cosas. Deseamos ver caras nuevas. ¿Por qué razón viajaban los *jasídim* a pasar las fiestas en la corte del *rebbe*? Hasta dentro de la fe hay que experimentar cambios. En la corte del *rebbe* a la que viajaba mi padre, también era la segunda noche de la fiesta la que encerraba todos los sabores del paraíso…

—Los que te han invitado no se van a convertir en *jasídim*.

—¿Por qué no? Los no judíos tienen las mismas necesidades que nosotros, sólo que ellos tienen dos remedios para solucionarlas: matar y emborracharse. Pero ésos son remedios caseros…

—Bueno, ¿qué puedo perder yo a estas alturas? Quiero estar contigo… Mira esto, no sabía que tenía tantos vestidos. En Nueva York, una no para de comprar trapos. No puedo llevarme todo esto.

—Entonces, tíralos. La ropa significa cadenas…

—Así y todo, son cadenas que he llevado a la tintorería…

Sonó el teléfono, pero Miriam acercó el dedo índice a los labios en señal de advertencia. Podían ser Bessie o Bronie quien llamaba. Hertz acercó el oído como si intentara reconocer de quién se trataba. Sabía muy bien que de nuevo estaba cometiendo una equivocación, pero ya no le sería posible continuar en Nueva York sin tener que recurrir a la caridad de Morris Kálisher, en el caso de que se reconciliara con él.

A partir de su conversación con Whittaker, se había dado cuenta de que no iba ser fácil hacer comprender a esa gente, protestantes puritanos, lo que él deseaba hacer. No obstante, presentía que Weisskatz sí le escucharía. Este hombre debía de aburrirse en esa pequeña ciudad, además seguramente estaría casado con una mujer de edad avanzada.

Desde hacía mucho tiempo, Hertz había llegado a la conclusión de que el placer de los sentidos no era para los jóvenes. Éstos eran sólo principiantes, aficionados, en definitiva. En América crecían como bisontes, bebían demasiado zumo de naranja, tomaban demasiadas vitaminas y se dedicaban con excesiva devoción al deporte. Incluso su elevada estatura era un obstáculo. Lo que es bueno para David no vale para Goliat. Ni siquiera el rey David alcanzó la verdadera sabiduría. El más sabio de todos los hombres fue su heredero, el rey Salomón, el hijo único de Betsabé, que vivió en paz con los pueblos vecinos, construyó el Templo, escribió poesía y proverbios e hizo traer a su lado a las hijas del faraón. ¿Idolatría? Quien escribió el Libro de los Reyes, fuera quien fuera, no entendía lo que se ocultaba detrás de los santuarios y de los ídolos: formas de juego, variaciones en los placeres humanos, nuevas emociones, experimentos con la felicidad…

Anochecía, pero Hertz no permitió a Miriam encender la luz. Se había acostumbrado a estar con ella en la oscuridad y le pidió que se pusiera la túnica que utilizaba cuando se le aparecía como espíritu. Miriam le obedeció en todo. Primero se sentaron a la mesa y cenaron juntos: pan, queso, salchichón y una manzana. A continuación Hertz se tumbó al lado de ella en el sofá cama. Le estuvo hablando de sus amores pasados y la interrogó a ella sobre los detalles de la intimidad con su esposo.

Desplegó ante ella su teoría hedonista-cabalista. Todos buscamos la felicidad. La felicidad es la materia de la cual está constituido el cosmos. Los electrones giran alrededor de los protones porque aspiran a su gozosa unión. Cada átomo, cada molécula, cada microbio busca el placer. Dios creó el mundo para satisfacer sus necesidades creativas y artísticas. No existe tal cosa como la muerte: es meramente el puente que lleva de una clase de placer a otra. Los sufrimientos no son más que sombras dentro del cuadro general, los contrastes que necesita el Creador para hacer resaltar sus figuras luminosas. Cópula y felicidad son conceptos sinónimos. Todo es amor: comer, beber, dormir, saber. El propio Aristóteles suponía que los planetas giraban alrededor del sol porque querían copular con él y porque anhelaban su luz. En el cosmos no existe la monogamia, las estrellas son polígamas…

Hertz concilió el sueño y cuando despertó aún era de noche. El reloj señalaba las dos menos cuarto. Salió al balcón. Nueva York dormía, pero en Broadway aún circulaban taxis y se oían conversaciones de jóvenes.

Hertz miró al cielo y vio dos estrellas, una luminosa y la otra que apenas se distinguía. ¡Qué extraño parecía, de pie en el balcón, observar mundos que se hallaban a una distancia de cientos, tal vez miles de años luz!

Aunque había pretendido revelar a Miriam toda su filosofía, en la profundidad de su ser le asaltaban dudas sobre sus propias afirmaciones. Éstas no se ajustaban a la auténtica verdad. La verdad auténtica era algo que la inteligencia humana nunca alcanzaría, no sólo debido a su complejidad, sino también porque podían ser millones el número de posibles respuestas, y la apuesta de combinar correctamente los pensamientos y las palabras conducía a una imposibilidad matemática. ¡Algo así como encontrar una aguja en un pajar!

Una cosa estaba clara: Miriam no era Minne, ni jamás podría serlo…

2

Miriam tenía que salir de casa muy temprano. El técnico dental para el que trabajaba debía entregarle un cheque. Además, necesitaba comprar toda clase de cosas para el viaje.

Hertz había dormido poco aquella noche. Volvió a conciliar el sueño justo al amanecer y, como de costumbre, le despertó una pesadilla. No recordaba nada, fuera de gritos, llamas, sangre. ¿Qué era todo eso? ¿Un pogromo? ¿Un incendio? ¿Una revolución? Tenía la chaqueta del pijama arrugada y húmeda de sudor. La almohada apareció extrañamente retorcida y enroscada como un tornillo. Al parecer, debió de haber peleado durante el sueño. Esa batalla contra alguien hizo que se despertara más cansado que cuando se había acostado.

«¿Qué me habrá pasado?—se preguntó mientras poco a poco recomponía mentalmente los sucesos del día anterior—. Bueno, al parecer voy a viajar a Black River… Miriam me acompaña…». Al entrar en el cuarto de baño, se miró en el espejo: la cara pálida, las bolsas bajo los ojos, una mirada somnolienta y el repunte de una barba de pinchos canosos. «Ya soy un anciano. A mis años, la gente normal goza de reposo…», se lamentó. Al afeitarse, sus mejillas parecían resistirse, hartas de ser raspadas día tras día. Se hizo un corte con la navaja y detuvo el sangrado con trocitos de papel higiénico. Con unas tijeras eliminó los pelillos que sobresalían de las orejas y de los orificios nasales. Días atrás se había cortado el cabello, pero ya le había crecido en la nuca.

«Todos los problemas provienen de afeitarse la barba. Si me hubiera dejado crecer una larga barba blanca como mi abuelo, no me habría metido en todas estas aventuras. Todo proviene de querer quitarme años», concluyó.

Después de afeitarse se dio un baño. Luego se puso una camisa limpia y un traje de color claro que había comprado la primavera pasada con el dinero de Minne. En la solapa derecha encontró una mancha e intentó quitarla con agua y jabón. ¡Allá en la universidad habría que ir bien vestido! Iba a necesitar al menos dos trajes más. Miriam comentó, con razón, que en el Midwest la ropa sería más cara que en Nueva York, puesto que de allí la llevaban. Eso era cierto, pero ¿de dónde iba a sacar el dinero?

Miriam le había dejado el desayuno preparado. Le había mostrado dónde estaba la leche, una botella de zumo de naranja y una caja de cereales, pero a Hertz no le apetecía desayunar en casa. Sentía necesidad de salir al exterior y tomarse una taza de café caliente.

Bajó por la escalera y se dirigió a la cafetería más cercana. Le agradaron los aromas que de allí emanaban: a café, a arenque picado, tarta de queso, bollos recién horneados y huevos fritos. Sintió la necesidad de sentarse a una mesa y comer algo mientras echaba una ojeada a un periódico matutino. Lo compró por tres centavos y entró en la cafetería.

Al pasar delante de un espejo observó que el traje claro y el sombrero de paja le daban de nuevo un aspecto sano e incluso no tan viejo. «Uno se engaña a sí mismo y a los demás», farfulló. Tomó una bandeja y en el mostrador recibió una taza de café, un cuenco de cereales con leche fría, una manzana asada y un bollo. «Debo tener fuerzas para este viaje», se justificó mentalmente ante alguien.

Comenzó a masticar el bollo y a leer las noticias. Mientras él hacía tonterías y corría aventuras con mujeres de mediana edad, miles de hombres jóvenes perecían en batallas. ¡A saber cuántos judíos estaban sufriendo en campos de concentración y en guetos! Le invadió una sensación de vergüenza y autodesprecio. «No soy una persona de bien. Soy una escoria, un perro, un canalla, lo peor de lo peor… Bueno, pero ¿qué puedo hacer? ¿Cómo podría ayudarles? Estoy viejo, enfermo y desgastado…».

Leyó también acerca de la espantosa lucha que los alemanes estaban librando alrededor de una ciudad rusa. Los comunicados emitidos tanto por los rusos como por los alemanes hablaban de las enormes pérdidas del enemigo, del gran número de tanques y aviones que el contrario había perdido y de los miles de muertos, heridos y prisioneros. Además, el reportaje describía la hambruna en Polonia. La gente moría en las calles. Los cadáveres eran enterrados envueltos en sudarios de papel. «Señor del universo, ¡menudo mundo has creado!—se quejó mentalmente—. ¿Todo esto para revelar Tu grandeza, Tu santidad, Tu misericordia?».

Tomó un sorbo del café y dio una chupada al cigarrillo. «¿Investigación Humana? ¿Qué es lo que aún se puede investigar? La humanidad elige revolcarse en cieno y sangre… Aunque fuera posible redimirla, no se lo merecería…».

Una campanilla sonó al abrirse la puerta y alguien sacó un tique de la máquina junto a la entrada. Hertz alzó la mirada y vio a Minne. Su primer impulso fue correr al cuarto de baño, pero permaneció sentado, como paralizado. Quiso levantar el periódico para taparse la cara, pero Minne ya lo había visto. Ella se detuvo un segundo y le dirigió una mirada fría y distante, la mirada de alguien cuyo amor había sido traicionado, profanado y mancillado.

Hertz se levantó bruscamente y volcó la taza del café, que le manchó el pantalón. Echó rápidamente la silla hacia atrás y se alejó de la mesa. Meneaba la cabeza de un lado a otro, afligido y azorado, a la vez que sorprendido de haber olvidado que Minne no vivía muy lejos. Nunca había topado con ella en una cafetería.

Minne llevaba un vestido que Hertz nunca le había visto. Incluso le pareció que se había cambiado el peinado. Intentó dar unos pasos hacia la puerta con intención de pagar y huir de allí, pero sus pies, como por propia voluntad, lo aproximaron a Minne.

—Escúpeme, escupe sobre mí si quieres…—espetó de pronto Hertz.

Minne siguió observándolo sin responder.

—Ayer descubrí mi propio carácter—siguió diciendo él.

Minne se alejó un poco.

—¿Qué carácter?

—Todo lo que se dice de mí es cierto.

—Pensé que algún coche te habría atropellado—dijo ella.

—No sería una gran tragedia… Espera, no huyas. Tengo que entrar en el servicio para limpiarme la mancha—dijo señalándose el pantalón.

—Tu mancha nunca podrá ser lavada—respondió Minne en tono profético.

—Sí. Es verdad. ¡Espera aquí!

Bajó las escaleras que llevaban al cuarto de baño. Las piernas le temblaban. Aún sentía el calor del café derramado sobre la pierna. «¿Qué podría decirle? ¿Por qué le habré pedido que esperara?», se preguntó. En el servicio intentó limpiar la mancha frotando con un trozo de papel y luego con un pañuelo, pero sólo consiguió extenderla.

Al regresar, vio que Minne se había sentado a una mesa junto a la pared. Tenía delante un cuarto de sandía en un plato. Se acercó a ella y preguntó:

—¿Puedo sentarme aquí?

—Sí, por última vez.

Hertz tomó asiento, manteniendo una mano sobre la tela mojada y caliente del pantalón. Minne no le prestaba atención, tenía la mirada clavada en el trozo de sandía. Hertz ansiaba que ella le reprendiera, lo maldijera, pero Minne callaba como esperando a que él comenzara a hablar.

—No sé qué decir ni de qué podemos hablar. Me he sorprendido incluso a mí mismo—dijo al fin Hertz.

—¿Quién es ella?—preguntó Minne.

—El «espíritu» que solía aparecer ante mí en las *seances*.

Minne experimentó una sacudida.

—¿Aquella muchacha?

—No es ninguna muchacha. Tiene una hija de quince años.

—¿Y cuándo sucedió todo eso? ¿Ayer?

—Ayer, anteayer, ni yo mismo lo sé.

—¿Abandonaste a tu esposa?

—Los abandoné a todos.

—¿Vives en su casa?

—Vamos a viajar a una universidad—replicó Hertz—. Alguien se interesó por mi teoría.

—¿Qué universidad?

—En Black River, Midwest.

—Al menos podrías haber venido para decirme lo que estabas haciendo. Ni a un perro se le abandona esperando en balde.

—Tienes razón, pero sentí miedo.

—¿Tú, miedo? Si no temes ni a Dios…

—A Dios no, pero a ti sí.

Minne apartó a un lado el plato con el trozo de sandía.

—¿Sabes que me dejaste abandonada en la calle? Ni siquiera tenía donde pernoctar.

—Me habías dicho que tenías dinero.

—La otra seguro que tiene más.

—La otra no tiene nada.

—Bueno, en ese caso eres un chiflado, además de un asesino.

—Si puedes, perdóname.

—Ni puedo ni te perdono. Hay un límite hasta para la vileza. Ni siquiera los maleantes se comportan así. Tienen cierta fidelidad hacia sus allegados. Incluso les ayudan cuando, desde la cárcel, quieren enviar secretamente cartas a sus amadas. ¿Tú quién eres? ¿Qué eres?

—Una persona sin escrúpulos. Mi propio padre me lo decía.

Durante lago rato guardaron silencio. Hertz sacó del bolsillo delantero una pluma y un bloc de notas, dispuesto a anotar algo, a la vez que se sorprendía de por qué lo hacía.

—¿Dónde has pasado la noche?—preguntó a Minne.

—¿Quieres tomar nota de mi nueva dirección?—replicó ella con burla.

—No. Ya sé lo que piensas de mí.

—No, no lo sabes. Yo tampoco lo sé. Tú deberías estar en un manicomio, allí donde se encierra a criminales locos. Todo este tiempo he sabido que lo nuestro terminaría así. Yo tengo la culpa, no tú. No debería haber mantenido ninguna relación contigo. ¿Qué clase de mujer es ella? ¿Divorciada? ¿Viuda?

—El marido se quedó en Polonia con su hija.

—¿Y a qué se dedica? ¿Es «espíritu» profesional?

—Trabaja en la clínica de un dentista.

—¿Un dentista para espíritus?

—No sabía que podías ser tan sarcástica.

—¿Qué quieres que sea? A tu lado todo se convierte en

un chiste. Mientras te esperaba ayer en la cafetería, cargada de problemas, algo dentro de mí me hizo reír. Llegó la muchacha que recoge las mesas y me lanzó una mirada llena de odio, como si yo fuera su rival. Seguramente también con ella fijaste una cita y la dejaste plantada.

—No, no.

—Me apuñaló con la mirada y yo pensé: «¡Ay de ti Minne, qué bajo has caído!».

—¿Dónde has pasado la noche?

—Con un gánster en el Bowery.

—Bueno, todo es posible.

—Quienquiera que fuera él, sería más persona que tú.

—Sí, tienes toda la razón.

UNDÉCIMA PARTE

I

El verano había pasado y sobre Nueva York caían unas lluvias intensas.

Hertz Mínsker había regresado de Black River tras una estancia de cinco semanas. Miriam Kóvadlo se había convertido realmente en su secretaria. Puesto que ya no pudo recuperar su antiguo apartamento, se instaló en una habitación amueblada, no lejos de donde residía Hertz.

Él había dicho adiós a las universidades para siempre. Llegó a la conclusión de que allí no entendían lo que quería llevar a cabo. Temían que con sus experimentos pudiera despertar la cólera de las Iglesias. Además, les asustaba la crítica de la prensa. Y, por añadidura, Hertz no poseía ningún documento que demostrara su título de doctor. Por otro lado, tampoco había allí con quien experimentar. Los estudiantes de aquella universidad ofrecían un aspecto excepcionalmente sano. Montaban a caballo, conducían automóviles a cien o ciento veinte por hora. Jugaban al béisbol, al fútbol y al baloncesto.

A la única conferencia que Hertz Mínsker llegó a pronunciar sólo asistieron unas pocas decenas de personas, entre miembros de la facultad y estudiantes. Él leyó su disertación manuscrita, pero nadie comprendió bien su inglés. Le plantearon preguntas que Mínsker ni oyó bien ni comprendió.

Pese a todo, aquel largo viaje no resultó un fracaso. Bernard Weisskatz, el antiguo propietario de un gran centro comercial y dueño de muchas propiedades, tanto dentro de Black River como en los alrededores, simplemente quedó prendado de Hertz y se convirtió en su benefactor. Sí, ese judío sencillo, que se había marchado de Polonia a los dieciséis años y llevaba más de cincuenta viviendo entre no judíos en el Midwest, carente de formación, ni judía ni de otra clase, resultó ser más receptivo a las teorías de Hertz que cualquiera de los profesores. Hertz descubrió en Bernard Weisskatz, conversando con él en yiddish, una agudeza mental y una intuición que lo asombraron. Empleaba pocas palabras, pero llamaba a cada cosa por su nombre. A su modo campechano, criticaba todo el sistema educativo.

Sólo una queja tenía Bernard acerca de Mínsker:

—¿Por qué no apareció usted treinta años antes?

Weisskatz era hombre de baja estatura, grueso, con unas pocas canas despeinadas que apenas le cubrían la calva y un rostro rubicundo. Bajo sus espesas cejas blancas destacaban unos ojos azules y penetrantes. De cuello corto y robusto, hombros anchos, nariz también ancha y gruesos labios, emanaba de él esa fuerza y seguridad en sí mismo propias de las personas que se han labrado una fortuna por sí solos y conocen todas las debilidades humanas.

Bernard Weisskatz habría olvidado por completo el yiddish si no hubiera estado suscrito, durante los años en que residió y casi construyó Black River, al periódico en esa lengua que recibía de Nueva York. Además, con el tiempo fueron instalándose en la ciudad otros judíos con los que Weisskatz jugaba a las cartas cada noche. Ellos levantaron una sinagoga y contrataron a un joven *rabbi*, por cierto unido a una mujer no judía, que impartía en la universidad un curso sobre historia y lengua hebrea.

No, en Black River Bernard Weisskatz no había olvidado su procedencia. A diario leía el periódico yiddish, incluidos los anuncios, y además recibía revistas y hasta libros que le enviaban desde Nueva York. Cada tarde, en la partida de naipes, se conversaba en la *mameloshen*, la lengua materna.

En Chicago, Bernard había conocido a una joven judía con la que se casó. Hija de un maestro de *jéder*, acababa de llegar de Zgierz, Polonia, y nunca aprendió el inglés. Tuvieron tres hijas.

Desde que la esposa de Weisskatz falleció dos años atrás, él vivía en un amplio piso en compañía de un paisano suyo, un pariente lejano, solterón, llegado a América en el año 1916, que se convirtió en el chófer, confidente, manager, guardaespaldas y cocinero de Bernard. Respondía al nombre de Lipman, algo inusual entre judíos.

Todo lo que Bernard tenía de bajito y grueso, lo tenía Lipman Neininger de alto y delgado. Así como Bernard, desde que llegó a América, se había dedicado a los negocios y había ganado millones, Lipman no sentía ambición alguna por el dinero. Ni siquiera recibía un salario. En casa de Bernard era una especie de sirviente a la antigua. Los judíos de Black River incluso bromeaban diciendo que Bernard tenía en casa un esclavo a quien, según las leyes de la Torá, debería liberar a los seis años, salvo si se dejara horadar la oreja. Lipman vivía en la casa y comía a la mesa con Bernard, cuyas hijas, de pequeñas, lo besaban y llamaban *uncle*.

Las malas lenguas decían que había estado liado con Dvoire Etel, o Yetta, como la llamaban en América, la esposa de Bernard. Al enterarse de esa difamación, Weisskatz lo tomó a broma: «Si eso fuera verdad, le habría pagado un sueldo», replicó.

En Black River, al igual que en las pequeñas ciudades y granjas del entorno, tenían a Bernard por un cínico y además ateo. Aunque donaba dinero para la sinagoga, nunca asistía a las oraciones, ni siquiera en *Yom Kipur*. Había concedido a la universidad grandes sumas para toda clase de edificios e instituciones educativas, pero se burlaba del profesorado, de los libros de texto y de las llamadas artes liberales. Profería palabrotas, contaba chistes obscenos, provocaba a los decanos de la universidad e incluso al clero. Nunca se le había visto leyendo un libro, aunque, eso sí, sus comentarios siempre eran relevantes y citados en las fiestas.

Los judíos de Black River lo llamaban el Bragueta Rota. Se sabía que había tenido aventuras con toda clase de mujeres y que la relación con su esposa Yetta era tormentosa. Al parecer, las tres hijas salieron al padre. La mayor había huido con el hijo de un banquero, padre de tres hijos. La otra intentó convertirse en actriz y ya iba por su tercer marido. Y en cuanto a la más joven, la intelectual, se decía que tomaba morfina. Había propinado una bofetada a un profesor en Black River.

Desde el fallecimiento de Yetta, Bernard supuestamente se había retirado de los negocios, pero el contable que llevaba sus libros había propagado que Weisskatz se había enriquecido aún más. Había adquirido un enorme edificio en Wall Street, Nueva York, y se dedicaba a toda clase de negocios. El médico de Weisskatz había dejado caer que su paciente sufría hipertensión y que, si no dejaba de comer como un cerdo y fumar un cigarro tras otro, no aguantaría mucho tiempo.

Las relaciones entre Bernard y Lipman eran peculiares. Lipman insistía en llamarlo *boss*, pero a menudo almorzaban juntos, viajaban juntos y se comportaban como amigos íntimos o incluso como hermanos. Cuando Bernard hacía algo que a Lipman no le agradaba, éste seguía llamándole *boss*, pero también palurdo, tirano o cualquier cosa que le viniera a los labios. Pese a todo, un momento estaban peleándose y al siguiente hacían las paces. Se decía que Lipman proporcionaba mujeres a Bernard. Y le guisaba y asaba esos platos favoritos que él aún recordaba de su *shtetl*:

tripas rellenas, *chólent* del *shabbat* entre semana, *guefilte fish*, gelatina de pata de ternera y otros manjares parecidos, que el médico le había prohibido tajantemente. Bernard no compraba un traje o un abrigo sin la aprobación de Lipman. Incluso en los negocios buscaba su consejo. A menudo bromeaba diciendo que antes de hacer cualquier cosa buscaba el consejo de Lipman y, según lo que él dijera, hacía lo contrario.

Desde que falleció Yetta, siempre se veía a los dos hombres juntos. Lipman incluso empezó a dormir en la cama de Yetta. Una criada reveló que, cuando Bernard se despertaba en mitad de la noche hambriento, Lipman se levantaba de la cama y asaba para él un pato, o le freía cebollas en grasa de pollo, como tentempié de media noche.

Weisskatz tenía en casa perros, gatos, loros y canarios. También le gustaba escuchar música de cantores litúrgicos y canciones de los teatros yiddish. Su casa estaba repleta de discos de gramófono…

Con todo su amor a la vida, Bernard sufría la melancolía propia de un magnate. Sobre el sepulcro de Yetta levantó un costoso monumento en el que, prematuramente, mandó grabar su propio nombre: Baruj Bernard Weisskatz. Había creado un fondo a nombre de Yetta para apoyar a estudiantes necesitados y había mandado escribir en memoria de ella un rollo de la Torá. En Black River se decía que cuando Bernard viajaba a Chicago o a Nueva York visitaba a espiritistas, asistía a sus *seances* y Yetta, desde el otro mundo, establecía contacto con él.

Cuando preguntaban a Lipman si eso era verdad, respondía: «Mi *boss* es un hombre salvaje y de un hombre salvaje todo se puede creer».

La llegada de Hertz Mínsker a Black River, en compañía de Miriam Kóvadlo, fue para Bernard un gran acontecimiento. Aunque la universidad había reservado dos habitaciones para ellos, éste insistió en que los invitados se alojaran en su propia casa. Asignó un coche especial para Mínsker y su compañera, y preparó un gran banquete en su honor, al que invitó a los más importantes profesores para que conocieran a Mínsker.

Cuando la universidad se negó, más adelante, a crear la cátedra de Investigación Humana que Bernard había propuesto, Weisskatz hizo saber al rector que él cortaba toda relación con la universidad y que ya no recibirían de él ni un penique.

Como resultado de esto, surgió una seria desavenencia entre Bernard y Lipman, ya que éste insinuó que Mínsker era un farsante. Bernard se enfureció y amenazó a Lipman con el puño.

«¡Vuélvete a Amshinov!», gritó.

Unas semanas después de que Mínsker regresara a Nueva York, Weisskatz anunció que él se trasladaba a vivir a esta ciudad, junto con Lipman. Había liquidado todos sus negocios en Black River, cerrado la casa y dejado a alguien encargado de cuidar de los perros, los gatos y los pájaros.

Había resuelto dedicar sus últimos años a la Investigación Humana, y había empezado a tratar a Hertz Mínsker como rabí. «Rabí—le aseguró—, todo lo que usted dice es la verdad sagrada. Por esta razón no quieren escucharle. Yo, Bernard Weisskatz, estoy con usted. Pase lo que pase, no le va a faltar dinero. ¡Mi fortuna entera es suya!».

Pese a la relativa escasez de viviendas, Weisskatz alquiló un piso de ocho habitaciones en Central Park West. Hertz Mínsker encontró, no muy lejos, un apartamento que le serviría de vivienda y oficina. En Nueva York surgió una nueva organización: la Sociedad independiente para la Investigación Humana y sus necesidades físicas y espirituales.

2

Cuando el doctor Mínsker decidió llevar con él a Black River a Miriam Kóvadlo, no podía saber lo útil que ella iba a serle. Como mujer le atraía bien poco, aunque mucho más que Bronie, y si la llevó con él fue únicamente porque le resultaba aburrido viajar solo. Había temido llevar con él a Minne porque podría dejarle en mal lugar allí.

Por otro lado, Hertz confiaba en que Morris Kálisher se reconciliaría con Minne. Y no habría querido arrebatarle la esposa a su antiguo amigo para fugarse con ella como un romántico aprendiz de sastre. Además, sabía que Minne no podría renunciar al lujo del que gozaba con Morris ni a la presencia de los escritores yiddish de quienes se había rodeado. ¿Quién iba a leer sus poemas en el Midwest? ¿Dónde encontraría a un editor que los publicara? ¿Y quién se lo financiaría? Minne se encontraba, como suele decirse, en el umbral de la vejez. Reconciliarse con él en Black River no le habría compensado la pérdida de su estilo de vida en Nueva York. Miriam Kóvadlo, en cambio, no tenía nada que perder al abandonar Nueva York. Enseguida quedó claro que el instinto, el inconsciente, tal como lo llamaba Von Hartmann[1], no se equivocaba, según él demostró.

Como cualquier viejo voluptuoso, Bernard Weisskatz comenzó a sufrir, no sólo una serie de achaques y enfermedades, sino también el acoso de la hipocondría y la melancolía. La muerte de su esposa, a la que durante años había atormentado y engañado, había despertado en él sentimientos de culpabilidad. En cuanto a sus hijas, las dos mayores se habían casado con no judíos y la más joven lleva-

---

[1] Eduard von Hartmann (1842-1906), filósofo alemán autor de *Philosophie des Unbewussten* ('La filosofía del inconsciente').

ba una vida licenciosa, lo que para Weisskatz suponía una demostración de que toda su vida había sido un fracaso: tras haber amasado una gran fortuna, en realidad no tenía a quien dejársela.

Después de haber aportado a la Universidad de Black River grandes sumas de dinero, no había encontrado entre los profesores americanos ninguna comprensión hacia él y sus necesidades. Captaba muy bien que, a sus espaldas, se burlaban de él. Se excedían en sus muestras de respeto y se dirigían a él con velado sarcasmo.

La forma en que recibieron a Hertz Mínsker y el desprecio con el que rechazaron todos sus planes y teorías convencieron a Bernard de que también en su filantropía había fracasado.

Hertz se había percatado inmediatamente de qué clase de personaje era Bernard y de qué sufría, y comenzó a organizar para él *seances*, del estilo de las que antes había organizado Bessie Kimmel para él. Miriam de nuevo se preparó para hacer de espíritu, esta vez representando el alma de la señora Weisskatz. Bernard se aferró a esas *seances* con increíble fervor. Pronto se convirtieron en su consuelo y su pasión.

Hertz había sonsacado de los judíos de Black River, así como de Lipman y del propio Bernard, abundante información acerca de la difunta señora Weisskatz. Miriam, por su parte, había trabado amistad con algunas mujeres judías en Black River, e incluso encontró un diario escrito por la señora Weisskatz en un yiddish lleno de incorrecciones. También pudo escuchar su voz y su acento en algunas grabaciones.

En Miriam, como solía sucederle en todas sus aventuras, Hertz Mínsker detectó la mano de la Providencia. Parecía como si realmente hubiera nacido para el papel que representaba. Durante las *seances*, en la oscuridad del salón del apartamento de Bernard, Hertz se asombraba de lo hábilmente que ella imitaba la voz de Yetta, así como su pronunciación, y con qué profundidad había captado la personalidad de ésta.

¿Sería Miriam una actriz tan genial? ¿O acaso el engaño escondía una parte de verdad? El hecho de asumir el papel de otra persona ¿no sería una forma de fundirse con el alma de ella? ¿Cómo si no famosas actrices como *mademoiselle* Rachel, Sarah Bernhardt y Eleonora Duse habrían podido embelesar a los más grandes espíritus de su tiempo? Los actores eran médiums, aunque no lo supieran. Abrían las puertas a seres que existieron y que deseaban revelarse.

En Black River, Hertz Mínsker descubrió que Miriam, a menudo, le había revelado ciertos hechos y rasgos de la familia de él que en ningún caso ella podía conocer por una vía normal. Hertz comprendió entonces por qué tantos espiritistas y médiums habían sido pillados en engaño. El propio engaño era para esas personas una verdad. De algún modo, eso era cierto también para él mismo, sus mentiras y sus disfraces. ¿Cómo si no, en general, podían existir mentiras en un universo que emana de Dios?

Hertz Mínsker estaba de acuerdo con Spinoza en un sentido: detrás de cada mentira se esconde algo de verdad. Sólo se necesita habilidad para captar los destellos de verdad en cualquier persona y cualquier ocasión. Si Dios le concediera a Mínsker años de vida, escribiría una obra con el título *La verdad de la falsedad*.

Bernard Weisskatz se había trasladado a Nueva York, no sólo por Mínsker, sino también y tal vez principalmente por esa Miriam que noche tras noche se le aparecía, murmuraba palabras de consuelo en su oído, lo besaba y lo acariciaba. Hablaba con él acerca de los hijos y nietos. A la tenue luz de una única bombilla roja, Hertz Mínsker contemplaba una comedia que, de hecho, era un drama metafísico.

Lipman, el criado de Bernard, afirmaba que todo aquello era un engaño, un truco artificial, pero Miriam, poco a poco, también lo arrastró hacia su red. De vez en cuando le traía «saludos y mensajes de parientes» y, en ocasiones, le daba un beso o una caricia.

Hertz, por primera vez desde que tenía recuerdo, no sentía ninguna preocupación financiera. Bernard Weisskatz no era Morris Kálisher. Éste le donaba a Hertz unos pocos dólares cuando se hacía necesario, lo suficiente para que no muriera de hambre ni durmiera en la calle. Bernard, en cambio, era un multimillonario, tiraba el dinero. Tras abrir una cuenta bancaria con miles de dólares, entregó a Hertz un talonario de cheques.

Además, Bernard lo animaba a ampliar las actividades de la Sociedad para la Investigación Humana y a contratar más ayuda. Estaba dispuesto a anunciar la sociedad en los periódicos, las revistas y la radio. Quería convocar una rueda de prensa e invitar a las *seances* a gente de fama. Hertz apenas conseguía frenarlo, pues aún no estaba preparado para «descubrirse». Antes quería terminar sus obras. Temía que la publicidad le fuera desfavorable.

Tenía muchas razones para sentirse feliz ahora, pero recordaba la observación de Schopenhauer, quien tuvo miedo durante toda su vida, pero sobre todo en los tiempos en que no había razón para tener miedo… Hertz Mínsker, con toda su nueva prosperidad, presentía literalmente que se le avecinaba alguna desgracia.

Cada noche se despertaba, siempre a la misma hora y el mismo minuto, sobresaltado por algún sueño que no recordaba, empapado en sudor, lleno de temor y acuciado por el deseo. Miriam dormía en la cama de al lado, pero no se juntaba a ella. Se incorporaba en la oscuridad, apoyaba la espalda sobre la húmeda y arrugada almohada, y empezaba a indagar y a cuestionar qué sucedía dentro de esa persona llamada Hertz Mínsker. ¿Sería el miedo a la muerte, a la enfermedad, a la locura? ¿Habría enemigos que conspiraban para destruirlo? ¿Estaría preparando alguien una calumnia contra él? ¿Iba Hitler a ganar la guerra y ocupar América? ¿O acaso iba a estallar en América un golpe comunista? De la pesadilla no recordaba más que una silueta blanca y una vocecita fina que podía o no pertenecer a ella.

Se enjugaba el sudor de la frente con la solapa del pijama. Sentado sobre el lecho, temblaba. Había vivido una tragedia esa noche, pero no sabía en qué había consistido.

Alguien en su interior se lamentaba de una desgracia para la que no encontraba consuelo. «Seguramente estarán despedazando a los judíos en Europa», se decía. Mientras él, en América, anhelaba satisfacer sus pasiones, probablemente a sus seres queridos los atormentaban con las torturas de la Inquisición. ¿Quién podía imaginar los infiernos que la maldad humana era capaz de inventar? ¿Investigar al ser humano? Hacía mucho tiempo que el ser humano había demostrado qué era y de lo que era capaz... ¿Redimirlo? La cuestión era si de verdad merecía ser redimido.

Una de esas noches Hertz volvió a incorporarse apoyando la cabeza sobre la almohada y ya no pudo conciliar el sueño. De pronto se acordó de Bronie. No estaba en Nueva York. Cuando él volvió de Black River y la telefoneó, fue Bessie quien le respondió de un modo grosero y con descaro. Dijo que Bronie no se encontraba en la ciudad y colgó el auricular.

Cuando él volvió a telefonear un par de días más tarde (o tal vez más de un par de días) Bessie le dijo, furiosa, que Bronie se encontraba en algún lugar de Florida y que eso era todo lo que ella sabía. Hertz le recordó que tenía en su casa algunos libros que necesitaba, pero Bessie replicó que, sin el permiso de Bronie, no podía permitirle llevarse absolutamente nada del apartamento.

Algunas semanas más tarde, Hertz llamó de nuevo, pero el teléfono estaba desconectado. Al parecer, Bessie se había marchado de la ciudad.

La desaparición de Bronie preocupaba a Hertz. ¿Dónde estaría? ¿Por qué no había dado señales de vida? Le había escrito desde Black River y no había obtenido respuesta. ¿Sería posible que hubiera encontrado a otro? Hertz se lo preguntó a Minne y ella respondió con cierta picardía, como si supiera algo que ocultaba. Cuando Hertz probó a sonsacárselo, Minne le replicó: «¿Qué sé yo de tus mujeres?».

Alguien estaba conspirando contra él, o bien el destino le estaba preparando alguna calamidad.

3

Cierto día a media mañana Hertz se encontraba sentado en el despacho que Bernard Weisskatz había alquilado para él, enfrascado en un manuscrito, y sonó el teléfono.

—¿Doctor Mínsker? Llamada desde Miami—anunció la operadora.

Instantes después Hertz oyó una voz conocida, pero que no pudo identificar enseguida. Era una voz femenina, ronca y áspera:

—Hertz, habla Bessie.

—Bessie, ¡la estaba buscando!

—¡Hertz, más vale que escuche lo que tengo que decirle!—comenzó Bessie, con severidad y sin más preámbulo—. Bronie está enferma, muy enferma. Está en el séptimo mes y ojalá que todo acabe bien. Tiene leucemia.

—¿Cómo ha dicho? ¿Que está encinta?

—Está en el séptimo mes.

«¡Así que era esto!», clamó una voz dentro de Hertz.

Enmudeció y sintió que se le cerraba la garganta y se le secaba la boca.

—¿Está en Miami?—preguntó.

—Sí. Viajó a Miami para abortar. Le informaron de que allí sería más fácil, pero enfermó y el médico se negó a realizar la operación. Ojalá lleve bien el parto.

—¡Cielos! ¿Por qué no me lo han hecho saber?

—Usted está demasiado ocupado con otras mujeres. Bronie es una santa, pero también las personas santas tienen su orgullo. Ni a un perro se le trata así—dijo Bessie con rabia.

Hertz sintió que se le encogía el estómago. «¡Soy un asesino! ¡Un asesino!». No sabía qué le aterrorizaba más, la enfermedad de Bronie o el hecho de que él a su edad iba a ser padre. «¡Bueno, esto es demasiado, demasiado!—se dijo—. ¡Es el final!».

Bessie tosió y su voz sonó aún más crispada y enojada.

—Tiene usted que venir enseguida si quiere verla aún viva. Yo la he cuidado estas últimas semanas, pero debo volver al trabajo. Si no lo hago, perderé a mis pacientes. Dios sabe que he hecho todo lo humanamente posible por ella.

—¿Cuál es su dirección?

—Hasta ahora estaba en el hospital, pero se ha mudado a lo que aquí llaman un «*efficiency*», un pequeño apartamento amueblado. ¡Tome un avión y venga enseguida! ¡No espere ni un minuto!

Bessie le dio la dirección. Mientras tomaba nota, Hertz se dio cuenta de que en un instante su letra había cambiado hasta hacerse irreconocible. Apenas conseguía leer sus propios garabatos. Un reflujo de amargor le subió desde su estómago, al mismo tiempo que un ataque de hipo y de eructos. Las rodillas le temblaban.

«Mi castigo es no tener nunca reposo—pensó—. Las personas como yo están condenadas a vagar eternamente en el *Guehenna*».

Hertz agradeció a Bessie la llamada, a lo que ella respondió con un gruñido. Él, nada más colgar, empezó a hacer cuentas acerca de las fechas. Bronie nunca le permitió utilizar un método anticonceptivo. Afirmaba que ella ya no podía quedarse embarazada.

«¡Desea morir! ¡Ya no quiere seguir viviendo!—oyó clamar en su interior—. Desde que la alejé de sus hijos… Esto es un auténtico suicidio…».

Telefoneó a Miriam, pero no se encontraba en la casa. Luego llamó a Bernard Weisskatz, pero respondió Lipman.

—El *boss* voló a Chicago. Regresará pasado mañana—le informó.

—¿Dónde se aloja? Tal vez puedo telefonearlo.

—El *boss* no dijo dónde iba a estar. Es probable que duerma en el parque—bromeó Lipman.

—Tengo que volar a Miami Beach inmediatamente—dijo Hertz—. Al llegar llamaré a Bernard.

—¿Tiene usted que investigar allí a un par de almas? —preguntó Lipman, con ironía revestida de ingenuidad.

—Mi esposa está gravemente enferma.

—¿Miriam?

—No, otra. Usted no la conoce.

—¿Cómo se puede conocer a todas sus esposas?—preguntó Lipman—. Le deseo que se cure pronto… Usted es hijo de rabino, pero incluso un judío corriente como yo puede conseguir algo rogándoselo a Dios…

—En la Guemará está escrito: «La bendición de un hombre sencillo no la tomes a la ligera».[1]

—Estudié la Guemará en el *jéder* tiempo atrás, pero lo he olvidado todo—replicó Lipman—. Sólo recuerdo media frase: «Si depositas dinero en poder de tu vecino…».

---

[1] Talmud, Meguilá, 15.ª.

—¿Tal vez pueda usted reservar para mí un billete de avión?

—¡Qué pregunta! Yo lo puedo todo. Después de tantos años al servicio de mi *boss*, uno tiene que poder hacer cualquier cosa: asar un pavo en mitad de la noche o encontrar en Honolulú una *rébbetsin* que canta en un cabaret. ¿Cuándo quiere usted volar?

—Lo antes posible.

—¿Dónde va a estar usted? Le volveré a llamar enseguida.

Hertz se vio obligado a correr para ir a cobrar un cheque antes de que cerraran el banco. Luego fue a casa a hacer el equipaje. Miriam debía estar en el despacho de la Sociedad para la Investigación Humana, pero no respondió cuando la telefoneó. Llamó luego a Minne, pero tampoco ella estaba en casa.

«¿Puede ser que Minne estuviera enterada del embarazo de Bronie y no me lo dijera? Son enemigos míos todos ellos. Disfrutan con mi derrumbamiento», pensó Hertz, a la vez que recordó el versículo: «Los enemigos de un hombre están en su propia casa».[1] Sacó de algún lugar una maleta y metió dentro camisas, pañuelos, calcetines.

«¡No quiero tener hijos! ¡No quiero traer nuevas generaciones a este Valle de Lágrimas!—suplicó a los poderes superiores—. ¡Señor del mundo! ¡Ayúdala! ¡Que encuentre curación! ¡Si no, llévame a mí también! He matado a bastantes almas. No puedo seguir siendo un asesino…».

Sintió que el estómago se le encogía y un sabor amargo le llenaba la boca. Le entraron ganas de vomitar. Fue al cuarto de baño, se inclinó encima de la taza y abrió la boca para devolver, pero sólo expulsó un fino hilo de bilis. Las sienes le palpitaban con fuerza y veía manchas ante los ojos.

[1] Miqueas 7, 6.

«¡Soy un asesino, un asesino! Es como si yo la hubiera apuñalado. ¿Y qué haré después con la criatura? Soy un viejo judío... No, un viejo nazi».

Sonó el teléfono, era Lipman. Le había reservado un vuelo que despegaba a las siete de la tarde. Hertz se lo agradeció mientras pensaba: «¿Quién sabe? Tal vez el avión sufra un accidente y ése sea el final. Justamente hace unos días varias decenas de pasajeros quedaron calcinadas en un avión... Sería el cierre más adecuado para esta tragicomedia», pensó Hertz.

El teléfono sonó de nuevo y Hertz corrió a responder. Era Morris Kálisher, con voz tronante:

—Jáyimel, ¿qué estás haciendo en este momento? Te llamé a la oficina, pero nadie respondió. Jáyimel, tengo que hablar contigo. Un asunto importante.

—¿De qué quieres hablar? Tengo que volar a Miami enseguida. Bronie no está bien. Todas las fuerzas malignas han caído sobre mí. Ya soy como un mártir.

—Espera. ¡No pierdas la cabeza! Si ella no está bien de salud, el Topoderoso podrá mandarle una curación—afirmó Morris—. Él sana a los enfermos... Tú serás lo que eres, pero sigues siendo el hijo del rabino de Pilsen. Provienes de un linaje ilustre y tal vez tengas tus propios méritos. «Un hijo de Israel, cuando peca sigue siendo hijo de Israel». Con todos tus disparates, sigues siendo un gran hombre y, por lo tanto, hay que perdonarte todo...

—Morris, me encuentro en un amargo aprieto. Estoy desesperado. ¿Minne está en casa?

—Mínnele ha ido a la imprenta, pues le comunicaron que las galeradas están listas. Jáyimel, ambos hemos decidido que tú tienes que escribir la introducción al libro. Es verdad que ahora eres un ricachón, pero no importa, te pagaremos el trabajo de todos modos. Debes escribir no más de cinco o seis páginas y te entregaré un cheque por mil dólares. Ahora que eres un hombre rico, sin duda valoras el dinero, como cualquier rico…

—Móyshele, en este momento no estoy en condiciones de escribir. Mi mente está destrozada.

—Jáyimel, Mínnele se sentirá profundamente decepcionada. Cuando le sugerí la idea de que tú escribieras el prólogo, sencillamente le extasió. ¿Quién conoce a Mínnele y sus creaciones mejor que tú? Hay alrededor de seis páginas vacías para rellenar y tu introducción le dará relevancia al libro. Contamos contigo. Eres una persona respetada. Hasta tus enemigos admiten que eres una figura eminente… Los críticos son, que me perdonen, unos perfectos idiotas. Ve a preguntarles qué es la verdadera poesía. Si tú dices que es buena, la pondrán por las nubes. De lo contrario…

—Móyshele, Bronie está gravemente enferma.

—¿Cómo es posible? Se halla en estado de embarazo avanzado…

—¿Tú lo sabías? Todos lo sabían salvo yo.

—¿Cómo podías saberlo tú, si de pronto te levantas y huyes con otra? Puedes estar seguro de que eres el padre.

—¡Ojalá fuera otro el padre! No necesito traer hijos al mundo para que Hitler tenga sobre quien colgar la estrella amarilla.

—Nosotros los judíos sobreviviremos, no a un Hitler, sino a todos los Hitlers. Hemos sobrevivido a Nabucodonosor, al persa Hamán y al cosaco Jmelnitski y con la ayuda de Dios también enterraremos a Hitler.

—Mientras tanto él nos está enterrando a nosotros.

—Al alma no se la entierra, Jáyimel, el alma sigue viva. Lo sabes bien: el cuerpo no es más que un ropaje. Uno se quita el viejo y se pone el nuevo. Todas nuestras almas se hallaban presentes en el monte Sinaí. Aquí estaremos cuando llegue el Mesías, y construiremos el Templo. Jáyimel, no te voy a soltar. Tienes que prometerme que escribirás la introducción.

—Es que viajo a Miami. Además, no tengo aquí el manuscrito.

—Te llevaré las galeradas. El impresor iba a hacer dos copias. Nunca lo olvidaremos, Jáyimel.

—Mi vuelo sale a las siete.

—Tomaré un taxi y me acercaré a tu casa. Estaré allí en diez minutos. ¿Cuánto tiempo tardas en escribir unas páginas? Puedes también incluir, ¿cómo lo llaman?, algunas citas de sus mejores poemas y, antes de que te des cuenta, estará terminado. El cheque por mil dólares te lo entregaré de antemano. Me enviarás la introducción por avión en cuanto la tengas. Tu Bronie, con ayuda de Dios, tendrá una completa curación. Es joven todavía y, ya que va a ser madre, la necesitamos aquí en este mundo. Jáyimel, no quiero darte consejos, pero siendo madre de tu hijo, vuelve con ella y llevad una vida de familia.

—Móyshele, Bronie tiene leucemia.

—¿Cómo es posible? ¿Cómo ha sucedido tan de repente? Rogaré por ella, y reza tú también. Dios existe y escucha las oraciones. Aquí en Nueva York hay grandes médicos. Tráela aquí. Yo sé de uno que realmente hace milagros. Lo hablaremos en persona. Estaré en tu casa en diez minutos. ¡No huyas!

Morris Kálisher colgó el auricular.

«Bueno, todo se desmorona», se dijo Hertz. Todavía de pie al lado del teléfono, supuso que enseguida sonaría de nuevo, pero no fue así.

Volvió a su maleta.

«¿Qué estaré olvidando meter? Seguro que olvido algo. Ya no sé en dónde me encuentro en este mundo…».

282

Morris Kálisher fumaba un puro mientras Hertz Mínsker ojeaba las galeradas del libro de Minne. Mientras las leía, musitaba para sí mismo, con una especie de melodía: «Banal, frases vacías. ¿Cómo es posible que no salga de su pluma una sola palabra original o sincera? ¿Y cómo puede Morris entusiasmarse por esta palabrería sin sentido?».

Morris, de vez en cuando, le lanzaba una mirada inquisitiva y medio temerosa con sus grandes ojos negros. Para Hertz era como un paciente a la espera de que el médico le anuncie enseguida si está o no gravemente enfermo.

«Bueno, de todos modos tendré que elogiarla—pensaba Hertz—. En cualquier caso soy un embustero, ¿qué daño puede hacer otra mentira?».

—Sí, notable—dijo, dejando a un lado las hojas.

—Te gustan, ¿eh?

—La mayoría los había leído.

—Escribe una cálida introducción. No escatimes palabras—medio ordenó y medio rogó Morris.

Hertz habría querido preguntarle: «¿De qué va a servir que yo la elogie? ¿De qué te va a servir a ti, idiota? ¿Y cómo has dejado que esta mujer te engatusara cuando todo indicaba que te traicionó? Bueno, ésa es la fuerza de la estupidez humana...». Sin embargo, lo que dijo fue:

—Bien, la escribiré.

—Hazlo ya, la imprenta está esperando. Tú eres un escritor de pluma rápida. Te he visto llenar toda una pila de hojas en media hora.

—Sí, puedo escribir una pila de hojas en media hora, pero llevo más de treinta años luchando con una sola obra. Y ya nunca la escribiré.

—La escribirás. Ese Weisskatz tiene acceso a las personas más relevantes...

Hertz quiso responder, pero alguien llamó a la puerta. Acudió a abrir y, ante su asombro, vio que se trataba de Minne. No le dio tiempo a indicarle que su marido se hallaba en la casa, porque Morris ya la había visto y se había puesto en pie, estupefacto.

—¿No ibas a ir a la imprenta?—preguntó.

Minne llevaba el nuevo abrigo de visón que Morris acababa de regalarle y un sombrero forrado con la misma piel. Tras pensarlo un instante, dijo:

—Decidí hacer una parada en casa de nuestro amigo.

—Precisamente estábamos leyendo tus poemas. ¡Hertz está maravillado!—dijo Morris—. Escribirá la introducción.

—¡Si yo quiero que Hertz me escriba la introducción no tienes por qué ser tú el intermediario!—replicó Minne con la insolencia de quien sabe que la mejor defensa es un buen ataque—. No hay problema. Conozco bien a Hertz y él conoce mis poemas.

—Tú misma dijiste ayer que…

—Ayer no es hoy, y hoy no es ayer—repuso ella—. Te lo ruego, Morris. Ocúpate de tus negocios y deja que yo me ocupe de mi poesía. Sé muy bien que ellos van a atacarme como una jauría de perros. Envidian todo lo que otro haga. Cualquiera pensaría que uno se hace rico con un libro de poesía. Ya me han advertido que están afilando las garras contra mí. Tú sabes, Hertz, lo corrupto que es el mundo literario. Enseguida forman una camarilla y, si no perteneces a ella, te despedazan.

—¿Y por qué no habrías de pertenecer tú también a ella?—preguntó Morris—. En cualquier caso, como escritora deberías ser una más del grupo.

—¡Qué va! En primer lugar, son todos hombres y a las mujeres las miran por encima del hombro. Por mucho talento que tenga una mujer, le buscan defectos. Esto es algo que sucede sólo entre nosotros los judíos. Viene de esos devotos que, en sus rezos, cada día bendicen a Dios por no haberlos hecho mujer. Además, yo no soy de las que van de casa en casa para vender sus obras, y eso les molesta… ¿Por qué hay una maleta en mitad de la habitación?—preguntó de pronto Minne.

—Viajo a Miami—respondió Hertz—. Bronie está gravemente enferma.

La expresión de Minne cambió de repente.

—Creí que ya habías terminado con Bronie. ¡Ahora es Miriam tu víctima!

—Mínnele, ¿cómo le hablas así a nuestro amigo? Bronie es su esposa. Pronto lo hará padre.

Minne dio un paso atrás.

—¿Qué os pasa a vosotros dos?

—Es la verdad. Bronie está embarazada de varios meses y además tiene leucemia—dijo Hertz.

—¡Vamos, vamos! ¡Pensaba que ya nada me podría sorprender—exclamó Minne, dirigiéndose mitad a sí misma y mitad a Hertz—, pero cada día trae nuevas locuras! ¿Por qué me lo has ocultado? Al fin y al cabo, no soy tan enemiga tuya o…—Minne no acabó la frase.

—Ni siquiera yo lo sabía—dijo Hertz.

—Vámonos de aquí, Morris. Vine porque quería contarle a Hertz lo que sucede en nuestra profesión, cómo en nuestro círculo de escritores hay intrigas contra cada nuevo talento y cómo no permiten que una mujer demuestre su arte de escritora. Pero Hertz tiene sus propios problemas… Que yo sepa, tú no vivías con Bronie, Hertz. ¿Quién la dejó embarazada? ¿El Espíritu Santo?

—Mínnele, ¡no hables así! Bronie es su esposa, y una esposa lo es para siempre. Como está escrito en la Guemará: «No se debe indagar en la unión entre parejas».[1]

---

[1] Talmud, tratado Yevamot, 21.

—Ven, vámonos.

—No, Mínnele, quédate. Quiero que él escriba la introducción. No debes comportarte, ¿cómo lo llaman?, como una *prima donna*. Es verdad que tienes talento, pero la palabra de Hertz Mínsker no te hará ningún daño. Si él afirma que tienes un gran talento, ellos no se atreverán a...

—Me atacarían aunque lo dijera Dios. ¿Acaso yo escribo para los críticos? En cualquier caso, lo destruyen todo. Yo escribo para los lectores. En algún lugar, Morris, existirá un lector honesto que, sin saber nada de política literaria, de provocaciones ni recomendaciones, leerá mi libro y, si le gusta, disfrutará y se quedará embelesado. Y si ese lector no existe ahora, tal vez existirá en el futuro. Puede que en Polonia queden algunos judíos que acaben leyéndolo sin necesidad de saber nada de las sucias argucias que hay detrás. Yo escribo para ellos y para Dios.

—Sí, Mínnele, tienes razón—asintió Morris—. Esa clase de gente ha denigrado a los más grandes escritores. Hasta a nuestro maestro Moisés lo vilipendiaron: «Y se enojó el pueblo contra Moisés preguntando ¿qué beberemos?».[1] Y Kóraj, ¿qué quería? ¿Y qué querían Datán y Aviram? Tengo que marcharme. Aún necesito hablar con algunos hombres de negocios. Si todos escribiéramos poesía, ¿quién construiría casas y fábricas? No me creerás, Jáyimel, pero yo, Moyshe Kálisher, ahora produzco componentes de aviones. Cierto que no sé lo que es un avión, pero mis ingenieros sí. En los negocios sólo hace falta ser capaz de calcular los dólares y los peniques, y tener cierto olfato. El resto te lo hacen los demás. Naturalmente, tengo socios, pero tampoco ellos saben nada. Bueno, ¿acaso el presidente puede saberlo todo? Estampa su firma en un papel y lo demás se hace solo.

[1] Éxodo 17, 2.

—¿Opera Dios del mismo modo?—preguntó Hertz—. ¿Acaso también Él estampa su firma en un papel sin saber lo que hacen otros?

Morris se puso en pie.

—Jáyimel: «No toquéis a mis ungidos y no hagáis daño a mis profetas...».[1] Se puede hacer chistes acerca de todo, pero no acerca del Todopoderoso. Comprendo tu estado de ánimo, pero contra Dios está prohibido protestar. ¡Al fuego han entrado los judíos cantando sus alabanzas! ¡Quién sabe lo que ahora está pasando bajo Hitler! El periódico decía que en una pequeña ciudad los judíos se envolvieron en sudarios y taleds para salir a recibir a los alemanes.

—¿Y Dios siguió guardando silencio?

—Si no guardara silencio no existiría el libre albedrío. Mínnele, me marcho, y te lo ruego: no riñas con Hertz. Lo que sucede entre marido y mujer no es asunto de nadie más. Jáyimel, prométeme que no dejarás que se marche sin su introducción.

—Morris, ahora no puedo coger la pluma.

—Tienes que hacerlo. Me lo has prometido. Ya acordé con el impresor que íbamos a rellenar esas páginas, y las están esperando. Quieren meter el libro en la impresora. Así me lo dijeron, y la máquina no puede esperar. Mínnele, nos veremos por la noche. Adiós.

Morris salió.

—¡Abre la ventana!—exclamó Minne—. ¡Envenena el aire con sus puros!

—Minne, haz lo que quieras. ¡Yo estoy acabado!—balbuceó Hertz.

—Estás igual de acabado desde que te conozco. ¿Por qué la has dejado encinta si la odias?

[1] Salmos 105, 15.

287

—Minne, ella se está muriendo y yo soy su asesino. Esto es todo lo que te puedo decir.

—Bronie no se está muriendo. Esa Bessie Kimmel la empujó a ir a Miami y ahora la tiene como rehén. Lo que persigue es ejercer su poder sobre ti a través de Bronie. Se puede engañar a cualquiera, pero a mí no. Conozco todos los trucos de las mujeres, todas sus artimañas. Algo sí quiero decirte: si viajas ahora a Miami para estar con tu esposa, tú y yo habremos terminado. Lo he sufrido todo a tus manos. He tolerado cosas que si alguien me hubiera dicho, un par de años antes, que las aceptaría en silencio, le hubiera escupido en la cara. Me has dejado abandonada en una cafetería y te has marchado al Midwest, llevándote contigo a una embaucadora extranjera, sólo porque mi inglés no te gustaba. Hice las paces contigo porque, ¿cómo es el dicho popular?: si necesitas al ladrón, descuélgalo de la horca. No puedo buscarme, cada lunes y jueves, un nuevo amante. Sin embargo, como tu vileza no conoce límites debes saber que éste es el fin. Antes preferiría morir que volver a ti, después de todo lo que me has hecho. ¡Y devuélveme mis poemas! ¡No necesito tu introducción, asesino!

Minne escupió sobre la solapa de la chaqueta de Hertz. Él la secó con un pañuelo.

—No deberías escupirme. Voy a viajar para estar con ella. No la dejaré morir sola.

—¡Ve! ¡Buen viaje y me alegro de deshacerme de ti! ¡Y que allí mueras! ¡Maldito sea el día en que conocí tu horrible cara! He venido aquí de todo corazón e incluso te traía un regalo. Pero tú me has echado un cubo de agua sucia encima. ¡Eres una escoria!

—¡Minne, márchate!

—¿Tú me echas? Me voy, y nunca más volveré. Si Bronie está realmente tan enferma como dices, la has matado tú.

¿Y de qué te servirá criar un bastardo en tus años de vejez? No vivirás lo bastante como para criarlo.

—Lo sé.

—Si ella tiene leucemia, también la criatura puede estar enferma. ¡En buen lodazal estás metido! ¡Y yo hundiéndome en esa inmundicia! ¡Entrégame los poemas!

Minne agarró las hojas de las galeradas e intentó hundirlas en el bolso. Hertz se puso en pie.

—¡Llévatelas! No sabes escribir. No tienes ni una pizca de talento. ¡Ésa es la verdad!

—¿Cómo? ¡Si ayer dijiste que soy más grande que Biálik!

—¡Todo lo que escribes es basura!

Minne enrojeció y a continuación palideció.

—¿Lo dices de verdad?—preguntó.

—Sí. No eres más que una escritorzuela.

—Vale. Una escritorzuela es una escritorzuela. En el cementerio, todos somos iguales. No publicaré este libro. Me voy a ver al impresor a decirle que tire todo a la papelera. Adiós, vil seductor. Te amaré hasta mi último aliento. —Caminó hacia la puerta. Antes de salir, se dio la vuelta para decir—: Ésta ya no es Minne. Quien te habla es un cadáver… Espera, te daré el regalo…

—¿Qué clase de regalo? ¡No necesito tus regalos!—replicó Hertz.

—Sí los necesitas. Toda tu vida has sido un aprovechado y un chulo, y es lo que sigues siendo—respondió Minne—. Antes te mantenía Morris y se lo agradeciste acostándote con su esposa. Ahora es Weisskatz tu mecenas. ¿Cómo se lo vas a pagar? Él no tiene esposa… Te compré una pluma estilográfica para que puedas registrar en un diario tus sucias aventuras. Nosotros dos ya nos encontraremos en el infierno.

Y diciendo esto, Minne arrojó un pequeño estuche alargado sobre la mesa de Hertz.

—¡Espera! ¡No te vayas! ¡No hagas locuras!

—¿Qué quieres que haga? ¿Seguir aguantando tus ofensas? Es como si ya me hubieras matado. Ni clavándome un cuchillo en el corazón habrías conseguido causarme más daño.

—¡No te vayas! ¡No te vayas! Todo esto pasa porque tú me atormentas. ¿Qué remedio me queda? Bronie no paraba de decirme que nunca podría quedarse embarazada, se lo había asegurado un médico o el diablo sabe quién. Son una pandilla de mentirosos. Ahora, además, está enferma. No puedo dejarla morir allí como a un perro.

—No se merece nada mejor. Se está comportando como una vulgar criada que quiere aferrarse a un hombre quedándose encinta. Todo está calculado. Seguramente es esa Bessie Kimmel la que le dio la idea. No sólo eres un bellaco, sino también un estúpido. Bueno, me voy.

—¡No te vayas! ¡Estoy atado a ti! Todas esas mujeres no significan nada para mí, a menos que te tenga a ti. Sin ti, nada tiene sentido.

—¿Quieres decir que yo te debo servir como fondo para tus otras mujeres? ¡Bonito papel! Puede que yo sea realmente, como tú dices, una escritorzuela, pero algún valor humano sigo teniendo. También los escritorzuelos son seres humanos, creados a imagen de Dios. Nunca más escribiré ni una palabra. Hago ahora un solemne juramento: voy a ir a casa a romper mi pluma. Si Morris se empeña en tener una esposa escritora, tendrá que buscarse otra.

—¡No te exaltes! No te pongas histérica. Sí que tienes talento.

—Que tú tengas tanto reposo en tu sepulcro como talento tengo yo. No hay talento en mí. Lo he sabido siempre, pero he querido engañarme. Siempre se necesita algo por lo que vivir. Sin embargo, ahora que el pastel se ha descubierto, hay que prescindir de ello. Hoy lo he perdido todo, a ti y a mi escritura. Es realmente lo que suele decirse: desnudo salí del vientre de mi madre y desnudo…

—¡No te vayas! ¡Te quiero! ¡No puedo vivir sin ti! No escribes peor que tus grandes maestros literarios. De hecho, mejor. Tú al menos eres sincera…

—Hertz, no menees la lengua como un perro la cola. Incluso un embustero tiene que tener un límite. De aquí en adelante no creeré nada de lo que digas. No creeré en ti ni creeré en mí. Lo único que me queda es la muerte.

—Mínnele, te suplico por lo que para ti sea más sagrado que me escuches hasta el final.

—¡Idiota! ¿Qué es sagrado para mí? ¿Y qué es para ti sagrado? No deberías ni pronunciar esa palabra. Tú tienes un único objetivo: causar dolor a las mujeres y atraparlas en una red donde no les queda nada salvo el suicidio. Lo has conseguido conmigo, y te felicito por ello. Ahora la víctima yace desgarrada y puedes beberte su sangre, como corresponde a una sanguijuela. *Adieu* para siempre.

—¡Mínnele!

—¡Asesino!

Y Minne salió dando tal portazo que retumbaron los cristales de las ventanas.

Hertz permaneció sentado un rato, como trastornado. A continuación, alzó el estuche y sacó de él una pluma estilográfica de gran tamaño. Le dio varias vueltas para leer el nombre de la marca. «Tiene capacidad para un océano de tinta—pensó—. ¿Acaso ella no llevaba razón? Soy un asesino».

Volvió a la maleta.

«¡Qué debo llevar? ¿Qué voy a hacer allí? No debería haberle hablado así acerca de su escritura. Es todo lo que tiene… Esa gente vive completamente sumida en sus ilusiones. Cuando Morris se entere de esto, se convertirá en mi enemigo mortal… Bueno, todo se vuelve en mi contra.

La verdad es que sin ella mi vida pierde todo aliciente… No debería haberla dejado marchar».

Se dirigió hacia la ventana y se asomó. ¿Tal vez estaría esperando abajo? Pero no, no la vio.

Sonó el teléfono. Algo en él tembló: «Tal vez sea ella», se dijo. Era la voz de Miriam:

—Hertz, ha llegado una carta de Black River. Es del profesor Arthur Whittaker.

—¿Qué quiere?

—Al parecer, ahora están dispuestos a crear la cátedra para la Investigación Humana. Es copia de una carta que han enviado a Bernard Weisskatz. Seguramente necesitan su dinero.

—Miriam, no quiero volver a viajar a Black River, ni necesito ninguna cátedra. No hay nada que investigar. Somos todos hijos de Caín, y habremos de compartir su destino, así como la señal que lo distingue.

—¡Escucha lo que dice! ¿Qué te ha pasado? Es una carta larga. ¿Quieres que te la lea?

—Miriam, hoy vuelo a Miami.

—¿Ah, sí? ¿Para qué?

—Bronie está gravemente enferma.

—¿Qué le sucede?

—Tiene leucemia, y también otras complicaciones. Te llamaré desde allí. También telefonearé a Weisskatz cuando él regrese. Mientras yo esté en Miami puedes cerrar el despacho.

—No lo creerás, pero hoy ha llegado un montón de cartas. El tema despierta gran interés. La gente está harta del psicoanálisis y necesita algo diferente. ¿Cómo enfermó de leucemia, así de pronto?

—Todo sucede de pronto. Me lo dijo Bessie por teléfono.

—Bessie es una mentirosa psicopática. Se trata de una trampa.

—Bronie se encuentra en estado avanzado de embarazo.

Miriam no respondió enseguida.

—Sí, lo comprendo.

—¿Qué es lo que comprendes? Ni yo mismo lo entiendo.

De nuevo Miriam calló unos instantes.

—¿Qué debo hacer con todas estas cartas? También ha habido llamadas telefónicas. Quieren invitarte a dar conferencias. No te lo imaginas, pero de la noche a la mañana te has convertido en un *success*. Así es América. Necesitan tener siempre algo nuevo. Si te quedas en Miami, todo esto se convertirá en nada.

—¿Cómo puedo dedicarme ahora a dar conferencias? Además, el inglés no es mi lengua. Ya viste lo que sucedió en Black River. Ni ellos entendieron lo que yo decía ni yo entendí lo que preguntaban.

—Te acostumbrarás. Tu inglés es bastante bueno. Tienes un vocabulario suficiente. Hertz, por lo que sé, es la primera vez que tienes éxito y no deberías desperdiciarlo. Podría ser la última oportunidad.

—Al parecer, ése es mi destino. ¿Qué puedo hacer? No debo dejarla morir allí como un perro.

—¿En qué podrás ayudarla? Que venga ella a Nueva York. Aquí hay grandes médicos. Miami es una aldea comparada con Nueva York. Le encontraremos un hospital y todo lo demás.

Hertz guardó silencio largo rato.

—Miriam, tal vez podrías volar tú allí y traerla. No puedo dejarla abandonada del todo.

—Conmigo no querrá ni hablar. Bessie seguramente le habrá hablado mal de mí.

—En ese caso, yo la traeré a Nueva York.

—Sí, tráela a Nueva York. No debes permanecer en Miami. Weisskatz estará de regreso dentro de pocos días. Tiene enormes proyectos para ti. Ese hombre está forrado de dinero y no sabe qué hacer con él. Es multimillonario. Hay que actuar en caliente.

—Demasiado caliente está ya todo. Es el calor del infierno. Estaré en contacto contigo. Lo del embarazo de Bronie es algo así como una burla de mi vejez.

—Tú la has dejado encinta, no yo. Si quieres ser padre, tendrás que ganarte la vida como un padre. ¿Qué debo hacer con las conferencias? En una de las cartas ofrecen quinientos dólares por una.

—¿Quinientos dólares? Los americanos tienen mucho dinero. Mantente en contacto con ellos y yo, mientras tanto, veré lo que hago. Como todo en mi vida, también este éxito me llega demasiado tarde. Tú, Miriam, eres ahora mi único apoyo—dijo Hertz variando el tono—. He terminado con Minne para siempre.

—¿Cuántas veces has terminado ya con ella? Hertz, a mí no necesitas mentirme. Sé muy bien que Minne es la mujer que amas. Yo quiero ser una secretaria y nada más. Esta noche he dormido poco y he estado dándole vueltas. Tú conoces mis sentimientos hacia ti, pero puesto que quieres a otra, no tiene sentido que me cuelgue de ti. Quiero que sigamos siendo amigos y olvidemos la otra tontería. Tú sabes que no ha ido bien entre nosotros. Te acostabas conmigo y sólo hablabas de ella. No estoy acostumbrada a algo así.

—¿Eso quiere decir que tú también te deshaces de mí?

—No me deshago de ti. Trabajaré para ti con todo mi corazón y mi alma, pero nuestra relación ha sido falsa desde el principio. Yo tendría que haber seguido siendo un «espíritu». No deberías haber encendido la luz aquella tarde en el cuarto de baño.

—Seguramente habrás decidido que Bernard Weisskatz es mejor partido para ti.

Miriam hizo una pausa.

—Hertz, me estás empujando a sus brazos y al mismo tiempo te quejas. Sabes muy bien cuál es el objetivo de todas esas *seances*. El viejo me abraza y me estrecha de tal modo que por poco me desmayo. Y me da besos con lengua. Esto es simple prostitución. Si sintieras algo hacia mí no me habrías puesto en una situación como ésta. Esa persona despierta en mí sólo asco, ésa es la verdad. No como persona, sino como hombre. Tú te estás comportando, sencillamente, como... No quiero llamarlo por su nombre.

—Sí, puedes llamarlo por su nombre. También Minne dice que soy un chulo. He dejado de asustarme por los nombres. Un seductor es un seductor, un chulo es un chulo y un asesino es un asesino. No tengo la pretensión de que me consideren lo que no soy. Tampoco soy doctor. Nunca me han concedido un doctorado. Es cierto que soy un embustero, pero también puedo decir verdades.

—Hertz, me da igual si eres doctor o no. No me enamoré de un título. En tus conferencias de entonces, en el Labor Temple, te veía tal como eres. Te puedo perdonar todo, e incluso te comprendo. En cierto sentido eres consistente. Quieres gozar. Todos lo quieren. Pero no puedo compartirte con Minne y otras seis más. Te lo ruego: libérame de esta situación. No quiero seguir siendo una esposa más de tu harén. Si quieres realizar experimentos, búscate a otra. Sobre mi mesa tengo la carta de una mujer que lo expresa con franqueza. Está dispuesta a que lleves a cabo con ella toda clase de experiencias y...

—¿Quién es esa mujer? ¿Dónde vive?

—No quiero decepcionarte, pero vive en Los Ángeles. Sin embargo, no es la única. También en Nueva York encontrarás víctimas tan dispuestas como ella.

—De verdad, Miriam, no deberías ser tan sarcástica.

—Sé exactamente lo que quieres. Toda tu ciencia está dirigida hacia una meta: conocer el número máximo de mujeres que estén dispuestas a ser seducidas y que busquen amor. Créeme, encontrarás más de las que puedes manipular, y te deseo que consigas todo lo que ansías, pero yo no quiero ser una de esas mujeres. Quiero ser una secretaria, eso me basta.

—Haz lo que quieras. Yo, de todos modos, ya estoy perdido.

DUODÉCIMA PARTE

I

Durante el vuelo a Miami, el pensamiento de Hertz Mínsker volvía una y otra vez sobre lo bueno que sería que algo le sucediera al avión y que aquel viaje fuera su final. Había perdido a Minne y a Miriam. Viajaba a ver a una esposa que estaba embarazada y gravemente enferma. Casi pronunció un ruego a los poderes celestiales: que decretaran un siniestro. Ahora bien, ¿por qué debían los demás pasajeros ser víctimas? No habían compartido los pecados de Hertz. No era culpa de ellos.

De cuando en cuando, la luna llena asomaba por la ventanilla. Colgaba más bajo que el avión y a Hertz le pareció como extraviada. En un momento subía y al siguiente caía. Se mostraba en un lado y a continuación en el opuesto. De pronto, desaparecía del todo.

Parte de los pasajeros dormitaba. Una personita menuda leía la sección de economía de un periódico, y un joven ojeaba en una revista la dedicada a las carreras de caballos y subrayaba algunos nombres.

Hertz cerró los párpados y apoyó la cabeza sobre el mullido respaldo del asiento. Durante años había soñado alcanzar reconocimiento público, pero ahora que comenzaba a llegarle había perdido para él todo atractivo. Las amargas palabras que intercambió con Minne y con Miriam desempeñaban ahora el papel de un veneno. Le asustaba el encuentro cara a cara con Bronie. Se sentía como un asesino a punto de contemplar el cuerpo de su víctima.

A cada bandazo del avión se despertaba en él la esperanza (mezclada con temor) de que la nave estuviera a punto de estrellarse. Poco después, sin embargo, el avión tomó tierra sin problema alguno.

A Hertz le pareció que había hecho ese viaje saliendo en invierno para llegar en verano. Al bajar del avión, el aire nocturno lo envolvió en calor y en exóticas fragancias, una mezcla de humedad, jungla y mágicas especias. Inspiró profundamente. ¿De qué aromas se trataba? Naranjas, almendras, clavo. Le vino a la memoria la cajita de especias que su padre le daba a oler los sábados por la noche. De aquel cofrecillo de plata, en cuyas caras se hallaban grabados el muro occidental del Templo, el Sepulcro de la matriarca Raquel y la entrada a la Tumba de los Patriarcas, emanaban los aromas del banquete que un día los santos disfrutarán en el paraíso, comiendo la carne del Leviatán y del Buey Salvaje, bebiendo el vino de los justos y sumergiéndose en baños rituales. No en todo el camino desde el aeropuerto hasta Miami Beach se notaban igual esos efluvios, pues a menudo estaban mezclados con hedor a gasolina. De vez en cuando se vislumbraba el mar, o uno de sus brazos, sereno como la superficie de un río verdoso y vítreo, aparentemente un poco más alto que la tierra.

Hertz no fue directamente a ver a Bronie. Había reservado por teléfono una habitación de hotel. El somnoliento empleado le entregó una tarjeta para registrar su entrada. Luego le abrieron la puerta de una habitación, de la que escapó el calor almacenado durante el día.

Hertz se tumbó vestido en la cama. Allí acostado rumiaba esa clase de reflexiones de alguien que ya no tiene nada que esperar. Se comparaba a un rey cuyos ministros se hubieran rebelado contra él. Así había sucedido con todas ellas: Minne, Miriam, Bronie, cada una a su manera. «¿Por qué precisamente ahora?», se preguntaba.

Por extraño que fuera, dentro de su preocupación se

despertó de nuevo en él el apetito carnal. Ese clima estaba cargado de deseos. En el silencio nocturno percibía como un flujo y una irrigación, a la vez que algo que podía ser un chirriar de grillos y un croar de ranas. Humanos y animales, tal vez también océanos y rocas, árboles y arbustos, anhelaban copular.

Hertz necesitaba allí a Minne, con su ardiente pasión, sus gritos desenfrenados, sus promesas desmesuradas y sus expresiones extravagantes. «¡Oh, si Minne pudiera escribir tal como hablaba en los momentos de pasión! Sería una poetisa genial. Si alguien le pudiera grabar lo que decía en la cama, no necesitaría componer versos tan renqueantes, artificiosos y torpes», pensó. Pero ahora estaría acostada al lado de Morris—que roncaba de noche como un buey en el matadero (en palabras de la propia Minne)—, en su madurez, al borde de la vejez, insatisfecha. Seguramente pensaría en él, en Hertz, o tal vez en encontrarse con algún otro…

Se aproximaba el amanecer cuando Hertz concilió el sueño. Al despertar, su reloj de pulsera indicaba las once menos cinco. Marcó el número de Bronie y oyó la voz de Bessie que gritaba:

—¿Dónde está usted?

—En el hotel Edinburgh.

—¿Dónde está eso? Venga enseguida. Bronie ya pensaba si no habría cambiado usted de idea.

—¿Puedo hablar con ella?

—¿Por qué no? Sigue siendo su esposa.

Pasaron algunos minutos. Con la camisa desabrochada, Hertz se miró en el espejo del armario, examinó los defectos de su cuerpo, tanto aquellos con los que nació como los que la vejez había traído consigo. «¿Es éste el cuerpo que ellas desean?», se preguntó sorprendido. El pelo en su pecho plano ya era completamente blanco. Su vientre, no muy voluminoso, flácido y algo inflado. Las piernas habían perdido su anterior solidez. «¿Valía la pena cometer todas esas locuras por unos miembros tan blandengues? ¿Acerca de ellos había escrito Freud en todas sus obras?».

¡Qué extraño! A la vez que había concedido a su cuerpo toda clase de placeres, Hertz le guardaba rencor, y hasta se avergonzaba de él. No solía desvestirse delante de otras personas, ni bañarse en un río, en el mar o en una piscina. Incluso de muchacho, en casa de su padre, evitaba ir al baño ritual. Había heredado todo el pudor que provino de comer el fruto del árbol del conocimiento...

Oyó la voz de Bronie, que le pareció más delicada y como un poco infantil.

—*Prosze?* Hola.

—Bróniele, ¿eres tú?

—Sí, soy yo.

—¿Cómo estás?

Bronie no respondió enseguida.

—Bueno..., tal como siembras, así cosechas—dijo tras una larga pausa.

—¿Qué tal sigue tu salud?

—Vaya...

—Bróniele, te he tratado mal, terriblemente mal, pero deseo que sanes y haré todo lo posible para ayudarte—dijo Hertz, sorprendiéndose a sí mismo—. ¿Por qué no me dijiste que estabas encinta?—preguntó, y sus propias palabras le sonaron tontas y torpes, como salidas de un antiguo melodrama o de alguna parodia. A sus propios oídos la pregunta le sonó falsa. Se avergonzó de ella. Le pareció una idiotez de las que a veces suelta la lengua, como burlándose de la persona a la que pertenece. «¿Estaré, además, volviéndome imbécil?».

De nuevo, Bronie esperó largo rato antes de responder:

—Yo tampoco lo sabía... Todas las calamidades se desataron a la vez...

—¿Qué puedo decirte? La culpa es sólo mía, de mi loca naturaleza. Soy, sencillamente, un loco. Ésa es la amarga verdad. Hay quien se hace pasar por loco, pero también hay locos que fingen cordura. En el lenguaje psiquiátrico, a esas personas se las designa como «simuladores inversos». Ése soy yo. No lo digo porque quiera justificarme, sólo deseo constatar el hecho.

—Tú no estás loco, Hertz. Vuelves locos a los demás —apuntó Bronie, sin acritud.

Hertz detectó en la voz y el tono de Bronie que estaba enferma. Su actitud era la de alguien que, desapegado de todo lo humano, era capaz de ser objetivo. La inmensa amargura acumulada por haber abandonado a su marido y a sus hijos, así como por la guerra y por el comportamiento de Hertz, se había evaporado. Le hablaba con una especie de distante familiaridad, como la que brota entre esos parientes que no se han visto durante años y, cuando se encuentran, por un instante renace entre ellos la antigua proximidad.

—Te pondrás buena, Bróniele. Dios te ayudará—se oyó decir Hertz.

—Tal vez. Tú, al fin y al cabo, eres hijo de un rabino, o quizá tú mismo eres una especie de rabino—dijo ella.

—¿Puedo ir a verte?

—Por supuesto, ven a verme.

—¡Pronto estaré contigo!—dijo Hertz con un fervor que lo turbaba.

Había hablado como si realmente fuera un judío devoto. ¿Qué iba a ganar ella con sus bendiciones? ¿Por qué iba Dios a escucharlo? De pronto recordó las palabras de los Salmos: «Él, el que mora en el cielo, se ríe...».[1] Dios se reía de la gente como él. Ni siquiera merecía la ira de Dios...

[1] Salmo 2, 4.

Al cabo de un rato entró en el cuarto de baño. Tenía que afeitarse y bañarse, vestir su cuerpo y tapar sus miserias.

«¡No debería haber venido!—se dijo—. Los que huyen no tienen derecho a regresar nunca más... Ojalá no sea demasiado tarde...».

Así y todo, se vistió y fue hacia la pequeña calle que partía de Washington Avenue, donde Bronie había alquilado su apartamento amueblado. Atravesó un jardincillo con una única planta, un cactus. Subió las escaleras y llamó a la puerta. Abrió Bessie, con el pelo recientemente teñido y ondulado, maquillada y ataviada con un vestido y zapatos amarillos. Todo ese colorido le hacía parecer incluso más avejentada que en Nueva York. A Hertz le recordó una ruina recién restaurada. Bronie entró desde la habitación colindante, con la cara pálida y el vientre abultado. Vestía bata y zapatillas. Se había recogido el pelo rubio en un moño, sujeto por una simple horquilla. Ni siquiera se esforzó en sonreír.

Hertz hizo amago de besarla, pero Bronie sólo le tendió una mano.

—Dejaré solos a marido y mujer—dijo Bessie.

—¿Por qué, Bessie? No tenemos secretos entre nosotros—protestó Bronie.

—Por mucho que uno cuente, nunca cuenta toda la verdad—replicó Bessie enfadada. A sus ojos amarillos asomaba la furia y el resentimiento de alguien que presta ayuda pero sabe de antemano que nadie le va a agradecer su denuedo.

Examinó a Hertz de arriba abajo y de abajo arriba.

—Lo cierto es que nadie se vuelve más joven...—comentó.

2

Bessie salió del apartamento y Hertz entró en la habitación de Bronie. A un lado vio varios libros, entre ellos la Biblia, con el Nuevo y Viejo Testamento traducidos al polaco. Sobre la cómoda había un par de frascos de medicamentos. Pese a que la ventana estaba abierta, Hertz detectó el olor dulzón de la enfermedad. O tal vez sólo lo imaginó.

Se sentó en una silla tapizada con chintz y Bronie le sirvió una naranja y una galleta.

—¿Has desayunado?—le preguntó—. Esto es todo lo que tengo.

—No tengo hambre. Gracias.

Bronie se incorporó en la cama. Un prolongado y pesado silencio se instaló entre marido y mujer. Hertz la observaba y ella, de vez en cuando, le dirigía una mirada entre inquisitiva y azorada.

—¿Cómo hemos llegado a esto?—preguntó Hertz.

Bronie hizo una mueca como si algo se le atragantara.

—¡Qué sé yo! Tú te marchaste y nada más. De pronto me di cuenta de que ya era el tercer mes que no me llegaba la menstruación. Yo confiaba totalmente en ti. Tú lo sabes. Creí que serían los nervios. Hasta que supe de qué se trataba y qué debía hacer. Tardé varias semanas más en superar el *shock* que me produjo tu marcha. Bessie me trató bien, más que bien. Cuidó de mí como una madre, como una hermana. Hace tiempo que yo no estaría viva si no hubiera sido por ella. En Nueva York, un aborto es costoso y, además, está prohibido. Por otra parte, al parecer todo me llegó a la vez: el embarazo y la enfermedad. Me sentía terriblemente cansada y sencillamente no podía tenerme en pie. El médico mandó hacer un análisis de sangre. No le conté lo del embarazo, y ése fue mi error. Bessie, también agotada y casi como histérica, decidió que en Florida todo se podría llevar a cabo con más facilidad. Ella también necesitaba unas vacaciones y ¿para qué trabajar tanto? Tenía bastantes ahorros. En resumen, vinimos a Miami. Hasta que encontramos este apartamento y todo lo demás, de nuevo pasó tiempo. No puedo describírtelo, pero Bessie pareció volverse loca y me contagiaba. Terriblemente nerviosa, se pasaba las noches en vela, dando vueltas de un lado a otro y hablando sola. Además, fuma y bebe y, si no me equivoco, toma algún narcótico, opio o hachís. Incluso sospecho que algo de eso me dio a mí, ya que, como médica, ella puede poner inyecciones. ¿Quién sabe lo que es en realidad? Cuanto más tiempo paso con ella, menos la comprendo. En resumen, después de tantas vacilaciones y de prolongar el asunto, ya se hizo demasiado tarde. Al hacer el análisis de sangre, me enteré de que…

Bronie se interrumpió y Hertz siguió callado y tenso. Se le hizo evidente lo que allí estaba sucediendo. Bessie la utilizaba para vengarse de él. Fue ella la que maniobró para que el embarazo de Bronie se prolongara. Sí, las mujeres no sólo lo amaban, pensó Hertz, también le declaraban una guerra. Lo que había aguantado de ellas y lo duro que había tenido que luchar para defenderse nadie lo comprendería. Fueron ellas las que no le dejaron que llegara a ser alguien… En general, la auténtica guerra es la que libran hombres y mujeres entre sí. Incluso la guerra mundial y el hitlerismo sólo eran una parte de esa guerra entre los sexos…

«No debí haber llevado a Bronie a vivir con esta bruja —se dijo Hertz—. Esa Bessie es mi peor enemiga… Es capaz de destruirme…».

Pero Hertz no dijo nada. Lo que ahora sabía, no había palabras para expresarlo. Eso que los médicos diagnosticaban como falsas ilusiones, manía persecutoria, paranoia, esquizofrenia y otros nombres parecidos sólo ocultaba la realidad que los tenidos por locos no se atrevían a expresar. Eran los locos quienes osaban decir la verdad…

Bronie levantó una almohada y, medio incorporada, se apoyó en ella.

—No te desesperes—dijo de pronto—. Ni siquiera tendrías que haber venido hasta aquí.

—Bessie quiere regresar a Nueva York y dejarte aquí sola.

—En el hospital querían que me quedara. Si el bebé nace sano, siempre será posible encontrar a alguien que lo adopte. Aquí no faltan candidatos, y encima pagan por ello… —dijo con una sonrisa.

—¿Por qué no abortaste cuando aún podías?—preguntó Hertz.

Bronie se quedó pensativa.

—Tampoco yo lo sé. Me lo pregunto cada día, de hecho cada minuto. Es como si hubiera perdido todo el coraje. Mis hijos, de eso estoy absolutamente segura, están muertos —dijo, cambiando el tono—, y se me ocurrió que antes de que me marche de este mundo debería dejar a alguien. Tú vives con tus investigaciones, pero ¿qué queda detrás de personas como yo? Un hijo, ésa es nuestra creación…

Bronie pareció avergonzarse de lo que acababa de decir.

—También los ratones tienen hijos—apuntó Hertz.

—Bueno, ¿y qué? Tampoco un ratón quiere acabar totalmente borrado.

Hertz agachó la cabeza. Siendo la situación nueva para él, al mismo tiempo le sonaba a antigua. Ya había oído esos argumentos: los hombres a matar y las mujeres a parir. El impulso era el mismo: prolongar la tragedia humana, provocar cada vez nuevas variaciones de la misma desgracia… ¿Adoptar? Que adoptara quien quisiera. Él no podía ser ni esposo ni padre. Probablemente ya había traído hijos al mundo y no sabía quiénes eran ni dónde estaban…

—Bronie—dijo—, no puedo quedarme aquí en Miami. Tengo que estar en Nueva York y quiero que tú también estés allí. Encontraremos buenos médicos para ti y te ayudaremos. Comparada con Nueva York, Miami es un pueblo.

—Puede que sea un pueblo, pero yo no volveré a Nueva York. Aquí el tiempo es cálido y los pajarillos cantan. Prefiero morir aquí.

—Todavía no te estás muriendo. Allí tendrás ayuda.

—Ya nadie puede ayudarme. Y aunque pudieran, tampoco lo deseo. Quiero estar donde estén ahora mis hijos.

—Tus hijos viven.

—No.

—Bessie volverá a Nueva York. Te quedarás aquí sola.

—Eso será lo mejor para mí. Aquí me traen libros de la biblioteca, y los médicos del hospital se portan bien conmigo. Por qué razón, no lo sé. Me tratan como si yo fuera de aquí.

—Bronie, no tengo a nadie más. Quiero reconciliarme contigo—dijo Hertz, sorprendido por sus propias palabras.

Bronie sonrió. Por un instante, sus ojos se iluminaron y su rostro volvió a ser bello y sano.

—¿Ah sí? ¿Qué ha pasado? ¿Tus mujeres te han echado fuera?

—Lo puedes decir también así. Cada una quiere que me entregue completamente a ella y a sus fruslerías, pero no puedo hacerlo, va contra mi naturaleza.

—Y contra mi naturaleza va compartirte con otras. Además, todo esto ya no importa. Ya no necesito un esposo sino una enfermera y seguro que para eso no estás cualificado. Mientras aguante, me quedaré aquí y después me llevarán de vuelta al hospital. Quiero decirte ahora que no debes sentirte culpable por mi causa. Yo no era una jovencita y tú no me sedujiste. Llevaba una mala vida con mi primer marido y me hice la ilusión de que tú me amabas de verdad. Creí que nos mantendríamos juntos, viajaríamos juntos, compartiríamos nuestros pensamientos y sentimientos. Si no hubiera estado ciega, o no hubiese querido estar ciega, me habría dado perfecta cuenta de que tú no eras capaz de esa clase de vida. ¿De qué podrías hablar conmigo? A tu manera, eras un pensador profundo. Querías cambiar el mundo, y yo era una mujercita sencilla de Varsovia. Lo digo en serio, sin sarcasmo. Cometí un error y debo pagarlo. Por otro lado, tampoco lo estoy pagando. Si me hubiera quedado en Polonia, seguramente ya no estaría viva, o estaría ahora llevando la estrella amarilla y contemplando cómo mis hijos mueren de hambre. Aquí, al menos, voy a morir como un ser humano.

—¿Por qué morir?

—¿Por qué vivir? No tengo razones para ello. Ya no me interesa comer para después, con perdón, ir al lavabo. Si esto es todo lo que Dios nos puede conceder, no tengo inconveniente en devolverle su regalo…

Hertz no era de los que lloran fácilmente, pero las lágrimas asomaron a sus ojos. Esa sencilla mujercita de Varsovia había expresado, en los términos más claros posibles, la protesta contra la severidad divina. Con orgullo arrojaba, devolviéndolo, ese regalo que todos tememos perder. De pronto le vinieron a la memoria sus primeros encuentros con Bronie, los paseos, las cafeterías en las que se reunían. También él creyó entonces que podría debatir con ella, viajar junto a ella, compartirlo todo, en lo físico y lo espiritual. Sin embargo, en cuanto la consiguió perdió el interés por ella, como un niño por una muñeca con la cual ya ha jugado durante un rato. Empezó a hablarle en tono medio irónico, y de inmediato se dedicó a buscar otras mujeres. Los defectos de Bronie enseguida se le hicieron patentes: su languidez, su falta de imaginación, su banalidad. Él buscaba en cada mujer algo imposible de encontrar y que, si se encuentra, tampoco resulta suficiente.

—Bronie—dijo—, no me rechaces. Ya no tengo a nadie más que a ti.

—¿Qué harás conmigo? Yo iré enfermando cada día más. Si antes no te valía, ahora menos todavía.

—Quiero ayudarte a sanar.

—No quiero sanar… Hazme un favor, Hertz. Vuelve con tus mujeres, o encuentra otras nuevas. No quiero participar más en todos esos juegos. Si existe un alma, un mundo por venir y toda la parafernalia, espero ver cómo es. Y si finalmente no hay nada, mejor aún. Mi abuela solía resumirlo así: incluso una compota de peras acaba hartando.

Hasta ese momento Bronie había hablado en polaco, pero las últimas palabras las pronunció en yiddish. Sobre Hertz se abatió una suerte de pesadumbre y parálisis. ¡Qué extraño, sus tres mujeres lo habían rechazado al mismo tiempo! No podía seguir sentado allí, pero tampoco tenía adónde ir ni qué hacer. El Dramaturgo que rige todas las tragedias y comedias humanas le había propinado un inteligente y potente golpe, como era su costumbre.

Se levantó.

—Voy a viajar de regreso a Nueva York—dijo—. Te dejaré un cheque.

—No necesito ningún cheque.

3

Pasaron unos días y Hertz Mínsker ya se preparaba para regresar a Nueva York.

Temprano por la mañana sonó el teléfono. Era Lipman:

—Doctor Mínsker—dijo—, mi *boss* quiere hablar con usted.

—¿El señor Weisskatz?

—Sólo tengo un *boss*.

Al cabo de unos instantes, Hertz oyó la voz fuerte y algo áspera de Bernard Weisskatz.

—¿Cómo es que viajó usted de pronto a Miami, en mitad de todo?—exclamó—. ¿Se ha asustado usted de la nieve? En Black River caía una nevada en noviembre y ahí se quedaba hasta mayo. Pero vale, que sea Miami. Yo también quiero calentarme los huesos e iré a verle allí, acompañado por Lipman. También llevaré a nuestra Miriam. ¿Por qué tendría que congelarse en Nueva York pudiendo asarse en Miami? Nos quedaremos todos en el mismo hotel. No en el que se ha hospedado usted (en las comarcas del Rey Pobre, como decía mi padre), sino en un hotel decente. Sólo se vive una vez. Yo me puedo permitir alojarme en un palacio. Estaré allí mañana. Tengo mucho de qué hablar con usted. ¡Muchísimo!

Apenas colgó Hertz el auricular, cuando el teléfono sonó de nuevo. «¡Vaya, ya empiezan las complicaciones!», pensó. Reconoció la voz de Minne.

—Hertz, ¿eres tú?

—Sí, soy yo.

Se hizo el silencio. Hertz presionó el auricular contra el oído.

—¡Bueno, habla! ¡No te voy a flagelar!—dijo.

—¡Ah, muy bien! Eso ya lo has hecho. Tú lo habrás olvidado, pero yo lo recuerdo.

—Yo también lo recuerdo.

De nuevo callaron ambos.

—Hertz, Morris no se encuentra bien y yo intento convencerlo de que olvide todos los negocios y viaje a Miami. Es una persona muy difícil. No hay quien lo mueva de

Nueva York. Le hice saber que tú te encuentras en Miami. Cuando lo oyó, se empeñó aun más en no moverse. Me da pena ese hombre. Si no se hace con las riendas, se desplomará muerto cualquier día, Dios no lo quiera. ¿Cuánto tiempo te vas a quedar allí?

—Weisskatz está viniendo a Miami con Lipman.

—Corren detrás de ti, ¿eh? Hombre con suerte... Hertz, ¡te echo de menos!—dijo Minne cambiando el tono.

—Y yo a ti.

—Entonces—replicó Minne como quien llega a una conclusión—, ¿por qué nos comportamos como un par de tontos? Por la noche, acostada en la cama, no puedo pegar ojo. Repaso todo lo que ha sucedido entre nosotros. Lo bueno y lo malo. Me has causado mucho sufrimiento, más que mis peores enemigos. ¡Mil veces más! Pero una mujer es como una criatura loca. Me has atado, Hertz. Me has atado a ti con las cadenas del hipnotismo. ¿Cómo lo has hecho? Quisiera saberlo. Ahora, todo me lleva a ti, como si unas manos me agarraran y me arrastraran a tu lado. ¿Qué me pasa? Necesito ir junto a ti.

—Ven. No esperes ni un minuto.

—Iré y llevaré a Morris. El hombre está desgastado por el trabajo. Cuando le dije que te negaste a escribir la introducción a mi libro, eso sencillamente lo hundió. Es una persona realmente especial. Fiel y entregado. ¡Ojalá pudiera amarlo! Lo merece profundamente, pero no soy capaz, es decir, lo quiero pero no como a ti. Deseo que viva, que esté sano y tenga éxito, pero cuando me toca siento náuseas. ¿Cómo se explica eso? Se trata de un hombre, no de una mujer, pero se enternece y empieza a decir unas cosas que me causan repulsión, y eso lo marca todo. Tiene hipertensión y no debería fumar cigarros ni beber tanto café. Tampoco debería trajinar tanto por el negocio. Ya posee bastante dinero. Incluso si viviera hasta los cien años, quedaría bastante para mí también. Sus hijos no valen nada. Él todavía no lo sabe, pero el chico se ha casado, y no con una judía, así que cuando le llegue la noticia, ¡que Dios tenga piedad de él! Su hija me lo contó. Ella tampoco es mejor, de hecho es mucho peor. Lleva la vida de una prostituta. Morris no lo sabe todo, pero algo sí sabe, y que sus penas las vea Dios. Sólo tú, Hertz, puedes ayudarle en esta crisis. Descansará en Miami y estará contigo. Quiero que nos alojemos en el mismo hotel en el que tú estés. Será más fácil en todos los sentidos…

—Aún no sé dónde voy a estar. Tendré que alojarme donde vaya a hacerlo Weisskatz, seguramente en *uptown*, en algún gran hotel.

—¿Cuándo llega? ¿Qué quiere de ti el viejo imbécil? ¡Ay, Hertz! Vuelves locos a todos, tanto hombres como mujeres. ¿Cómo lo haces? Quisiera saberlo. ¿Cuándo llega Weisskatz?

—Dijo que mañana.

—¿Cómo está Bronie?

—Bronie se está muriendo.

Minne no respondió en el acto.

—¿Qué te pasa, Hertz? ¿Cómo hablas así de ella?

—No quiere vivir, y si no se quiere, no se vive.

—No se quiere, pero sin embargo se vive. ¿Es verdad que está embarazada?

—Sí, está de ocho meses.

—¡Ay de ti, Hertz! ¿Qué has hecho? Yo te ayudaré. Intentaré hacer lo que pueda. Nunca he odiado a Bronie. Es una auténtica víctima. ¿Crees que puedo ayudarla en algo? América tiene grandes médicos. Y tú, ¿qué harás con una criatura? Hertz, todavía te pido que escribas la introducción. Escribe lo que quieras. Puedes decir que soy la peor escritorzuela de América, pero que tu nombre aparezca en mi libro.

—Sí, Minne, la escribiré.

—¿Es una promesa solemne?

—Sí, solemne.

—Muy bien. Viajaré a Miami con Morris. Si él se empeña como un borrico en quedarse en Nueva York, entonces viajaré sola. Ahora no es el momento para discusiones. ¡Demasiado tarde! Tendrás noticias mías mañana. Si te trasladas antes de mi llegada, llámame y dime dónde te alojas. Deja tu dirección al empleado del hotel.

—Sí, Minne.

—Bueno, *good-bye*. ¡Sólo Dios puede ayudarte!—dijo Minne antes de colgar.

«Ya ni Dios puede ayudarme», concluyó Hertz, y pensó o murmuró: «¡Vaya! ¡La perra altanera ha dado marcha atrás!».

Al cabo de un rato bajó a la calle. Compró un periódico y leyó las noticias acerca de las tormentas de nieve en Chicago, en Nueva York y hasta en California. En Miami Beach lucía el sol, un sol fresco de la mañana que prometía un día cálido. En el hueco entre un hotel y otro, Hertz divisó el mar. Hombres y mujeres ya chapoteaban a esa hora tan temprana, intentaban nadar y daban saltos frente a cada ola que llegaba. A lo lejos, en la línea del horizonte, un buque de carga se deslizaba con lentitud.

«¿Es éste el mundo?—se preguntó—. ¿Es esto lo que llaman realidad?». Ya había vivido más de sesenta años, pero cada vez que contemplaba el cielo, la tierra, los edificios, las personas, las tiendas, los automóviles, se asombraba de nuevo. ¿Qué sucedía allí? ¿Cuál era el sentido de todo eso? ¿Qué se ocultaba detrás de todas esas figuras e inventos? Hertz Mínsker aún no había perdido totalmente la esperanza de averiguar, al menos fugazmente, lo que se escondía detrás del telón de los acontecimientos, de alcanzar a ver, a través de algún milagro, la esencia de los mismos, de penetrar en lo incognoscible de las cosas. No, el mundo no podía consistir sólo en ideas, como opinaba el obispo Berkeley.[1] Detrás de los sueños se ocultaba algo que era inmenso, eterno y genuino, lleno de sabiduría, y tal vez también de benevolencia. Pero ¿qué era? ¿Por qué esas mismas fuerzas decretaban que él, Hertz o Jáyim, vagara durante décadas enredado en un laberinto de pasiones, fantasías e incontables sufrimientos para, al final, caer mudo para siempre? ¿Y con qué objetivo le concedían en su vejez un hijo al que no iba a poder criar? ¿Reservaban para él un *Guehenna* en el otro mundo? ¿Existiría algo como la inmortalidad del alma?

¡Qué extraño! Precisamente ahora, cuando se le había presentado la oportunidad de dar a conocer su teoría acerca de la Investigación Humana, incluso tal vez de llevar a cabo los experimentos relacionados con ella, todo aquello le resultaba indiferente. «¿De qué podría servir esa investigación?—se preguntaba—. Los apetitos humanos son de sobra conocidos. Ya no se trata de averiguar qué ansía el ser humano, sino qué han decidido los poderes supremos. Ellos han creado a Hitler, a Stalin y a Mussolini, todas las guerras, las revoluciones, las epidemias y los terremotos. Y así es como juegan con los seres humanos. Les pone delante toda clase de placeres imposibles y se los arrebata en el momento en que tienden la mano para alcanzarlos...».

Hertz caminaba en dirección *uptown* hacia los lujosos hoteles en donde Bernard Weisskatz se proponía instalarlo.

Se detuvo junto a una palmera tan inclinada que parecía vacilar entre caer y no caer. De su copa colgaban ramas formando una especie de barba marchita que cubría la parte

---

[1] George Berkeley (1685-1753), filósofo irlandés defensor del principio del idealismo, según el cual «el ser» de las cosas es únicamente su «ser percibidas».

superior del tronco. Arriba, entre las ramas todavía verdes, se veían algunos cocos. ¿Cómo conspirarían la tierra y el agua para producir finalmente un coco? ¿Qué fuerza reunía a incontables átomos y moléculas para dar origen a ese fruto? Cada capullo, cada hoja del árbol, eran un milagro.

Pasó delante de una cafetería y entró a desayunar. En cuanto se sentó a una mesa, se le acercó la camarera. Hertz le echó una mirada y enseguida sintió cómo brotaba el deseo. ¡Qué joven era! ¡Qué esbelta! La ropa le sentaba como si la hubieran embutido en ella: el vestido corto, el delantal blanco, las medias de color piel. ¿Qué edad tendría? No más de veinticinco años. Sonrió a Hertz con una intimidad tan ancestral como la que une los géneros de hombre y mujer.

—¿Café?—le preguntó tras entregarle el menú.

Su voz era tierna, insinuante, cargada de promesas femeninas y con una especie de ironía oculta, como si aquella sencilla palabra, de por sí, encerrara la contraseña para encubrir una complicidad. Hertz respondió:

—Sí, café.

Ella dio varios pasos como de ballet, y regresó con una jarra de cristal. Con el mayor cuidado, llenó de café la taza de Hertz.

—¿Qué desea tomar?—preguntó.

—Un bollo, un par de huevos fritos y una tostada.

—¿Mermelada?

—Que sea mermelada—respondió Hertz, y súbitamente le vinieron a la memoria los judíos de Polonia, su propia familia, los campos de concentración, la guerra, el hambre, las estrellas amarillas. Vio ante sí a Bronie, el color enfermizo de su rostro, sus ojos, a la vez asustados ante la muerte y resignados a ella. Algo dentro de él se estremeció. «¿Y yo qué debería hacer? ¿Qué puedo hacer? Nada, absolutamente nada».

La camarera volvió con los huevos, la tostada, la mantequilla y la mermelada, no de uno, sino de varios sabores.

—¿Es su primer día aquí?—preguntó.

—¿Qué le lleva a pensarlo?

—Que no está usted nada bronceado.

—¡Oh, mi piel nunca se broncea!

—También mi marido tiene esa clase de piel. Nunca se pone moreno, sino rojo como un langostino.

—¿Vive usted aquí?

—Estoy aquí, de momento. Él está en algún lugar del Pacífico, en el ejército.

—Comprendo.

—Solía escribirme. Ahora han dejado de llegar sus cartas. ¡Los malditos japoneses!

—El maldito género humano—comentó Hertz, como si la corrigiera.

—Sí, es verdad. ¿Por qué luchan?—siguió diciendo la camarera—. ¿Qué resultará de esta guerra? Lo que sucedió en Pearl Harbor fue una gran tragedia.

—Los seres humanos persiguen las tragedias—señaló Hertz, sin saber por qué entraba en conversación con aquella camarera.

Ella se paró a pensarlo.

—¿Es que las personas no desean ser felices?

—Conscientemente sí, pero en el fondo de su subconsciente buscan la tragedia.

—¡Ay, es terrible pensar eso! Desde niña sólo he perseguido la felicidad. Vivíamos en Chicago, pero cuando en nuestra luna de miel vinimos aquí y vi el brillo del sol, las palmeras, el buen tiempo y el mar cálido, le dije a mi marido: «Jack, no quiero volver a casa. Yo me quedo aquí». Él tenía un buen empleo en Chicago, pero también se enamoró del clima de Miami. Allá solía pillar catarros, y aquí le desapareció todo: la fiebre del heno, la fiebre de rosas y demás enfermedades. Además, encontró un buen empleo y todo iba bien. De pronto estalló esta guerra y lo llamaron a filas. En fin, así son las cosas. Bébase el café mientras todavía está caliente…

A Hertz le pareció que sus palabras tenían un doble significado.

4

Transcurrieron varios días y Hertz no recibió noticias ni de Minne ni de Bernard Weisskatz. Cada día iba a visitar a Bronie, pero ella se mantenía distante, reservada y en silencio. Bessie, que había previsto regresar a Nueva York, se quedó en Miami. Cada vez que Hertz se presentaba, lo recibía del mismo modo: entreabría la puerta, lo miraba como si no lo reconociera y, tras una vacilación, lo dejaba entrar. Enseguida bajaba al patio, donde había una tumbona junto a algunas de sus revistas, y leyendo esperaba a que él se marchara. Se había bronceado en Miami, pero con ello sólo había conseguido que su rostro pareciera más envejecido y surcado de arrugas. Llevaba gafas de sol con grandes cristales oscuros, como los de una persona ciega. Se diría que Bessie y Bronie habían firmado algún pacto contra él, pero ¿qué clase de pacto?

Cada vez que Hertz intentó darle dinero a Bronie, ella se lo devolvió alegando que no lo necesitaba. Cuando él intentaba hablarle acerca de médicos y le preguntaba por los planes que tenía tras el parto, Bronie lo miraba confundida, como si realmente no le comprendiera.

—Lo que deba ser será—respondía.

De tal modo que pronto no hubo nada de qué hablar entre ellos.

Hertz había telefoneado a Minne varias veces, pero nadie había respondido. También llamó a Miriam, al número de la oficina de la Sociedad para la Investigación Humana, así como al de su casa, sin recibir respuesta. «¿Qué habrá pasado?—se preguntaba—. ¿Se habrá producido un terremoto en Nueva York? ¿Habrán viajado todos ellos en el mismo avión y habrán caído al mar?». La radio de la habitación de Hertz sólo transmitía noticias acerca de heladas y nevadas en todo el país, así como de los trenes que se habían quedado atascados en mitad de camino, en algún lugar de Midwest.

Durante años Hertz había fantaseado con la idea de esconderse en alguna isla y poder entregarse a su trabajo sin ser molestado, pero ahí estaban sus manuscritos, sobre el escritorio de su habitación, y él apenas los tocaba. Los abría por la mitad, leía una página y hacía una mueca. «Medias verdades y simples banalidades», mascullaba. Seguramente, todo lo que él decía en ellos ya se había dicho antes, y todas las cuestiones habían sido ya interpretadas. Hasta el Eclesiastés había advertido acerca de no escribir demasiados libros...[1]

Se marchó a la biblioteca, donde permaneció unas horas hojeando obras literarias, pero ninguna de ellas le interesó. Siempre había tenido ensoñaciones de grandeza, poder, riqueza, sabiduría divina, poderes mágicos y potencia sexual. Ahora, sin embargo, incluso ese vano despilfarro de energía se le había esfumado.

Minne aún no había llegado y ya le aburrían las poesías que ella le iba a hacer leer, los reproches a los críticos, los exagerados halagos a las palabras que él escribiría para la introducción, así como las acusaciones sobre su falsedad y egoísmo. Incluso las fantasías sexuales se habían vuelto para él repetitivas, tediosas y gastadas.

La distancia que separaba potencia e impotencia se había reducido excepcionalmente. Cada vez necesitaba más

---

[1] Eclesiastés 12, 12.

estímulos y provocaciones. La impotencia siempre acechaba, sólo esperaba una oportunidad para el abordaje. Dentro de su ser, y tal vez de cualquier otro ser humano, se escondía un enemigo que aprovechaba cada debilidad, cada fracaso y cada error. La vida y la muerte jugaban entre sí una partida que la muerte tenía que ganar. En el mejor de los casos, sólo se la podía postergar, esquivar o excusar. Los poderes de destrucción estaban causando en ese momento angustia, degradación, ruina, asesinato a millones de personas. El propio Hertz Mínsker era uno de esos demonios...

Sonó el teléfono y oyó la voz de Minne. Incluso antes de que ella dijera algo, con sólo la forma en que pronunció su nombre, Hertz supo que había sucedido alguna tragedia. Era una voz desgarrada, llorosa, con el antiguo soniquete de las plañideras y las mujeres dolientes de las generaciones precedentes.

—¡Hertz! ¡Morris ya no está! ¡Ay de mí! ¡Ay de mi vida! —aulló a través del auricular.

Por un instante, algo en el interior de Hertz se conmocionó.

—¿Cómo ha sucedido?

—La hija le dio la noticia de que su hermano se había casado con una mujer alemana cuyo padre y hermanos son nazis... En cuanto Morris oyó esas palabras, su rostro se tornó azul... y cayó como un árbol talado... ¡Ay de mí, que he vivido para ver esto! ¿Qué puedo hacer? ¿Adónde puedo ir? ¡Quiero morir, morir, Hertz!

Minne chillaba tan fuerte que Hertz tuvo que alejar el auricular del oído. La oyó empezar a sollozar histéricamente.

Paralizado sobre las piernas temblorosas, esperó a que el llanto cesara.

—¿Qué quieres que haga? —preguntó.

—Ven a Nueva York inmediatamente.

—¿Dónde está él?

—En nuestra casa. No permití que se lo llevaran…—De nuevo Minne se deshizo en sollozos.

—Voy enseguida al aeropuerto—resolvió Hertz al cabo de un momento. Y colgó el auricular.

Tardó un minuto en hacer la maleta. Metió todo junto: ropa sucia, manuscritos, útiles de afeitar y un pijama. Sin querer, volcó un frasco de tinta.

Ya lo había recogido todo y se dirigía a la puerta cuando de nuevo sonó el teléfono. Volvió atrás. Al otro lado de la línea oyó la voz de Bernard Weisskatz. Parecía estar borracho.

—¡Felices fiestas!—exclamó—. ¿Dónde está usted? Nosotros estamos aquí, en el hotel Royal. ¡Empaquete sus cosas y venga enseguida! Miriam está conmigo. Disfrutaremos de este lugar como si fuera el viñedo de mi padre. ¡Dese prisa, doctor! ¡El tiempo no se detiene!

—Señor Weisskatz, tengo que viajar a Nueva York inmediatamente.

—¿Con que sí, eh? ¡¿Yo vengo y usted huye?!

—Una persona muy próxima a mí ha fallecido.

—¿Quién es? No hay personas próximas. Mis propios hijos están esperando que me muera. Y tengo para ellos una bonita sorpresa… ¡Envíe un telegrama en lugar de viajar! Aquí tenemos negocios que emprender.

—Señor Weisskatz, tengo que viajar.

—¿Cómo es eso? Vine aquí por usted. He traído a Miriam y todo lo demás. Abriremos una oficina aquí. En esta ciudad hay muchos holgazanes, de modo que tendrá usted gente para investigar. No hemos venido en avión, sino en mi automóvil. Paramos en Washington y en… Esta Miriam suya es una mujer estupenda. De ahora en adelante será mi secretaria. Usted tendrá que buscarse otra. No faltan mujeres en Miami y…

—Señor Weisskatz, debo viajar ahora mismo a Nueva York.

—Bien. Si debe, es que debe. América es un país libre. Pero me he tomado una copita, así que le puedo hablar con franqueza: aquí en América la gente no corre a los entierros. Eso queda para los blandengues. No pasa día sin que muera alguno de mis antiguos amigos. Pero ¿qué gana él si yo voy arrastrándome a su entierro? A él le importará lo mismo que la nieve caída el año pasado. Cuando llegue mi hora nadie tendrá que venir a mi entierro. He dejado instrucciones para que me incineren. Podrán echar las cenizas por el retrete y tirar de la cadena. ¿Me comprende o no?

—Comprendo, sin embargo…

—¿Cuándo estará usted de vuelta? Su, ¿cómo lo llama usted?, su Investigación Humana se ha puesto de moda. Puede convertirse en un gran éxito. Escuche lo que le digo. Tengo olfato para esas cosas. La gente acumula mucho dinero y no sabe qué hacer con él. Porque ¿cuántos solomillos puede engullir una persona? En lo que a mí respecta, yo también necesito que se me investigue el alma. *Lipman, don't interrupt me!* ¡Estate tranquilo y guarda silencio! Espere un minuto, Hertz, Miriam quiere hablar con usted…

Hertz dejó la maleta en el suelo y se quitó el sombrero. Con el abrigo puesto, sentía calor. Oyó la voz de Miriam:

—¿Qué ha sucedido?

—Morris ha fallecido, Morris Kálisher.

Miriam hizo una pausa.

—Ya era viejo, ¿no es así?

—¿Qué quiere decir viejo? Sólo me llevaba dos años.

—Bueno… Ahora tu marcha lo estropeará todo.

—Todo menos el emparejamiento que había preparado.

—¿Qué emparejamiento? ¿De qué estás hablando?

—Sé lo que digo.

—No lo sabes, Hertz. Eres tú quien me ha llevado a esto. Tal vez no debería decirlo, pero pienso que viajas para casarte con Minne.

—Miriam, *adieu!*

Hertz colgó el auricular, agarró la maleta y el sombrero, y salió de la habitación antes de que sonara de nuevo el teléfono. Rápidamente pagó la cuenta y se encaminó hacia la calle Lincoln, donde había visto que había una agencia de viajes. Todo se desarrolló sin problema. Alguien había cancelado su billete en el vuelo que iba despegar una hora y media más tarde, y Hertz consiguió una plaza. Tomó un taxi en dirección al aeropuerto. Una vez en el avión, se sentó al lado de una mujer obesa y apoyó la cara sobre la ventanilla.

En las escasas ocasiones en que había volado, siempre había temido un siniestro. En sus pensamientos rogaba a Dios y prometía hacer un donativo si se salvaba. Esta vez, en cambio, no sintió ningún miedo. Incluso pensó que para él sería un final apropiado que el avión se estrellara. La mujer sentada a su lado intentó trabar conversación, pero Hertz cerró los párpados y fingió que dormitaba. Por el rabillo del ojo veía el mar y las luces de Miami, así como algunas estrellas. El mundo de Dios seguía siendo el mismo, pero Morris, o Moyshe, Kálisher había liquidado todas sus cuentas. Nadie podía hacerle ya ni mal ni bien. Se había unido al gran misterio que eran el mar, la luna y las estrellas. A su manera, había perecido como un mártir.

Una inusual serenidad interior invadió a Hertz. Morris le había ayudado todos esos años, le había sacado de quién sabe cuántos apuros, ¿y cómo le había correspondido él? ¿Cuánto sufrimiento le había causado a Morris encontrar su pañuelo en la cama de Minne? Seguro que dudó de la honestidad de ella y de él hasta el final. Pero decidió esconderse bajo el barniz de la sociedad moderna. Con todo su poder, en realidad era un hombre débil. Hertz ni siquiera le concedió la última petición como amigo: que escribiera la introducción a los poemas de Minne. Como todos los hombres santos, Morris se fue de este mundo traicionado y mancillado por aquellos a quienes había ayudado…

Un dolor que nunca antes había conocido atenazó a Hertz, unido a una sensación de deshonra y autodesprecio. Se veía con la mirada de un extraño. Millones de judíos habían perecido por no abjurar de serlo. Millones de no judíos derramaban su sangre en la lucha contra los depravadores del mundo. Y él, por el contrario, judío e hijo de un rabino, había profanado todos los mandamientos divinos. Había mancillado a la especie humana, había engañado a los más próximos a él y se había decantado activamente por la carnalidad de Baal y Astarté.

Si Dios existía, ¿qué pensaría de él, del intelectual corrupto, del seductor? Y si Dios no existía, ¿qué podía esperar Hertz, un viejo con un pie en la sepultura? ¿Cuánto tiempo podía durar aún el disfrute de los placeres carnales que había perseguido desde que dejó el hogar paterno? ¿Y qué podía significar la no existencia de Dios? ¿Quién regiría la tierra, el mar, la luna, las estrellas más distantes, el más diminuto grano de arena a la orilla del mar? ¿Y cómo estas mismas palabras suyas podrían llegar a los labios de alguien que, por haber vivido en este mundo, hubiera contemplado tales maravillas? ¿Qué naturaleza podía existir en el centro de la tierra, en las entrañas de un ácaro, en el interior del átomo o en la confundida mente de Hertz? ¿Cómo se podría nombrar, si no es con el nombre de Dios, a todo y a todos, a la suma de todas las fuerzas, lo eterno, lo infinito, al poder que mueve todo, a la vida que anima todo? ¿Acaso Dios podía ser ciego, sordo, poseer menos conciencia que un microbio?

«Estoy perdido, perdido», se decía Hertz. Quería pedir perdón a Dios, pero no se atrevía. Agachó la cabeza como muestra de duelo por Moyshe Kálisher y por sí mismo. ¿Arrepentirse? También para eso era demasiado tarde. «Quien dice: pecaré y después me arrepentiré, no tendrá la oportunidad de arrepentirse».[1] De hecho, él había contado con esto: volver a Dios después de haber cometido todas las maldades y haber apurado la última gota de estupidez y corrupción…

Al parecer, se había quedado dormido.

—Señor, estamos aterrizando—le dijo la mujer sentada a su lado para despertarlo.

5

En Nueva York, Hertz tomó un taxi y pidió que lo llevara a la dirección de Morris Kálisher.

Mantuvo los ojos cerrados mientras viajaba en el automóvil. No quería ver nunca más esa ciudad, con sus luces y su agitación. El cuerpo se le encogía en una mezcla de dolor y repulsión. A sus oídos llegaban gritos, chirridos de automóviles, el traqueteo del metro. «¿Por qué tanto apresuramiento si todos tienen que acabar en el cementerio? ¿Cómo lo pueden olvidar?», se preguntaba recordando, por semejanza, lo que decía la Guemará: «Todo lo que habrá de morir es como si ya hubiera muerto…».[2]

A medida que se acercaba al apartamento de Morris Kálisher, le fue invadiendo un temor. No el temor místico que de niño sentía ante un cadáver, sino otro menos agudo, vacío, mezclado con la rebeldía contra un Dios que, siendo

---

[1] Talmud, Yomá, Festivos 9, 8.

[2] Tratado de Julin, relativo al sacrificio de animales; literalmente: «el que deba ser quemado (sacrificado) es como si ya lo hubiera sido».

tan rico, daba tan poco y, encima, lo que daba terminaba siendo una burla...

«Si existe alguien que se mofa de la pobre gente es precisamente Él, el Señor del mundo—pensaba—. Un Dios omnipotente, infinito en el tiempo e ilimitado en el espacio, en el conocimiento y en todo lo demás, y que concentra sus afanes sobre unas pequeñas criaturas, cargándolas con pasiones, pecados, temores y castigos. ¿Por qué no libraba una guerra contra sus iguales?—gritaba Hertz para sí—. Ni siquiera un criminal torturaría a un recién nacido...».

El taxi se detuvo y Hertz descendió. Ya se había desacostumbrado al frío de Nueva York. Había nevado y la mayor parte de la nieve se había convertido en lodo. Pese a las luces de las farolas, de los escaparates iluminados y los faros de los automóviles, la oscuridad se adueñaba de la ciudad.

El viento frío que azotaba Riverside Drive arremetía ululando como una tormenta en el mar. De un tirón arrancó el sombrero de la cabeza de Hertz, que lo pilló en el aire. Los faldones del abrigo aleteaban y el frío le penetraba en las piernas, en las costillas y en todos sus miembros. Apenas sin aliento, logró entrar en el vestíbulo del edificio, sumido en una tenue luz, como de una funeraria.

«¿Qué le diré a Minne? ¿Cómo podré consolarla?», se preguntaba. Sintió bochorno al llegar a ese apartamento al que tantas veces había accedido furtivamente para pecar con la esposa de su amigo, para romper las convenciones de la sociedad e infringir los Diez Mandamientos... «Las personas como yo no sienten vergüenza ni ante la muerte», pensó.

Entró en el ascensor, pulsó el botón y subió hasta las plantas superiores. Vio la puerta del apartamento de Morris entreabierta y la abrió un poco más para asomarse al interior. Una luz rojiza lo alumbraba. Minne, en su dolor, seguramente había olvidado cerrar la puerta.

De pronto, Hertz oyó voces desde una habitación próxima. Se detuvo al reconocer la voz de Minne hablando con un hombre. Nunca había intentado escuchar la conversación de alguien a escondidas, quizá porque jamás se le había presentado la oportunidad. Pero esta vez esperó inmóvil, sin atreverse a irrumpir.

—¡Escúchame!—oyó decir a Minne.

Pero el hombre, como interrumpiéndola, le expuso sus razones:

—¿Cómo sabes que hay una copia? Son todos unos ladrones, esos rabinos, con sus *yeshives* y sinagogas... Son tan capaces de salvar a los judíos de Europa como yo de bailar sobre el tejado... Se repartirán todo el dinero... Sólo esperan una ocasión como ésta... En cuanto a Hertz...

—Fue el último deseo de Morris—dijo Minne.

—¿El deseo de quién? Mínnele, cuando alguien muere, significa que ya no está. Lo sabes tan bien como yo. La hija y el hijo irán a los tribunales y el asunto terminará en manos de los abogados... Yo no soy americano, pero sé cómo funcionan las cosas aquí... En cuanto a ti, vas haciéndote mayor y no más joven, y ese Hertz Mínsker, que me perdone, pero es un gandul... Acaba de arrimarse a un judío ricachón de Kansas o de Texas... Mínnele, no soy yo tu enemigo...

«¿Quién será? ¿Quién puede ser?», se preguntaba Hertz. Cada palabra de aquel hombre le caía encima como una bofetada. Pensó en escapar enseguida por la puerta entreabierta, pero algo lo retuvo. Justamente ahora, en esa situación tan trágica, había tenido la oportunidad de escuchar cómo hablaban de él a sus espaldas. Por un instante, había podido tener acceso a «la verdad en sí misma»..., como si le hubieran concedido una porción de la verdad, algo que sólo una vez en la vida se tiene oportunidad de recibir.

—Escucha, América no es Francia —oyó decir a Minne—. Aquí una mujer puede poseer una propiedad, incluso millones, mientras su marido es un indigente. Y si él se comporta como un idiota, ella siempre puede mandarlo a paseo...

—Pero tú sabes que él tiene otras.

—Tampoco yo he sido una santa todos estos años —dijo Minne.

—¿Ah, sí? ¿Ha habido otros?

—No es momento para una conversación como ésta... Un hombre te sigue, te persigue y, antes de darte cuenta, has hecho alguna tontería... Tú sabes que me falta carácter...

—Lo sé, Mínnele, lo sé. Ambos estamos hechos de la misma pasta...

—¿Cómo dices? Tú eres un libertino y un cerdo, mientras que lo mío sucedió de forma accidental... Con los dedos de una mano se pueden contar las veces... ¡Vaya comparación! Así y todo me arrepiento, y me arrepentiré hasta soltar mi último aliento...

—¿Quién era él, eh?

—¡No me atormentes ahora, Zygmunt! Era un escritor yiddish, uno de los más importantes. Me siguió durante años y sencillamente la curiosidad me picó... Escribía poemas acerca de mí... Morris le había ayudado a publicar su obra... En cuanto estuvimos juntos, supe que había cometido un error.... Yo tenía un marido estupendo, mientras que todos ellos son basura... Te suplico que no me interrogues más... La verdad es que no entiendo cómo puedo hablar de estas cosas ahora... Con mi corazón acongojado como está, intento olvidarme por un instante... De lo contrario, el dolor me derrumbaría. Es por eso...

—¿Por qué crees que yo cometo toda esa clase de tonterías? También para olvidar... La vida es tan horrible que si uno no se distrae cada minuto es un infierno… Sabes que yo te amaba, pero a veces también el amor se convierte en una carga… Mínnele, quiero decirte algo.

—¿Qué vas a decirme? Márchate. Ahora debo quedarme sola. ¡Pronto llegará él!

—¡¿Te vas a acostar con él esta noche…?!

—¡Monstruo! ¡Esa lengua tuya! Tan bajo no he caído.

—¡Bésame!

—Te lo ruego, ¡márchate de una vez!

—¡Dame tu boca!

Siguió un silencio.

Hertz se deslizó por la puerta abierta. Temía encontrarse con aquel hombre. Ahora sabía que era Krimsky.

Salió del apartamento. No quiso bajar en el ascensor, sino que empujó la puerta que llevaba a la escalera, sobre la cual un rótulo indicaba *Exit*. Había perdido el aliento.

«¡No permitas que muera bajando la escalera!», rezó Hertz de repente. Sintió una sacudida en el corazón como si lo hubiera golpeado un martillo y, colgando de un hilo, diera bandazos y palpitara muy despacio.

Se detuvo en la oscuridad. El aire apestaba a guisos, a basura y a algo mohoso y grasiento. Sintió náuseas e intentó controlarse, entre hipos y eructos. El vientre se le infló como un tambor. Las piernas le flaqueaban y hubiera querido sentarse. No pudo aguantar más y comenzó a vomitar.

Inmovilizado en la escalera, donde en cualquier momento podía abrirse alguna puerta, sólo expulsaba bilis. Cuando ya le parecía que había vaciado el estómago, le volvía la náusea. Al mismo tiempo, la urgencia por orinar le hizo mojar los pantalones.

«¡Es el final, el final!—oía repetir en su interior. Junto a la angustia, también sentía caer sobre él una venganza por su maldad, su estupidez y su frivolidad—. ¡Borrado sea mi nombre!». Oyó estallar un grito desde sus entrañas: «¡Y así perezcan todos Tus enemigos!». Reconoció la voz y la entonación de su padre, el rabino de Pilsen.

Siguió bajando con pasos temblorosos. Manchas llameantes bailaban ante sus ojos. En sus oídos sonaba el tañido de campanas. «¿Así que has matado y heredaste lo ajeno?»,[1] le increpó otra voz interior. En esta ocasión era la voz de Morris...

Hertz salió a la calle y el viento lo asaltó como lo haría una horda de demonios. Recordó algo que había leído acerca de toda alma pecadora: en cuanto abandonaba el cuerpo, los ángeles destructores la sobrevolaban y la asaltaban. Sofocado, comenzó a correr como si debiera defenderse. Bajo los latigazos de la lluvia, el frío lo consumía. «¡Éste es el final, mi final!».

Avanzaba luchando contra unas ráfagas que lo desmembraban. Su sombrero salió volando y rodó velozmente hasta el Hudson, sin que él ni siquiera intentara recuperarlo. Al fin veía con claridad la verdad que desde siempre barruntó: cuando el judío se aleja un solo paso de la Torá, ya está en poder de las malas compañías. Había pasado años entre asesinos y prostitutas. Se había convertido en uno de ellos y había adoptado su ley: mata o te matarán, engaña o te engañarán, traiciona o te traicionarán. Es lo que predicaban sus escritores y alababan sus poetas. ¡Nazis, todos nazis! Ése era el hombre moderno.

Pero él todavía podía escapar. ¿Escapar adónde? Incluso la ortodoxia había terminado copiando a los herejes. Los emulaba. «Una vasija de barro no puede volverse *kósher*, sólo cabe romperla»,[2] recordó de sus años de estudio de la Guemará. Él ya no podía arrepentirse. Ya no le quedaba tiempo ni fuerzas para ello...

Apenas pudo entrar en una calle lateral donde el vien-

---

[1] 2 Reyes 21, 19.   [2] Levítico 11, 33.

to no soplaba con tanto vigor, y desde allí se arrastró como pudo hasta una cafetería en Broadway.

Le atrajo su ambiente cálido y luminoso. Se detuvo en el umbral. Desde las mesas la gente lo observaba. Cayó sobre una silla y allí quedó sentado. Alguien le acercó el tique de consumición que había olvidado recoger. Ansiaba una taza de café, pero no era capaz de levantarse.

Con el rostro empapado, no sabía si por la lluvia o por el sudor, seguramente una mezcla de ambos, se preguntaba: «¿Adónde iré ahora?». De pronto se dio cuenta de que no llevaba con él su maleta. Se le había quedado en el pasillo del apartamento de Minne, o tal vez en la escalera. Sintió un estremecimiento: ¡había perdido su manuscrito sobre la Investigación Humana! «¡Mejor así!—decidió—. El hombre ya ha sido suficientemente investigado. Quien decretó los Diez Mandamientos conocía al hombre mejor que cualquier psicólogo».

Al cabo de un rato, se puso en pie y fue a pedir una taza de café.

Tenía que encontrar un sitio donde pernoctar esa noche. Dios no tenía prevista ninguna cama para quienes le servían. Debían conseguirla con trabajo y con tesón…

Durante largo rato siguió sentado, calentando las manos con la taza de café. A continuación, entró en una cabina telefónica y llamó a Minne…

GLOSARIO

béiguel (yiddish) Bollo de masa horneada en forma de anillo.

bereshit (hebreo) Literalmente, 'en el principio'. Primera palabra de la Torá, en el Libro de Génesis.

borsch (yiddish) Sopa de remolacha que se sirve especialmente en la fiesta de Pésaj.

chólent (yiddish) Estofado preparado el viernes y mantenido caliente hasta la comida del mediodía del *shabbat*.

dibbuk (yiddish) Literalmente, 'espíritu adherido'. Concepto que designa una de las posibles situaciones del alma tras la muerte.

guefilte fish (yiddish) Literalmente, 'pescado (preferiblemente carpa) relleno', picado y mezclado con verduras, hervido en forma de hamburguesas. Comida típica ashkenazí para el *shabbat* y festivos.

Guehenna (yiddish) Infierno. Proviene del hebreo bíblico *Guehinom*.

Guemará (hebreo) Literalmente, 'finalización'. Segunda Sección del Talmud que consiste, esencialmente, en la exégesis y elaboración de comentarios sobre las Leyes expresadas en la primera parte, la Mishná.

Hagadá (hebreo; plural: Hagadot) Literalmente, 'narración, leyenda'. Librito que se lee conjuntamente en el Pésaj por la familia durante la cena del *Séder*, con interrupción para la comida, y contiene el relato del éxodo del pueblo judío, a partir de su esclavitud en Egipto, y la travesía del desierto para llegar a la Tierra de Israel.

Hoshaná Rabbá (hebreo) Literalmente, 'Gran Salve'. Séptimo día de la festividad de *Sucot*.

Janucá (hebreo) Literalmente, 'inauguración, consagración'. Fiesta conmemorativa de la recuperación por los macabeos de la independencia y del Templo judío, de manos de los conquistadores helenos, en el siglo II a. E. C. En ocho noches sucesivas se enciende una lamparilla de aceite o una vela adicional simbolizando el milagro de la duración de una exigua cantidad de aceite que se encontró en el Templo saqueado.

jasid (hebreo; plural: *jasídim*) Seguidor de un movimiento, dentro del judaísmo ortodoxo, creado en Polonia a mediados del siglo XVIII por el rabino Israel Baal Shem Tov y centrado en el fervor religioso, el misticismo y la alegría más que en el estudio del Talmud. Los *jasídim* se agrupaban en la corte de diferentes *rebbes*, a los que atribuían popularmente gran sabiduría y poderes milagrosos.

jéder (hebreo) Literalmente, 'habitación'. En las comunidades judías ashkenazíes, escuela primaria donde los niños varones, a partir de los tres años, aprendían el alfabeto hebreo y la lectura de la Torá.

kiddush (hebreo) Bendición sobre el vino en *shabbat* y festivos.

kipá (hebreo; *yármulke* en yiddish) Bonete o gorro con el que deben cubrirse los hombres, especialmente en los lugares sagrados y durante los servicios religiosos.

kódesh (hebreo) Literalmente, 'sagrado'.

kósher (yiddish; *kasher* en hebreo) Literalmente, 'apto, correcto'. Alimento que se ajusta estrictamente a las leyes religiosas, en general relativas a la alimentación.

Mea Shearim (hebreo) Literalmente, 'barrio de las Cien Puertas'. Barrio al norte de Jerusalén en el que residen los judíos ultraortodoxos.

Mishná (hebreo) Sección del Talmud que consiste en una colección de leyes orales editadas en el año 200 E. C. por el rabino Yehudá Ha Nasí. Es la primera codificación de la ley oral judía.

reb (yiddish) Tratamiento de respeto que antecede al nombre de cualquier hombre, equivalente al *don* español.

rebbe (yiddish) Título de respeto a un rabino que lidera un grupo jasídico, o también maestro de la escuela judía primaria en Europa oriental.

rébbetsin (yiddish) Esposa del rabino ashkenazí.

Rosh Hashaná (hebreo) Solemne festividad del Año Nuevo que se celebra a principios del otoño, según el calendario judío.

shabbat (hebreo; *shabbes* en yiddish) Sábado, día semanal de descanso y devoción religiosa.

Shemá Israel (hebreo) Literalmente, 'Escucha, Israel'; una de las principales oraciones del judaísmo.

Shemitá (hebreo) Literalmente, 'suspensión'. Se aplica al séptimo año del ciclo agrícola de siete años ordenado por la Torá para la Tierra de Israel.

Shevet Musar (hebreo) Literalmente, 'Vara de la moral'. Compendio de sermones sobre ética y normas de conducta, publicado en Esmirna por el rabino Eliyahu Hacohen en 1712, que adquirió gran difusión y popularidad y fue traducido a varias lenguas, entre ellas el yiddish.

shtetl (yiddish; plural *shtétlej*) Diminutivo de *shtot*, 'ciudad'. En Europa del Este, el *shtetl* o centro urbano pertenecía a la nobleza polaca y estaba poblado sobre todo por judíos que llevaban un modo de vida tradicional, centrado alrededor del hogar, la sinagoga y el mercadillo. Este último era su lugar de encuentro con los campesinos y los terratenientes para el intercambio de mercancías, actuando como intermediarios entre el campo y la ciudad.

Shulján Aruj (hebreo) Literalmente, 'mesa servida'. Título del tratado escrito por el rabino Yosef Caro en Safed en 1565, como compilación de las leyes extraídas de la Torá y del Talmud.

Simjat Torá (hebreo) Literalmente, 'alegría de la Torá'. Octavo día de la festividad de *Sucot*, en el cual se finaliza la lectura cíclica de un capítulo de la Torá cada sábado durante el año.

Sucot (hebreo) Literalmente, 'cabaña'. Fiesta en conmemoración de la travesía del desierto tras el Éxodo, en la que las comidas se celebran bajo el techo de cabañas.

Talmud (hebreo) Literalmente, 'instrucción'. Código civil y religioso, en formato de discusiones rabínicas, elaborado entre los siglos III y V por eruditos judíos, primero en el exilio de Babilonia y posteriormente en la Tierra de Israel (Talmud de Jerusalén).

Tisha b'Av (hebreo) Literalmente, 'noveno día del mes de *Av*', al comienzo del verano. En esa fecha se conmemora, con ayuno y duelo, la destrucción del Primer Templo por las tropas babilónicas de Nabucodonosor en el año 586 a. E. C., y del Segundo Templo por las tropas romanas en el año 70.

Torá (hebreo) Literalmente, 'enseñanza, ley'. La Torá comprende los primeros cinco libros de la Biblia (Pentateuco en su denominación griega), que contienen el cuerpo entero de la ley judía recibida por Moisés. Dividida en cincuenta y cuatro capítulos, uno de los cuales se lee en la sinagoga cada sábado a lo largo del año.

tsitsit (hebreo) Flecos atados a cada una de las esquinas del manto de oración para los hombres, a fin de recordar los mandamientos divinos.

yeshive (yiddish) Seminario rabínico donde se estudia la Torá y el Talmud.

yiddish Lengua milenaria desarrollada a partir del siglo X en las comunidades judías de Europa Central y del Este, escrita con caracteres hebreos.

Yom Kipur (hebreo) Literalmente, 'Día de Expiación'. Con un ayuno riguroso, que comienza la noche anterior, se reza por el perdón de los pecados cometidos durante todo el año.

Zóhar (hebreo) Literalmente, 'esplendor'. Colección de comentarios de la Torá, probablemente obra del sabio sefardí Moisés de León en el siglo XIII. Se encuadra dentro de la disciplina cabalística.

ESTA REIMPRESIÓN, PRIMERA, DE «EL
SEDUCTOR», DE ISAAC BASHEVIS SINGER,
SE TERMINÓ DE IMPRIMIR
EN CAPELLADES EN EL
MES DE JUNIO
DEL AÑO
2022